KB082362

마지막 탐정

THE LAST DETECTIVE

마지막 탐정
THE LAST DETECTIVE

로버트 크레이스 지음
윤철희 옮김

오픈하우스

차례

일러두기

1. 본문의 괄호는 모두 옮긴이주이다.
2. 외국 인명, 지명은 외래어 표기법을 따르되 일부는 관용적인 표기를 따랐다.
3. 책, 신문, 잡지는 『 』, 영화, TV 프로그램은 「 」로 묶어 표기했다.
4. 등장인물 중 '마지 이보'가 하는 말은 그의 발음이 이상하다는 것을 강조하기 위해
   우리말을 발음대로 옮겼다.

적들이 퍼붓는 극심한 포화 속에서도 자신이 명령받은 위치를 지켰고
적들에게 뒤처졌을 때조차 망설이지 않았던
웨인 워르가(Wayne Warga)를 위해

파이크의 예배당

알래스카주 앵군

알래스카의 차가운 물이 부두에 줄 지어선 낚싯배를, 계류장을 벗어나 조류를 따라 자유로이 떠다니려고 안간힘을 쓰는 보트를 잡아당겼다. 여기 앵군은 알래스카 남동부에 자리한 애드미럴티섬의 서쪽 해안에 있는 어촌이다. 하늘을 덮은 구름 아래에서 자그마한 항구인 앵군의 바닷물은 쇳덩이처럼 시커멓게 보였고, 빗방울이 그런 바닷물에 움푹 팬 보조개를 만들어냈다. 하지만 그런 날씨에도, 바닷바람에 풍화된 부둣가의 말뚝 아래로 보이는 무척이나 맑은 앵군의 바닷물은 쓰레기통만큼 넓적하고 현란하게 생긴 불가사리와 농구공 크기만 한 해파리, 항만노동자의 주먹만큼이나 육중한 따개비들이 사는 세계로 뚫린 창문 역할을 했다. 알래스카는 그런 곳이었다. 격하게 넘실대는 알래스카의 활력은 한 사람의 내면을 가득 채우면서 그를 고양시킬 수 있었다. 심지어는 그 사람을 망자들의 세계에서 다시 데리고 나올 수도 있었다.

틀링기트(북미 대륙 북서부의 태평양 쪽 해안에 거주하는 원주민) 인디언인 엘리엇 맥아더는 조 파이크가 4.3미터 길이의 일인용 유리섬유 보트에 캠

펑용구를 싣는 모습을 지켜봤다. 그 보트는 맥아더가 파이크에게 임대한 거였다. 맥아더는 파이크의 소총 케이스를 신경질적으로 툭툭 차고 있었다.

"거기로 곰들을 쫓아갈 거라는 얘기는 없었잖소. 그 숲에 혼자 가는 건 그리 영리한 짓이 아니오. 나는 내 보트를 잃고 싶지 않소."

파이크는 일인용 보트의 벤치형 좌석 사이에 캠핑용구를 단단히 고정하고 권총 케이스를 움켜쥐었다. 그날 파이크가 선택한 무기는 약실에 375구경 홀랜드 앤 홀랜드 매그넘을 채운 스테인리스-스틸 레밍턴 모델 700이었다. 위력이 막강한 총으로, 375구경의 강력한 반동을 완화하기 위해 무겁게 제작됐다. 파이크는 성치 않은 팔로 케이스를 들어 올렸지만, 불에 덴 듯한 어깨의 날카로운 통증 때문에 케이스를 드는 데 실패했다. 그는 케이스를 성한 팔로 옮겼다.

맥아더는 파이크가 그 지경인 팔로 하는 이런 짓이 마음에 들지 않았다.

"자, 내 얘기 귀담아들어요. 팔도 성치 않은데 곰을 쫓는 건 썩 좋은 생각이 아니오. 당신은 내 보트를 혼자 몰고 갈 텐데, 거기서 만날 곰은 큰 놈이오. 큰 놈일 게 뻔해요. 그 사람들한테 한 짓을 보면."

파이크는 소총 케이스를 캠핑용구에 묶고는 연료를 확인했다. 앵군에서 사람들이 목숨을 잃은 곳인 차익만(Chaik Bay)까지 가는 긴 여정이 될 터였다.

"이 일은 다시 생각해보는 게 나을 거요. 유가족이 포상금으로 내건 돈이 얼마건, 그 포상금의 가치가 목숨을 내놓을 만한 정도는 아닐 거요."

"당신 보트를 잃지는 않을 겁니다."

맥아더는 파이크가 그를 모욕하려고 그런 말을 한 건지 아닌지 확신이 서지 않았다.

장비 꾸리는 걸 마친 파이크가 부두에 다시 발을 디디더니 지갑에서 100달러짜리 지폐 10장을 꺼내 내밀었다.

"여기 있습니다. 이제 보트 걱정을 할 필요는 없을 겁니다."

맥아더는 민망한 표정을 지으며 두 손을 주머니에 쑤셔 넣었다.

"없던 얘기로 합시다. 당신이 빌린 보트니까 당신이 알아서 하쇼. 당신 때문에 내가 쪼잔한 구두쇠가 돼버린 것 같은데, 그게 별로 달갑지가 않군요."

돈을 집어넣은 파이크가 몸을 낮춰 중심을 낮게 유지하면서 보트에 발을 디뎠다. 그는 출항하려고 밧줄을 풀어 던졌다.

"차익에 도착하면 보트를 뭍에 올리고 그 오렌지색 테이프로 나무에 표시하도록 해요. 내가 찾아 나서야 할 상황이 되면 댁을 찾아낼 수 있도록 말이오."

파이크는 고개를 끄덕였다.

"있잖소, 내가 전화를 걸어줬으면 하는 사람이 있소? 내가 누군가에게 전화해야 할 경우에 말이오."

"없습니다."

"정말?"

파이크는 대답 없이 부두에서 천천히 멀어져, 성치 않은 팔을 몸에 바짝 붙이고는 깊은 물을 향해 떠났다.

가느다란 빗줄기가 큼지막한 물방울이 됐다. 그러더니 자욱한 안개가 낮게 깔렸다. 파이크는 파카의 지퍼를 올렸다. 바다표범 가족이 그들의 보금자리가 있는 바위투성이 갑(岬)을 지나는 그를 지켜봤다. 저 멀리 해협 바깥에서 혹등고래 무리가 물을 내뿜고 고래 한 마리가 큰 소리를 내며 커다란 꼬리를 하늘 쪽으로 솟구쳐 올리는 동안, 파이크가 생각한 것은 보트

아래 바닷물에서 기다리고 있는 완벽한 고요에 대한 경탄뿐이었다.

파이크는 손으로 성치 않은 어깨를 문질렀다. 그는 여덟 달 전에 등 위쪽에 총을 두 발 맞았었다. 총알은 어깨뼈를 산산조각 냈고, 폭탄 파편처럼 흩어진 뼛조각은 왼쪽 폐와 주변 근육과 신경을 파고들었다. 죽을 뻔한 위기를 넘기고 목숨을 부지한 파이크는 심신을 치유하려고 북쪽으로 향했다. 그는 더치하버에서 출항하는 킹크랩잡이 배와 피터스버그에서 출항하는 어선에서 일했다. 그는 은대구와 넙치를 잡으려고 긴 낚싯줄을 드리웠다. 그가 일하는 배에 탄 선원 중에 그의 가슴과 등에 있는 흉터를 본 사람이 있더라도, 어쩌다가 생긴 흉터인지 물어보는 사람은 아무도 없었다. 그것 역시 알래스카다웠다.

파이크는 6노트의 속도로 네 시간 동안 꾸준히 북쪽으로 보트를 몰아서 어귀에 작은 섬 두 개가 있는 동그랗게 생긴 만(灣)에 당도했다. 파이크는 해도(海圖)를 확인하고는 포켓용 GPS로 자기 위치를 재차 확인했다. 맞다. 여기가 거기였다. 차익만.

쿵쾅거리는 소리가 요란하던 해협의 입구가 하얀 바다표범 한 마리의 대가리를 제외하고는 건드리는 물체가 아무것도 없는, 유리처럼 평평한 바닷물로 바뀌었다. 파이크가 천천히 해안으로 향하는 동안 수심이 얕아졌고, 얼마 안 가 동물 사체 중 첫 사체가 모습을 드러냈다. 개울에서 밀려나오는 해류에 성인남자의 팔 길이만 한 죽은 연어가 떠밀려왔다. 연어의 사체는 알을 낳으려고 갖은 노력을 다한 탓에 얼룩덜룩하고 쇠약해진 몰골이었다. 갈매기 수백 마리가 해안으로 밀려온 물고기 중에서 마음에 드는 놈을 고르고 있었다. 흰머리독수리 몇십 마리가 우듬지에 앉아 있었는데, 한 마리씩 각각의 나무 꼭대기를 차지하고는 갈매기 떼를 부러운 눈으로 지켜보고 있었다. 썩은 물고기에서 나는 악취가 갈수록 강해졌다.

엔진을 끈 파이크는 보트가 바위투성이 해변에 미끄러져 오르게 놔둔 다음, 발목 높이의 바닷물에 발을 디뎠다. 그는 조석점(바닷물이 만조일 때 이르는 지점)보다 높은 곳으로 보트를 당긴 다음, 솔송나무 가지에 보트를 묶었다. 그러고는 엘리엇 맥아더가 당부한 대로 오렌지색 테이프로 나뭇 가지에 표시를 했다.

오리나무, 가문비나무, 솔송나무들이 난공불락의 녹색 성벽처럼 해변에 도열해 있었다. 파이크는 부드러운 나뭇가지 아래에 캠프를 차리고는 땅콩버터와 당근 몇 개를 저녁으로 먹었다. 그런 후, 해변 한곳의 땅을 고르게 다지고는 거기서 근육이 데워질 때까지 스트레칭을 했다. 그런 다음에는 그의 살을 할퀴는 자갈 위에서 팔굽혀펴기와 윗몸일으키기를 했다. 하타 요가의 엄청나게 힘든 아사나 동작을 취하면서 척추를 아치 모양으로 구부리고 두 다리를 들어 올렸다. 그는 자세를 절도 있는 태권도 품새로 바꿨다. 발차기를 하고 두 팔을 풍차처럼 돌리면서, 어렸을 때 이후로 날마다 수련해온 수련법에 따라 한국 무술의 품새에 중국의 쿵후와 영춘권의 품새를 섞었다. 갈색 단발머리에 땀이 송골송골 맺혔다. 두 손과 두 발이 격하게 바람을 가르자 독수리 떼는 겁을 집어먹었다. 파이크는 허공에서 회전하고 몸을 비틀면서 몸놀림을 더 빠르게 몰아댔다. 엄습하는 통증을 앞지르려고 노력하는 동안, 그는 미친 듯 애쓰면서 내면으로 침잠해 들어갔다.

몸놀림은 충분히 괜찮은 수준이 아니었다. 어깨의 움직임이 느렸다. 몸놀림은 어색했다. 그의 몸은 예전 상태가 아니었다.

파이크는 공허감을 느끼며 물가에 앉았다. 그는 더 열심히 수련해야 할 거라고, 그가 입은 부상을 치료해야 할 거라고, 어렸을 때 그 자신을 재창조했던 것처럼 새롭게 거듭나야 할 거라고 중얼거렸다. 노력이야말로 간절히 원하는 것이요, 몰입이야말로 신앙이며, 자기 자신에 대한 신뢰야말로 그가 가진 유일한 신념이었다. 파이크는 이런 교리문답을 어렸을 때 배웠다. 그는 그것 말고는 가진 게 아무것도 없었다.

그날 밤, 그는 비닐 시트를 덮고 잤다. 그러면서 곰의 동태에 신경을 곤두세우며 나무들 사이로 떨어지는 빗소리에 귀를 기울였다.

이튿날 아침, 파이크는 행동을 개시했다.

알래스카불곰은 육상에 현존하는 제일 덩치 큰 포식자다. 놈은 아프리카사자나 벵골호랑이보다 크다. 놈에게 스모키 베어(Smokye Bear, 미국 산림청의 마스코트)나 푸(Pooh)라는 이름은 붙지 않는다. 놈은 디즈니랜드에서 밴조를 연주하며 천하태평하게 살지도 않는다. 보어(boar)라고 불리는 불곰 수컷은 몸무게가 454킬로그램은 족히 나가는데, 그런 몸으로도 아무 소리도 내지 않으며 황야를 지나갈 수 있다. 술통처럼 생긴 몸은 뚱뚱해 보이지만, 놈은 도망치는 사슴을 쫓을 때는 서러브레드 경주마보다 더 빠르게 가속할 수 있다. 놈의 발톱은 길이가 15센티미터에 달하고 대못처럼 날카롭다. 턱은 사슴의 등뼈를 으스러뜨릴 수 있고 자동차 문을 차체에서 뜯어낼 수 있다. 불곰이 돌진할 때, 놈은 영화에서 묘사하는 것처럼 뒷다리로 서서 느릿느릿 전진하지 않는다. 대가리를 숙이고는 땅에 납작 웅크렸다가, 입술을 높이 추켜올리고 으르렁거리면서 사냥에 나선 사자의 속도로 돌격한다. 불곰은 목을 으스러뜨리거나 두개골을 물어뜯어서 상대를 죽인다. 당신이 목과 머리를 보호할 경우, 놈은 당신이 비명을 지르는 동안 당신의 내장이 드러날 때까지 당신의 등과 두 다리의 살점을 뜯어내서는 씹지도 않고 통째로 삼킬 것이다. 고대 로마인들은 유혈이 낭자한 투기장에서 우랄산맥의 회색곰과 아프리카사자의 싸움을 붙였다. 로마인들은 곰 한 마리에 사자 두 마리를 붙였다. 보통 곰이 승리했다. 심해를 두려움 없이 유영하는 대(大)백상어처럼 불곰을 대적할 상대는 육상에 없다.

파이크는 피터스버그에서 만난 선장에게서 차익강에서 일어난 사건에 대해 들었다. F&G(낚시 및 사냥부) 소속 생물학자 세 명이 산란하는 연어의 개체 수를 헤아리려고 차익강 상류로 향했다. 임무 수행 첫날, 생물학자들은 불곰이 매우 많다고 보고했는데, 이는 산란 철에는 전형적인 현상으로 예상하지 못한 일이 아니었다. 생물학자들의 보고가 한동안 두절됐다. 그로부터 나흘 후, 지나가는 선박에 알아듣기 힘든 간청이 들려왔다. 지역의 틀링기트 사냥꾼들과 작업하던 F&G 소속 관리들은 다 자란 불곰 수컷이 개울을 따라 이동하는 생물학자 세 명의 뒤를 약간의 거리를 두고 몰래 쫓다가 세 사람이 통발을 설치하려고 걸음을 멈췄을 때 그들을 공격했을 거라는 결론을 내렸다. 그 팀은 고성능 소총으로 무장하고 있었지만, 곰의 공격이 너무나 흉포했기에 그들은 무기를 쓸 겨를이 없었다. 멤버 중 두 명―고위 생물학자인 애비게일 마틴 박사와 야생동물 감독관 클라크 에임스―은 즉사했다. 세 번째 멤버인 시애틀 출신의 대학원생이자 생물학자 제이콥 고트먼은 도망쳤다. 불곰 수컷―발자국의 깊이와 너비로 볼 때 몸무게가 500킬로그램은 족히 나갈 것으로 추정됐다―은 하류에 있는 모래섬까지 고트먼을 쫓아가 그곳에서 청년의 내장을 뽑고 오른팔 팔꿈치 아래를 뜯어내고는 청년의 몸뚱이를 쓰러진 오리나무의 뿌리 뽑힌 밑동으로 밀었다. 고트먼은 여전히 숨이 붙어 있었다. 곰이 마틴과 에임스를 먹어치우려

15

고 최초의 공격 지점으로 돌아가자, 하류에 있는 차익만으로 향한 고트먼은 거기서 소형 워키토키로 도움을 요청했다. 그가 한 최후의 간청 중 하나를 15미터 길이의 연어잡이 선박인 에미돈 호가 들었다. 고트먼은 그를 도우려는 사람들이 도착하기 전에 과다출혈로 숨을 거뒀다.

"그 사람에게는 그 편이 더 잘 된 일이었을 거요." 선장은 앞에 놓인 커피를 응시했다. "그게 더 나은 일이라는 데에는 의심의 여지가 없어요. 그의 창자가 정원용 호스처럼 그의 뒤에 길게 늘어져 있었다고 합디다."

파이크는 아무런 대꾸도 없이 고개를 끄덕였다. 그는 인간들이 다른 인간들에게 가한 더 흉악한 짓을 봐왔다. 하지만 그는 굳이 그런 말은 하지 않았다.

선장은 생물학자들의 유해를 검사해본 결과 불곰이 광견병에 걸렸다는 게 밝혀졌다고 설명했다. F&G는 불곰 사냥을 위해 사냥꾼 두 팀을 파견했지만, 어느 팀도 성공하지 못했다. 제이콥 고트먼의 부모는 포상금을 내걸었다. 앵군에서 온 틀링기트 사냥꾼이 곰을 찾으러 나섰지만 돌아오지 않았다. 고트먼 가족은 포상금을 두 배로 올렸다. 틀링기트 사냥꾼의 형과 장인이 개울을 따라 2주를 돌아다녔지만, 그들이 찾아낸 흔적은 딱 하나였다. 두 사람이 생전 처음 본 엄청나게 큰 발자국 하나로, 발톱의 흔적은 사냥용 도검 크기만 했다. 그들은 놈이 거기에 있다는 느낌을 받았다고 말했다. 나무 사이에 숨은 그림자처럼 치명적인 무게감을 풍기는 놈의 불길한 낌새를 느꼈지만 놈의 모습은 결코 보지 못했다고 말했다. 놈은 망설이고 있는 것 같았다. 기다리고 있는 것 같았다.

파이크가 말했다. "기다리고 있었던 거요."

"그들도 그렇게 말합디다. 그 말이 맞을 거요."

그날 저녁, 파이크는 로스엔젤레스에 전화를 걸었다. 이틀 후, 파이크의 소총이 도착했다. 그는 앵군을 향해 출발했다.

황야가 그를 삼켰다. 알래스카 땅덩이의 나이만큼 나이를 먹은 수목이 흙을 비집고 올라와서는 나뭇가지들이 만든 녹색 지붕 속으로 자취를 감췄다. 나뭇잎 사이로 빗물이 보슬보슬 떨어지며 파이크를 뼛속까지 적셨다. 개울의 가파른 양쪽 가장자리에는 양치식물과 어린나무들, 땃두릅나무의 날카로운 줄기가 심하게 뒤엉켜 있었다. 그래서 그는 개울로 내려가 물을 헤치며 걸어야 했다. 파이크는 이런 야생의 공간이 무척 좋았다.

다른 사람들은 개울에 물고기가 가득한 산란철보다 앞선 시기에 이곳을 찾아왔다. 지금은 모래섬 사방에 흩어진 연어의 사체가 썩은 휘장처럼 뿌리들마다 걸려 있었다. 쉽게 얻을 수 있는 먹을거리라고는 해도, 사실은 그리 쉬운 먹잇감이 아니었다. 파이크는 미치광이 불곰 수컷이 남아 있는 물고기를 독차지하려고 새끼와 암컷, 덩치가 작은 수컷 곰들을 몰아냈을 거라고 추측했다.

파이크는 그날 남은 시간 동안 여기저기를 돌아다녔지만, 아무것도 찾지 못했다. 밤이 되자 그는 캠프로 돌아갔다. 그는 그런 식으로 닷새간 사냥을 다녔다. 날마다 상류 쪽으로 멀리 수색을 나갔다. 그는 휴식을 취하려고 자주 활동을 멈췄다. 양쪽 폐에 난 상처 때문에 숨 쉬는 게 고통스러웠다.

엿새째 되는 날, 그는 혈흔을 찾아냈다.

파이크는 뿌리 뽑힌 오리나무의 밑동 근처를 살금살금 돌아다니다가 페인트가 쏟아져 튄 것처럼 보이는 진홍색 띠를 모래섬에서 발견했다. 연어 10여 마리가 뭍에 있었는데, 갓 흘린 피가 발려 있는 놈들의 찢어진 살점의 색은 생기로 선명했다. 어떤 놈들은 물려서 토막이 났고, 어떤 놈들은 대가리가 보이지 않았다. 파이크는 얼어붙은 채로 꿈쩍도 하지 않았다. 그는 자신의 눈을 응시하고 있을지도 모르는 맹수의 눈을 찾아 땃두릅나무 숲을 살폈지만, 아무것도 발견하지 못했다. 주머니에서 부탄가스 라이터를 꺼낸 그는 불꽃을 주시했다. 바람이 하류로 불었다. 상류에 있는 존재가 무엇이건 그가 다가오는 냄새를 맡을 수는 없었다.

파이크는 포복으로 모래섬으로 향했다. 진창에 찍힌 만찬용 접시만큼 넓은 발자국들은 단검처럼 긴 발톱 자국을 보여줬다.

파이크는 총을 쥔 자세를 안정시키기 위해 소총을 들어 올렸다. 곰이 돌진할 경우, 소총을 재빨리 들어 올려야 할 것이다. 그러지 못하면, 500킬로그램이나 나가는 흉포한 미치광이가 그를 덮칠 것이다. 1년 전, 그는 자신에게 그런 곰을 상대할 능력이 있다는 사실을 전혀 의심치 않았었다. 파이크는 안전장치를 풀었다. 그가 사는 세계는 확실한 곳이 아니다. 유일한 확실성은 그의 내면에만 존재했다.

파이크는 물을 헤치며 상류로 나아갔다.

개울이 급격하게 꺾였다. 쓰러진 솔송나무 때문에 전방 시야가 가려졌다. 커다란 공처럼 생긴 뿌리들이 높이 치솟은 레이스 달린 부채처럼 퍼져 있었다. 파이크는 쓰러진 나무 너머에서 철벅거리는 요란한 소리를 들었다. 철벅거리는 소리가 다시 들려왔다. 물고기가 튀어 올랐다 떨어질 때 나는 빠르게 수면을 때리는 소리가 아니라 뭔가 큼지막한 놈이 물을 가르며 밀고 나가는 소리였다.

파이크는 쓰러진 나무에 뚫린 구멍을 통해 나무 너머를 살피려 안간힘을 썼지만, 뿌리와 잎과 가지들이 너무 두껍게 엉켜 있었다.

불과 몇십 센티미터 저쪽에서 철벅거리는 소리가 더 들려왔다. 시뻘건 살점이 그의 주위를 맴돌며 그의 다리에 부딪혔다.

파이크는 얼어붙은 듯 얌전히 몸을 놀려서 쓰러진 나무 둘레로 조금씩 몸을 옮겼다. 발을 뗄 때마다 신중을 기했고, 거세게 흐르는 물속에서 아무런 소리도 내지 않았다. 죽어가는 연어가 우툴두툴한 강둑에 널브러져 있고 연어의 내장들이 드러나 있었지만, 불곰 수컷은 떠나고 없었다. 500킬로그램짜리 거구가 아무 소리도 내지 않고 물에서 유유히 벗어나 오리나무와 땃두릅나무가 이룬 덤불 속으로 사라졌다. 곰이 남긴 자취의 가장자리에는 거대한 발자국 한 개만 보였다.

파이크는 소용돌이치는 물속에서 정말로 오랫동안 미동도 하지 않고 서 있었다. 불곰 수컷은 불과 3미터 밖에서 그를 기다리며 엎드려 있을 수도 있었고, 아니면 오래전에 가버렸을 수도 있었다. 파이크는 강둑에 올랐다. 곰의 흔적으로 남은 썩어가는 생선의 뼈와 점액이 사방에 흩어져 있었다. 파이크는 죽어가는 연어를 다시 쳐다봤다. 그 연어는 이미 죽어 있었다.

파이크는 천천히 덤불로 들어갔다. 양치식물과 땃두릅나무, 묘목으로 구성된 장막이 그의 주위를 빼곡히 감쌌다. 눈에 보이지는 않지만 큼지막한 무엇인가가 오른쪽 전방에서 움직였다.

훙훙!

파이크는 총을 들었지만, 총열을 긁는 땃두릅나무의 뻣뻣함은 그의 성치 않은 팔보다 강했다.

훙훙!

곰은 파이크의 냄새를 맛보려고 입으로 공기를 들이마셨다. 놈은 덤불 속에 뭔가 다른 존재가 있다는 걸 알았지만, 그게 무엇인지는 몰랐다. 파이크는 어깨에 총을 붙이려고 안간힘을 썼으나 딱히 겨냥할 곳을 보지는 못했다.

딱!

곰이 턱을 딱딱거리는 것으로 경고를 보냈다. 놈은 돌진할 준비를 하고 있었다.

딱딱!

놈은 덤불이 우거진 이 지역을 티슈를 찢듯 찢어발길 수 있었다. 놈의 공격이 어디서건 날아올 수 있었다. 파이크는 마음을 단단히 먹고 대비했다. 그는 물러서지 않을 터였다. 몸을 돌리지 않을 터였다. 그게 조 파이크의 신념에서 절대로 변하지 않는 법칙이었다. 그는 돌격해오는 적을 늘 맞이할 것이다.

딱딱딱!

파이크의 힘이 약해졌다. 어깨가 떨리더니 감각이 없어졌다. 팔이 흔들렸다. 자세를 굳게 유지하려고 의지를 다져도 소총은 시간이 갈수록 무거워졌고 무엇인가에 가볍게 스치기만 했는데도 총구가 아래로 떨어졌다.

딱!

파이크는 포복 자세로 덤불에서 후퇴해 물속으로 들어갔다.

쇳덩이 같은 턱이 내는 딱딱 소리는 세찬 빗방울 소리에 묻혀 아련해졌다.

파이크는 만에 다다를 때까지 걸음을 멈추지 않았다. 그는 우뚝 솟은 가문비나무에 등을 밀어붙이고는 그가 느낀 감정들을 파묻으려고 애썼다. 하지만 그는 수치심이나 고통, 그가 상실한 확실성에서 몸을 감출 수가 없었다.

이틀 후, 그는 로스앤젤레스로 돌아왔다.

1부
최초의 탐정

꿈속에서 묘비(墓碑)가 빠져나갈 수 없는 무게로 나를 꼼짝 못 하게 짓눌렀다. 땅을 파서 만든 직사각형 공간에 지는 해가 붉은 키스를 퍼붓고 있다. 나는 땅속에 누운 사람이 누구인지 알고 싶다는 갈망에 불타오르며 딱딱한 대리석을 빤히 쳐다보지만, 묘비에는 아무것도 적혀 있지 않다. 이 무덤에는 아무 이름도 적혀 있지 않다. 내가 가진 유일한 실마리는 이것뿐이다. 무덤이 작다. 나는 어린아이 옆에서 아이를 지켜보고 있다.

요즘 꿈을 자주 꾼다. 거의 매일 밤 꾼다. 꿈을 한 번 이상 꾸는 밤들도 있다. 그런 밤에는 잠을 설친다. 나는 잠을 청하는 대신 텅 빈 집의 어둠 속에서 일어나 앉는다. 그럴 때조차 나는 꿈에 붙잡힌 포로 신세다.

지금 벌어지고 있는 일은 이렇다. 엷은 안개가 묘지 전역에 내려앉으면서 하늘이 어두워진다. 이끼가 잔뜩 낀 아주 오래된 떡갈나무의 비틀린 가지들이 밤에 부는 산들바람에 흔들린다. 나는 여기가 어디인지, 내가 어떻게 여기에 오게 됐는지 모른다. 나는 혼자다. 그리고 겁에 질렸다. 빛의 가장자리에서 그림자들이 깜박거린다. 목소리들이 속삭이지만, 무슨 말인지 이해할 수가 없다. 유령 하나는 우리 어머니인 것 같고, 다른 유령은 내가 아는 게 하나도 없는 우리 아버지인 것 같다. 두 분께 이 무덤에 누운 게 누구냐고 묻고 싶다. 하지만 두 분의 도움을 구하려고 몸을 돌렸을 때 내가 찾아낸 건 어둠뿐이다. 물어볼 사람이 아무도 남아 있지 않고, 도움을 줄 사람도 전혀 없다. 여기에는 온전히 나 혼자만 있다.

이름 없는 묘비가 나를 기다린다.

여기 누운 사람은 누구일까?

이 아이를 홀로 남겨둔 사람은 누구일까?

이곳을 벗어나고 싶다는 생각이 간절하다. 돌아가고 싶다. 부기(boogie) 춤을 춘다. 트럭과 책이 보인다. 번개 같이 줄행랑을 친다. 자동차. 엄청나게 빨리 몸을 놀린다. 제트기. 옴짝달싹 못하는 곤경에 처한다. 가느다란 틈바구니가 보인다. 엔진이 고장 났다. 우르릉거리는 소리가 들린다. 포기한다. 탈출한다. 도주한다. 도망친다. **달음박질친다**…… 그러다가 꿈이 전개되는 기이한 방식에 따라 내 두 손에 삽이 나타난다. 두 발은 움직이지 않을 것이고, 내 몸은 뇌의 명령에 복종하지 않을 것이다. 머릿속의 어떤 목소리가 나한테 삽을 버리라고 말하지만, 내가 저항할 수 없는 어떤 힘이 내 손을 강제로 움직이게 만든다. 땅을 파면 찾아낼 것이다. 찾아내면 알게 될 것이다. 목소리는 나한테 그만 멈추라고 간곡히 호소하지만, 나는 뭔가에 씌었다. 목소리는 아래에 누운 비밀을 보고 싶지 않을 거라고 경고하지만, 나는 무덤 내부를 드러내려고 깊고 정확하게 땅을 판다.

시커먼 땅이 열린다.

관이 드러난다.

목소리가 그만하라고, 눈길을 다른 데로 돌리라고, 내 목숨을 스스로 구하라고 내게 비명을 지른다. 그래서 나는 눈을 부릅뜬다. 나는 그게 누구의 목소리인지를 알아차린다. 바로 나 자신의 목소리다.

나는 발치에 누워 있는 존재가 두렵다. 하지만 달리 어쩔 도리가 없다.

진실을 목도해야만 한다.

눈을 뜬다.

바라본다.

1

그해 가을, 침묵만이 우리 집 아래에 있는 협곡을 가득 채웠다. 머리 위로 떠다니던 매는 한 마리도 없었고 코요테는 짖지 않았으며 현관문 밖에 있는 키다리 소나무에 사는 올빼미는 더는 내 이름을 묻지 않았다. 영리한 사람이라면 이런 조짐들을 불길한 일을 알리는 경고로 받아들였을 것이다. 그런데 바깥 공기는 겨울에나 그럴 수 있을 듯이 엄청나게 서늘하고 맑았다. 그 덕에 나는 산비탈 아래에 흩어져 있는 주택들 너머를, 그리고 로스앤젤레스라는 거대한 분지(盆地) 도시의 내부를 볼 수 있었다. 그토록 멀리까지 시야가 확 트인 날에는 바로 눈앞에 있는 것을, 바로 옆에 있는 것을, 너무나 가까이 있어서 자신의 일부나 다름없는 것을 보는 걸 깜빡하는 경우가 잦다. 나는 그 침묵을 경고로 받아들였어야 했지만, 그러지를 못했다.

"그 여자가 몇 명이나 죽였니?"

옆방에서 끙끙 앓는 소리와 욕설, 주먹 날리는 소리가 들려왔다.

벤 셰니에가 고함을 질렀다. "뭐라고요?"

"그 여자가 몇 명이나 죽였냐고?"

우리 사이의 거리는 6미터쯤이었는데, 나는 주방에서, 벤은 거실에서 목청껏 소리를 질러대고 있었다. 내 여자친구의 열 살짜리 아들인 벤 셰니에, 그리고 세계 최고의 탐정이자 벤의 엄마 루시 셰니에가 출장을 간 동안에 벤을 돌보는 책임을 맡은 나, 엘비스 콜. 이날은 우리가 함께 지내는 닷새째이자 마지막 날이었다.

나는 문 쪽으로 갔다.

"그 오락기에 볼륨 조절기가 달려 있지?"

게임 프리크(Game Freak)라는 비디오 게임기에 깊이 빠져든 벤은 고개를 들지 않았다. 게임 프리크는 게임기를 권총처럼 한 손에 들고는 내장된 컴퓨터 스크린에 액션이 펼쳐지는 동안 다른 손으로 조종간을 움직이는 오락기다. 세일즈맨은 이 오락기가 열 살에서 열네 살 사이의 사내아이들한테 인기 만점이라고 했었다. 그러면서도 이 오락기에서 나는 소음이 러시아워에 벌어지는 총격전보다 더 요란하다는 말은 하지 않았다.

벤은 어제 내가 그 오락기를 준 이후로 계속 게임을 하고 있다. 하지만 나는 벤이 진짜로 그 게임을 즐기고 있는 건지를 알지 못했고, 그래서 그 점이 신경 쓰였다. 벤은 나와 같이 언덕으로 하이킹을 다녔고, 내가 알고 있는 무술의 일부 기술들을 배웠다. 사설탐정은 빚을 떼어먹으려는 의뢰인에게 전화를 걸고 발코니 난간에 묻은 비둘기 똥을 청소하는 것 이상의 일을 하는 사람이라고 생각했기 때문에 내 사무실에 나와 함께 출근하기도 했다. 나는 오전에는 벤을 학교에 데려다줬고 오후에는 집에 데려왔다. 그리고 그사이 시간에 우리는 태국음식을 요리했고 브루스 윌리스 영화를 감상했으며 함께 폭소를 터뜨렸다. 그런데 지금 그 아이는 세상에 즐거운 일이 하나도 없다는 사실을 나한테 숨기려고 그 게임을 써먹었다. 나는 그 이유를 알았다. 그래서 벤을 보면 좋지 않은 기분만 남는 듯했다. 벤이 느끼는 기분 때문이기도 했지만, 그 상황 속에 있는 내 기분도 그랬다. 야쿠자에 소속된 잔학무도한 살인자들과 사생결단의 결투를 벌이는 게 사내 아이들과 대화하는 것보다 쉬운 일이었다.

방으로 들어가 벤이 앉은 카우치의 옆자리에 털썩 앉았다.

"멀홀랜드로 하이킹을 가는 건 어떻겠니?"

벤은 나를 무시했다.

"운동하러 갈까? 엄마가 집에 도착하기 전에 또 다른 태권도 품새를 보여줄 수 있는데."

"어어, 괜찮아요."

내가 물었다. "나하고 너희 엄마에 관한 얘기를 하고 싶니?"

나는 사설탐정이다. 직업의 특성상 위험천만한 사람들을 접한다. 지난여름에 로렌스 소벡이라는 살인자가 루시와 벤을 위협했을 때, 그 위험이 내가 서 있는 해변으로 밀려왔다. 루시는 그 문제로 힘든 시간을 보내고 있었고, 벤은 우리가 나누는 얘기를 들었다. 벤의 아버지와 루시는 벤이 여섯 살 때 갈라섰다. 지금 벤은 그런 일이 다시 벌어지고 있다고 걱정했다. 우리는, 루시와 나는 벤과 대화를 하려고 애썼지만, 사내아이들은—성인 남성들처럼— 남들에게 흉금을 터놓고 속내를 밝히는 걸 어려워한다.

벤은 나한테 대답을 하는 대신 엄지로 오락기를 더 세게 조종하면서 스크린에 뜬 액션을 향해 고개를 끄덕였다.

"이 여자가 퀸 오브 블레임(the Queen of Blame)이에요."

완벽하군.

머리카락은 삐죽삐죽하고 가슴은 카사바멜론만 한 젊은 동양 여성이 분노에 찬 사자후를 내지르며 대형 쓰레기통 너머로 몸을 날렸다. 황량한 도시 풍경으로 보이는 곳에서 약물을 주입해서 근육을 키운 근육질 사내 셋과 맞서기 위해서였다. 앙증맞은 홀터넥 상의는 그녀의 가슴을 간신히 가렸고, 스프레이로 물감을 뿌린 반바지는 그녀의 엉덩이를 보여줬다. 게임 프리크의 작은 스피커에서 그녀의 목소리가 전자음으로 으르렁거렸다.

"내 변기통 같은 놈들!"

그녀는 옆차기를 날려서는 제일 먼저 달려드는 상대를 허공으로 날려버렸다.

내가 말했다. "대단한 여자구나."

"그래요. 모두스(Modus)라는 악당이 이 여자의 여동생을 노예로 팔았어요. 그래서 이제 퀸은 그놈이 그 대가를 톡톡히 치르게 할 거예요."

퀸 오브 블레임이 그녀보다 덩치가 세 배나 큰 사내에게 왼손과 오른손 주먹을 어찌나 빨리 날리는지 그녀의 손은 흐릿하게 보였다. 피와 이빨이 사방으로 튀었다.

"주먹을 받아라, 쓰레기들아!"

조종간에서 일시 정지 버튼을 찾아낸 나는 게임을 중단시켰다. 어른들은 어린아이들과 얘기를 하려고 할 때는 무슨 말을 하고 어떻게 말해야 할지를 늘 궁금해한다. 어른들은 현명하게 처신하고 싶어 하지만, 어른이라는 존재는 순전히 덩치 큰 몸뚱어리에 들어 있는 어린아이일 뿐이다. 세상에 겉모습으로 속내를 파악할 수 있는 존재는 하나도 없다. 자신이 잘 안다고 생각하는 것들은 실제로는 결코 확실한 존재들이 아니다. 나는 이제는 그런 사실을 안다. 나는 그렇게 굴지 않기를 바라지만, 실제로는 그렇게 군다.

내가 말했다. "나하고 너희 엄마 사이에 벌어지는 일을 네가 무서워한다는 걸 나도 알아. 내가 너한테 원하는 건 우리가 이 일을 잘 이겨낼 거라는 걸 알아줬으면 하는 거야. 너희 엄마하고 나는 서로를 사랑해. 우리 사이는 좋아질 거야."

"알아요."

"엄마는 너를 사랑해. 나도 너를 사랑하고."

벤이 얼어붙은 스크린을 잠시 빤히 쳐다보다가 고개를 들어 나를 봤다. 꼬맹이의 얼굴이라는 게 확연한 벤의 얼굴은 매끈하면서도 생각이 깊어 보였다. 벤은 멍청하지 않았다. 벤의 엄마와 아빠도 벤을 사랑했지만, 벤을 향한 사랑도 그들이 갈라서는 걸 막지는 못했다.

"엘비스 아저씨?"

"응?"

"아저씨랑 같이 지내는 게 정말로 좋았어요. 내가 떠나야만 하지 않았으면 좋겠어요."

"나도 그래, 친구. 네가 여기 있어서 기뻐."

벤은 미소를 지었고, 나도 미소로 화답했다. 재미있다. 그런 순간이 한 사람을 희망으로 채울 수 있다는 사실이. 나는 벤의 다리를 토닥였다.

"내 계획은 이래. 엄마가 조금 있으면 집에 올 거야. 엄마가 우리를 더러운 꿀돼지라고 생각하는 일이 없도록 청소를 해놔야 해. 그러고는 엄마가 집에 왔을 때 저녁을 차릴 수 있도록 그릴을 준비해놓는 거야. 햄버거, 괜찮지?"

"게임부터 먼저 끝내도 돼요? 퀸 오브 블레임이 모두스를 찾기 직전이에요."

"되고말고. 퀸을 베란다로 데리고 나가는 건 어떻겠니? 퀸이 무지하게 시끄러워서 말이야."

"알았어요."

나는 주방으로 돌아갔고, 벤은 퀸과 그녀의 가슴을 밖으로 데려갔다. 그렇게 멀리 떨어진 거리에서도 퀸이 지르는 소리가 내 귀에 또렷하게 들렸다. "얼굴을 곤죽으로 만들어주마!" 그러자 그녀의 희생자가 고통스러운 비명을 질렀다.

그 소리에 더 귀를 기울였어야 했다. 귀를 더 쫑긋 세웠어야 했다.

그로부터 채 3분도 지나기 전에, 루시가 차에서 전화를 걸어왔다. 4시 22분이었다. 햄버거에 넣을 고기를 냉장고에서 막 꺼냈을 때였다.

내가 물었다. "자기, 어디야?"

"롱비치야. 교통이 괜찮은 편이야. 그래서 좋은 시간을 보내고 있어. 사나이들끼리 잘 지내고 있는 거야?"

루시 셰니에는 지역 TV 방송국에 소속된 법률 전문 해설자였다. 그 일을 맡기 전에는 배턴루지에서 민사 소송을 담당하는 변호사였는데, 우리는 그녀가 그 일을 할 때 처음 만났다. 그녀의 목소리에서는 여전히 루이지애나 특유의 프랑스어 억양이 약간 느껴졌지만, 그 억양을 감지하려면 귀를 쫑긋 세워야만 한다. 그녀는 어떤 재판을 취재하려고 샌디에이고에 가 있었다.

"우리는 잘 지내고 있어. 자기가 오면 같이 먹으려고 햄버거를 준비하는 중이야."

"벤은 어때?"

"벤 기분이 오늘은 저기압인데, 그래도 우리끼리 얘기를 잘했어. 지금은 기분이 좋아졌어. 자기를 보고 싶어 해."

우리는 지나치게 오래 침묵에 빠져 있었다. 루시는 밤마다 전화를 걸어왔고, 우리는 충분히 많이 웃어댔다. 그런데 우리가 나누는 대화는 불완전하게 느껴졌다. 그렇지 않은 척 꾸미려 애썼음에도. 세계 최고의 탐정과 교제하는 건 쉬운 일이 아니었다.

마침내 내가 입을 열었다. "나도 자기가 보고 싶었어."

"나도 그랬어. 긴 한 주였어. 햄버거라…… 정말 근사하게 들린다. 치즈버거, 피클 듬뿍 들어 있는."

그녀의 목소리에 피곤기가 묻어났다. 하지만 그녀가 지금 웃고 있는 것처럼 들리기도 했다.

"그럭저럭 그렇게 만들 수 있을 것 같아. 자기가 먹을 피클도 장만해뒀어."

루시는 깔깔 웃었다. 나는 세상에서 사람들을 제일 잘 웃기는 탐정이기도 하다.

그녀가 물었다. "내가 어떻게 그런 제안을 퇴짜 놓을 수 있겠어?"

"벤이랑 통화할래? 방금 밖에 나갔는데."

"괜찮아. 벤한테 내가 가고 있다고, 사랑한다고 전해줘. 그러고 나서 내가 자기를 사랑한다는 말을 당신 자신한테 전하도록 해."

우리는 전화를 끊었다. 나는 희소식을 전하려고 베란다로 나갔지만 베란다는 비어 있었다. 나는 난간으로 갔다. 벤은 우리 집 아래에 있는 비탈에서 노는 걸, 그리고 비탈의 한참 아래쪽에서 자라는 검정호두나무에 오르는 걸 좋아했다. 나무들 너머에 있는, 산비탈을 따라 쳐진 거미줄 같은 도로에는 더 많은 집이 자리하고 있었다. 협곡에서 가장 깊숙한 지점이 이제 막 자주색으로 물들기 시작했지만, 햇빛은 여전히 밝았다. 그런데 벤의 모습이 보이지 않았다.

"벤?"

대답이 없었다.

"이봐, 친구! 엄마한테 전화 왔었어!"

여전히 대답이 없었다.

집 옆쪽을 확인한 다음, 집 안으로 돌아가 벤이 잠을 자는 곳인 게스트 룸이나 화장실에 있을 거로 생각하며 벤의 이름을 다시 불렀다.

"이봐, 벤! 어디 있니?"

아무 대답도 들리지 않았다.

게스트룸과 아래층 화장실을 들여다본 후, 현관을 통해 도로로 나갔다. 우리 집은 협곡 꼭대기를 따라 구불구불 휘어진 좁은 사설 도로 옆에 있다. 이웃들이 출근하고 퇴근할 때를 제외하면 이 길을 지나는 차는 드물다. 따라서 이곳은 안전한 도로로, 스케이트보드를 타기에 끝내주는 곳이다.

"벤?"

아이의 모습이 보이지 않았다. 나는 집 안으로 돌아갔다. "벤! 아까 그거 엄마 전화였어!"

그렇게 하면 대답을 할 거라고 생각했다. 엄마를 들먹이는 으름장.

"지금 어디에 숨어 있는 거라면, 이건 좀 골치 아픈 일이야. 하나도 재미없으니까."

위층에 있는 내 방으로 올라갔지만 아이를 찾지는 못했다. 아래로 내려와 다시 베란다로 향했다.

"벤!"

가장 가까운 이웃집에 사는 어린 사내아이가 둘 있지만 벤은 나한테 알리지 않고 거기에 간 적이 한 번도 없었다. 벤이 나한테 알리지 않고 산비탈을 내려가거나 도로로 나간 적은 없었다. 심지어 집 옆에 있는 간이 차고조차 나한테 알리지 않고 간 적이 한 번도 없었다. 이건 벤다운 짓이 아니었다. 마술사처럼 굴면서 자취를 감추는 것 역시 벤다운 짓이 아니었다.

안으로 들어가 이웃집에 전화를 걸었다. 우리 집 주방 창문을 통해 그레이스 곤살레스의 집을 볼 수 있었다.

"그레이스? 옆집 사는 엘비스예요."

마치 이 블록 저 위쪽에 또 다른 엘비스가 사는 양.

"안녕하세요, 친구. 어떻게 지내요?"

그레이스는 나를 친구라고 불렀다. 스턴트우먼으로 활동하던 그녀는 12층짜리 빌딩에서 투신할 때 만난 스턴트맨과 결혼하고는 은퇴해서 아들 둘을 낳았다.

"벤이 거기 있나요?"

"아뇨. 여기 오겠다고 했나요?"

"2분 전까지만 해도 여기 있었는데 지금은 보이지를 않아서요. 걔가 애들을 만나러 거기 간 건가 싶어서요."

그레이스는 머뭇거렸다. 걱정해야 할 일이 생긴 탓에 그녀의 목소리에서 특유의 태평한 분위기가 사라졌다.

"앤드루한테 물어볼게요. 애들이 내가 못 본 사이에 아래층에 내려갈 수도 있거든요."

앤드루는 그녀의 큰아들로 여덟 살이고, 그의 동생 클라크는 여섯 살이었다. 벤은 클라크가 제 콧물을 먹는 걸 좋아한다고 내게 말했었다.

나는 시간을 다시 확인했다. 루시가 4시 22분에 전화했었다. 지금은 4시 38분이었다. 벤이 터벅터벅 비탈을 올라오는 모습이 보일까 싶어 전화기를 들고 베란다로 나갔지만, 언덕에는 아무도 없었다.

그레이스가 수화기로 돌아왔다.

"엘비스?"

"말씀하세요."

"우리 애들이 벤은 못 봤대요. 현관 좀 살펴볼게요. 벤은 아마 길거리에 있을 거예요."

"고마워요, 그레이스."

그녀가 집 밖에서 벤의 이름을 부를 때, 우리가 사는 집들을 갈라놓는 협곡의 굽이진 도로 저쪽에서 그녀의 목소리가 뚜렷하게 들렸다. 그러더니 그녀가 수화기로 돌아왔다.

"양쪽 방향 모두 상당히 멀리까지 볼 수 있는데, 벤은 보이지 않아요. 그쪽으로 가서 벤을 찾는 걸 도와줄까요?"

"앤드루하고 클라크를 돌보는 일만으로도 손이 모자라잖아요. 혹시 벤이 보이면 거기 붙잡아두고 저한테 전화해줄래요?"

"곧바로 전화할게요."

나는 수화기를 내려놓고 협곡 아래를 응시했다. 비탈은 가파르지 않았다. 하지만 벤이 비탈에서 굴러서 다치거나 나무에서 떨어졌을 수도 있다. 전화기를 베란다에 남겨두고 비탈 아래로 내려갔다. 무른 흙에 두 발이 박혔고, 발을 디디고 설 곳이 마땅치 않았다.

"벤! 도대체 어디 있는 거니?"

울퉁불퉁한 손가락처럼 생긴 호두나무들이 산비탈에 뒤틀린 모양으로 서 있었다. 나무의 몸통은 회색에다 거칠었다. 검정 기운이 감도는 녹색의 뾰족한 잎들이 달린 호두나무 사이에 유카나무 한 그루가 코르크 마개를 뽑는 스크루 모양으로 자라고 있었다. 오랜 세월에 걸쳐 토양이 이동해서 철조망 울타리의 녹슨 잔해 일부분이 땅에 묻혀 있었다. 제일 큰 호두나무가 쫙 펼친 손가락처럼 펴져 다섯 개의 육중한 몸통을 자랑하며 울타리 너머의 땅에 솟아나 있었다. 나는 벤과 그 나무에 오른 적이 두 번 있었다. 그러면서 우리는 펼쳐져 있는 나무의 몸통 사이에 트리 하우스를 짓는 일에 관해 얘기했었다.

"벤!"

온 신경을 곤두세우고 귀를 기울였다. 숨을 깊이 들이마셨다 내쉰 다음 호흡을 멈췄다. 멀리서 아련한 메아리가 들렸다.

"*벤!*"

다리가 부러진 채 비탈 먼 아래에 있는 벤을 상상해봤다. 그것보다 심한 중상을 입은 벤의 모습도.

"*내가 가고 있어.*"

나는 서둘렀다.

들려오는 목소리를 따라 나무들 사이로, 그리고 손가락 같은 나무 몸통에서 툭 튀어나온 부분을 돌아서 갔다. 나는 벤을 찾아낼 거라 확신하고 있었다. 하지만 툭 튀어나온 곳을 돌아서면서 목소리를 더 선명하게 들은 나는 그게 벤의 목소리가 아니라는 걸 알게 됐다. 시들어버린 가을철 풀들이 모여 이룬 둥지에서 게임 프리크가 나를 기다리고 있었다. 벤은 사라졌다.

나는 목청이 터질 듯 큰 소리로 벤을 불렀다.

"*벤!!!*"

내 심장이 쿵쾅거리는 소리와 퀸의 양철통 부딪히는 듯한 목소리 말고는 아무 대답도 돌아오지 않았다. 퀸은 마침내 모두스를, 머리는 총알처럼 생기고 두 눈은 연필 끝처럼 조그마한 엄청나게 뚱뚱한 거구의 남자를 찾아냈다. 두 사람이 유혈이 낭자한 실내를 돌아다니는 무한 루프 속에서 대결을 벌이는 동안, 그녀는 킥을 거듭 날리고 펀치를 계속 날리면서 복수의 맹세를 큰 소리로 외쳐댔다.

"이제는 뒈져버려! 이제는 뒈져버려! 이제는 뒈져버리란 말이야!"

나는 퀸 오브 블레임을 바짝 끌어안고는 서둘러 비탈 위로 돌아갔다.

2

실종 이후 경과 시간: 0시간 21분

해가 떨어지는 중이었다. 협곡에 잉크가 채워지듯 어둠이 산등성이 사이의 깊이 팬 지역에 고였다. 주방 바닥 가운데에 쪽지를 붙였다. '여기 그대로 있어. 너를 찾는 중이니까.' 그런 후 차를 몰고 벤을 찾으려 애쓰면서 협곡을 관통해 내려갔다.

벤이 발목을 삐었거나 무릎이 돌아갔다면, 우리 집으로 돌아오려고 가파른 비탈을 올라오는 대신 절뚝거리며 비탈 아래로 향했을 가능성이 있었다. 도와달라며 누군가의 집을 노크했을 수도 있다. 절뚝거리면서 혼자 힘으로 집에 돌아오는 중일지도 몰랐다. 나는 혼잣말을 했다. 그럼, 그럴 게 분명해. 열 살짜리 사내아이가 아무 이유도 없이 사라지는 일은 없으니까.

우리 집 아래에 있는 배수로를 따라 난 도로에 도착한 나는 차를 세우고는 차에서 내렸다. 햇빛이 빠르게 허약해지고 있었고 어두워진 탓에 앞을 보기가 힘들었다. 벤의 이름을 불렀다.

"벤?"

벤이 언덕 아래로 내려갔다면 거기 있는 세 집 중 한 곳 옆을 지났을 것이다. 처음 두 집에는 아무도 없었지만, 세 번째 집에서는 가정부가 대답했다. 그녀는 내가 집 뒷마당에 들어가는 걸 허락했지만, 내가 수영장에 있는 장난감을 훔칠지도 모른다는 듯 창문 저쪽에서 나를 주시했다. 아무 것도 없었다. 콘크리트 블록 너머로 이웃집 마당들을 살피려고 용을 써봤지만, 벤은 거기에도 없었다. 나는 아이의 이름을 다시 불렀다.

"벤!"

나는 차로 돌아왔다. 우리의 길이 서로 엇갈리는 건 무척이나 쉬운 일이었고 그럴 가능성도 무척 컸다. 내가 어느 도로를 따라 차를 몰 때, 벤이 다른 길을 내려갔을 수도 있었다. 내가 그 도로에 올랐을 무렵 벤이 내 뒤에 다시 나타났을 수도 있었다. 아무튼, 나는 달리 무슨 일을 해야 할지를 몰랐다.

벤의 인상착의와 맞아떨어지는 사내아이를 본 적 있느냐고 물으려고 지나가는 경비업체 순찰차를 두 번이나 손짓으로 세웠다. 벤을 본 차는 없었고, 그들은 내 이름과 전화번호를 적고는 아이를 보면 연락하겠다고 말했다.

해가 지기 전에 가급적 더 넓은 지역을 훑어보려 애쓰면서 더 빨리 차를 몰았다. 길을 잃은 사람이 벤이 아니라 나 자신인 양, 나는 협곡을 구불구불 관통하는 똑같은 도로들을 지나고 또 지났다. 높은 곳으로 오를수록 도로는 더 밝았지만, 한기가 어둠을 따라다녔다. 벤은 청바지 위에 운동복을 입고 있었다. 그런 차림은 추위를 막기에는 충분치 않을 터였다.

집에 도착한 나는 집 안으로 들어서면서 다시 벤의 이름을 불렀지만 여전히 아무 대답도 없었다. 내가 남겨놓은 쪽지는 누가 건든 흔적 없이 그대로 있었고, 응답기에 뜬 메시지 개수는 '0'이었다.

내가 앞서 물어봤던 순찰차 두 대의 소속사를 비롯한 우리가 사는 협곡을 담당하는 사설 경비업체의 출장소들에 전화를 걸었다. 그들의 차량은 날마다 24시간 내내 협곡을 돌아다녔다. 그리고 그 회사들이 설치한 표지판은 절도범에게 보내는 경고로서 거의 모든 집 현관 앞에 게시돼 있었다. '도시 생활을 찾아오신 당신을 환영하는 바이다.' 나는 이 지역에서 어린 아이 한 명이 실종됐다고 말하고는 벤의 인상착의를 설명했다. 내가 그 업체들의 가입자가 아니었음에도 그들은 흔쾌히 도와줬다.

수화기를 내려놓는 순간 현관문 열리는 소리가 들렸다. 안도감이 날카로운 못처럼 몰려오면서 마음이 무척이나 고통스러웠다.

"벤!"

"나야."

루시가 거실로 들어왔다. 그녀는 크림색 상의에 검정 정장 바지 차림으로, 재킷은 손에 들고 있었다. 차에서 지나치게 긴 시간을 보낸 탓에 바지에 주름이 많이 가 있었다. 그녀는 피곤한 기색이 역력했지만 가냘픈 미소를 지어 보였다.

"안녕. 그런데 햄버거 냄새가 안 나네."

6시 2분이었다. 벤은 정확히 100분간 실종 상태였다. 우리가 마지막으로 통화한 후 루시가 집까지 오기까지 정확히 100분이 걸렸다. 내가 그녀의 아들을 잃어버리는 데 100분이 걸렸다.

루시가 내 얼굴에 깃든 두려움을 봤다. 그녀의 얼굴에서 웃음기가 싹 사라졌다.

"무슨 일이야?"

"벤이 없어졌어."

루시는 벤이 장난을 치느라 키득거리면서 카우치 뒤에 숨어 있을지도 모른다는 듯 주위를 돌아봤다. 하지만 금세 이게 장난이 아니라는 걸 알았다. 그녀는 내 심각한 표정을 알아차렸다.

"무슨 말이야, 없어졌다니?"

사건 전후에 대한 설명은 설득력이 없었다. 나는 변명을 하는 것 같았다.

"자기가 전화했을 때쯤 벤이 밖으로 나갔는데, 지금은 벤을 찾을 수가 없어. 이름을 불러봤지만 대답을 안 해. 벤을 찾으면서 협곡 곳곳을 돌아다녔지만 보이지를 않아. 옆집에도 없어. 어디 있는지 모르겠어."

그녀는 내가 심각한 실수를 저질렀다는 듯 고개를 저었다. 그러면서 그녀는 내 설명을 잘못 이해했다.

"애가 그냥 *떠났다*는 거야?"

나는 증거물이나 되는 양 게임 프리크를 그녀에게 보여줬다.

"모르겠어. 벤은 밖에 나갈 때 이걸 갖고 놀고 있었어. 그런데 이걸 비탈에서 찾았어."

루시는 성큼성큼 나를 지나쳐 베란다로 나갔다.

"벤! 벤저민, 대답해! *벤!*"

"루시, 이름은 내가 계속 불러봤어."

성큼성큼 집 안으로 돌아온 그녀가 복도 아래로 사라졌다.

"*벤!*"

"애는 여기 없어. 경비업체들 순찰차에 얘기해놨어. 경찰에 신고하려던 참이었어."

그녀는 베란다로 곧바로 돌아갔다.

"*젠장, 벤, 대답하는 편이 좋을 거야!*"

나는 루시의 뒤로 다가가 그녀의 두 팔을 붙들었다. 떨고 있었다. 그녀가 내게로 몸을 돌렸고, 우리는 서로를 껴안았다. 그녀의 목소리가 너무 작았다. 죄책감이 가득 담긴 루시의 가느다란 목소리가 내 가슴을 짓눌렀다.

"벤이 도망갔다고 생각해?"

"아니, 아냐. 벤은 아무 문제없었어, 루시. 우리가 통화한 다음에도 괜찮았어. 이 형편없는 게임을 하면서 깔깔거리고 있었단 말이야."

나는 벤이 비탈에서 놀다가 다친 후에 집으로 돌아오는 길을 찾으려 애쓰다 길을 잃었을 공산이 크다고 생각한다고 말했다.

"아래쪽 도로들이 뱀처럼 꼬불꼬불한 데다 헷갈리잖아. 벤은 집으로 돌아오려고 방향을 돌렸지만, 지금쯤은 너무 겁을 먹어서 누군가한테 도와달라는 말도 못 하고 있을 거야. 낯선 사람을 조심하라는 경고를 많이 들었잖아. 벤이 길을 잘못 들어서고도 계속 걷고 있다면, 집에서 더욱더 멀어지면서 길을 더 심하게 잃었을 거야. 지금은 너무 겁을 먹어서 차가 지나갈 때마다 몸을 숨기고 있을 거야. 하지만 우리는 벤을 찾아낼 거야. 경찰에 신고하는 게 옳아."

루시는 내 말을 믿고 싶다는 표정으로 나를 향해 고개를 끄덕였다. 그러고는 협곡을 바라봤다. 주택들의 불빛이 반짝거리기 시작했다.

그녀가 말했다. "어두워지고 있어."

그 한 단어. 어둠. 그 단어가 세상의 모든 부모가 느낄 제일 끔찍한 두려움을 호출했다.

내가 말했다. "우선 신고하자. 경찰들이 우리가 벤을 찾을 때까지 협곡에 있는 집들을 모두 방문할 거야."

루시와 내가 집 안으로 들어섰을 때 전화기가 울렸다. 화들짝 놀란 루시는 심지어 나보다 더 펄쩍 뛰었다.

"벤 전화일 거야."

나는 전화를 받았지만, 수화기 저편에 있는 목소리는 벤이나 그레이스 곤살레스나 경비업체 순찰대원의 것이 아니었다.

어떤 남자가 말했다. "엘비스 콜이신가?"

"그렇습니다. 누구시죠?"

목소리는 냉기가 도는 저음이었다.

그가 말했다. "파이브-투(Five-two)."

"누구시죠?"

"파이브-투, 개자식아. 파이브-투 기억하지?"

루시가 벤에 대한 소식이기를 간절히 바라면서 내 팔을 잡아당겼다. 나는 이해를 못 하겠다는 걸 알리려고 그녀를 향해 고개를 저었지만, 좋지 않은 기억들에 대한 격한 공포는 이미 내 뇌리 깊은 곳을 베고 있었다.

나는 양손으로 전화기를 붙들었다. 전화기를 붙들고 있으려면 두 손이 다 필요했다.

"누굽니까? 무슨 얘기를 하는 겁니까?"

"이건 복수다, 이 후레자식아. 이건 네가 한 짓에 대한 대가야."

나는 전화기를 더 힘껏 붙잡았다. 나도 모르게 친 고함이 들렸다.

"내가 무슨 짓을 했다는 겁니까? 무슨 얘기를 하는 겁니까?"

"네가 무슨 짓을 했는지는 잘 알잖아. 애는 내가 데리고 있다."

통화가 끊겼다.

루시가 내 팔을 더 세게 잡아당겼다.

"누구였어? 뭐래?"

그녀가 느껴지지 않았다. 그녀가 하는 말이 들리지 않았다. 나는 나 자신의 과거를 담은 빛바랜 사진 앨범에 갇힌 신세였다. 또 다른 나를, 지금의 나와는 사뭇 다른 나를 찍은 화사하고 푸룻푸룻한 사진과 얼굴에 염료를 칠한, 눈이 퀭해 불쾌하고 시큼한 공포의 냄새를 풍기는 젊은 남자들을 찍은 사진이 정신 사나우리만치 어지럽게 뒤섞여 있는 앨범에.

루시가 나를 더 세게 잡아당겼다.

"정신 차려! 자기가 그러니까 겁이 나잖아."

"남자야. 나도 모르는 남자. 벤을 데리고 있대."

루시가 양손으로 내 팔을 잡았다.

"벤이 유괴됐다는 거야? 벤이 납치된 거야? 그 남자가 뭐래? 원하는 게 뭐래?"

입이 바짝 말랐다. 목이 고통스러운 매듭에 걸린 듯 경련을 일으켰다.

"그 남자는 나를 처벌하고 싶어 해. 오래전에 일어났던 일 때문에."

사내들처럼 구는 사내들

닷새짜리 방문의 이틀째, 벤은 엘비스 콜이 세차하러 나갈 때까지 기다렸다가 위층으로 슬그머니 올라갔다. 벤은 엘비스 콜의 개인 소지품을 습격하겠다는 계획을 몇 주 동안이나 세워왔다. 엘비스는 사설탐정으로, 그건 굉장히 멋진 직업이었다. 그는 끝내주는 물건들도 가지고 있었다. 벤이 보고 싶을 때면 언제든 감상할 수 있는 오래된 SF영화와 공포영화 비디오테이프와 DVD 컬렉션, 냉장고 곳곳에 붙어 있는 슈퍼히어로 자석 100개쯤과 현관 벽장에 걸려 있는 방탄조끼도 가지고 있었다. 날이면 날마다 볼 수 있는 것들이 아니었다. 심지어 엘비스는 자신을 '업계에서 제일 큰 바보천치(dick, '남성의 성기'라는 뜻도 있다)'라고 소개한 명함도 가지고 있다.

벤이 학교에서 친구들에게 그 명함을 보여주자 모두 배꼽을 잡았다.

　벤은 엘비스 콜이 다른 끝내주는 보물들을 위층 벽장에 숨겨두고 있다고 확신했다―철석같이 믿었다―. 예를 들어, 벤은 엘비스가 거기에 총을 보관하고 있다는 걸 알았다. 그리고 총과 탄환이 벤이 열 수 없는 특수금고에 보관돼 있다는 것도 잘 알았다. 벤은 무얼 찾아내게 될 것인지를 모르면서도 『플레이보이』 두어 권이나 수갑, 검정 가죽으로 싼 철제 곤봉(세인트 찰스 패리시에 사는 르네 삼촌이 '검둥이 격퇴기'라고 불러서 벤의 엄마를 질겁하게 만든 물건) 같은 근사한 경찰 용품들을 발견하는 횡재를 할지도 모른다고 생각했다.

　그래서 엘비스가 그날 아침에 세차를 하러 밖에 나갔을 때, 벤은 창문 밖을 훔쳐봤다. 엘비스가 양동이에 비눗물을 채우는 걸 본 벤은 집을 가로질러 계단으로 질주했다.

　엘비스 콜과 그의 고양이는 거실이 내려다보이는 위층의 확 트인 방에서 잠을 잤다. 고양이는 벤이나 그의 엄마를 좋아하지 않았지만, 벤은 고양이에게 악감정을 품지 않으려고 애썼다. 이 고양이는 엘비스와 그의 파트너 조 파이크를 제외하곤 누구도 좋아하지 않았다. 벤이 고양이가 있는 방에 들어갈 때마다 고양이는 매번 귀를 낮추고는 으르렁거렸다. 이 고양이는 사람이 총으로 쏘려고 들더라도 도망치지 않을 것이다. 털을 곤추세우고는 몸을 낮춰서 총을 든 상대에게 다가갈 것이다. 벤은 그게 무서웠다.

　벤은 층계 꼭대기에 무사히 도착했다. 그런 후 고양이가 침대에서 자고 있지 않다는 걸 확인하려고 꼭대기 계단 너머를 기웃거렸다.

　위험요소는 하나도 없었다.

　고양이는 없었다.

차를 씻는 물소리가 여전히 들렸다.

벤은 벽장으로 뛰어갔다. 벤은 엘비스가 그의 엄마에게 총기 보관금고를 보여줄 때 엘비스의 벽장에 들어간 적이 이미 두 번이나 있었다. 그래서 그는 높은 선반 위에 있는 박스들과 사진과 오래된 잡지, 멋진 물건일지도 모르는 정체불명의 희미한 존재들이 가득 담긴 타파웨어(미국의 유명 플라스틱 용품 회사) 용기들이 그 작은 방에 있다는 걸 알고 있었다. 벤은 친구 빌리 토먼이 학교에 가져왔던 것 같은 화끈한 포르노를 찾겠다는 소망을 품고 잡지들부터 휙휙 넘겼다. 하지만 벤은 잡지 내용에 실망하고 말았다. 대다수는 따분한 『뉴스위크』와 『로스앤젤레스 타임스 매거진』이었다. 벤은 벽장의 끝부분을 가득 채운, 높이가 벤의 키만큼 큰 커다란 철제 박스인 총기 보관금고 위에 무엇이 있는지 보려고 까치발로 섰지만, 그가 발견한 건 오래된 야구모자 두 개와 바늘이 멈춘 시계 하나, 어떤 집 현관에 서 있는 나이든 여자를 찍은 컬러사진이 담긴 액자, 그리고 레스토랑에 앉은 엘비스와 벤의 엄마를 찍은 사진이 담긴 액자가 전부였다. 수갑이나 검둥이 격퇴기는 없었다.

높은 곳에 설치된 선반 하나가 벽장을 가로지르고 있었다. 선반은 벤의 손이 닿지 않는 곳에 있었는데, 벤은 부츠 한 켤레와 박스 몇 개, 침낭, 구두 닦이 키트로 보이는 물건, 검정 나일론 운동용 가방을 봤다. 벤은 그 가방을 확인해볼 가치가 있다고 생각했지만, 거기에 손이 닿으려면 키가 60센티미터는 더 커야 했다. 벤은 금고를 이리저리 재봤다. 몸을 높여서 금고 위에 올라앉으면 가방에 손이 닿을 것 같았다. 그는 금고 위에 조심스레 두 손을 올리고는 몸을 곧장 끌어올린 다음, 금고 꼭대기에 무릎을 걸치고 몸을 밀어 올렸다. 그러는 도중에 모자 몇 개를 우그러뜨리고 노파의 사진을 쓰러뜨렸으나 그때까지는 별문제가 없었다. 그는 최대한 멀리로 놈을 뻗어 가방에 손을 댔지만, 가방을 제대로 움켜쥘 정도는 아니었다. 그는 한 손으로는 선반 위쪽을 움켜쥐고 다른 손으로는 가방을 잡으려고 손을 뻗으면서 최대한 멀리까지 몸을 기울이다가 순간 균형을 잃고 말았다. 벤은 균형을 잃지 않으려 애를 썼지만 너무 늦었다. 그는 옆으로 굴러떨어졌고, 그러면서 가방을 선반에서 끌고 내려왔다. 그는 셔츠와 바지가 비처럼 쏟아지는 가운데 바닥에 떨어졌다.

"젠장!"

벤은 옷을 들어 올리다 시가 박스를 발견했다. 가방 꼭대기에 놓여 있다가 그가 가방을 붙들고 떨어질 때 같이 떨어진 게 분명했다. 빛바랜 스냅사진 두어 장, 알록달록한 옷감 조각 몇 장, 파란 플라스틱 케이스 다섯 개가 시가 박스에서 쏟아져 나왔다. 벤은 겁을 먹었다. 파란 케이스는 특별한 것이라는 걸 그는 잘 알았다. 그것들은 특별해 보였다. 케이스마다 길이가 18센티미터쯤 되는 금색 띠가 왼쪽에 수직으로 드리워져 있었고, 오른쪽 아래 구석에는 '미합중국'이라는 금색 글자가 박혀 있었다.

벤은 옷들을 옆으로 밀치고는 그가 발견한 물건들을 살펴려고 가부좌를 틀었다.

육군 군복을 입은 병사들과 헬리콥터가 찍힌 사진이었다. 어떤 남자가 입에 담배를 달랑거리게 물고는 환히 웃는 모습으로 이층침대에 앉아 있었다. 그의 왼팔 위쪽에 단어 하나가 문신으로 새겨져 있었다. 사진이 흐릿한 탓에 벤은 그 단어를 읽으려고 사진에 눈을 바짝 붙여야 했다. **레인저**(RANGER, 기습공격이나 정찰 임무를 수행하는 미 육군 특수부대). 벤은 그게 그 남자의 이름일 거라고 짐작했다. 다른 사진은 헬리콥터 앞에 선 병사 다섯 명을 보여줬다. 그들은 지독히도 거친 사내들로 보였다. 얼굴에는 녹색과 검은색 칠이 돼 있었다. 배낭과 탄창, 수류탄, 검정 소총을 잔뜩 소지하고 있었다. 왼쪽에서 두 번째 병사는 숫자가 적힌 작은 표지판을 들고 있었다. 얼굴에 칠을 한 탓에 그들의 이목구비는 보기 힘들었지만, 맨 오른쪽에 있는 군인은 엘비스 콜처럼 보였다. 와우.

벤은 사진들을 내려놓고 파란 케이스를 열었다. 빨간색과 흰색, 파란색이 섞인, 길이가 4센티미터쯤 되는 리본이 회색 펠트에 핀으로 고정돼 있었다. 그 아래에는 리본의 축소판처럼 생긴 빨간색과 흰색, 파란색 핀이 있었고, 그 아래에 메달이 있었다. 메달리언(medallion)은 또 다른 리본에 달린 꼭짓점 다섯 개짜리 금색 별로, 투명한 플라스틱으로 덮여 있었다. 금색별 가운데에는 작은 은색별이 있었다. 벤은 그 상자를 닫고 다른 상자들을 열었다. 각각의 케이스마다 또 다른 훈장들이 들어 있었다.

그는 훈장들을 옆으로 치우고는 나머지 사진들을 들여다봤다. 사진 한 장은 텐트 밖에 둘러서서 맥주를 마시는 검정 티셔츠 차림의 사내들이었다. 또 다른 한 장은 무릎에 소총 한 정을 가로로 걸치고는 샌드백에 앉은 엘비스 콜의 사진이었다—셔츠를 걸치지 않은 그는 정말로 깡말라 보였다!—. 다음 사진은 페인트를 칠한 얼굴에 축 처진 모자, 총 한 자루를 들고 나뭇잎 속에 서 있는 어떤 남자였는데, 주위에 있는 나뭇잎들이 어쩌나 무성한지 그는 녹색 벽에서 걸어 나오고 있는 듯 보였다. 벤은 노다지를 발견했다! 이게 그가 찾아내기를 바랐던 바로 그 멋진 물건들이었다! 그는 사진에 너무 몰두한 나머지 엘비스가 다가오는 소리를 전혀 듣지 못했다.

엘비스가 말했다. "너, 딱 걸렸어."

화들짝 놀라 몸을 돌린 벤은 온몸이 벌겋게 달아오르는 걸 느꼈다.

엘비스는 양쪽 엄지를 주머니에 꽂은 채로 문간에 서 있었다. 그가 치켜세운 눈썹은 "지금 무슨 일을 벌이고 있는 건가, 친구?"라고 묻고 있었다.

벤은 부끄럽고 창피했다. 그는 엘비스가 길길이 뛸 거라고 생각했지만, 엘비스는 그의 옆에 앉아 사진들과 작은 파란 케이스들을 응시하며 깊은 생각에 잠겼다. 벤은 엘비스의 눈빛을 제대로 느끼면서 엘비스가 그를 영원토록 미워할 거라고 생각했다.

"아저씨 물건을 몰래 뒤져서 죄송해요."

벤이 울지 않으려고 할 수 있는 일은 그게 다였다.

엘비스는 생각이 다른 곳에 쏠려 있는 듯한 미소를 짓고는 벤의 머리를 쓰다듬었다.

"괜찮아, 친구. 여기 있는 동안에는 어디를 둘러보건 상관없다고 내가 말했잖아. 그래도 네가 내 벽장에 올라갈 거라는 생각까지는 못 했어. 몰래 돌아다니지 않아도 돼. 내 물건들 보고 싶으면 보고 싶다고 얘기만 하면 돼. 오케이?"

엘비스와 눈을 맞추는 건 여전히 어려운 일이었지만, 벤은 호기심이 불타올랐다. 그는 헬리콥터 옆에 있는 병사 다섯 명을 찍은 사진을 내밀었다.

"이거 아저씨예요? 끝에서 두 번째?"

엘비스는 사진을 응시하면서도 사진에 손을 대지는 않았다. 벤은 이층 침대에 있는 사내의 사진을 보여줬다.

"이 사람은 누구예요? 레인저라는 사람이요?"

"그 사람 이름은 레인저가 아니라 테드 필즈였어. 레인저는 특정한 종류의 군인을 말하는 거야. 어떤 사람들은 레인저가 됐다는 게 무척이나 자랑스러워서 그걸 문신으로 새기기까지 했어. 테드도 그 사실을 자랑스러워했었어."

"레인저는 무슨 일을 하는데요?"

"팔굽혀펴기."

엘비스는 벤에게서 사진을 받아 그걸 시가 박스에 다시 넣었다. 벤은 엘비스가 자신의 질문에 대답하는 걸 그만둘까 봐 걱정됐다. 그래서 파란 케이스 하나를 잽싸게 집어 들고는 그걸 열었다.

"이건 뭐예요?"

엘비스는 상자를 가져가서 닫고는 시가 박스에 다시 넣었다.

"은성훈장(Silver Star)이라고 부르는 거야. 금색별 가운데에 작은 은색 별이 있는 이유가 그거야."

"아저씨는 그걸 두 개나 가지고 있네요."

"육군이 세일을 했거든."

엘비스는 다른 상자를 치웠다. 벤은 엘비스가 훈장과 사진들을 불편해하는 모습을 봤다. 하지만 이건 벤이 여태껏 본 중에 가장 멋진 물건들이었다. 그래서 그는 그것들에 대해 알고 싶었다. 그는 세 번째 훈장 케이스를 낚아챘다.

"왜 이 훈장은 자주색에다 심장 모양으로 생겼어요(전투 중 부상을 입은 군인에게 수여하는 '퍼플 하트' 훈장을 가리킨다)?"

"우리, 이것들은 치우고 세차 마무리하자."

"아저씨가 총에 맞았을 때 받은 거예요?"

"부상을 당하는 방법은 온갖 가지가 있어."

엘비스는 마지막 훈장 케이스를 치우고는 사진들을 집어 들었다. 벤은 자신이 엄마의 남자친구에 대해 아는 게 그리 많지 않다는 걸 깨달았다.

벤은 엘비스가 이 모든 훈장을 받기 위해 끝내주게 용감한 일을 했던 게 분명하다는 걸 알았다. 하지만 엘비스는 훈장에 대한 얘기는 한마디도 하지 않았었다. 어떻게 사람이 이런 근사한 물건들을 가지고서도 그걸 감추고 있을 수 있단 말인가? 벤이라면 날마다 자기가 받은 훈장들을 달고 다닐 텐데!

"그 은성훈장은 어떻게 받은 거예요? 아저씨는 영웅이었어요?"

엘비스는 시선을 떨군 채로 사진들을 시가 박스에 넣고 뚜껑을 닫았다.

"영웅하고는 거리가 한참 멀었어, 친구. 내 주위에 훈장을 받으려는 사람이 아무도 없었어. 그래서 군이 나한테 훈장을 준 거야."

"언젠가는 나도 은성훈장을 받고 싶어요."

엘비스가 갑자기 온몸에 가시가 돋은 쇳덩어리 같은 모습을 보였다. 그래서 벤이 느끼는 두려움은 점점 커졌다. 벤이 알던 엘비스는 그 자리에는 전혀 존재하지 않는 것처럼 보였다. 하지만 매서운 눈빛이 차츰 부드러워지더니 엘비스는 평소의 모습으로 돌아왔다. 벤은 안도했다.

엘비스가 시가 박스에서 은성훈장 하나를 꺼내 내밀었다.

"저기 말이야, 친구, 네가 내 훈장 하나를 갖는 편이 나을 것 같아."

그러고는 엘비스 콜은 그가 말한 대로 벤에게 은성훈장 하나를 건넸다.

벤은 훈장을 보물처럼 받아들었다. 리본은 윤기가 나는 데다 부드러웠다. 메달리언은 보기보다 훨씬 무거웠다. 가운데에 작은 은색별이 있는 금색별은 상당히 무거웠고, 별의 꼭짓점들은 정말로 뾰족했다.

"내가 가져도 돼요?"

"그럼. 군에서 나한테 준 걸 지금은 내가 너한테 주는 거야."

"와우, 고마워요! 나도 레인저가 될 수 있는 거예요?"

엘비스는 이제는 한층 더 안도한 듯 보였다. 그는 벤에게 기사 작위를 수여하는 것처럼 벤의 머리에 손을 얹는 과장된 제스처를 취했다.

"그대는 공식적으로 미 육군 레인저이니라. 이것이 레인저가 되는 최상의 방법이니라. 자, 이제 그대는 팔굽혀펴기를 할 필요가 전혀 없도다."

벤은 배꼽을 잡았다.

엘비스는 시가 박스를 다시 닫고는 그걸 운동용 가방과 함께 높은 선반에 다시 올려놨다.

"보고 싶은 게 또 있니? 여기에는 냄새가 정말로 고약한 부츠와 넣은 지 오래된 탈취제가 있는데."

"우웩, 구역질 나요."

이제 그들 두 사람은 웃고 있었고, 벤의 기분은 한결 나아졌다. 세상은 모두 괜찮아졌다.

엘비스가 벤의 뒷덜미를 부드럽게 움켜쥐고는 벤을 계단 쪽으로 몰고 갔다. 벤이 엘비스를 제일 좋아하는 점이 그거였다. 그는 벤을 어린애 취급하지 않았다.

"오케이, 친구, 세차 끝내러 가자. 그러고 나면 영화를 한 편 고를 수 있을 거야."

"내가 호스를 잡아도 돼요?"

"내가 레인코트를 입은 다음에만."

엘비스는 얼간이 같은 표정을 지었고, 두 사람은 깔깔 웃었다. 그런 후 벤은 아래층으로 엘비스를 따라갔다. 벤은 은성훈장을 주머니에 넣었다. 벤은 2분마다 손가락으로 바지 안에 있는 은색별의 뾰족한 꼭짓점들을 만지면서 정말로 끝내주게 멋진 물건이라고 생각했다.

그날 밤 나중에, 벤은 다른 훈장들과 사진들을 다시 보고 싶었지만, 엘비스가 너무 속상해하는 모습을 봤던 터라 그렇게 해달라고 부탁하고 싶지는 않았다. 엘비스가 샤워할 때, 벤은 혼자 힘으로 금고 위로 올라갔다. 시가 박스는 보이지 않았다. 벤은 엘비스가 그걸 숨긴 곳을 알아내지 못했고, 너무 창피해서 보여달라고 부탁하지도 못했다.

3

실종 이후 경과 시간: 3시간 56분

그날 밤 8시 20분에 경찰이 도착했다. 사방은 깜깜했고, 서늘한 공기에서 흙냄새가 풍겼다. 초인종이 울리자 루시가 벌떡 일어섰다.

내가 말했다. "내가 갈게. 루일 거야."

성인 실종자는 다운타운의 파커 센터(1954년부터 2009년까지 LAPD 본청으로 쓰인 건물)에 있는 실종자수사대에서 담당했지만, 어린아이의 실종이나 유괴 사건은 청소년과 형사들이 국(局) 수준에서 처리했다. 내가 남들처럼 별생각 없이 경찰에 신고했을 경우, 나는 민원 접수 담당자에게 내 신원을 밝히고 벤에 대해 설명하고 나서 수사부서에서 전화를 받은 누군가에게 다시 설명을 한 다음, 나를 넘겨받은 청소년과 숙직 형사에게 세 번째로 설명해야 했을 것이다. 내 친구 루 포이트라스에게 전화한 덕에 시간이 절약됐다. 포이트라스는 할리우드 경찰서의 강력반 경위였다. 그는 우리가 수화기를 내려놓자마자 청소년과 수사팀을 호출해서는 그들과 함께 우리 집에 찾아왔다.

포이트라스는 몸이 드럼통같이 생긴 데다 평퍼짐했고 얼굴은 삶은 햄처럼 생겼다. 평생 웨이트를 들어 올린 덕에 그의 가슴은 울퉁불퉁 부풀어 있었고, 검정 가죽 코트는 두 팔의 주위가 팽팽했다. 루시의 뺨에 입을 맞출 때, 그는 엄숙해 보였다.

"어떻게들 지내?"

"그리 좋지는 않아요."

그의 뒤에 있는 차에서 청소년과 형사 두 명이 내렸다. 앞장선 형사는 생기 없이 늘어진 피부에 주근깨가 많이 난 중년 남자였다. 차를 운전한 사람은 얼굴이 길고 눈이 반짝반짝 빛나는 젊은 여자였다. 포이트라스는 그들이 집에 들어오는 동안 그들을 소개했다.

"이쪽은 데이브 지타몬이야. 내가 아는 사람 중에서는 청소년과에서 가장 오래 근무한 경사지. 이쪽 형사는, 아아, 미안, 자네 이름을 깜박했어."

"캐럴 스타키예요."

스타키라는 이름은 처음 듣는 이름 같지가 않았다. 그렇지만 나는 어디서 들은 이름인지 가늠하지 못했다. 그녀는 담배 냄새를 풍겼다.

포이트라스가 말했다. "우리가 통화한 이후로 다른 전화 받은 거 있어?"

"아뇨. 딱 한 통 받은 게 전부예요. 별표(*)하고 69를 눌러서 역발신을 해봤지만, 차단된 휴대전화로 건 전화였던 게 확실해요. 들리는 거라고는 전화회사 컴퓨터가 내는 소리가 전부였어요."

"내가 해볼게. 전화회사를 통해서 역추적해볼게."

포이트라스가 휴대전화를 들고 주방으로 갔다.

우리는 지타몬과 스타키를 거실로 안내했다. 나는 우리가 받은 전화와 내가 벤을 수색한 과정을 설명했다. 그들에게 게임 프리크를 보여주면서, 벤이 끌려갈 때 이걸 떨어뜨렸을 거라고 믿는다고 말했다. 벤이 우리 집 아래에 있는 비탈에서 유괴됐다면, 내가 게임 프리크를 발견한 지점은 범행 현장이었다. 지타몬은 내 얘기를 듣는 동안 유리문 너머에 있는 협곡을 힐끔 봤다. 산등성이와 그 아래에 우묵하게 팬 분지 곳곳에서 불빛들이 반짝거렸지만, 무슨 물체를 식별하기에는 지나치게 어두웠다.

스타키가 말했다. "아침이 밝았을 때도 아이가 여전히 실종 상태라면, 선생님이 그걸 찾아낸 지점을 제가 살펴볼게요."

걱정되고 두려워졌던 나는 그때까지 기다리고 싶지 않았다.

"지금 나가보면 어떨까요? 플래시를 쓰면 되잖습니까?"

스타키가 말했다. "우리가 얘기하는 곳이 주차장이라면 그렇게 하자고, 불을 밝히자고 말씀드리겠지만, 덤불이 우거지고 지형도 울퉁불퉁한 이런 유형의 환경은 밤중에는 충분히 밝게 조명을 칠 수가 없어요. 증거를 찾아내더라도 찾는 과정에서 그걸 훼손할 가능성도 크고요. 동이 튼 다음에 살펴보는 편이 나을 거예요."

지타몬이 자기 생각도 같다는 듯 끄덕였다.

"캐럴은 이런 유형의 사건을 담당한 경험이 많습니다, 미스터 콜. 그것도 그렇습니다만, 그때쯤에는 벤이 집에 와 있을 거라는 긍정적인 생각을 하시는 게 어떨까요?"

루시가 유리문에 있는 우리 곁으로 다가왔다.

"FBI에 전화해야 하는 거 아니에요? FBI가 유괴 사건도 담당하는 거 아닌가요?"

지타몬이 겁에 질린 부모와 아이들을 다루며 오랜 세월을 보낸 사람다운 상냥한 목소리로 대답했다.

"필요할 경우에는 저희가 FBI에 전화할 겁니다. 하지만 그보다 먼저 무슨 일이 벌어졌는지를 확실하게 정리할 필요가 있습니다."

"우리는 무슨 일이 벌어졌는지 잘 알아요. 누군가가 우리 아들을 납치했어요."

지타몬은 문에서 몸을 돌려 카우치로 향했다. 스타키가 스프링 공책을 꺼내 들고 그의 옆에 앉았다.

"두려운 심정이시라는 거 잘 압니다, 미즈 셰니에. 제가 부인 입장이어도 두려울 겁니다. 하지만 우리에게 중요한 건 아드님을, 그리고 이런 상황까지 이어진 사건을 이해하는 겁니다."

내가 말했다. "이런 상황으로 이끈 계기는 아무것도 없습니다, 지타몬 경사님. 어떤 재수 없는 놈이 벤을 그냥 붙잡아 간 겁니다."

루시는 법정에서는 뛰어난 변호사로, 스트레스가 심한 상황이 벌어지는 동안에도 어려운 사건들을 침착하게 판단하는 데 익숙했다. 그래서 평소보다 한없이 악화된 지금 상황에서도 그녀는 집중력을 잘 유지하고 있었다. 그녀의 상황 대처 능력은 나보다 더 뛰어난 듯 했다.

그녀가 말했다. "이해해요, 경사님. 하지만 지금 납치된 아이는 제 아이예요."

"압니다. 그러니 저희가 이 작업을 서둘러 진행할수록 부인께서는 아드님을 더 빨리 되찾게 될 겁니다."

지타몬은 루시에게 아이가 언덕에서 유괴된 일 하고는 아무 관련도 없는 일반적인 질문을 두어 개 물었다. 그들이 대화하는 동안, 나는 발신자가 나한테 했던 모든 말을 글로 옮긴 다음, 벤의 사진을, 그리고 벤이 찾아낸 군 복무 시절의 내 모습을 찍은 스냅사진 중 한 장을 가지러 위층으로 갔다. 나는 벤이 그것들을 찾아내기 전까지는 오랫동안 그 사진이나 다른 사진을 본 적이 없었다. 그것들을 보고 싶지 않았다.

내가 돌아왔을 때 포이트라스는 구석에 있는 임스 체어(Eames chair)

에 앉아 있었다.

그가 말했다. "퍼시픽 벨(캘리포니아의 전화회사)이 추적 작업을 하고 있어. 두 시간쯤 있으면 발신번호를 알게 될 거야."

나는 지타몬에게 사진을 건넸다.

"이게 벤입니다. 다른 사진은 저고요. 이건 그 남자가 말한 내용을 적은 겁니다. 한 마디도 빠뜨리지 않았다고 확신합니다."

지타몬은 사진을 슬쩍 보고는 그것들을 스타키에게 넘겼다.

"선생님 사진은 왜죠?"

"전화를 건 남자가 '파이브-투'라고 말했습니다. 그 숫자가 적힌 표지판을 들고 제 옆에 서 있는 남자 보이시죠? '파이브-투'는 우리의 순찰부호였습니다. 그자가 한 그 말이 뜻할 수 있는 다른 의미가 있는지는 저도 모르겠습니다."

스타키가 사진들을 보다가 시선을 올렸다.

"선생님은 베트남전에 참전할 정도로 나이가 많아 보이지 않는데요."

"당시에도 많은 나이가 아니었습니다."

지타몬이 말했다. "좋습니다. 그 남자가 또 무슨 말을 했습니까?"

나는 종이를 가리켰다.

"두 분을 위해 단어 하나 빼놓지 않고 다 적었습니다. 그는 많은 말을 하지는 않았습니다. 그냥 그 숫자하고 자기가 벤을 데리고 있다는 말을 하고, 내가 저지른 짓에 대해 앙갚음을 하는 중이라고만 했습니다."

종이를 훑어본 지타몬은 그것도 스타키에게 넘겼다.

포이트라스가 말했다. "아는 목소리였어?"

"누군지 감도 안 잡혀요. 머리를 쥐어짜봤지만 모르겠어요. 누구 목소리인지 모르겠어요."

지타몬이 스타키에게서 사진을 다시 가져와 사진을 보며 얼굴을 찡그렸다.

"그 남자가 이 사진에 있는 사람 중 하나라고 믿으십니까?"

"아뇨. 그건 불가능합니다. 이 사진을 찍고 몇 분 후에 우리는 임무에 투입됐습니다. 그리고 저를 제외한 전원이 전사했습니다. 그래서 그 '파이브-투'라는 숫자가 두드러지는 겁니다. 그래서 제가 그 숫자를 기억하는 거니까요."

루시가 부드럽게 한숨을 쉬었다. 스타키는 담배 생각이 간절한 듯 입술을 꽉 조였다. 지타몬은 지나치게 불편한 이런 주제에 관해 얘기하는 걸 원치는 않았다는 듯 당혹해했다. 나 역시 그런 얘기는 하고 싶지 않았다.

"흠, 아아, 무슨 사고라도 일어났던 건가요?"

"아뇨. 내 잘못으로 일어난 사건이 있었던 거냐고 묻는 거라면, 그런 일은 없었습니다. 그냥 상황이 안 좋게 흘러갔을 뿐입니다. 나는 살아남은 것 말고는 아무 일도 하지 않았습니다."

나는 벤의 실종에 죄책감을 느꼈다. 그리고 벤이 나 때문에 실종된 것처럼 보여서 당혹스러웠다. 지금 여기 있는 우리에게 모든 일이 다시 일어나고 있었다. 루시를 사랑하는 나 때문에 루시의 집 현관문 앞에 또 다른 악몽이 배달된 것이다.

내가 말했다. "전화를 건 남자가 그것 말고 달리 뜻하는 게 무엇인지 모르겠습니다. 그 숫자가 뜻할 수 있는 것은 그게 다입니다."

스타키가 지타몬 쪽으로 몸을 옮겼다.

"벤의 인상착의를 순찰차에 배포하는 게 옳은 일인 것 같아요."

포이트라스가 고개를 끄덕이면서 그녀에게 서둘러서 그렇게 하라고 말했다. "전화회사에도 알려. 엘비스 전화기에 트랩 라인(발신자의 번호를 알려주는 장치)을 설치하라고 요청해."

스타키가 휴대전화를 들고 문으로 갔다. 스타키가 통화를 여러 통 하는 동안, 지타몬은 내가 벤과 지낸 지난 며칠에 관해 물었다. 벤이 내 벽장을 살피는 걸 봤다는 얘기를 하자 지타몬은 눈썹을 추켜세웠다.

"그렇게 해서 벤이 '파이브-투'와 관련된 일을 알게 됐다는 말씀입니까?"

"전우들이 전사했다는 건 모릅니다만, 벤이 사진들을 보기는 했습니다."

"그게 언제였습니까?"

"주초였습니다. 사흘쯤 전일 겁니다. 그게 이 사건과 무슨 관련이 있습니까?"

지타몬은 깊은 생각의 가장자리에 올라선 것처럼 사진에 온 정신을 쏟았다. 그는 루시를 힐끗 보더니 시선을 다시 내게로 돌렸다.

"저는 이게 어떻게 아귀가 맞아떨어지는지를 이해하려고 애쓰고 있습니다. 그 통화가 뜻하는 건 그자가 선생이 한, 미즈 셰니에가 아니라 선생이 한, 무슨 일에 대한 앙갚음으로 미즈 셰니에의 아드님을 데려갔다는 겁니다. 그런데 벤은 선생의 아들도 아니고 의붓아들도 아닌 데다, 지난 며칠을 제외하면 선생과 같이 살지도 않았습니다. 제가 제대로 이해하고 있는 것 맞죠? 선생과 미즈 셰니에는 거처를 따로따로 두고 계신 거죠?"

난로 근처에 있던 루시가 끼고 있던 팔짱을 풀었다. 지타몬은 다른 가능성을 고려하고 있는 게 분명했고, 루시는 지타몬의 그런 모습에 흥미를 보였다.

"그래요. 맞는 말씀이에요."

지타몬은 고개를 끄덕이고는 나를 다시 쳐다봤다.

"그자가 그토록 증오하는 대상이 선생이라면, 그자는 어째서 미즈 셰니에의 아드님을 데려갔을까요? 그냥 선생의 집에 불을 지르거나 선생에게 총질을 하거나, 아니면 선생을 고소하거나 하지 않는 이유가 뭘까요? 제가 무슨 생각하는지 아시겠죠?"

나는 알았다. 그리고 그게 썩 마음에 들지 않았다.

"이봐요, 그렇지 않습니다. 벤은 그런 짓을 할 아이가 아닙니다. 그 아이는 열 살밖에 안 됐어요."

루시는 상황을 이해하지 못한 채 지타몬에게서 내게로 시선을 돌렸다가 다시 시선을 지타몬에게로 되돌렸다.

"벤이 무슨 짓을 하지 않는다는 거야?"

"루, 제발 이러지 마요."

포이트라스가 내 생각에 동의하면서 고개를 끄덕였다.

"데이브, 벤은 그런 짓을 할 아이가 아니야. 나는 그 애를 잘 알아."

루시가 말했다. "지금 벤이 자기 납치를 연출했다고 말하고 있는 거야?"

지타몬은 사진을 볼 만큼 봤다는 듯 커피 테이블에 올려놨다.

"아닙니다, 부인. 그런 말을 하기에는 너무 이릅니다. 하지만 저는 온갖 방법과 이유로, 특히 심리적으로 불안정할 때, 자기 자신의 유괴 사건을 연출하는 아이들을 봐왔습니다. 미스터 콜에게 전화한 사람은 벤의 친구의 형일 수도 있습니다."

화가 나고 짜증이 났다. 나는 문으로 갔다. 내 내면에서 두려움에 떨고 있는 부분은 벤이 베란다에서 우리를 지켜보고 있기를 바랐지만, 거기에 벤은 없었다.

내가 말했다. "그릇된 희망을 부추기고 싶은 게 아니라면 이쯤에서 그만두시죠. 저는 그 애랑 지난 닷새를 보냈습니다. 벤은 심리적으로 불안정하지 않았고, 그런 짓을 할 아이가 아닙니다."

루시의 목소리가 내 뒤에서 날아왔다.

"자기는 누군가가 그 애를 납치했다고 생각한다는 거야?"

그걸 어쩌나 간절히 믿고 싶어 했는지, 그녀의 눈에서는 희망이 뜨거운 불꽃처럼 이글거렸다.

포이트라스가 임스 체어에서 몸을 일으켰다. "데이브? 자네가 수사에 착수하기에 충분할 만큼 정보를 얻었다면, 여기서 수사를 시작하도록 하게. 나는 협곡에 있는 집 몇 곳의 대문을 노크했으면 하네. 비탈 아래에 있는 누군가가 뭔가를 봤을지도 모르니까."

지타몬이 스타키에게 몸짓을 보이자, 그녀가 포이트라스와 함께하려고 공책을 덮고 일어섰다.

"미즈 셰니에, 죄송합니다만, 저는 벤이 자신의 납치를 연출했다고 말씀드리는 게 아닙니다. 진심으로 그런 뜻이 아닙니다, 미스터 콜. 하지만 우리는 그런 상황도 고려해야만 합니다. 벤의 친구들과 그 애들의 전화번호 리스트를 받았으면 합니다. 아직도 전화 두어 통을 걸기에는 충분할 정도로 이른 시간이니까요."

루시가 그들의 옆에 섰다. 그녀는 내가 여태껏 본 중에 가장 강렬하고 집중한 모습이었다.

"리스트는 집에 가야 작성할 수 있을 거예요. 저는 지금 당장 집에 갈 수 있어요."

내가 말했다. "지타몬 경사님, 그 망할 놈의 전화는 무시할 작정이신가요?"

"아닙니다, 미스터 콜. 저희는 다른 정황을 알게 되기 전까지는 이 사건을 유괴 사건으로 다룰 겁니다. 선생이 군에 복무할 때 일어났던 일 중에서 뭐가 됐건 그 사건에 연루된 사람들의 리스트를 취합해 주시겠습니까? 선생이 가진 다른 정보들의 리스트도요?"

"그들은 모두 사망했습니다."

"으음, 유족들이 있잖습니까. 저희가 그분들의 유족들과 통화하게 될 수도 있습니다. 캐럴, 미스터 콜하고 그 일 좀 같이 해주겠나?"

우리 넷이 문으로 향하는 동안 스타키가 내게 명함을 건넸다.

스타키가 말했다. "선생님이 게임 프리크를 발견한 지점을 확인하러 내일 아침에 올게요. 그런 후에 리스트를 받고요. 언제가 좋을까요?"

"해 뜰 무렵이 좋겠군요."

스타키가 내 대답에 담긴 분노를 감지했다 하더라도, 그녀는 그런 내색을 하지 않았다. 그녀는 어깨를 으쓱했다.

"7시쯤이면 사방이 충분히 밝을 거예요."

"좋습니다."

지타몬이 말했다. "그자가 다시 전화를 걸어오면 저희에게 알려주십시오. 시간 구애받지 마시고 전화 주세요."

"그러겠습니다."

그걸로 끝났다. 지타몬이 루시에게 전화를 기다리겠다고 말한 다음 그들은 떠났다. 그들이 차를 몰고 떠나는 걸 지켜보는 동안 루시와 나는 아무 말도 하지 않았지만, 그들이 일단 집을 떠나고 나자 벤의 부재는 집 안을 감도는 물리적인 힘이 됐고, 위층 내 방에 매달려 있는 시체처럼 생생한 현실이 됐다. 우리 집에는 우리 두 사람이 아니라 세 사람이 존재했다.

루시가 그녀의 서류가방을 집어 들었다. 가방은 여전히 그녀가 그걸 떨어 뜨린 그 자리에 있었다.

"지타몬 경사를 위해 이름들을 취합하고 싶어."

"알아. 나도 내 명단을 작성할 거야. 집에 도착하면 전화 줘, 알았지?"

루시가 시계를 힐끗 보더니 눈을 감았다.

"세상에, 리처드한테 전화해야 해. 맙소사, 그 인간한테 이 일을 알리는 건 끔찍한 일이 될 거야."

리처드 셰니에는 루시의 전 남편이자 벤의 아버지였다. 그는 뉴올리언 스에 산다. 그녀가 그에게 그의 아들이 실종됐다는 걸 알리는 건 마땅히 해야 할 일이었다. 리처드와 루시는 내 문제로 자주 다퉜다. 그들이 앞으 로 더 많이 다투게 될 거라고 나는 짐작했다.

루시는 서류가방과 열쇠를 쥐려고 더듬거렸다. 그러더니 갑자기 울먹 이기 시작했다. 나도 눈물을 흘렸다. 우리는 서로를 꼭 안았다. 우리 두 사 람은 눈물을 흘렸다. 나는 얼굴을 그녀의 머리에 파묻었다.

내가 말했다. "미안해. 무슨 일이 일어난 건지, 누가 이런 짓을 했는지, 왜 그러는 건지 모르겠어. 그래도 미안해."

"미안해하지 마."

나는 달리 무슨 말을 해야 할지 몰랐다.

그녀의 차까지 그녀를 데려다주고는 그녀가 차를 몰고 떠나는 동안 거 리에 서 있었다. 그레이스의 집에는 불이 환히 켜져 있었다. 어린 두 아들 이 있는 그레이스. 서늘한 밤공기가 괜찮게 느껴졌고, 어둠도 괜찮게 느껴 졌다. 루시는 착했다. 그녀는 나를 탓하지 않았지만, 벤은 나와 같이 있었 고 지금은 사라졌다. 이 순간이 주는 중압감은 온전히 내 것이었다.

잠시 후, 나는 집 안으로 돌아갔다. 게임 프리크를 카우치로 가져와서는 그걸 들고 앉았다. 로이 애보트를 비롯한 다른 전우들과 같이 찍은 내 사진을 응시했다. 애보트는 열두 살짜리처럼 보였다. 나도 그리 나이 들어 보이지는 않았다. 당시 나는 열여덟 살이었다. 벤보다 여덟 살이 많은 나이. 나는 벤에게 무슨 일이 벌어졌는지, 그 애가 어디 있는지 몰랐다. 하지만 나는 그 애를 집으로 데려올 것이다. 나는 사진에 찍힌 남자들을 응시했다.

"그 애를 찾아낼 거야. 그 애를 집에 데려올 거야. 그러겠노라고 하나님께 맹세해."

사진에 찍힌 남자들은 내가 그렇게 할 것임을 잘 알고 있었다.

레인저는 레인저를 뒤에 남겨두지 않는다.

4

유괴: 1부

벤이 마지막으로 본 건 퀸 오브 블레임이 머리가 나사못처럼 생긴 똘마니의 눈을 찌르는 모습이었다. 어느 순간, 그는 엘비스 콜의 집 아래에 있는 산비탈에 퀸과 함께 있었다. 다음 순간, 보이지 않는 손이 그의 얼굴을 덮고 엄청나게 빨리 낚아채는 바람에 그는 무슨 일이 벌어지고 있는지를 몰랐다. 손이 그의 두 눈과 입을 가렸다. 두 발이 순식간에 땅에서 떨어지면서 엄습한 최초의 놀라움이 가라앉은 후, 벤은 엘비스가 장난을 치는 거로 생각했지만, 장난은 끝날 기미를 보이지 않았다.

벤은 발길질을 하려고 애쓰며 몸부림쳤지만, 누군가가 그를 너무도 꽉 붙잡는 바람에 몸을 놀릴 수도, 도와달라고 소리를 지를 수도 없었다. 비탈을 소리 없이 물 흐르듯 떠내려간 그는 대기하던 차량에 실렸다. 육중한 문이 쾅 하고 닫혔다. 테이프가 그의 입을 눌렀고, 그런 후에는 두건이 머리에 씌워지면서 그의 시야를 어둠으로 덮었다. 사지는 테이프로 묶였다. 그는 테이프를 붙이지 못하도록 안간힘을 썼지만 소용없었다. 지금 그를 붙잡고 있는 사람은 한 명이 아니었다. 그들은 밴 안에 있었다. 벤은 휘발유 냄새, 그리고 어머니가 주방을 청소할 때 사용하는 소나무 향기가 나는 물건의 냄새를 맡았다.

차량이 움직였다. 그들은 차를 타고 이동하고 있었다.

지금 그를 붙들고 있는 남자가 말했다. "누구, 본 사람 있어요?"

걸걸한 목소리가 차 앞쪽에서 대답했다.

"일이 이보다 더 잘될 수는 없을 거야. 애가 괜찮은지 확인해봐."

벤은 두 번째 목소리가 그를 붙잡아온 사람, 지금은 차를 운전하는 사람의 목소리라고 짐작했다. 벤을 붙잡은 남자가 벤의 팔을 쥐어짰다.

"숨 쉴 수 있니? 신음을 내거나, 고개를 끄덕이거나, 우리에게 알려줄 짓을 아무거나 해봐."

벤은 너무 겁이 나서 아무 짓도 못 했지만, 첫 번째 남자는 벤이 보낸 신호를 감지했다는 양 대답했다.

"애는 괜찮아. 빌어먹을, 그 녀석 심장 뛰는 걸 너도 느껴봤어야 하는데. 이봐, 거기에 그 녀석 신발을 남겨두기로 했었잖아. 그런데 이 녀석, 아직도 신발을 다 신고 있네."

"게임보이인가 뭔가를 갖고 놀고 있었어요. 그래서 신발 대신 게임기를 놓고 왔어요. 그게 신발보다 나아요."

차가 비탈 아래로 달리다가 위쪽으로 올라갔다. 벤은 테이프를 벗겨내려고 턱을 이리저리 놀렸지만, 아무리 해도 입을 열 수가 없었다.

남자가 벤의 다리를 토닥였다.

"얌전히 있어."

그들은 2분쯤 운전을 한 후 차를 세웠다. 벤은 남자들이 차에서 내릴 거라고 생각했지만, 그들은 그러지 않았다. 멀리 떨어진 곳에서 전기톱 돌아가는 소리와 비슷한 소리가 들렸다. 그러더니 누군가 밴에 올라탔다.

세 번째 남자가, 벤이 목소리를 처음 들어보는 남자가 말했다. "노미 자기 집 베란다에 이써요."

벤은 지금까지 살면서 케이준 프렌치(루이지애나에서 사용되는 프랑스어 사투리)와 프랑스어를 들어왔다. 이 남자가 하는 말은 약간 다르기는 했지만 귀에 익었다. 영어를 구사하는 프랑스 남자. 하지만 그의 프랑스어에는 약간 다른 억양이 배어 있었다. 어쨌든 그렇게 남자들은 세 명이 됐다. 생면부지인 세 명이 그를 납치했다.

그를 붙잡아온 남자가 말했다. "알았다(Roger that, 무선교신에서 사용되는 용어). 내 눈에도 놈이 보인다."

"놈이 비탈 아래로 이동하고 있어."

벤은 그들이 엘비스 얘기를 하고 있다는 걸 깨달았다. 세 남자는 엘비스 콜을 지켜보고 있었다. 엘비스는 그를 찾는 중이었다.

벤과 함께 있는 남자가 말했다. "이건 헛짓거리예요. 여기 뒷자리에 앉아 있는 건 말이에요."

걸걸한 목소리가 말했다. "놈이 꼬맹이 장난감을 찾았어. 놈이 뜀박질로 자기 집으로 돌아가고 있어."

"내 눈으로 직접 볼 수 있었으면 좋겠네요."

"볼만한 구경거리는 하나도 없어, 에릭. 그만 툴툴거리고 얌전히 있어. 이제는 꼬맹이 어머니를 기다리자고."

유괴: 2부

그들이 어머니를 들먹였을 때, 벤은 두려움이 엄습하는 걸 느꼈다. 이 사람들이 엄마를 해칠 거라는 생각에 갑자기 두려워졌다. 눈앞이 캄캄하고 코가 꽉 막혔다. 그는 테이프에서 벗어나기 위해 두 팔을 당기려 애썼지만, 에릭은 육중한 철제 닻처럼 그를 무겁게 짓눌렀다.

"얌전히 있으라니까. 그만해, 젠장."

벤은 엄마에게 경고하고 경찰을 불러서 이 남자들이 갓난아기처럼 질질 짤 때까지 발길질을 퍼붓고 싶었지만, 그는 아무것도 할 수 없는 신세였다. 에릭이 손을 더 꽉 쥐었다.

"제기랄, 팔딱거리는 짓거리 좀 그만하라니까. 그러다가는 네 손에 네가 다치게 될 거야."

그들은 몇 시간쯤 되는 시간 동안 기다렸다. 그런 후, 걸걸한 목소리가 말했다. "전화를 걸 시간이 됐군."

벤은 문이 열리고 누군가가 내리는 소리를 들었다. 1분 후, 문이 다시 열리고 누구인지 모르는 사람이 차에 다시 올랐다.

걸걸한 목소리가 말했다. "다 됐어."

그들은 비탈 아래로 차를 몰았다. 그러다가 구불구불한 도로를 따라 다시 오르막으로 향했다. 한참 후에 밴이 속도를 줄였다. 벤은 차고 문이 열리면서 나는 덜커덕거리는 기계음을 들었다. 그들은 서서히 앞으로 이동했고, 그런 후 엔진이 꺼지고 그들 뒤로 차고 문이 닫혔다.

에릭이 말했다. "가자, 꼬맹아."

에릭이 벤의 두 다리를 묶고 있는 테이프를 잘랐다. 벤은 두 발을 홱 움직였다.

"아야! 아파요!"

"자, 네 발로 걸을 수 있어. 어느 쪽으로 갈지 알려줄게."

남자는 벤의 팔을 꽉 잡았다.

벤은 차고에 있었다. 그가 밴-지저분한 게 묻은 흰색으로, 측면에 짙은 파란색 글씨가 적혀 있었다-을 언뜻 보기에 충분한 정도로 두건이 위로 당겨졌다. 에릭은 벤이 밴에 적힌 글씨를 읽기 전에 그의 몸을 돌렸다.

"계단으로 갈 거야. 위로 올라가는 계단이야. 자, 빌어먹을 발을 올려봐!"

벤은 발가락으로 계단을 감지했다.

"젠장, 관둬라. 이래서야 어느 세월에 계단을 올라가겠냐."

에릭은 벤을 갓난아기처럼 번쩍 안아서 집으로 데려갔다. 벤은 갓난아기처럼 안겨 가는 신세가 된 것 때문에 열이 받았다. 내 발로 걸을 수 있단 말이다! 아기처럼 안겨야 할 필요는 없었단 말이다!

벤의 눈에 가구가 하나도 없는 어둑어둑한 방이 언뜻 보였다. 그런 후 에릭이 그의 다리를 내려놨다.

"내려줄 테니까 네 발로 서도록 해."

벤은 발을 디디고 섰다.

"오케이. 뒤에 의자를 놨으니까 앉아. 내가 잡고 있으니까 넘어질 일은 없을 거야."

벤은 자신의 몸무게가 의자에 실릴 때까지 몸을 낮췄다. 테이프로 묶인 두 팔을 몸 옆에 둔 채로 자리에 앉는 건 힘든 일이었다. 테이프가 피부를 조였다.

"오케이, 잘했어. 마이크, 밖에 있어요?"

마이크. 마이크는 그를 납치한 남자였다. 에릭은 벤이 납치될 때 밴에서 기다리고 있었다. 이제 벤은 그들 중 두 사람의 이름을 알았다.

제3의 남자가 말했다. "애 얼구를 보고 시퍼."

애-얼구를-보고-시퍼.

섬뜩하면서도 부드러운 목소리였다.

"마이크가 달가워하지 않을 거야."

"거비 나면 아이 뒤쪼게 서."

아이-뒤쪼게-서.

목소리는 불과 몇 센티미터 떨어져 있었다.

"제기랄. 꼴리는 대로 해라."

벤은 자신이 있는 곳이 어디인지 그들이 하고 있는 일이 무엇인지를 몰랐지만, 그들이 그의 어머니 얘기를 할 때처럼 다시금 갑자기 겁이 덜컥났다. 벤은 아직까지 세 사람 중 한 명도 보지 못했지만, 이제 곧 그들의 얼굴을 보게 될 거라는 걸 알았다. 벤은 그들을 본다는 생각에 겁이 났다. 그들을 보고 싶지 않았다. 이런 식으로는 전혀 보고 싶지 않았다.

뒤에서 두건을 잡아당겼다.

엄청나게 키 큰 남자가 그의 앞에 서서 무표정한 얼굴로 그를 내려다보고 있었다. 남자의 키가 어찌나 큰지 그의 머리는 천장을 빗질하고 있는 듯 보였다. 게다가 살갗이 어찌나 검은지 그의 피부는 실내의 흐릿한 불빛을 모두 빨아 마시고는 황금처럼 반짝거리고 있었다. 남자의 눈썹 위 이마에는 연필에 달린 지우개 크기만 한 동그란 자줏빛 흉터들이 한 줄로 늘어서 있었다.

양쪽 눈 아래의 뺨에는 또 다른 흉터 세 개가 줄지어 있었는데, 각각의 흉터는 피부 아래쪽에서 무엇인가가 밖으로 눌러대는 것처럼 딱딱한 옹이가 돼 있었다. 흉터를 본 벤은 겁을 집어먹었다. 그것들은 으스스하고 불쾌해 보였다. 벤은 그에게서 떨어지려고 몸을 비틀며 애를 썼지만, 에릭이 그를 힘껏 붙잡고 있었다.

에릭이 말했다. "쟤는 아프리카인이야, 꼬마야. 쟤가 너를 잡아먹지는 않을 거야. 네 요리가 완전히 끝나기 전까지는 말이야."

아프리카인이 조심스레 벤의 입에서 테이프를 벗겼다. 벤은 너무도 두려워서 자기도 모르게 몸을 떨었다. 밖은 어두웠다. 한밤중이었다.

"집에 가고 싶어요."

에릭은 재미있는 말이라고 생각하는 듯 낄낄거렸다. 에릭은 단발머리에 피부가 우유처럼 하였다. 그의 벌어진 앞니 사이에 난 틈은 열린 현관문처럼 보였다.

벤은 한쪽 끝에 흰색 돌로 만든 벽난로가 있고 창문들에는 시트가 걸려 있는 빈 거실에 있었다. 그들 뒤쪽에 있는 문 하나가 열렸다. 그러자 아프리카인이 옆으로 걸음을 옮겼다. 제3의 남자가 방에 들어오기 무섭게 에릭이 말했다.

"마지가 아프리카식으로 일을 벌였어요. 그러지 말라고 했는데도요."

마이크가 손바닥으로 마지의 가슴을 철썩 때렸다. 손이 어찌나 빠른지, 마이크가 그를 때렸다는 걸 벤이 깨닫기도 전에 아프리카인이 뒤로 나가 떨어지고 있었다. 마지는 키도 크고 덩치도 좋았지만, 마이크는 그보다 더 강해 보였다. 팔목들은 두툼하고 손가락들은 울퉁불퉁했으며, 가슴과 이두박근을 덮은 검정 티셔츠는 팽팽했다. 그는 G. I. 조(Joe)처럼 보였다.

마지가 쓰러지지 않고 선 자세를 유지하려고 몸을 가눴다. 하지만 마지는 반격하지는 않았다.

마지가 말했다. "당시니 보스니까요."

"그 얘기, 접수했다."

마이크는 아프리카인을 더 멀리 밀어내고는 벤을 힐끔 내려다봤다.

"몸은 어떠냐?"

벤이 말했다. "우리 엄마한테 무슨 짓을 한 거예요?"

"아무 짓도 안 했어. 우리는 너희 엄마가 돌아오기를 기다렸던 것뿐이야. 그래야 내가 전화를 걸 수 있으니까. 너희 엄마한테 네가 없어졌다는 걸 알려주고 싶었거든."

"나는 없어지고 싶지 않아요. 집에 가고 싶어요."

"알았어. 집에 돌려보낼 수 있는 여건이 되자마자 해결해줄게. 뭐 좀 먹을래?"

"집에 가고 싶어요."

"쉬하고 싶니?"

"집에 데려다줘요. 우리 엄마 보고 싶어요."

마이크는 벤의 머리를 토닥였다. 그의 오른손 손등에는 삼각형 문신이 있었다. 오래된 문신이라서 잉크가 번져 있었다.

"내 이름은 마이크다. 저 친구는 마지고, 저쪽은 에릭이야. 한동안 우리랑 같이 지내게 될 거야. 그러니까 얌전히 있어. 그렇게만 굴면 돼."

마이크는 벤을 향해 미소를 짓고는 마지와 에릭을 힐끔 봤다.

"꼬맹이를 상자에 넣어."

일은 그들이 언덕의 호두나무 아래에서 그를 낚아챘을 때처럼 순식간에 벌어졌다. 그들은 벤을 다시 들어 올려 두 다리에 테이프를 다시 감고는 집 반대쪽으로 날랐다. 그러는 동안 그를 어찌나 꽉 붙잡고 있었던지 벤은 아무 소리도 내지 못했다. 그들은 그를 집 밖의 차가운 밤공기로 데려갔지만, 눈을 가렸기 때문에 벤은 아무것도 볼 수가 없었다. 그들이 벤을 관처럼 생긴 커다란 플라스틱 상자에 넣는 동안 벤은 발길질을 하고 몸부림을 쳤다. 몸을 일으켜 앉으려고 애썼지만, 그들은 그를 밀어 눕혔다. 육중한 뚜껑이 그의 위에서 쾅 소리를 내며 닫혔다. 상자가 갑자기 움직이고 기울어졌다. 그러더니 그를 담은 상자가 우물 아래로 떨어지듯 아래쪽으로 떨어졌다. 그는 바닥에 *세게* 부딪혔다.

벤은 소리를 듣기 위해 몸부림을 그쳤다.

그의 얼굴에서 불과 몇 센티미터 떨어진 곳에서 딱딱한 무엇인가가 요란하게 긁어대는 소리를 내며 상자 위로 비처럼 쏟아졌다. 그러더니 그런 일이 다시 일어났다.

벤은 그들이 무슨 짓을 하고 있는지 깨닫고는 어마어마한 공포를 느꼈다. 그는 그가 갇힌 플라스틱 감옥의 양옆을 힘껏 두들겼지만, 그런다고 거기서 벗어날 수는 없었다. 자갈과 흙이 쌓여감에 따라 그에게 쏟아져 내리던 소리들이 차츰 멀어지고 아련해졌다. 벤 셰니에는 땅에 묻혔다.

5

실종 이후 경과 시간: 6시간 16분

테드 필즈와 루이스 로드리게스, 크롬웰 존슨, 로이 애보트는 우리 팀 단체 사진을 찍고 세 시간 후에 사망했다. 팀 단체 사진은 매번 임무에 투입되기 전에 찍었다. 우리 다섯 명은 큰 경기를 앞둔 고등학교 농구팀처럼 헬리콥터 옆에 군복 차림으로 섰다. 그 사진들은 군에서 우리 시신의 신원을 확인하기 위해 찍는 거라고 크롬 존슨은 농담하고는 했다. 테드는 그 사진들을 '죽음의 사진'이라고 불렀다. 내가 벤이 찾아낸 사진을 뒤집어서 내려놓았던 건 그들의 모습을 보지 않으려고 그런 거였다.

나는 시뻘건 흙, 나뭇가지들이 삼 단 지붕을 이룬 정글, 해변, 논, 물소, 자전거로 막히는 사이공의 길거리와 시장의 사진을 200장가량 찍었었다. 하지만 미국으로 돌아올 때 그 이미지들은 아무런 의미가 없는 듯 보였고, 그래서 그것들을 내팽개쳤었다. 그곳의 중요성은 내게서 사라졌으나 그곳에서 함께 한 사람들은 내게 중요한 의미가 있었다. 나는 사진을 12장만 보관했는데, 내 모습은 그중 3장에 찍혀 있었다.

남아 있는 사진들에 찍힌 사람들의 명단을 작성하고, 같은 중대에서 복무하던 다른 사람들의 이름을 기억하려 애썼으나 도무지 기억이 나지 않았다. 시간이 한참 흐른 후, 명단을 작성한다는 아이디어 자체가 멍청하게 느껴졌다. 필즈와 애보트, 존슨, 로드리게스는 사망했고, 우리 중대의 다른 사람들 중에 나를 증오하거나 열 살짜리 사내아이를 납치할 이유를 가진 사람은 아무도 없었다. 베트남에서 알고 지낸 사람들 중에 그런 일을 벌일 사람은 아무도 없었다.

11시 직전에 루시에게 전화가 왔다. 집이 너무 조용한 탓에 갑자기 울리는 전화벨은 총소리만큼이나 요란하게 들렸다. 화들짝 놀란 탓에 들고 있던 펜이 종이를 찢었다.

그녀가 말했다. "벤 소식을 못 듣는 걸 견디지 못하겠어. 그 사람, 다시 전화했어?"

"아니, 아직. 전화 받았으면 자기한테 전화했을 거야. 전화 오면 곧바로 전화할게."

"세상에, 너무 끔찍해. 이건 악몽이야."

"그래. 명단을 작성하려고 애쓰고 있는데, 속이 편치가 않아. 자기는 어때?"

"방금 리처드하고 통화 끝냈어. 그 인간, 오늘 밤에 날아올 거야."

"리처드, 어땠어?"

"길길이 뛰고, 내 탓하고, 무서워하고, 한판 붙자고 달려들 기세고…… 다 예상했던 대로였어. 딱 리처드다웠어."

아들을 잃는 것만으로도 충분치 않았던지, 이제 그녀는 이런 일로 시달리게 됐다. 리처드는 루시가 로스앤젤레스로 이주하는 걸 원치 않았었고, 나를 결코 좋아하지 않았었다. 그 문제로 자주 싸웠던 두 사람은 이제 더 자주 싸울 것이다. 지금 그녀에게는 정신적인 응원이 필요할 거라고 나는 짐작했다.

그녀가 말했다. "그 인간, 비행기에서 전화로 자기 비행 스케줄을 알려주기로 했어. 그런데, 모르겠어. 세상에, 정말로 밥맛없는 인간이야."

"내가 내일 스타키 형사랑 하는 일 마친 다음에 자기한테 갈까? 그럴 수 있거든."

그렇게 하면 리처드는 그녀 대신 나한테 소리를 질러댈 수 있을 것이다.

"모르겠어. 어쩌면 그럴지도 모르겠네. 이만 끊는 게 낫겠어."

"자기가 원하는 만큼 오래 통화해도 돼."

"아냐. 지금은 그 남자가 벤 얘기를 하려고 자기한테 다시 전화를 걸고 있을까 봐 걱정이야. 내일 전화할게."

내가 수화기를 내려놓는 것과 거의 동시에 전화벨이 다시 울렸다. 나는 이번에는 화들짝 놀라지 않았다. 나는 벨이 두 번 울리게 놔두면서 마음의 준비를 할 시간을 가졌다.

스타키가 말했다. "스타키 형사예요. 주무시는 걸 깨운 게 아니었으면 좋겠네요."

"지금 잠을 잘 때가 아니잖습니까, 형사님. 그놈이 건 전화라고 생각했어요."

"죄송해요. 그가 아직 전화를 걸지 않았나 보네요?"

"아직요. 늦은 시간이네요. 형사님이 여전히 근무 중일 거라고는 생각하지 않았는데요."

"전화회사의 연락을 기다렸어요. 전화회사 말로는 선생님이 오늘 저녁 6시 52분에 전화를 받았대요. 그쯤이 맞나요?"

"그래요. 그놈이 전화한 게 그때였어요."

"그 전화는 다이아몬드 바(LA 카운티에 속한 도시)의 루이제 에스칼란테 이름으로 등록된 휴대전화에서 건 거였어요."

"그런 이름 몰라요."

"그럴 거라고 짐작했어요. 그 여자분 말로는 오늘 오후에 핸드백을 도둑맞았대요. 휴대폰이랑 같이요. 선생님이나 이 사건에 관련해서는 아는 게 하나도 없대요. 그녀의 통화 기록을 보면, 선생님께 전화한 건 평소 통화 패턴에서 벗어난 것이라는 걸 알 수 있어요. 이런 말을 하게 돼서 유감이지만, 우리 추적은 그녀에게서 막혔다고 생각돼요."

"그 번호로 전화를 걸어보는 건 생각해봤나요?"

그녀의 목소리가 차갑게 식었다.

"그럼요, 미스터 콜. 전화를 걸어봤어요. 다섯 번이나요. 그때마다 전화기가 꺼져 있었어요."

전화기를 훔치는 건 벤을 데려간 남자에게 범죄 경험이 있다는 걸 뜻했다. 그는 회선 추적을 예상했고, 이건 그가 행동을 사전에 계획했다는 뜻이었다. 영리한 악당들은 멍청한 악당들보다 잡기 힘들다. 또한 더 위험한 존재들이기도 하다.

"미스터 콜?"

"듣고 있어요. 생각 좀 하느라고요."

"저한테 주실 명단 취합하고 계신 건가요?"

"지금 작업 중이에요. 그런데 또 다른 가능성도 생각하고 있어요. 스타키 형사님, 나는 사람들을 체포해왔어요. 내 직업상 업무를 수행하면서요. 나는 어떤 사람을 감옥에 집어넣거나 업계에서 퇴출하는 걸 도와왔어요. 그리고 그자들은 앙심을 품을만한 부류의 인간들이에요. 명단을 작성하면, 형사님께서 그들의 이름도 검색해주실래요?"

"그럼요. 뭐 대수로운 일이라고요."

"고마워요. 정말로 감사드려요."

"아침에 뵐게요. 눈 좀 붙이려고 해보세요."

"그럴 수 있었으면 좋겠네요."

몇 시간 동안 밤의 가장 어두운 부분이 세력을 확장했지만, 그럼에도 동쪽 하늘이 야금야금 밝아졌다. 그런데도 나는 그걸 거의 감지하지 못했다. 스타키가 도착했을 즈음에 나는 이름과 각자에 대한 정보로 A4용지 12장을 채운 상태였다. 내가 현관문으로 향한 시간은 6시 42분이었다. 그녀는 일찍 찾아왔다.

스타키는 스타벅스 컵 두 잔이 담긴 골판지 트레이를 들고 있었다.

"모카를 좋아하셨으면 좋겠네요. 제가 초콜릿 정량을 섭취하는 방법이 이거라서요."

"정말로 친절하신 분이군요, 스타키 형사님. 고마워요."

그녀는 내게 한 잔을 건넸다. 아침햇살이 부드러운 빛으로 협곡을 채웠다. 그녀는 그 광경을 유심히 바라보는 것 같더니 게임 프리크를 힐끗 쳐다봤다. 게임기는 명단이 적힌 종이들과 함께 식탁에 놓여 있었다.

"저 게임기를 비탈 아래 얼마나 먼 곳에서 찾아냈나요?"

"50미터, 60미터, 그쯤 떨어진 데서요. 지금 거기에 가고 싶으세요?"

"해가 낮아서 지금 가봐야 간접광선만 받게 될 거예요. 좋은 상황이 아니죠. 해가 더 높이 뜨면 직사광선을 받게 될 거예요. 작은 물체들을 찾고 상황을 재구성하려면 그쪽이 더 쉬울 거예요."

"자기가 하는 얘기가 뭔지를 제대로 알고 있는 사람이 하는 말처럼 들리네요."

"이런 현장 두어 곳에서 일해 본 적이 있거든요."

그녀는 자기 커피를 테이블로 가져왔다.

"명단 작업하신 걸 좀 볼까요? 가장 유력한 용의자부터 먼저 보여주세요."

내가 민간인 신분으로 맡았던 사건들에서 추린 사람들 명단을 먼저 보여줬다. 그 문제를 생각하면 할수록 그들 중 한 명이 벤에게 일어난 일의 배후에 있을 가능성이 큰 것처럼 보였다. 우리는 커피를 홀짝거리면서 거기 있는 이름들을 훑었다. 나는 각각의 이름 옆에 그들이 저지른 범죄들과 그들이 징역형을 받았는지, 그리고 내가 그들과 가까운 누군가를 죽였는지를 적어뒀었다.

스타키가 말했다. "세상에, 콜, 이 명단에는 온통 청소년갱단과 조폭, 살인자들밖에 없네요. 당신 같은 사설탐정은 이혼 관련 작업 말고는 아무것도 하는 게 없다고 생각했는데 말이에요."

"나는 맡아도 꼭 그런 사건들만 맡고는 해요."

"장난이 아니네요. 이들 중 누군가가 당신의 복무 경력을 잘 알고 있을 거라고 믿을 만한 이유가 있나요?"

"지금까지 아는 바로는, 이들 중 누구도 나에 대해 아는 게 없어요. 하지만 그들이 내 경력을 알아낼 수는 있었을 거라고 짐작해요."

"좋아요, 시스템에 이름들을 검색해서 석방된 사람이 있는지 확인해볼게요. 자, 그럼 이 네 사람, 사망한 사람들에 관해 얘기해봐요. 유족들이 그들에게 생긴 일 때문에 당신을 비난할 수도 있을까요?"

"나는 누군가가 나를 비난하게 만들 일은 하지 않았어요."

"제 말이 무슨 뜻인지 알잖아요. 그들의 자식은 숨을 거뒀지만, 당신은 그렇지 않았다는 이유로요."

"무슨 말인지 잘 알아요. 그래서 그런 일 없다고 말하는 거예요. 나는 그 일이 일어난 이후에 전우들의 부모님들께 편지를 썼어요. 루이스 로드리게스의 어머님하고는 6년 전에 그분이 돌아가시기 전까지 편지를 주고받았어요. 테드 필즈의 가족은 크리스마스 때마다 나한테 카드를 보내요. 제대했을 때 존슨하고 테드의 가족을 만나러 갔었어요. 물론 모두 속상해했어요. 하지만 나를 탓한 사람은 없었어요. 그냥 슬퍼하는 게 전부였어요."

스타키는 더 많은 무언가 있는 게 분명하다고 확신하는 듯한 표정으로 나를 주시했다. 하지만 그녀는 그게 무엇인지를 상상하지는 못했다. 나는 그녀를 응시하는 것으로 그녀의 시선을 맞받아쳤다. 그러고는 그녀의 모습이 눈에 익다는 생각을 한 번 더 하게 됐다.

내가 물었다. "우리 구면인가요? 간밤에도 눈에 익은 얼굴이라고 생각했는데, 그런 생각이 다시 드는 데도 어디서 봤는지 영 생각이 안 나네요."

스타키는 먼 산을 힐끔 쳐다봤다. 그녀는 재킷에서 알루미늄 통을 꺼내더니 거기서 꺼낸 흰색 알약을 커피와 함께 삼켰다.

"여기서 담배 피워도 괜찮을까요?"

"베란다에서만 피우세요. 우리가 구면이 아닌 거 확실한가요?"

"확실하죠."

"당신, 누군가를 닮았어요."

스타키는 담배를 갈망하는 눈빛으로 베란다를 살피더니 한숨을 쉬었다.

"오케이, 콜, 당신이 어떻게 나를 아는 건지 알려줄게요. 상금 1,000달러짜리 최신 시사 사건입니다. 정답은 우르릉, 쾅입니다."

나는 그녀가 무슨 말을 하는 건지 몰랐다. 스타키는 내가 멍청한 놈이라는 뜻으로 두 손을 벌리는 제스처를 취했다.

"「제퍼디」(Jeopardy, 미국의 TV 퀴즈쇼) 안 봐요? 폭탄. 폭파범. 두 달 전에 실버 레이크에서 폭발물 전문가를 잃은 폭발물 처리반."

"그게 당신이었어요?"

"한 대 피워야겠어요. 이러고 있으니 죽을 것 같아요."

스타키는 재킷에서 담배 한 갑을 꺼내 베란다로 내달렸다. 나는 그녀를 따라갔다.

캐럴 스타키는 폭발물 전문가들을 살해한 연쇄 경찰살인범을 잡았다. 미스터 레드 사건은 LA의 헤드라인을 장식한 뉴스였지만, 대다수 기사는 미스터 레드가 아닌 스타키를 다뤘다. 미스터 레드가 출현하기 3년 전, 스타키 자신이 폭발물 전문가였다. 그녀가 트레일러 파크에서 폭탄을 해체하려 애쓰고 있을 때 지진이 일어나면서 뇌관이 작동됐다. 스타키와 그녀의 파트너 모두 숨이 멎었지만, 스타키는 현장에서 인공호흡을 통해 목숨을 되찾았다. 그녀는 말 그대로 죽음의 세계에서 솟아올랐는데, 그러면서 그녀는 '죽음의 천사'와 '데몰리션 엔젤(Demolition Angel)' 같은 끔찍한 별명을 얻었다(스타키와 미스터 레드의 대결을 다룬 작품이 로버트 크레이스의 2000년 작품 『데몰리션 엔젤』이다).

그녀는 내가 무슨 생각을 하는지를 읽었을 것이다. 그녀는 담배에 불을 붙이고 나를 노려보면서 고개를 저었다.

"그딴 걸 물어보겠다는 생각은 꿈도 꾸지 마요, 콜. 죽었을 때 새하얀 빛을 봤느냐, 진주색 관문들을 봤느냐고 묻지 마요. 그런 질문은 지겹도록 받았으니까요."

"그런 건 관심 없어요. 묻지도 않을 거고요. 내 관심사는 벤을 찾는 것뿐이에요."

"좋아요, 내가 신경 쓰는 것도 그것뿐이에요. 폭발물 처리반 때 일, 그것들은 과거지사예요. 지금 내가 맡은 사건은 이거예요."

"그런 말을 들으니 기분 좋군요, 스타키. 하지만 폭발물 처리반 때 사건은 불과 두 달밖에 안됐잖아요. 실종된 아이를 찾는 일에 대해 아는 게 있어요?"

스타키는 성난 표정으로 담배 연기를 드문드문 뿜어냈다.

"지금 뭘 물어보는 거예요? 나한테 이 수사를 할 능력이 있는지 묻는 거예요?"

나도 화를 냈다. 나는 간밤 이후로 계속 화가 나 있었고, 1초가 흐를 때마다 화는 계속 쌓여가고 있었다.

"그래요. 내가 묻고 있는 게 바로 그거예요."

"나는 폭탄을 재조립하고 폭발 현장을 재구성했었어요. 당신이 상상도 못 할 정도로 지독하게 파괴된 공간을 헤집으면서 폭발물을 추적했고요. 나는 폭탄을 만든 재수 없는 놈들하고 그런 놈들이 사용하는 부품을 판매한 형편없는 놈들을 상대로 수사를 했었어요. *게다가* 나는 미스터 레드를 검거했어요. 그러니 그 문제에 대한 걱정은 붙들어 매도 좋아요, 콜. 나는 수사하는 법을 알아요. 그러니 당신은 내가 이 아이를 찾아낼 거라는 데 당신의 사설탐정 면허를 걸어도 될 거예요."

해가 이제는 높이 떠 있었다. 산비탈은 밝았다. 스타키가 피우던 담배를 난간 너머로 휙 튕겼다. 나는 꽁초가 떨어지는 곳을 확인하려고 난간 아래를 살폈다.

"이봐요, 여기는 산불 발생 위험지역이에요."

스타키는 산이 이미 화염에 휩싸여서 더는 상황이 악화될 수는 없다는 듯한 표정으로 나를 바라봤다.

"세상이 충분히 밝아졌네요. 장난감을 찾아낸 곳으로 안내해봐요."

실종 이후 경과 시간: 15시간 32분

스타키는 그녀의 차 밖에서 신발을 갈아 신었다. 그러고는 낡아빠진 아식스 크로스 트레이너를 신고 바지를 무릎까지 걷은 차림으로 우리 집 옆에서 나를 만났다. 그녀의 종아리는 새하였다. 그녀는 비탈 아래를 조심스러운 눈으로 응시했다.

"가파르네요."

"고소공포증 있어요?"

"세상에, 콜, 그냥 해본 말이에요. 여기 토질은 무르네요. 울퉁불퉁한 곳도 많고요. 게다가 당신은 이미 저 아래를 돌아다녀 봤잖아요. 당신이 현장을 이미 오염시킨 것보다 더 많이 오염시키지 않도록 조심하기를 바라요. 당신이 할 일은 게임 프리크를 찾아낸 곳으로 나를 안내하는 것뿐이고, 그런 다음에는 내 앞길에서 비켜달라는 뜻이에요. 이해했죠?"

"이봐요, 내가 주제넘은 짓을 했을 수도 있어요. 하지만 나도 이런 일은 잘해요, 스타키. 당신한테 도움을 줄 수 있다고요."

"두고 보면 알겠죠. 안내해요."

내가 모서리 너머로 발을 디디자 그녀가 뒤를 따라왔다. 하지만 그녀의 자세는 어정쩡하고 불편해 보였다.

벤이 산비탈에서 얼마나 많이 놀았던지, 졸졸 흐르는 물처럼 솟았다 꺼졌다 하는 지면을 따라 흘러내리는 비좁은 산길이 벤 때문에 만들어져 있었다. 나는 벤의 발자국을 훼손하는 일이 없도록 산길 옆을 따라가며 비탈 아래로 스타키를 이끌었다. 내가 걷는 땅은 바위투성이에 인적이 없는 곳이었다. 그러다가 나는 스타키가 벤이 만들어낸 산길을 이용하고 있다는 걸 알아차렸다.

"당신, 그 아이 발자국 위로 걷고 있잖아요. 내가 걷는 길로 걸어요."

그녀는 자기 발을 내려다봤다.

"흙밖에는 보이는 게 없는데요."

"잔말 말고 내가 걷는 곳으로 걸어요. 내 옆으로 와요."

벤의 자취는 우리가 나무 밑동에 다다를 때까지는 따라가기 쉬웠다. 그러다가 땅에 점점 자갈이 많아졌다. 그건 별일 아니었다. 나는 어제부터 그 길을 잘 알았으니까. 우리는 비탈을 가로질렀다.

스타키는 두 번이나 미끄러졌는데, 그때마다 욕설을 내뱉었다.

"내가 발을 디딘 곳을 보고 거기에 발을 디디도록 해요. 거의 다 왔어요."

"나는 실외가 싫어요."

"말 안 해도 알겠어요."

나는 게임 프리크와 벤의 발자국 대여섯 개를 발견한 곳인, 로즈메리가 자라는 작은 구역을 가리켰다. 스타키는 현장에 있는 모든 돌멩이와 로즈메리의 뾰족한 잎을 일일이 다 암기하려고 애쓰고 있는 것처럼 그 자리에 쪼그려 앉았다. 미끄러지고 욕설을 뱉는 일을 거듭한 후 현장에 다다른 그녀는 조심스럽게 처신했다.

그녀는 내 발을 힐끔 봤다.

"어제 신은 신발도 그거였나요?"

"맞아요. 뉴발란스. 내가 어제 남긴 자국들을 확인할 수 있을 거예요."

나는 내 발자국을 가리킨 후, 그녀가 내 신발 바닥을 볼 수 있도록 발을 들었다. 신발 밑창의 발꿈치 부분에 돋을새김된 삼각형들과 커다란 N자로 이뤄진 패턴이 새겨져 있었다. 내가 남긴 발자국 몇 개에서 삼각형과 N이 두드러져 보였다. 스타키는 패턴을 자세히 살핀 후 내 발자국 두 개를 살피더니 나를 보고 얼굴을 찡그렸다.

"콜, 우리가 당신 집에 있을 때 내가 무슨 말을 했는지 잘 알아요. 하지만 나는 당신이 상대하는 도시인 유형에 가까운 사람이에요. 무슨 말인지 알죠? 실외라고 할 때 내가 떠올리는 곳은 주차장이에요. 당신은 여기 아래에서 당신이 하고 있는 일을 잘 아는 듯 보여요. 그래서 나는 당신이 나를 돕는 걸 허락할 작정이에요. 그러니 아무것도 망치지 말아요, 오케이?"

"그러지 않으려고 노력할게요."

"우리는 무슨 일이 일어난 건지 가늠해보고 싶은 것뿐이에요. 그러고 나서는 SID(과학수사대)를 부를 거예요."

LAPD(도망자검거반)의 SID요원들은 범죄증거를 식별하고 확보하는 일을 책임질 것이다.

스타키는 구역을 네모들로 이뤄진 개략적인 격자로 분할했고, 우리는 한 번에 네모 하나씩을 살폈다. 발을 디딜 자리가 시원치 않은 탓에 그녀의 몸놀림은 굼떴다. 하지만 그녀는 현장 작업을 꼼꼼하게 잘 해냈다. 벤의 발자국 두 개는 벤이 우리 집으로 돌아가려고 몸을 돌렸다는 걸 시사했지만, 발자국 여러 개가 뒤섞여 있는 탓에 그 발자국은 무엇이건 뜻할 수 있었다. 그러다가 벤의 발자국들이 비탈 아래로 향했다.

그녀가 말했다. "어디 가려고요?"

"벤의 자취를 따라가는 거예요."

"세상에, 내 눈에는 발을 끈 자국만 간신히 보이는데요. 당신, 사냥꾼이에요?"

"나는 이런 일에 익숙해요."

"어렸을 때요?"

"육군에서요."

스타키가 내 말이 무슨 뜻인지 확신이 서지 않는다는 투로 나를 힐끔 봤다.

벤의 발자국들이 또 다른 2.4미터 정도 풀밭 속으로 이어졌다. 그러다가 나는 벤의 자취를 잃었다. 벤이 남긴 마지막 발자국으로 돌아간 나는 나선형 형태로 움직이면서 수색 지역의 반경을 넓혔다. 하지만 더 이상의 발자국이나 벤이 남긴 다른 흔적을 하나도 찾지 못했다. 벤에게 날개가 돋아나서 하늘로 날아오른 것만 같았다.

스타키가 물었다. "뭘 찾는 거예요?"

"누군가가 벤을 붙잡았다면, 벤이 몸부림을 친 흔적이, 최소한 다른 사람의 발자국이 보여야 마땅해요. 그런데 아무것도 보이지 않아요."

"못 보고 놓쳤나 보죠, 콜."

"놓친 건 하나도 없어요. 벤의 발자국이 그냥 끊겼어요. 그리고 벤이 몸부림을 쳤을 때 찾아낼 거라고 예상할 수 있는 발을 끈 흔적이나 뭉개진 발자국이 여기 토양에는 하나도 없어요."

스타키는 땅바닥에 정신을 집중하고는 산비탈 아래로 살금살금 내려갔다. 그녀는 2분간 아무 대답도 하지 않았다. 그러다가 차분한 목소리로 말했다.

"그 아이가 이 사건에 관련돼 있다는 지타몬 생각이 맞는 것 같아요. 당신이 몸부림친 흔적을 찾지 못하는 건 그 애가 그냥 도망친 것이기 때문일 거예요."

"그 애는 도망치지 않았어요."

"누가 그 애를 잡아간 게 아니라면……"

"그 애 발자국을 봐요. 그 애는 여기까지 왔다가 멈춰 섰어요. 벤은 비탈 위로 돌아가지 않았고, 비탈 아래로나 옆으로 가지도 않았어요. 그냥 발자국이 멈춰버렸다고요. 벤은 연기처럼 사라진 게 아니에요. 벤이 도망쳤다면 발자국이 남았을 텐데 발자국은 남지 않았어요. 벤은 이 지점부터는 걸어서 떠나지 않았어요. 누군가가 그 애를 데려간 거예요."

"그렇다면 다른 사람 발자국은 어디 있죠?"

나는 고개를 저으며 땅을 응시했다.

"모르겠어요."

"멍청한 얘기네요, 콜. 계속 살펴봐요. 그러면 뭔가를 찾아낼 수 있을 거예요."

스타키는 비탈 아래로 내려가는 나와 평행한 방향으로 이동했다. 내 옆에서 3, 4미터 거리를 두고 이동하던 그녀가 땅바닥을 조사하는 걸 멈췄다.

"이봐요, 이거 벤 신발 자국인가요, 아니면 당신 신발 자국인가요?"

나는 확인하러 갔다. 희미한 선이 벤의 발자국이라기에는 지나치게 큰 신발의 뒤꿈치를 보여줬다. 족적이 선명해서 오래된 것처럼 보이지 않았다. 게다가 뭉개진 흔적이 없었다. 나는 그 족적의 선명한 가장자리를 벤의 신발 자국으로 보이는 흔적의 가장자리와 비교해봤다. 두 발자국은 거의 동시에 만들어진 거였다. 발자국 뒤쪽으로 간 나는 발자국이 향하는 방향이 어느 쪽인지 알아보려고 뒤꿈치 중앙을 관통하는 선의 전방을 바라봤다. 발자국은 벤의 자취가 끝난 곳을 곧바로 가리키고 있었다.

"놈이에요, 스타키. 당신이 놈의 흔적을 찾아냈어요."

"그렇다고 말할 수는 없잖아요. 이웃들 중에 누군가가 빈둥거리면서 여기 주위를 돌아다녔을 수도 있으니까요."

"여기서 빈둥거리는 사람은 아무도 없어요. 계속 살펴봐요."

스타키는 족적의 위치를 표시하려고 흙에 로즈메리 줄기를 박았다. 그런 후 우리는 활동반경을 넓혔다. 나는 새 족적과 벤의 족적 사이에 있는 땅을 살폈지만, 그 이상은 아무것도 찾지 못했다. 나는 반대쪽 방향으로 돌아가 똑같은 구역을 두 번째로 작업했지만, 여전히 아무것도 찾지 못했다. 추가로 발견한 발자국의 부분들이 겹쳐진 퍼즐 조각처럼 벤의 발자국과 겹쳐져 있어야 하는 게 사리에 맞았다. 발을 끈 자국들, 부러진 초목들, 그 지역을 가로질러 이동한 다른 사람이 있었음을 보여주는 명백한 증거들이 내 눈에 띄었어야 옳았다. 하지만 우리가 확보한 것이라고는 발자국 딱 하나의 뒤꿈치 자국 일부가 전부였다. 그건 가능한 일이 아니었는데, 실제 현실은 그랬다. 증거가 없다는 문제를 깊이 고민하면 할수록 내가 느끼는 두려움은 더욱더 커졌다. 증거는 어떤 사건을 물질적으로 보여주는 역사다. 그런데 물질적인 역사가 없다는 것은 그 자체가 하나의 증거였다.

나는 주변의 덤불과 비탈의 지형을, 그리고 사방에 떨어뜨린 낙엽들로 우리를 에워싼 나무들을 유심히 살폈다. 어떤 남자가 무성한 덤불과 바스러지기 쉬운 나뭇잎들을 뚫고 비탈 위로 정말로 조용하게 올라온 탓에 벤은 그 남자가 접근하는 소리를 듣지 못했다. 그 남자는 무성한 덤불 사이로는 벤을 볼 수 없었을 것이다. 이건 그가 게임 프리크에서 나는 소리로 벤의 위치를 파악했다는 뜻이었다. 그런 후, 벤을 발견한 남자는 건강한 열 살짜리 사내아이를 번개처럼 낚아챘고, 그래서 벤은 소리를 지를 겨를이 전혀 없었다.

내가 말했다. "스타키."

"여기 아래쪽은 벌레가 많네요, 콜. 벌레라면 진저리나게 싫은데."

그녀는 60센티미터쯤 떨어진 땅을 살피고 있었다.

"스타키, 내가 전에 맡았던 사건들에서 취합해서 당신한테 준 이름들은 관둬요. 그놈들 중에 이런 일을 할 정도로 뛰어난 놈은 하나도 없으니까요."

그녀는 내 말을 오해했다.

"걱정하지 마요, 콜. 내가 SID를 부를게요. 그들은 무슨 일이 있었는지를 알아낼 수 있을 거예요."

"무슨 일이 있었는지는 이미 알아냈어요. 내 사건 파일들에 있는 이름들은 잊어요. 그냥 나랑 같이 복무했던 사람들만 검색해봐요. 그 외에 다른 건 다 잊고요."

"그들 중에 이런 짓을 할 사람은 없을 거라는 말을 당신한테 들은 것 같은데요."

나는 땅바닥을 응시한 후, 빽빽한 덤불과 험한 지형을 응시하며 내가 알고 있는 사람들과 그들이 할 수 있는 활동의 최대치를 힘겹게 떠올리고 있었다. 등가죽이 따끔거렸다. 우리를 에워싼 이파리들과 가지들은 희미한 퍼즐을 구성하는 깨진 조각이 됐다. 제대로 된 솜씨를 가진 어떤 남자가 3미터 떨어진 곳에 있을 수도 있었다. 그는 퍼즐 내부에 숨어서 퍼즐 조각들 사이에 있는 우리를 주시하지만, 우리는 그의 손가락이 방아쇠를 당기는 순간까지도 그를 결코 보지 못할 것이다. 나는 부지불식간에 목소리를 낮췄다.

"이 짓을 한 놈은 전투 경험이 있는 놈이에요, 스타키. 당신 눈에는 보이지 않겠지만 내 눈에는 보여요. 놈은 전에도 이런 짓을 했었어요. 놈은 사람을 사냥하는 훈련을 받았고, 그런 일에 능숙해요."

"그런 말을 들으니까 소름이 돋잖아요. 그 문제는 한숨 돌리도록 해요. SID를 부를게요."

나는 내 시계를 힐끔 봤다. 벤은 16시간하고 12분간 실종 상태였다.

"지타몬은 루시와 같이 있나요?"

"맞아요. 벤의 방을 수색하는 중이에요."

"그들을 만나러 갈게요. 그들에게 우리가 상대하는 놈들이 어떤 놈들인지 알리고 싶어요."

"콜, 이 정도 수확 가지고 호들갑 떨지 마요. 우리는 우리 상대가 누구인지 몰라요. 그러니 SID가 올 때까지 여기서 기다리는 게 어때요?"

"올라가는 길 찾을 수 있겠죠?"

"2분만 기다려주면 당신하고 같이 올라갈게요."

나는 기다리지 않고 비탈을 걸어 올라갔다. 스타키가 내 뒤를 따라오면서, 천천히 좀 가라고 틈틈이 나를 불렀지만, 나는 그녀가 나를 따라잡기에 충분할 정도로는 결코 속도를 늦추지 않았다. 매장됐어야 마땅한 과거가 드리운 그림자들이 우리 집으로 올라가는 길에 줄지어 서 있었다. 그림자들의 숫자는 나보다 많았고, 내게 그들의 도움이 필요할 거라는 걸 나는 잘 알았다. 집에 당도한 나는 주방으로 가서 내가 아는 컬버 시티의 총포상에 전화를 걸었다.

"조 바꿔줘요."

"여기 없는데요."

"시급히 그를 찾아내야 해요. 중요한 일이에요. 그에게 지금 당장 루시의 집에서 만나자고 전해줘요. 벤 셰니에가 실종됐다고 전해줘요."

"알았어요. 다른 건요?"

"내가 겁에 질렸다고 전해줘요."

나는 전화를 끊고 내 차로 갔다. 시동을 걸고서도 운전대에 양손을 얹고만 있었다. 손을 떠는 걸 그치려고 애쓰면서.

벤을 잡아간 놈은 소리도 내지 않으면서 몸을 무척이나 잘 놀렸다. 놈은 우리가 왔다가 떠나는 시간을 연구했다. 놈은 내 집과 협곡을, 벤이 놀려고 산비탈을 내려온다는 걸 잘 알았다. 놈이 그 짓을 대단히 잘 해치운 탓에 나는 그 사실을 알아차리지 못했다. 놈은 아마도 며칠간 우리에게 몰래 접근했을 것이다. 인간을 사냥하는 데는 특수한 훈련과 수법이 필요하다. 나는 그런 솜씨를 가진 사람들을 알았는데, 그들은 내 두려움의 대상이었다. 그리고 나도 그런 사람 중 하나였다.

6

베벌리힐스라고 하면 사람들은 으리으리한 저택과 베벌리힐스로 이사 온 두메산골의 촌뜨기들(hillbillies, 미국의 1960년대 인기 시트콤 「베벌리 힐 빌리스」를 가리킨다)을 떠올리지만, 윌셔 대로 남쪽의 평지에는 미국의 아무 소도시에 던져놓더라도 그다지 눈에 띄지 않을 수수한 치장벽토 주택들과 튼튼한 방갈로 아파트들이 줄지어 서 있다. 루시와 벤은 U자형으로 생긴 2층짜리 건물에 있는 아파트에 살았다. U자의 입구는 거리를 향하고 있었고, U자의 두 팔은 계단과 극락조꽃과 높이 솟은 야자수 두 그루로 가득한 뜰을 감싸고 있었다. 이 동네는 리무진이 돌아다니는 거리는 아니었다. 그런데 지금은 검은색 링컨 프레지덴셜 한 대가 그녀가 사는 건물 바깥의 소화전 옆에 대기하고 있었다.

나는 반(半) 블록 아래에 있는 주차 공간에 차를 쑤셔 넣고는 인도를 걸어 올라갔다. 리무진 운전자가 창문을 올리고 시동을 켠 채로 운전석에서 잡지를 읽고 있었다. 도로 건너편에 있는 지타몬의 차 앞에 주차된 머큐리 마퀴스(포드 사의 자동차)에서 남자 둘이 담배를 피우고 있었다. 혈색 좋은 얼굴에 짧은 머리, 엉뚱한 시기에 엉뚱한 장소에 있게 되는 일에 익숙하면서도 그런 사실을 썩 개의치 않아 하는 사람들의 매가리 없는 표정을 짓는 사십 대 후반의 덩치 큰 남자들이었다. 그들은 경찰의 눈빛처럼 보이는 눈빛으로 나를 주시했다.

계단을 올라가 초인종을 눌렀다. 문을 연 사람은 리처드 셰니에였다. 야간 여행 탓에 피곤한 기색인 데다 얼굴에 기름기가 번지르르했다. 나는 손을 내밀었다.

"이런 일로 다시 만나게 돼 유감이에요, 리처드."

리처드의 안색이 어두워졌다. 그는 내 손을 무시했다.

"어느 때가 됐건 당신을 보는 건 유감스러운 일이야."

루시가 불편하고 짜증 난 표정을 지으며 그의 앞으로 나섰다. 리처드는 그녀를 화나게 만드는 데 능숙했다.

그녀가 말했다. "발동 걸지 마."

"이런 일이 일어날 거라고 했지, 그랬지? 내가 몇 번을 말했어? 그런데도 당신은 듣는 척도 안 했잖아."

"리처드, 그만해. 부탁이야."

내가 말했다. "맞아요. 지금은 이런 일로 다툴 때가 아니에요."

리처드의 눈에서 뭔가 심술궂은 것이 깜빡거렸지만, 그는 조용히 그녀의 아파트 안으로 돌아갔다. 리처드는 루시와 동갑이었지만, 내가 마지막으로 본 이후로 머리카락은 심하게 가늘어졌고 체중도 늘었다. 그는 검정 니트 셔츠에 비행 탓에 주름이 많이 간 카키색 바지, 내가 일주일간 버는 돈보다 더 비싼 브루노 말리 구두 차림이었다. 주름진 옷을 입고 잠을 못 잔 기색이 역력한데도 리처드는 부유해 보였다. 그는 원유 분쟁에서 비롯된 국제적인 송사를 전문으로 하는 로펌의 정규 파트너인 데다, 여러 나라에서 사업을 하는 천연가스회사의 소유주였다.

루시는 내가 그녀의 뒤를 따라가는 동안 목소리를 낮췄다.

"이 사람들, 막 도착했어. 저 인간이 탄 비행기가 착륙했다고 자기한테 전화를 걸었는데, 자기는 아마 여기 오던 중이었던 것 같아."

리처드가 짙은 정장을 입은 몸이 탄탄한 남자와 거실로 나왔다. 그 남자의 푸른빛이 도는 회색 머리카락은 너무나 짧아서 그는 사실상 대머리나 다름없었다. 그의 눈은 사격 조준기의 반대쪽 끄트머리처럼 보였다. 그가 손을 내밀었다.

"릴랜드 마이어스요. 리처드 사장님의 회사에서 보안을 책임지고 있소."

리처드가 말했다. "벤을 찾는 걸 도우려고 리(릴랜드의 애칭)를 데려왔어. 당신들은 벤을 감당 못 하고 잃어버린 사람들이잖아."

마이어스와 내가 악수하는 동안, 지타몬이 벤의 오렌지색 아이맥(iMac)을 들고 복도에서 나타났다. 그는 루시의 현관문 옆에 있는 작은 테이블에 아이맥을 올려놓으면서 컴퓨터의 무게 때문에 씩씩거렸다.

"오늘 자정쯤에는 벤의 이메일을 보게 될 겁니다. 아이들이 친구들하고 나누는 얘기를 보면 여러분은 깜짝 놀라실 겁니다."

나는 지타몬이 납치 연출 이론을 여전히 추종하고 있는 게 짜증스러웠지만, 우리가 비탈에서 찾아낸 것을 루시에게 설명할 때는 조심스럽게 일을 진행하고 싶었다.

"벤의 이메일에서는 아무것도 찾아내지 못할 겁니다, 경사님. 스타키 형사하고 내가 오늘 아침에 비탈을 수색했습니다. 벤이 게임 프리크를 떨어뜨린 곳에서 발자국을 찾아냈죠. 벤을 데려간 놈이 남긴 발자국일 겁니다. 놈은 베트남에서 나랑 같이 복무했던 사람인 것 같습니다."

루시가 고개를 저었다.

"다른 사람들은 다 죽었다고 했잖아."

"맞아. 그런데 지금은 이 짓을 한 놈은 특정 유형의 전투 경험을 가진 자라고 생각해. 스타키 형사한테 명단을 줬어. 그리고 더 많은 걸 기억해 내려고 애쓸 거야. 스타키 형사가 족적을 떠달라고 SID에 전화했어. 운이 좋으면, 그놈의 키와 몸무게에 대한 꽤 괜찮은 추정치를 얻을 수도 있어."

리처드와 마이어스가 서로를 힐끗 쳐다봤다. 그러더니 리처드가 얼굴을 찡그리며 팔짱을 꼈다.

리처드가 말했다. "그자가 간밤에 베트남을 들먹였다고, 그리고 이 모든 게 당신과 관련이 있다고 루시한테 들었어. 지금 이 일이 당신 과거사하고 관련이 있다고 의심해야 하는 건가?"

"사람들은 무슨 말이건 할 수 있어요, 리처드. 나는 지금은 놈이 진심으로 한 말이라는 걸 알아요."

마이어스가 물었다. "그게 무슨 뜻입니까, 특정 유형의 전투 경험이라는 게?"

"주말에 사슴 사냥을 다니거나 ROTC(학사장교 훈련단) 과정을 거치는 것만으로 이놈처럼 몸을 놀리는 법을 배우지는 못해요. 이놈은 그를 발견할 경우 그를 죽여버릴 사람들에게 둘러싸인 곳에서 시간을 보냈던 놈이에요. 그래서 놈은 흔적을 남기지 않고 움직이는 법을 알아요. 게다가, 우리는 몸싸움을 한 흔적을 하나도 찾지 못했어요. 그건 벤이 놈이 다가오는 걸 전혀 보지 못했다는 뜻이에요."

나는 벤의 발자국이 갑자기 끊겼고 우리는 다른 발자국을 딱 하나만 찾아냈다는 얘기를 그들에게 해줬다. 내가 현장을 묘사할 때 마이어스는 그 내용을 수첩에 적었고, 리처드는 불안감을 키워가며 팔짱을 꼈다 풀었다

다시 껐다. 설명을 끝낼 무렵, 그는 루시의 작은 거실에서 크지 않은 동그라미를 그리며 서성거렸다.

"이거 끝내주네, 콜. 람보처럼 사람을 파리 잡듯 죽이는 그린베레 코만도 같은 놈이 내 아들을 데려갔다는 거야?"

지타몬이 삐삐를 확인했다. 그는 나를 불편해하는 기색이었다.

"우리는 그 문제는 모릅니다, 미스터 셰니에. SID가 일단 현장에 도착하면, 우리는 수사를 더 철저히 할 겁니다. 미스터 콜은 충분한 증거 없이 결론으로 비약한 건지도 모릅니다."

내가 말했다. "나는 어느 것으로도 비약하지 않았어요, 지타몬. 내가 여기 온 건 당신이 직접 현장을 보기를 원하기 때문이에요. SID가 지금 작업을 진행 중이에요."

리처드는 지타몬을 힐끔 보고 난 다음 루시를 응시했다.

"아니, 나는 미스터 콜이 이 문제는 제대로 짚었다고 확신합니다. 이놈은 콜이 믿는 것만큼 모든 면에서 위험한 자라고 확신합니다. 콜은 이런 사람들을 끌어들인 전력이 있습니다. 미스터 콜 덕분에 로지어라는 남자가 루이지애나에서 내 전처를 죽일 뻔했었죠."

루시의 양쪽 입꼬리가 단단히 조여지며 창백한 점들로 변했다.

"그 얘기는 할 만큼 했잖아, 리처드."

리처드는 하던 말을 계속했다.

"그녀는 그런 일을 겪은 다음에 여기 로스앤젤레스로 이사 왔죠. 그리고 그 덕에 소벡이라는 또 다른 미친놈이 우리 아들을 스토킹할 수 있었고요. 저 친구가 사람을 몇이나 죽였지, 루시? 일곱? 여덟? 저 친구는 연쇄살인범이랑 크게 다르지 않은 작자야."

루시가 그의 앞으로 나아가서는 목소리를 낮췄다.

"그만해, 리처드. 24시간 내내 밥맛없는 인간처럼 굴 필요는 없잖아."

리처드의 목소리가 더 커졌다.

"그녀에게 콜이랑 어울리면 당신이나 벤이 위험에 빠지게 될 거라는 말을 하려고 애썼는데, 그녀가 귀를 기울였을까요? 아뇨, 들은 척도 안 했어요. 우리 아들의 안전은 그녀가 원하는 것을 얻는 것만큼 중요한 일이 아니었으니까."

루시는 리처드의 뺨을 힘껏 갈겼다. 그의 뺨에서 폭죽 터지는 소리가 났다.

"그만두라고 했지."

지타몬이 다른 곳에 있었으면 좋겠다는 투로 몸 둘 바를 모르고 꼼지락거렸다. 마이어스가 리처드의 팔을 건드렸다.

"사장님."

리처드는 움직이지 않았다.

"사장님, 출발해야 합니다."

하고 싶은 말이 더 있다는 듯 리처드의 턱이 뻣뻣해졌지만, 그는 단어들을 씹어 삼켜 가슴 속에 묶어두려 애쓰고 있었다. 루시를 흘낏 본 그는 감정을 터뜨리는 게 곤란하고 민망한 일이었다는 것을 갑자기 느낀 듯 사람들의 눈길을 피했다. 그는 목소리를 낮췄다.

"그래, 그러지 않겠다고 내 입으로 약속했었지. 루시, 미안해."

루시는 대답하지 않았다. 그녀가 숨을 쉬는 동안 콧구멍이 벌렁거렸다. 방 건너편에 있는 나도 그녀의 숨소리를 들을 수 있었다.

리처드는 입술을 적셨다. 어색함과 불편함 때문에, 그는 뭔가 버릇없는 짓을 하다 발각되면서 창피를 당하는 꼬맹이 같은 분위기를 풍겼다. 그녀에게서 멀리로 간 그는 지타몬을 향해 어깨를 으쓱했다.

"그녀 말이 맞아요, 경사. 나는 밥맛 떨어지는 놈이죠. 하지만 나는 내 아들을 사랑하고, 그 아이가 걱정됩니다. 나는 그 애를 찾기 위해 할 수 있는 일은 뭐든 할 거요. 그게 내가 여기 있는 이유이고, 그게 내가 리를 데려온 이유요."

마이어스는 목을 가다듬었다.

"우리는 콜이 얘기한 그 비탈에 가보는 게 옳습니다. 데비는 범행 현장에 밝습니다. 그가 이 작업을 함께 해야 옳습니다."

지타몬이 물었다. "데비가 누굽니까?"

리처드는 루시를 다시 힐끔 본 다음, 구석에 있는 딱딱한 의자에 앉았다. 그는 양손으로 얼굴을 문질렀다.

"데비 드니스요. 데비는 데불런인가 뭔가 하는 이름의 약칭이오. 은퇴한 뉴올리언스 형사요. 강력반이었나? 맞지, 리?"

"강력반입니다. 사건 해결률이 경이로운 형사였죠."

리처드가 두 발에 힘을 줘 일어섰다.

"시(市)에서 최고였지. 내가 데려온 사람들은 하나같이 최고요. 나는 필요하다면 망할 놈의 스코틀랜드 야드(런던 경찰국의 별칭)를 고용해서라도 벤을 찾아낼 거요."

마이어스는 지타몬을, 그런 후에는 나를 힐끔 봤다.

"콜, 당신 집에 내 부하들을 데려갔으면 합니다. 그 명단 사본도 받아봤으면 하고요."

"명단은 스타키 형사한테 있어요. 사본을 만들 수 있을 겁니다."

그는 지타몬을 힐끔 봤다.

"SID가 작업 중이라면 우리도 가보는 편이 나을 것 같습니다만. 우리가 알고 있는 내용과 작업하고 있는 내용을 속성으로 브리핑 받았으면 싶습니다, 경사. 그 일을 부탁드려도 되겠습니까?"

"오, 그럼요. 당연히 해드려야죠."

나는 그에게 우리 집으로 가는 길을 알려줬다. 팜 파일럿(포켓용 컴퓨터)에 약도를 복사한 마이어스는 벤의 컴퓨터를 지타몬의 차까지 들어다주겠다고 제의했다. 그들은 함께 떠났다. 그들 뒤를 따르던 리처드는 루시에게 당도하자 걸음을 머뭇거렸다. 그는 나를 힐끔 봤다. 그는 쓴맛 나는 약의 냄새를 맡은 듯 입을 힘껏 다물었다.

"당신도 갈 거야?"

"1분 있다가."

리처드는 루시를 쳐다봤다. 힘이 잔뜩 들어 있던 그의 입술 주위가 부드러워졌다. 그는 그녀의 팔을 건드렸다.

"선셋에 있는 베벌리힐스 호텔에 묵고 있어. 아까 그 말들은 하지 말았어야 했어, 루시. 그런 말을 한 걸 후회해. 사과할게. 하지만 진심이었어."

그는 나를 다시 힐끔 보고는 집을 떠났다.

루시는 이마에 손을 얹었다.

"가위에 눌린 것 같아."

실종 이후 경과 시간: 18시간 05분

해가 아침나절에 쏘아 올린 신호탄처럼 솟아올랐다. 강렬한 햇빛은 하늘에서 검은색을 씻어서 지우고는 야자수들이 희미하게 빛나게 만들었다. 내가 도로에 나왔을 때 지타몬은 떠나고 없었다. 하지만 리처드는 검정 리무진 옆에서 마이어스, 그리고 마퀴스에서 내린 두 남자와 함께 나를 기다리고 있었다. 그들이 그가 뉴올리언스에 데려온 사람들일 것이다.

내가 극락조꽃 근처로 오자 그들은 하던 얘기를 멈췄다. 리처드가 나를 만나려고 다른 사람들 앞으로 나왔다. 이제 그는 감정을 숨기려는 수고조차 하지 않았다. 그의 얼굴에는 격렬한 분노가 가득했다.

"당신하고 할 말이 있어."

"맞춰볼까요? 당신은 나한테 이 셔츠를 어디서 샀느냐고 묻지는 않을 거예요."

"이건 네 잘못이야. 루시와 벤 중에 누구라도 네놈 때문에 목숨을 잃는 건 순전히 시간문제였어. 나는 그런 일이 일어나게 놔두지는 않을 거야."

마이어스가 천천히 몸을 옮겨 리처드의 팔을 건드렸다.

"이러고 있을 시간이 없습니다."

리처드는 손으로 가볍게 쓸어서 마이어스의 팔을 밀쳐냈다.

"이 말은 꼭 해줘야겠어."

내가 말했다. "그 사람 충고 귀담아들어요, 리처드. 부탁이에요."

데비 드니스와 레이 폰트노트가 리처드의 다른 쪽으로 이동했다. 드니스는 뼈대가 굵은 남자로, 눈 색깔이 구정물이 된 비눗물 같은 회색이었다. 폰트노트는 드니스처럼 전직 NOPD(뉴올리언스 경찰국) 형사였다. 목에 커다란 흉터가 있는 그는 키가 크고 앙상했다.

드니스가 말했다. "충고를 듣지 않으면 어쩔 건데?"

긴 밤이었다. 머릿속에 쌓인 압박감 때문에 두 눈이 무겁게 느껴졌다.

나는 차분한 목소리로 대답했다.

"아직 오전밖에 안 됐어요. 우리는 종일토록 서로를 질릴 만큼 보게 될 거예요."

리처드가 말했다. "천만에. 나는 네놈이 마음에 안 들어, 콜. 믿음도 안 가고. 네놈은 토사물에 꼬이는 파리들처럼 골칫거리를 끌어왔어. 나는 네놈이 우리 가족에게서 멀찌감치 떨어져 있기를 원해."

숨쉬기가 힘겨웠다. 거리 저 위쪽에서 중년 여성이 퍼그와 산책하고 있었다. 퍼그는 영역을 표시할 곳을 찾으며 뒤뚱뒤뚱 걸었다. 이 남자는 벤의 아버지이자 루시의 전남편이었다. 나는 이 남자한테 무슨 말을 하거나 무슨 짓을 하면 모자에게 상처를 줄지도 모른다고 혼잣말을 했다. 우리는 이런 헛짓거리를 하고 있을 시간이 없었다. 우리는 벤을 찾아야 했다.

"우리 집에서 봅시다."

나는 그들을 돌아서 가려고 애썼지만, 드니스가 옆으로 걸음을 옮겨 내 길을 막았다.

"자기가 지금 어떤 사람들을 상대하고 있는지를 모르는구먼, 형씨."

폰트노트가 부드러운 미소를 지었다.

"오, 예, 잘했어, 데비."

마이어스가 말했다. "데비. 레이."

둘 중 어느 쪽도 움직이지 않았다. 리처드는 루시의 아파트를 응시하면서 위층에 있을 때 그랬던 것처럼 입술을 다시 축였다. 그의 표정은 화난 표정이라기보다는 혼란스러워하는 표정으로 보였다.

"저 여자는 멍청하고 이기적이라서 로스앤젤레스로 이사 온 거야. 너 같은 작자하고 엮일 정도로 멍청했고, 벤을 나한테서 데려갈 정도로 이기

적이었어. 둘 중 한 사람이 목숨을 잃기 전에 저 여자가 제정신을 차렸으면 좋겠는데."

드니스는 혐오스러운 분장을 한 광대를 떠올리게 만드는 험상궂은 얼굴에 몸이 펑퍼짐한 남자였다. 콧대에는 자잘한 흉터들이 있었다. 뉴올리언스는 거친 도시일 것이다. 하지만 그는 그곳의 거친 분위기를 즐겼던 사람처럼 보였다. 나는 그를 돌아서 가려고 다시 시도할 수도 있었지만, 그러지 않았다.

"길 비켜요."

드니스가 스포츠코트 자락을 잽싸게 열어서 총을 보여줬다. 그들이 나인스 워드(뉴올리언스에 있는 구역)에서도 저런 식으로 상대에게 깊은 인상을 심어줬었는지 궁금했다.

드니스가 말했다. "어떤 상황인지 그림이 전혀 그려지지를 않나 보군."

햇빛의 가장자리에서 뭔가가 깜박거렸다. 두툼한 핏줄들이 선 팔 하나가 드니스의 목을 휘감았다. 묵직한 청색 357구경 콜트 파이튼이 그의 오른팔 아래에서 나타났고, 총의 공이치기를 당기자 손가락 관절을 부러뜨리는 것 같은 소리가 났다. 조 파이크가 그를 뒤로 들어 올리자 드니스는 균형을 잃고 허우적거렸다. 파이크의 목소리가 부드럽게 쉭쉭거렸다.

"이 상황을 그려보는 건 어때?"

폰트노트가 재킷 아래로 손을 넣어 안을 긁었다. 파이크는 폰트노트의 얼굴에 357을 갈겼다. 폰트노트는 비틀거렸다. 거리 아래쪽에 있는 여자가 이쪽을 쳐다봤지만, 그녀가 본 것이라고는 인도에 남자 여섯 명이 있고 그중 하나가 얼굴을 움켜잡고 있는 모습이 다였다.

내가 말했다. "리처드, 우리가 이러고 있을 때가 아니에요. 우리는 벤을 찾아야 해요."

파이크는 회색 운동복과 청바지, 햇빛을 받아 반짝거리는 짙은 선글라스 차림이었다. 그의 팔 근육이 드니스의 목 주위에서 자갈들처럼 무리를 이루고 있었다. 내부의 근육들이 긴장되면서 삼각근에 새겨진 빨간 화살 문신이 팽팽하게 늘어났다.

마이어스는 도마뱀이 상황을 관찰하는 것처럼 파이크를 주시했다. 정말로 상황을 주시한다기보다는 그에게 운명 지워진 반응, 즉 '공격과 퇴각, 격투'라는 반응을 촉발시킬 무엇인가를 기다리고 있는 쪽에 가까웠다.

마이어스는 차분하게 말했다.

"멍청한 짓이었어, 데비. 멍청하고 프로답지 못했어. 보셨죠, 사장님? 이래서 이런 사람들하고 노닥거리면 안 되는 겁니다."

리처드는 정신을 차린 듯, 안개에서 빠져나오고 있는 듯 보였다. 그는 고개를 저었다.

"젠장. 리, 드니스는 자기가 무슨 짓을 하고 있다고 생각하는 건가? 나는 콜하고 얘기를 나누고 싶었을 뿐이야. 이런 식의 일 처리는 용납 못 해."

마이어스는 조에게서 결코 눈을 떼지 않았다. 그는 파이크가 여전히 드니스를 붙들고 있는데도 드니스의 팔을 잡았다.

"죄송합니다, 사장님. 이 친구한테 얘기 잘 하겠습니다."

마이어스는 드니스의 팔을 세게 잡아당겼다.

"이제는 문제없으니까 풀어주쇼."

파이크의 팔이 더 조여졌다.

내가 말했다. "리처드, 잘 들어요. 당신이 속상해하는 건 알아요. 하지만 내 속도 마찬가지예요. 우리는 벤에 집중해야 해요. 벤을 찾는 게 우선이에요. 당신은 그걸 명심해야 해요. 이제는 가서 차에 타도록 해요. 이런 대화는 다시는 나누고 싶지 않아요."

리처드는 턱을 내밀고는 근육을 풀었지만, 별말 없이 그의 차로 갔다.

마이어스는 여전히 파이크를 주시하고 있었다.

"풀어줄 거요, 말 거요?"

드니스가 말했다. "풀어주는 게 좋아, 이 개새끼야!"

내가 말했다. "이제 괜찮아, 조. 풀어줘."

파이크가 말했다. "그렇게 하지."

드니스는 더 영리하게 굴 수도 있었건만 그러지 않았다. 파이크가 풀어주자마자 드니스는 몸을 돌려 주먹을 스트레이트로 힘껏 날렸다. 그는 덩치 큰 남자들이 보여주는 대체적인 속도보다 훨씬 더 빨리 움직이면서 팔꿈치를 몸에 바짝 붙이고 두 다리를 제대로 이용했다. 드니스는 그렇게 빠른 몸놀림으로 많은 사람들을 깜짝 놀라게 했을 것이다. 그래서 그는 이번에도 자신이 그럴 수 있을 거라고 생각했다. 그런데 주먹을 살짝 피한 파이크가 관절 기술을 걸어 드니스의 팔을 붙잡고는 그와 동시에 하체로 드니스의 두 다리를 걸었다. 드니스의 등 전체가 인도를 강타했다. 그의 머리가 콘크리트에 부딪혔다 튀어 올랐다.

리처드가 리무진에서 그들을 불렀다.

"빌어먹을, 리!"

마이어스는 드니스의 눈을 확인했다. 눈빛이 흐리멍덩했다. 그는 드니스를 일으켜 세우고는 마퀴스 쪽으로 떠밀었다. 얼굴에 피 묻은 손수건을 댄 폰트노트는 이미 운전석에 앉아 있었다.

마이어스는 잠시 파이크를, 그런 후에는 나를 뚫어져라 쳐다봤다.

"저 친구들은 경찰일 뿐이오."

그는 리무진으로 가서 리처드와 합세했고, 그런 후 두 차량 모두 자리를 떴다.

조에게로 몸을 돌린 나는 그의 입가에서 반짝거리는 짙은 색 물체를 봤다.

"이봐, 그게 뭐야?"

나는 더 자세히 살폈다. 빨간 진주가 그의 입가를 물들이고 있었다.

"자네, 피를 흘리고 있잖아. 저 인간한테 맞은 거야?"

파이크는 누구한테 맞고 다닌 적이 없었다. 파이크는 몸놀림이 지나치리만치 빨라서 누군가에게 맞을 일이 없었다. 그는 피를 쓱 닦은 다음 내 차에 올랐다.

"벤 얘기를 해봐."

소년, 여왕을 만나다

"도와줘요!"

벤은 상자 위쪽에 뚫린 작은 구멍에 귀를 바짝 붙였지만, 들리는 거라고는 조개껍데기를 귀에 댔을 때처럼 멀리서 들리는 쉿쉿 소리가 전부였다.

그는 입술을 구멍 주위에 모았다.

"제 말 들려요?"

아무도 대답하지 않았다.

그날 아침에 빛 한 줄기가 벤의 머리 위에 나타나서는 멀리서 반짝거리는 별처럼 빛났다. 공기구멍 하나가 상자에 뚫려 있었다. 구멍에 눈을 갖다 댄 벤은 튜브 끄트머리에 있는 자그마한 파란색 원반을 봤다.

"저, 여기 아래에 있어요! 도와주세요! 도와주세요!"

아무도 대답하지 않았다.

"도와주세요!"

벤은 손목과 다리에 붙은 테이프를 찢어냈다. 그러고서는 밤새 환각에 시달렸다. 그는 성질을 부리는 갓난아기처럼 사방의 벽에 발길질을 해댔고, 사지를 딛고 몸을 일으키는 식으로 해서 뚜껑을 밀어내려고 애썼다. 뜨거운 인도 위에 있는 벌레처럼 사방으로 몸부림도 쳤다. 곤충들이 그를 산 채로 잡아먹고 있다고 생각했기 때문이다. 벤은 마이크와 에릭과 아프리카인이 인 앤 아웃 버거로 가던 길에 질주하는 버스에 측면을 박히는 사고를 당했을 거라고 철석같이 믿었다. 그들은 빨간 점액과 뼛조각들로 뭉개졌을 것이다. 그래서 그가 이 끔찍한 상자에 갇혀 있다는 사실을 아는 사람은 세상에 아무도 없었다. 그는 굶어 죽을 것이고 목말라 죽을 것이고 「뱀파이어 해결사(Buffy the Vampire Slayer)」에 등장하는 존재와 비슷한 꼴을 당하고 말 터였다.

시간 감각을 잃은 벤은 잠의 언저리를 떠다녔다. 자신이 깨어 있는 건지 잠든 건지 분간이 되지 않았다.

"도와줘요, 여기 사람이 있어요! 제발 꺼내줘요!"

아무도 대답하지 않았다.

"엄마아아아아!"

무엇인가가 그의 발을 발길질했다. 그는 1만 볼트 전류가 몸을 뚫고 지나가는 것처럼 화들짝 놀랐다.

"젠장, 꼬맹아! 그만 좀 징징대라!"

상자 저 끄트머리에 퀸 오브 블레임이 팔꿈치를 괴고 있었다. 비단결 같은 검정 머리카락에 쭉 뻗은 황금빛 다리, 앙증맞은 홀터넥 상의에서 쏟아져 나오는 육감적인 가슴을 가진 아름다운 젊은 여성. 그녀는 행복해 보이지는 않았다.

벤은 비명을 질렀다. 그러자 퀸이 귀를 막았다.

"젠장, 시끄럽다니까."

"당신은 진짜가 아니에요! 당신은 게임에 나오는 캐릭터일 뿐이에요!"

"그러면 이렇게 해도 아프지 않겠네."

그녀가 그의 발을 꼬집었다. 세게.

"아야!"

벤은 뒤로 잽싸게 물러섰다. 물러설 곳이 아무 데도 없는 탓에 벤은 연신 미끄러졌다. 그녀는 진짜일 리가 없었다! 그는 악몽에 갇혔다!

퀸은 추잡한 표정으로 활짝 웃더니, 반짝거리는 비닐 부츠의 발가락 부분으로 그를 건드렸다.

"내가 진짜라고 생각하지 않는구나, 덩치 큰 총각? 계속 느껴봐. 느껴보라고."

"싫어요!"

그녀는 다 안다는 듯이 눈썹을 활처럼 구부리고는 부츠로 그의 다리를 쓰다듬었다.

"그 부츠를 만지고 싶어 하는 머슴애들이 얼마나 많은지 알아? 느껴보렴. 내가 진짜인 걸 확인해보라니까."

벤은 손가락을 뻗었다. 부츠는 번쩍번쩍 광을 낸 자동차처럼 매끄러웠고 그를 에워싼 상자처럼 단단했다. 그녀는 발가락을 꿈틀거렸다. 벤은 황급히 손을 거둬들였다.

퀸이 깔깔거렸다.

"너는 모두스 상대로는 2초도 못 버틸 거야!"

"나는 열 살밖에 안 됐어요! 겁이 나요. 집에 가고 싶어요!"

퀸은 따분하다는 투로 자기 손톱을 살폈다. 손톱 하나하나가 반짝거리는, 면도날처럼 날카로운 에메랄드였다.

"그럼 가려무나. 원할 때면 언제든 떠나도 좋아."

"가려고 애써봤어요. 우리는 갇혔어요!"

퀸은 다시 눈썹을 추켜세웠다.

"우리가?"

그녀는 무표정한 얼굴로 그를 바라봤다. 그러면서 손톱으로 마룻바닥의 타일처럼 판판한 배를 긁었다. 그녀의 손톱은 대단히 날카로워서 그녀의 피부에는 할퀸 자국이 생겼다.

"너는 원할 때면 언제든 떠날 수 있어."

벤은 그녀가 자기를 놀리고 있다고 생각했다. 눈에서 눈물이 솟았다.

"하나도 재미없어요! 밤새 도와달라고 소리를 질러댔는데 내 소리를 들은 사람은 아무도 없었다고요!"

퀸의 아름다운 얼굴이 험악해졌다. 눈이 광기에 물든 노란 공처럼 불타올랐고, 손은 짐승의 발톱처럼 허공을 갈퀴질했다.

"이 멍청아, 손톱으로 할퀴어서 길을 뚫어! 네 손톱이 얼마나 **날카로운지 확인해봐!**"

겁에 질린 벤은 몸을 웅크렸다.

"나한테서 떨어져요!"

그녀는 가까이 몸을 기울이면서 손가락을 뱀처럼 흔들었다. 그녀의 손톱은 반짝거리는 칼날이었다.

"날카로운 꼭짓점들을 느껴봐! 그것들로 어떻게 자를 수 있는지 느껴봐!"

"저리 가요!"

그녀는 그에게 달려들었다.

벤은 두 팔로 머리를 감쌌다. 면도날처럼 뾰족한 것들이 다리를 파고들자 그는 비명을 질렀다.

그러다가 정신을 차렸다.

벤은 자신이 공처럼 몸을 말고 있다는 걸 알게 됐다. 그는 귀를 한껏 기울이면서 어둠 속에서 눈을 깜박였다. 상자 안은 조용했고 비어 있었다. 그는 혼자였다. 모든 게 악몽이었다. 그녀의 손톱들이 허벅지에 남긴 날카로운 통증이 여전히 느껴진다는 걸 제외하면.

그는 옆으로 몸을 굴렸다. 그러자 날카로운 물체가 더 깊이 파고들었다.

"아야!"

그는 자기를 괴롭히는 게 무엇인지 확인해야겠다고 생각했다. 엘비스 콜의 은성훈장이 주머니에 있었다. 그걸 꺼낸 벤은 손가락으로 훈장의 뾰족한 꼭짓점 다섯 곳을 훑었다. 그것들은 칼처럼 단단하고 날카로웠다. 그는 머리 위에 있는 플라스틱에 꼭짓점 한 곳을 갖다 댔다. 그러고는 훈장을 앞뒤로 움직이며 톱질을 했다. 손가락으로 플라스틱을 느껴봤다. 그의 하늘에 가느다란 선이 그어져 있었다.

훈장을 앞뒤로 움직이는 작업을 조금 더 했다. 선이 더 깊어졌다. 그는 더 빠르게, 더 힘껏 훈장을 밀었다. 두 팔을 피스톤처럼 펌프질했다. 어둠 속에서 작은 플라스틱 알갱이들이 빗물처럼 떨어졌다.

7

오퍼레이터 (The Operator)

마이클 팰런은 빛바랜 청색 반바지 빼고는 알몸이었다. 창문을 가렸고, 이웃이 에어컨이 돌아가는 소리를 듣지 못하도록 중앙 에어컨을 껐기 때문에 실내는 오븐 내부같이 푹푹 쪘다. 그래도 팰런은 개의치 않았다. 그는 이 정도 더위는 선선한 공기를 들이마시는 것과 비슷한 곳인 제3세계의 지옥 같은 구덩이에 많이 있어보았다.

실링과 이보는 차를 훔치러 나갔다. 그래서 팰런은 운동을 하려고 옷을 훌훌 벗어 던졌다. 그는 날마다 운동을 하려고 애썼다. 상대보다 우위에 서 있다는 게 명확하지 않으면 상대가 그를 이겨먹을 것이기 때문이다. 그런데 지금까지 마이크 팰런을 이겨먹은 사람은 아무도 없었다.

그는 세트 사이마다 잠깐씩 쉬면서 팔굽혀펴기 200번, 윗몸 오므리기 200번, 다리 올리기 200번, 윗몸 젖히기 200번을 했다. 그러고는 각 사이클을 두 번 더 반복한 후, 양 무릎을 가슴까지 높이 올리면서 20분 동안 세 번째 반복 운동을 했다. 땀이 당의(糖衣)처럼 그의 피부를 번들거리게 만들고는 빗물처럼 바닥에 떨어졌다. 하지만 이건 제대로 된 운동이라고도 할 수 없었다. 팰런은 정기적으로 27킬로그램짜리 배낭을 메고 16킬로미터를 달렸다.

팰런이 땀을 말릴 때 차고 문이 덜커덩거리며 열렸다. 실링과 이보일 테지만, 그는 만약을 대비해 45구경을 집어 들었다.

그들은 슈퍼마켓 로고가 찍힌 쇼핑백 두 개를 들고 주방을 통해 들어왔다. 실링은 피곤에 절어 교외에 있는 집에 도착한 사람처럼 생기라고는 전혀 느껴지지 않는 목소리로 그를 불렀다.

"대장? 이봐요, 대장?"

팰런이 그들의 뒤에서 걸어 나왔다. 그는 총으로 실링을 툭툭 쳤다.

실링은 욕설을 내뱉으며 펄쩍 뛰었다.

"제기랄, 젠장! 간 떨어질 뻔했잖아요."

"다음번에는 정신 바짝 차리도록 해. 내가 아니라 다른 놈이었다면 다음은 있지도 않았을 거야."

"그러든지 말든지."

실링과 이보는 쇼핑백을 내려놨다. 실링은 팰런이 그에게 총을 들이댔다는 이유로 계속 욕설을 내뱉었다. 이보는 팰런에게 풋사과를 던지고는 자기가 먹을 오랑지나(프랑스산 탄산 오렌지 음료) 한 병을 꺼냈다. 오렌지 음료—오렌지주스, 오렌지소다, 오랑지나—여야만 했다. 이보는 다른 음료수는 마시지 않았다. 팰런은 총을 들이대면서 실링의 신경을 건드렸지만, 에릭의 솜씨가 좋다는 건 두 사람 다 알고 있었다. 실제로, 에릭의 솜씨는 탁월했다. 어쩌다 보니 팰런의 솜씨가 에릭을 능가하는 것뿐이었다.

팰런이 말했다. "차는 별 탈 없이 확보했나?"

"마지가 확보했어요. 우리는 잉글우드로 갔어요. 거기 있는 차 중에 절반은 도난 차량이거든요. 차 주인이 신고하더라도 경찰은 신경 쓰지 않을 거예요."

이보가 말했다. "조은 차야. 근사해."

실링은 쇼핑백에서 휴대폰 두 대를 꺼내 팰런에게 던졌다. 하나는 노키아였고 하나는 모토로라였다. 그들이 계획한 일에는 차와 휴대폰이 필요했다.

그들이 식료품을 꺼내는 동안 팰런은 잠시 그들을 주시하더니 입을 열었다. "잘 들어."

실링과 이보는 시선을 돌렸다. 그들은 이 일을 오랫동안 계획해왔다. 그런데 지금 그들은 갈림길에 가까워지고 있었다. 불과 두 시간 이내에 성패가 결정될 터였다.

"일단 이 작자를 배신하고 나면, 우리가 돌아갈 곳은 없어지는 거야. 이 결정에 동의하는 거지?"

실링이 말했다. "그럼요, 하고말고요. 나는 돈이 필요해요. 마지도 마찬가지고. 봐요, 다른 개 같은 짓들에 비하면 이 작전은 아무것도 아니잖아요. 그 재수 없는 새끼가 생각하는 건 엿이나 먹으라고 해요."

이보는 주먹으로 실링을 몇 번 툭툭 쳤다. 두 사람은 짓궂은 미소를 지었다. 팰런은 그들이 어떤 대답을 할지 잘 알고 있었지만, 아무튼 그가 그런 질문을 했다는 게 기분이 좋았다. 그들은 프로페셔널처럼 돈 때문에 이 일에 뛰어든 거였다.

"후(Hoo.)"

실링과 이보가 화답했다. "후."

팰런은 양말과 신발을 신으려고 바닥으로 몸을 낮췄다. 샤워하고 싶었지만, 샤워는 나중에도 할 수 있었다.

"AO를 찾으러 갈 거야. 부식은 안전한 데 집어넣고 꼬맹이를 확인해봐.

그 녀석이 잘 갇혀 있는지 확실하게 살펴보도록 해."

AO(Area of Operations)는 그들이 배신을 하면서 벌일 작전의 구역으로 확보하고 유지할 장소였다.

"걔는 잘 갇혀 있어요. 지표면 아래 90센티미터 지점에 있잖아요."

"그래도 확인해봐, 에릭. 나는 어두워진 다음에 돌아올 거야. 그러고 나면 걔를 꺼내서 전화를 걸 일이 생길 수도 있어. 이 작자들을 납득시키려면 걔를 전화기 앞에 데려다 놔야 할 거야."

팰런은 총을 바지에 밀어 꽂고는 차고로 향했다. 실링이 그를 불렀다.

"대장, 돈을 받지 못하면 꼬맹이는 어떻게 할 작정이에요?"

팰런은 뒤를 돌아보거나 걸음을 늦추지 않았다.

"상자에 다시 처넣은 다음에 구멍을 틀어막아야지."

8

로렌스 소벡은 일곱 명을 살해했다. 조 파이크는 여덟 번째 피해자가 될 예정이었다. 피해자들은 무고한 민간인 일곱 명이었는데, 소벡은 그들 때문에 레너드 드빌이라는 소아성애자가 라모나 앤 에스코바라는 다섯 살짜리 여자아이를 겁탈하고 변태 행위를 했다는 죄목으로 감옥에 가게 됐다며 피해자들을 비난했다. '아동 상대 성범죄'를 저지른 자들이 자주 당하는 것처럼, 드빌은 동료 재소자들에게 살해당했다. 모두 15년 전에 일어난 사건들이었다. 당시 LAPD였던 조 파이크는 드빌을 체포한 경관이었고, 소벡에게 희생된 일곱 명은 검찰 측 증인이었다. 소벡은 파이크가 그를 쓰러뜨리기 전에 파이크를 두 발 맞췄고, 파이크는 목숨을 잃을 뻔했다. 그의 회복 속도는 느렸고, 때때로 나는 그가 과연 회복할 수 있을지 의심스러웠다. 파이크도 미심쩍어했을 거라고 짐작한다. 하지만 파이크와 관련된 일이 어떻게 될지는 절대 모를 일이었다. 스핑크스는 파이크에 비하면 수다쟁이라고 할 수 있었다.

우리 집으로 차를 모는 동안, 나는 벤과 그 통화에 관한 얘기를 그에게 들려줬다.

파이크가 말했다. "전화한 놈이 아무것도 요구하지 않았다는 거야?"

"나한테 이건 복수라고 했어. 놈이 말한 건 그게 다야. 베트남에서 일어 났던 일에 대한 앙갚음일 뿐이라고."

"놈이 하는 말이 진짜라고 생각해?"

"모르겠어."

파이크는 앓는 소리를 냈다. 그는 베트남에서 그날 나한테 무슨 일이 있었는지를 알고 있었다. 그는 내가 육군 담당관들, 그리고 전사한 전우 네 명의 유가족 외에 그날 일에 대해 들려준 유일한 사람이었다. 어쩌면 우리 모두는 때때로 스핑크스 역할을 맡을 필요가 있었다.

우리가 집에 도착했을 때, 진입로에는 담청색 SID 밴이 서 있었고, 거기 서 말라깽이 꺽다리 SID 요원 존 첸이 장비를 부리는 걸 스타키가 돕고 있 었다. 지타몬은 자기 차 뒷좌석에서 신발을 갈아 신는 중이었다. 리처드와 그의 부하들은 재킷을 벗고 소매를 걷어 올린 차림으로 우리 집 옆에 모여 있었다. 폰트노트의 눈 아래에 보기 흉한 자주색 멍이 들어 있었다. 드니 스는 우리를 대놓고 노려봤다.

파이크와 나는 우리 집을 지나친 곳의 길가에 차를 세운 후 걸어서 밴 으로 돌아왔다. 스타키는 지타몬에게 분개하는 눈빛을 쏘아 보낸 후 목소 리를 낮췄다. 그녀는 여전히 담배를 피우는 중이었다.

"이 사람들 보여요? 경사님이 이 사람들이 비탈 아래로 내려가는 걸 허 용했어요."

"이쪽은 내 파트너 조 파이크예요. 이 친구도 내려갈 거예요."

"세상에, 콜. 여기는 망할 놈의 범행 현장이에요. 사파리가 아니라고요."

존 첸이 캠핑용 배낭과 커다란 금속제 낚시도구 상자처럼 생긴 증거 수집 키트를 들고 밴에서 모습을 나타냈다. 우리를 본 그는 고개를 까딱거렸다.

"이봐요, 이 사람들, 아는 사람들이에요. 안녕, 엘비스. 안녕, 조. 우리는 소백 사건 때 같이 일했었어요."

스타키가 담배를 빨아들이고는 찡그린 눈으로 파이크를 바라봤다.

"그럼 당신이 그 사람이겠군요. 소백이 당신 몸에 총알 두 방을 박았고, 당신은 꽤 심한 중상을 입었다고 들었어요."

스타키는 남의 기분을 잘 헤아리는 사람이 아니었다. 그녀는 엄청나게 큰 구름을 뿜어냈고, 파이크는 첸 옆에 서려고 자리를 옮겼다. 담배연기를 피해.

마이어스가 걸어와서 스타키에게 명단을 요청했다.

그녀가 말했다. "대기하는 동안 그 사람들한테 전화를 걸어봤어요. 운이 좋으면 오늘 늦은 시간에는 결과를 듣게 될 거예요."

"콜이 내가 그 명단을 가져도 좋다고 했습니다. 우리도 자체적으로 검색해보려고 합니다."

스타키는 담배를 물고는 나를 보며 얼굴을 찌푸렸다. 그러더니 명단을 꺼냈다. 그녀는 그걸 나한테 건넸고, 나는 그걸 마이어스에게 넘겼다.

그가 물었다. "우리가 지금 뭘 기다리는 겁니까?"

스타키는 지타몬을 힐끔 봤다. 그가 너무 오래 시간을 잡아먹는 탓에 짜증이 난 게 분명했다. 스타키는 소리를 질러 그를 재촉했다.

"천천히 하세요, 경사님."

"다 끝나가."

그는 몸을 굽히고 있느라 얼굴이 벌겋다. 마이어스는 다른 이들에게 돌아갔고, 스타키는 담배를 더 꺼냈다.

"멍청한 놈."

나랑 집을 같이 쓰는 검정고양이가 모퉁이를 돌아 나왔다. 나이 많고 꾀죄죄한 이 고양이는 22구경에 맞은 이후로 머리를 옆으로 젖히고 다녔다. 놈이 나타난 건 파이크의 냄새를 맡았기 때문일 것이다. 하지만 놈은 집 앞에 다른 사람들이 서 있는 걸 보고는 등을 동그랗게 구부리고 으르렁거렸다. 드니스조차 놈에게로 시선을 돌렸다.

스타키가 말했다. "쟤는 뭐가 문제예요?"

"사람들을 좋아하지 않아요. 기분 나쁘게 받아들이지 마요. 쟤는 나하고 조 말고는 아무도 좋아하지 않으니까."

"이건 좋아할지도 몰라요."

스타키는 놈을 향해 피우고 있던 담배를 손가락으로 털었다. 불똥이 소나기처럼 땅바닥을 때렸다.

내가 말했다. "세상에, 스타키. 정신 나갔어요?"

고양이는 대다수 고양이가 그러는 것처럼 도망가지 않았다. 대신, 놈은 험악한 인상의 복면을 쓴 것처럼 털을 곤추세우고는 더 요란하게 으르렁거렸다. 놈이 스타키 옆으로 슬금슬금 다가왔다.

스타키가 말했다. "맙소사, 저 망할 놈 좀 보게."

파이크가 고양이에게로 가서 놈의 털을 쓰다듬었다. 놈은 모로 널브러지더니 등을 깔고 굴렀다. 그 고양이는 조 파이크를 무척이나 좋아한다. 스타키는 상황 전체가 불쾌하다는 듯 쏘아봤다.

"고양이는 질색이에요."

지타몬이 신발을 갈아 신고 차에서 내렸다.

"좋아, 캐럴. 자네가 뭘 찾았는지 보자고. 존, 준비됐나?"

"예, 경사님."

"미스터 셰니에?"

스타키가 말했다. "먼저 가요, 콜. 우리를 안내해요."

파이크와 내가 먼저 모서리 너머로 내려갔다. 우리는 그날 아침에 내가 그랬던 것처럼 벤이 갔던 길을 옆에서 나란히 따라갔다. 스타키는 첸이 장비를 옮기는 걸 거들면서도 이번에는 한결 더 쉽게 비탈을 내려갔다. 하지만 지타몬과 드니스는 발 디딜 곳을 찾느라 애를 먹었다. 마이어스는 다른 사람들을 기다려야만 하는 것 때문에 짜증 난 듯한 기색으로 이동했다.

호두나무를 지난 우리는 내가 게임 프리크를 찾아낸 지점이 내려다보이는 오르막을 둘러서 내려갔다. 스타키가 발자국들을 표시하려고 사용한 로즈메리의 잔가지들이 축소판 묘비처럼 서 있었다. 나는 벤의 발자국이 끝난 지점을 가리킨 다음, 그들에게 부분만 남은 발자국을 보여줬다. 나는 그 발자국의 뒤꿈치에 다시 쪼그리고 앉아서 그게 어떻게 벤 쪽을 향하고 있는지를 사람들에게 보여줬다. 증거 수집 키트를 개봉한 첸은 오렌지색 깃발로 그 위치를 표시했다. 파이크는 부분적인 발자국을 살피려고 내 옆에서 몸을 굽히고는 말 한마디 없이 비탈 아래로 이동했다.

스타키가 말했다. "이봐요, 조심해요. 우리는 아무것도 건드리고 싶지 않으니까요."

지타몬과 리처드는 발자국을 보려고 첸과 스타키 사이에 바싹 붙어 섰고, 드니스와 폰트노트는 그들 뒤에 있었다. 마이어스는 무표정하게 발자국을 꼼꼼히 살폈다.

"다른 증거는 찾아내지 못한 겁니까?"

스타키가 말했다. "아직은요."

리처드는 부분적인 발자국을 응시했다. 어쩌나 조용한지 망연자실한 것만 같았다. 그는 발자국 옆에 있는 마른 흙을 건드린 다음, 그 장소를 뇌리에 깊이 새겨 넣으려는 듯 로즈메리와 만자니타 덤불을 힐끔 돌아봤다.

"여기가 우리 아들이 납치된 곳이야, 콜? 여기가 네가 그 애를 잃어버린 곳이냐고?"

나는 대답하지 않았다. 나는 발자국을 바라보다가 벤을 향해 난 발자국의 선을 다시 따라갔다. 나는 부분만 남은 발자국과 벤의 발자국이 끊긴 지점 사이의 땅바닥을 적어도 세 번은 수색했다. 그들 사이의 거리는 최소한 3미터였고, 그 사이의 땅바닥에는 부드러운 흙이 깔려 있었다. 그래서 발자국들로 덮여 있어야 마땅했다.

나는 내가 본 것을 가리키면서 혼잣말에 가까운 말을 중얼거렸다.

"벤은 저기에 있었어요. 게임 프리크를 가지고 놀면서 우리 맞은편 방향을 향해서요."

벤 셰니에의 유령이 그 경로를 걸어서 지나쳤고, 유령의 두 발은 벤의 발자국들을 남겼다. 벤의 유령은 게임 프리크에 집중하느라 등을 구부리고 있었고, 게임기는 비명과 유혈이 낭자한 주먹질의 철퍼덕 소리로 요란했다. 시커먼 유령이 걸음을 내디뎌 나를 통과해서는 벤 쪽으로 이동했다. 유령의 오른발이 내 앞에 있는 흙에 입을 맞추며 발자국을 남겼다.

"벤은 놈이 이 지점에 도달할 때까지 놈이 여기 있다는 걸 몰랐어요. 그러다가 무슨 소리를 들었거나 별다른 이유 없이 몸을 돌렸을 거예요. 어느 쪽이었는지는 모르지만, 놈은 벤이 그를 보고는 소리를 지를까 두려워했어요."

시커먼 유령이 갑자기 벤에게 달려들며 부드러운 흙을 힘껏 밀어내는 바람에 부분적인 발자국이 남았다. 나는 그 일이 벌어지는 광경을 관찰했다.

"벤은 여전히 무슨 일이 벌어지는지를 몰랐어요. 벤이 그걸 알고 있었다면, 우리는 질질 끌려가는 벤의 발자국을 볼 수 있었을 거예요. 벤은 등을 돌리고 있었어요. 놈은 뒤에서 벤을 붙잡고는 벤을 들어 올렸어요. 놈은 벤이 소리를 지르지 못하게 벤의 입을 막았어요."

시커먼 유령이 몸부림치는 사내아이를 덤불로 끌고 갔다. 유령들이 희미해졌을 때, 나는 몸을 떨고 있었다.

"이게 여기서 벌어진 일이에요."

마이어스는 나를 응시하고 있었다. 스타키와 첸도 그랬다. 마이어스는 고개를 저었는데, 나는 그의 속내를 읽을 수가 없었다.

"그래, 놈의 다른 발자국은 어디 있는 거요?"

"놈이 정말로 뛰어난 이유가 그거예요, 마이어스. 놈은 다른 발자국은 남기지 않았어요. 이 발자국은 실수로 남긴 거예요."

리처드가 역겨워하는 표정으로 고개를 젓고는 일어섰다. 마이어스도 그와 함께 일어섰다.

리처드가 말했다. "당신들이 찾아낸 게 이것뿐이라는 게 믿어지지 않는군. 흙에 난 보잘것없는 멍청한 구멍 하나뿐이라니. 그러면서 하는 설명이라고는 람보가 내 아들을 훔쳐갔다는 것뿐이잖아. 젠장."

드니스가 비탈 주위를 힐끔 돌아봤다.

"저 사람들이 충분히 열심히 살펴보지 않은 건지도 모릅니다."

폰트노트가 고개를 끄덕였다.

"그래, 친구, 내 생각도 같아."

마이어스가 그들의 얘기에 고개를 끄덕였고, 폰트노트와 드니스는 비탈길 위쪽으로 흩어졌다.

지타몬은 발자국 쪽으로 몸을 바싹 기울였다.

그가 물었다. "존, 이 족적, 본을 뜰 수 있나?"

첸은 흙을 한 자밤 집어 들고는 흙 알갱이들이 손가락에서 떨어지게 놔 뒀다. 그는 눈으로 확인한 게 마음에 들지 않아 불쾌한 표정으로 얼굴을 찡그렸다.

"흙이 얼마나 곱고 건조한지 보이시죠? 꼭 소금 같잖아요. 이런 흙은 틀을 유지하지 못해요. 이런 흙을 작업할 경우, 플라스틱을 부으면 세세한 이미지를 상당히 많이 잃을 수 있어요. 플라스틱 무게 때문에 발자국이 변형되거든요."

스타키가 말했다. "당신이 맡은 사건은 하나하나가 드라마네요. 나는 이 친구랑 폭발 현장 50곳을 작업했었는데, 하나같이 세상이 종말을 맞은 듯한 광경이었어요."

첸은 수세에 몰린 듯 보였다.

"그래서 말하잖아요. 발자국이 형태를 유지하도록 돕기 위해 플라스틱을 붓기에 앞서 토양을 봉하면 발자국의 본을 뜰 수도 있어요. 어떤 결과가 나올지는 모르지만요."

스타키가 몸을 일으켰다.

"본을 얻게 될 거예요. 그러니 그만 징징대고 작업 시작해요, 존. 제기랄."

리처드는 드니스와 폰트노트가 덤불을 뒤지며 수색하는 모습을 지켜보다 고개를 저었다. 그는 시간을 확인했다.

"리, 이런 속도로는 한도 끝도 없을 거야. 무슨 일을 해야 할지 알잖아. 필요하다면 사람들 더 고용하고 필요한 사람은 누구든 데려와. 돈은 얼마가 들건 상관없으니까."

스타키는 지타몬이 무슨 말이라도 하기를 바라는 것처럼 지타몬을 주시했다. 그러다가 그가 아무 말도 하지 않자 직접 입을 열었다.

"사람들이 더 많이 몰려오면 여기는 동물원 꼴이 나고 말 거예요. 지금도 충분히 상황이 좋지 않은데 말이에요."

리처드는 두 손을 주머니에 밀어 넣었다.

"그건 내가 걱정할 문제가 아니죠, 형사. 내가 걱정할 문제는 내 아들을 찾는 거요. 수색을 방해했다거나 이따위 멍청한 짓거리를 했다고 나를 체포하고 싶으면, 내 장담하는데, 지역 언론이 좋아할 기삿거리가 될 거요."

지타몬이 말했다. "그런 말을 하는 사람은 아무도 없습니다. 우리는 그저 범행 현장을 보존하는 문제를 걱정하는 것뿐입니다."

마이어스가 리처드의 팔을 건드렸다. 두 사람은 낮은 목소리로 대화를 했고, 그런 후 마이어스가 지타몬을 향해 몸을 돌렸다.

"당신 말이 맞아요, 경사. 우리는 증거 보존을 걱정할 필요가 있고, 벤을 납치한 놈이 누구건 놈을 수사할 필요가 있소. 그리고 콜은 여기 있어서는 안 됩니다."

나는 그를 응시했다. 그러나 마이어스는 읽어낼 수 없는 표정을 유지했다. 지타몬은 혼란스러워하는 기색이었다.

내가 말했다. "무슨 말을 하려는 건지 모르겠군요, 마이어스. 나는 이미 여기에 있어요. 나는 벤을 찾아 이 비탈 곳곳을 돌아다녔어요."

리처드가 짜증스러운 기색으로 어깨를 들썩거렸다.

"뭐가 이해가 안 된다는 거야, 콜? 나는 형사사건을 맡아본 적은 없지만, 그래도 변호사라서 여기서 일어난 사건이 어떤 종류의 사건이건 당신이 참고인이 될 거라는 건 알아. 심지어 당신은 피고로 지목될 가능성도 있어. 어느 쪽이건, 당신은 존재 자체가 문제를 만들어내는 거야."

스타키가 말했다. "콜이 어째서 피고가 될 거라는 건가요?"

"그는 내 아들이 살아 있는 모습을 본 마지막 사람이었으니까."

협곡은 점점 뜨거워졌다. 땀이 땀구멍에서 솟아나고 피가 사지로 힘껏 뿜어졌다. 몸을 움직이는 사람은 첸밖에 없었다. 그는 뻣뻣한 흰색 플라스틱을 발자국에서 5센티미터쯤 떨어진 흙에다 대고 톡톡 두드렸다. 그는 흙의 모양을 유지하기 위해 발자국의 틀을 잡은 다음, 지표면을 뭉치게 하려고 헤어스프레이와 별반 다르지 않은 얇고 투명한 밀폐제를 뿌릴 것이다. 흙의 틀을 잡는 작업은 흙을 단단하게 만들 것이다. 지표면을 뭉치면 구조물이 만들어질 것이다. 만사는 안정성에 달려 있었다.

내가 물었다. "무슨 말을 하는 거예요, 리처드?"

마이어스가 리처드의 팔을 다시 건드렸다. 루시의 아파트 밖에서 그랬던 것처럼.

"사장님은 당신을 비난하는 게 아니오, 콜. 그런 것하고는 거리가 멀어요. 하지만 전화한 남자가 당신한테 앙심을 품고 있다는 건 명확한 일이잖소. 모든 게 드러나면, 그자가 당신이 아는 사람이고, 그가 당신을 좋아하는 것보다 당신이 그를 더 좋아하지는 않았다는 게 드러날지도 모르는 일이오."

"나는 그놈이 무슨 얘기를 하고 있는 건지 몰라요, 마이어스."

리처드가 말했다. "마이어스 말이 맞아. 놈의 변호사들이 쌍방이 앙심을 주고받았다는 걸 규명할 경우, 그놈은 당신이 자기에게 불리하도록 의도적으로 증거를 오염시켰다고 주장할 거야. 심지어 놈은 당신이 증거를 심었다고 주장할 수도 있어. O.J.(미식축구 선수 출신인 O.J. 심슨이 전처 일행을 살해한 혐의로 기소된 사건으로, 경찰에 의한 증거 오염 등 온갖 논란을 일으킨 재판 끝에 형사재판에서 무죄 판결을 받았다)를 봐."

스타키가 말했다. "그건 헛소리잖아요."

"나는 변호사였소, 형사. 당신이 법정에 서게 될 경우에는 헛소리가 먹혀든다는 걸 말해두고 싶군요."

지타몬이 불편한 듯 몸을 꼼지락댔다.

"여기서 부적절한 짓을 하고 있는 사람은 아무도 없습니다."

"경사, 나는 당신 편이오. 이런 말을 하는 게 열 받는 일이기는 하지만, 심지어 나는 콜의 편이기도 해요. 하지만 이 사건은 우리한테는 문젯거리요. 제발 부탁이오. 당신 상관이나 검사 사무실에 있는 지인한테 문의해보시오. 그들 생각이 어떤지 확인해보란 말이오."

지타몬은 파이크와 리처드가 데려온 형사들이 덤불을 훑으며 이동하는 모습을 주시했다. 그는 스타키를 힐끔 봤지만, 그녀가 보이는 행동이라고는 어깨를 으쓱하는 게 전부였다.

그가 말했다. "아, 미스터 콜, 선생은 선생 집에서 기다리는 게 옳은 것 같습니다."

"그게 무슨 소용이 있습니까, 경사님? 나는 이미 이 비탈의 온갖 곳을 다 다녔습니다. 그러니 내가 현장을 계속 지켜본다고 해서 달라질 건 하나도 없을 겁니다."

지타몬은 당황하면서 발을 이리저리 옮겼다. 그를 보니 쉬할 곳을 찾으려고 신경이 곤두선 퍼그가 떠올랐다.

"제가 할리우드 서장님께 말씀드리겠습니다. 그분이 어떤 생각이신지 알아보겠습니다."

리처드와 마이어스는 더 많은 얘기를 기다리지 않고 몸을 틀어서 덤불에 있는 폰트노트와 드니스에 합류했다. 지타몬은 나를 쳐다보지 않아도 되도록 첸 옆에 쭈그리고 앉았다.

스타키가 잠시 그들 모두를 지켜보다가 나를 향해 어깨를 으쓱해 보였다.

"두 시간만 있으면 그 이름들에 대한 회신을 듣게 될 거예요. 데이터베이스를 검색하는 정규직 직원은 이런 유형의 일에 대한 결론을 하루 만에 내리지 않아요. 이런 짓을 벌일 만한 놈은 개망나니일 텐데 그런 놈들은 전과가 있어요. 당신이 우리한테 준 이름 중 하나가 검색 결과로 돌아오면, 우리에게는 수사를 개시할 출발점이 생길 거예요. 그러니 위에 올라가서 기다리도록 해요. 소득이 있으면 알려줄게요."

나는 고개를 저었다.

"내가 얌전히 기다리고 있을 거로 생각한다면 당신은 정신이 나간 거예요."

"우리한테는 달리 작업할 거리가 하나도 없어요. 당신은 달리 무슨 일을 할 수 있나요?"

"놈처럼 생각하는 거요."

나는 파이크를 손짓으로 불렀고, 우리는 우리 집을 향해 비탈을 올랐다.

9

사람들은 조 파이크를 볼 때 전직 경찰, 전직 해병, 근육과 문신, 비밀이 가득한 얼굴에 씌워진 짙은 색 선글라스를 본다. 작은 소도시의 변두리에서 자란 파이크는 숲에 몸을 숨기며 유년기를 보냈다. 그는 아들이 피투성이가 될 때까지 구타하는 걸 좋아하고 그의 어머니에게 무기를 휘두르는 걸 좋아했던 아버지를 피해 몸을 숨겼었다. 해병들은 흉포한 알코올중독자를 두려워하지 않았다. 그래서 파이크는 자원해서 해병이 됐다. 파이크가 숲에서 몸을 잘 놀리는 걸 본 해병들은 그에게 다른 것들을 가르쳤다. 이제 파이크는 내가 평생 본 그런 일을 하는 사람들 중 최고였고, 그 사실은 정말로 중요했다. 그가 한때는 숲에서 숨어 지낸 겁에 질린 어린아이였기 때문이다. 당신이 누군가를 볼 때, 당신 눈에 보이는 것은 모두 그 사람이 당신에게 보여주려고 허용한 이미지들이다.

파이크는 우리 집 베란다에서 협곡을 살폈다. 우리는 스타키와 다른 사람들이 아래에서 내는 소리를 들을 수 있었다. 그들의 모습은 보이지 않았다. 협곡의 깊게 팬 지형은 깔때기처럼 그들이 내는 소리를 운반했다. 벤이 소리를 냈다면 벤의 목소리도 그런 식으로 운반됐을 것이다.

내가 말했다. "놈은 벤이 언제 우리 집을 떠날 건지, 혼자일 건지 알 수 없었어. 그러니 놈은 우리 집을 감시하면서 대기하고 있을 안전한 곳이 필요했을 거야. 놈은 벤이 비탈 아래로 내려가는 걸 보기 전까지는 다른 데 있다가 벤을 보고는 여기로 왔을 거야."

파이크는 협곡 건너편의 길쭉한 산등성이를 향해 고개를 끄덕였다.

"놈한테는 확 트인 시야가 필요한데, 저 아래 거리에서는 나무 때문에 자네 집을 볼 수가 없어. 놈은 스포팅 스코프(사격할 때 사용하는 삼각대에 고정된 망원경)나 쌍안경을 갖추고 협곡 건너편에 있었던 게 분명해."

"내 생각도 그래."

분지를 향해 차츰 낮아지는 반대편 산등성이는 구부러진 손가락 모양이었다. 봉우리가 솟아올랐다가 꺼지기를 반복해 마치 우툴두툴한 손가락처럼 보였다. 주택이 딸린 도로들이 그 측면을 따라 실처럼 이어졌는데, 그 실은 지반이 불안정하거나 지나치게 가파른 비탈이 있는 탓에 주택을 짓지 못하고 미개발된 쐐기 모양의 지형을 만나면 끊어지고는 했다.

파이크가 말했다. "오케이, 놈은 놈이 있던 곳에서 여기 베란다에 있는 우리를 볼 수 있었을 거야. 그건 우리도 놈이 숨은 곳을 찾아낼 수 있다는 뜻이야."

나는 쌍안경과 『토머스 가이드』(미국 대도시 지역의 도로를 상세히 실은 지도책)를 가지러 안으로 들어갔다. 나는 협곡 건너편 도로를 보여주는 페이지를 찾아내서는 산등성이가 뻗은 방향에 맞도록 지도의 방향을 잡았다. 누군가가 몸을 숨길 수 있는 곳들이 많았다.

내가 말했다. "자네라면 어디에 숨을 거야?"

파이크는 지도를 자세히 살피고는 산등성이를 꼼꼼히 살폈다.

"집이 늘어선 도로들은 제쳐둬. 나라면 주민들이 나를 볼 수 없는 지점을 고를 거야. 그건 사람들이 내 차를 보더라도 궁금해하지 않을 곳에 차를 세울 거라는 뜻이야."

"오케이. 그렇기 때문에 자네는 주택 앞에서 자네 차를 떠나지는 않을 거야. 소방용 도로에 차를 세우거나, 도로를 벗어나 덤불이 우거진 땅에 차를 세울 테지."

"그래. 그렇더라도 나는 내 차에 빠르게 접근하기를 원해. 밴을 본 순간, 차에 올라타서 여기로 차를 몰고 와 차를 세운 다음 밴을 찾아 비탈 위로 이동할 만한 시간적 여유가 많지는 않을 테니까."

그건 긴 길이었다. 누군가가 그 길을 건너올 시간이면 밴은 유유히 우리 집에 돌아왔을 수도 있었다.

"놈들이 두 명이었다면 어떨까? 한 명은 감시를 계속하고, 다른 놈은 휴대폰을 들고 이쪽에서 기다리고 있었다면?"

파이크는 어깨를 으쓱했다.

"어느 쪽이건, 누군가는 이쪽을 감시하면서 멀리 떨어진 곳에 있었어야 해. 우리가 앞으로 무엇인가를 찾아낸다면, 바로 그곳이 우리가 찾아낼 곳일 거야."

우리는 화성(火星)에 있는 신전처럼 보이는 오렌지색 주택과 누군가의 앞마당에 줄지어 선, 나뭇잎이 무성한 야자나무 여섯 그루 같은 확연한 기준점을 고른 다음, 각각의 장소를 지도에 표시했다. 기준점을 일단 정한 우리는 리모델링 중인 주택들을 찾아 멀리 떨어진 산 중턱과 미개발지의 삼림, 그리고 어떤 사람이 남의 눈에 띄지 않게 장시간 대기할 가능성이 높은 다른 장소들을 쌍안경으로 살폈다. 우리는 기준점이 표시된 지도에 그곳들도 표시했다.

우리가 쌍안경을 들고 살피는 동안 지타몬이 비탈 위로 올라왔다. 그는 떠나면서 우리를 향해 고개를 끄덕였다. 그는 우리가 시간을 죽이고 있다고 생각할 거라고 나는 짐작했다. 마이어스와 드니스가 잠시 후에 올라와 리무진에 탔다. 마이어스가 드니스에게 뭐라고 말을 했고, 그러자 드니스는 우리에게 가운뎃손가락을 보였다. 어른스러운 짓이었다. 폰트노트가 2분 후에 비탈을 느릿느릿 올라왔고, 드니스와 폰트노트는 마퀴스를 타고 떠났다. 마이어스는 리처드와 머무르려고 비탈 아래로 돌아갔다.

우리는 두 시간 가까이 산등성이를 살폈다. 그런 후 조 파이크가 말했다. "사냥하러 가지."

벤이 실종된 지 21시간이 지난 시점이었다.

스타키에게 우리가 무슨 짓을 하고 있는지 알릴까 생각해봤지만, 그녀는 모르는 편이 나을 거라는 결론을 내렸다. 리처드는 우리한테 욕설을 퍼부을 거고, 스타키는 지타몬이 우리에게 자기들 사건을 위태롭게 만들지 말라는 말을 했다는 걸 상기시켜야 한다는 의무감을 느낄 공산이 컸다. 그들은 이걸 정식으로 수사에 착수할 사건으로 만들어야 하는 건지를 걱정할 가능성이 컸다. 하지만 나한테 중요한 건 벤을 찾아내는 게 전부였다.

우리는 구불구불한 길을 따라 협곡을 가로질러 반대편 산등성이로 갔다. 학교는 아직 파하지 않았고, 어른들은 여전히 근무 중이었으며, 나머지 사람들은 모두 잠긴 문 뒤에 숨어 있었다. 세상은 어린아이 한 명이 유괴됐다는 조짐을 전혀 보여주지 않았다.

1,000미터쯤 떨어진 거리에서 보는 모습과 가까이 다가가서 보는 모습은 확연히 달랐다. 가까이 다가가서 보면, 나무와 주택은 모습이 확연히 달라져서 알아볼 수가 없었다. 우리는 우리가 기록했던 지형지물을 지도

로 확인하고 다시 확인하면서 갈 길을 찾으려고 애썼다.

우리가 수색한 첫 장소는 소방용 도로 끝에 있는 미개발 지역이었다. 비포장 소방용 도로가 인체에 뚫린 핏줄처럼 산타모니카 산맥을 관통했는데, 그 도로의 대부분은 카운티의 작업 인력들이 산불 시즌이 닥치기 전에 덤불을 잘라 땔감을 사전에 제거할 수 있도록 낸 길이었다. 우리는 포장도로 끝에 있는 사유도로 두 곳 사이에 차를 세우고는 출입문 주위를 간신히 비집고 들어갔다.

주차할 때, 파이크가 말했다. "놈은 여기 없었어. 이 집들 사이에 차를 세우는 건 여기 좀 봐달라고 고래고래 소리를 치는 거나 다름없어."

어쨌든 우리는 소방용 도로를 따라갔다. 우리 집을 볼 수 있는 장소를 수색하는 동안 이동속도를 높이려고 조깅을 하면서 말이다. 덤불과 암석지대에 난 졸참나무들이 무척이나 무성한 탓에, 하늘 말고는 우리 집이나 집 근처 산등성이 외에는 아무것도 볼 수가 없었다. 터널 안을 달리는 것과 비슷했다. 우리는 차로 돌아갈 때는 조깅 속도를 더 높였다.

우리 집 베란다에서 봤을 때 가능성이 커 보였던 지점 일곱 곳은 이웃들의 시야에 노출돼 있었다. 우리는 지도에서 그곳들의 표시를 지웠다. 또 다른 지점 네 곳은 주택들 앞에 차를 세워야만 도달할 수 있는 곳들이었다. 우리는 그곳들도 지웠다. '매물(賣物)' 표지판이 붙은 집을 볼 때마다 사람이 사는 집인지 알아보려고 집을 확인했다. 집이 비어 있으면, 우리 집이 보이는지 확인하기 위해 정문으로 가보거나 옆문 앞에서 깡충깡충 뛰었다. 주택 두 채가 감시자의 눈가림용으로 사용됐을 가능성이 있었지만, 그런 용도로 사용된 흔적을 어느 쪽 주택에서도 찾을 수가 없었다.

조 파이크는 오랜 세월 내 친구이자 파트너였다. 우리는 서로에게 익숙했고 함께 일을 잘 해냈다. 그런데 태양이 엄청나게 빠른 속도로 하늘을 가로지르는 듯 보였다. 가능성이 높은 지점들을 찾아내는 일에는 한도 끝도 없는 긴 시간이 걸렸다. 심지어 그 집들을 수색하는 시간은 더 오래 걸렸다. 치맛바람이 드센 엄마들과 카풀족들이 학교에서 아이들을 데려오면서 교통 정체가 시작됐다. 삐쭉삐쭉한 헤어스타일로 스케이트보드를 타는 아이들이 주택 진입로에서 우리를 지켜봤다. 퇴근해서 귀가하는 어른들은 그들의 SUV 안에서 수상쩍다는 눈으로 우리를 봤다.

내가 말했다. "이 사람들 좀 봐. 누군가는 무언가를 봤을 거야. 누군가는 그랬을 게 분명해."

파이크는 어깨를 으쓱했다.

"저 사람들이 자네를 만나주려고 할까?"

나는 해를 바라봤다. 다가오는 어둠이 두려웠다.

파이크가 말했다. "천천히 해. 자네가 두려워한다는 걸 알아. 하지만 천천히 해. 빠릿빠릿하게 움직이되 서두르면 안 돼. 자네도 훈련받은 내용을 잘 알잖아."

"알아."

"서두르다가는 무언가를 놓치고 말 거야. 우리가 할 수 있는 일을 다 하고 난 다음에 내일 다시 돌아오는 거야."

"안다고 했잖아."

거리 대부분은 1960년대에 항공우주 엔지니어와 세트 디자이너를 위해 지은 현대식 건물들을 억지로 대지에 쑤셔 넣은 듯한 모습이었다. 그런 거리에는 기초를 놓기에는 지나치게 가파르거나 지반이 불안정한 직선 구역이 두어 곳 있었다. 우리는 그 직선 구역에서 시야의 방해를 받지 않고 우리 집을 볼 수 있는 지점을 세 곳 찾아냈다.

처음 두 곳은 날카롭게 꺾이는 커브길 내부에 있는 수직에 가까운 골짜기에 있었다. 그곳들을 은폐용으로 사용할 수는 있었지만, 비탈에 매달리려면 암벽 등반용 스파이크와 하켄(암벽등반에 쓰이는 쇠못)이 필요할 터였다. 세 번째 지점은 앞선 곳들보다 가능성이 컸다. 밖으로 휘어진 갓길이 산등성이 끄트머리 근처까지 내리막으로 이어져 있었다. 곡선이 시작되는 지점에 있는 주택은 리모델링 중이었고, 멀리 도로 끄트머리에는 더 많은 집이 자리하고 있었지만, 그 지점 자체에는 집이 없었다. 도로에서 벗어난 우리는 차에서 내렸다. 거기서 본 스타키와 첸은 우리 집으로 올라가고 있는, 알록달록한 조그만 점들이었다. 육안으로는 누가 누군지 분간이 안 됐지만 쌍안경으로는 쉽게 분간할 수 있을 터였다.

파이크가 말했다. "시야가 탁 트였군."

소형차 두 대와 지저분한 픽업트럭 한 대가 우리 근처에 있는 도로 밖에 주차돼 있었다. 공사 현장에서 일하는 사람들 차량일 것이다. 여기에 차 한 대가 더 있다고 해도 두드러져 보이지는 않을 것이다.

내가 말했다. "흩어져서 작업하는 게 더 빠를 거야. 자네는 갓길의 이쪽을 맡아. 나는 꼭대기를 가로지른 다음에 길 저쪽을 작업하면서 내려올게."

파이크는 말 한마디 없이 작업에 착수했다. 나는 발자국이나 발을 끈 자국을 찾으려 애쓰면서 도로와 나란히 나 있는 갓길 꼭대기로 가로질렀다. 하지만 그런 흔적은 찾지 못했다.

회색 덤불이 우거진 땅덩이들이 비탈 전역에 곰팡이처럼 자리하고 있었는데, 성장에 방해를 받은 참나무와 배배 꼬인 소나무 주위에서는 덤불의 세력이 약했다. 나는 침식으로 팬 곳과 엄청나게 뻣뻣한 공 모양으로 뭉친 산쑥 사이에 난 자연스러운 경로를 따라 지그재그 모양으로 비탈 아래로 이동했다. 누군가가 지나가는 바람에 생긴 것일지도 모르는 흔적들을 두 번 봤지만, 흔적들이 너무 희미한 탓에 확신이 서지 않았다.

갓길이 끊겼다. 나는 내가 세워둔 내 차나 그 작은 지점의 양쪽에 있는 어느 집도 볼 수가 없었다. 이건 그 집들에 있는 사람들도 나를 볼 수 없다는 뜻이었다. 협곡 건너를 바라봤다. 그레이스 곤살레스의 집 창문들이 불빛으로 빛났다. 내 A자형 집은 다이빙 보드처럼 툭 튀어나온 베란다와 함께 비탈에 매달려 있었다. 내가 우리 집을 감시하는 중이라면, 이 지점은 그런 일을 하기에 좋은 곳일 터였다.

파이크가 덤불 사이에서 소리 없이 나타났다.

"갈 수 있는 데까지 내려가 봤는데 비탈이 갑자기 끊겼어. 그쪽 측면은 너무 가팔라서 이런 일에 쓰기에는 힘들 거야."

"그러면 내가 이쪽을 살피는 걸 도와줘."

우리는 소나무 두 그루 사이에 있는 구역을 수색한 다음, 외로이 서 있는 졸참나무를 향해 비탈 아래로 내려갔다. 우리는 3미터 간격을 유지하며 나란히 이동하면서 길가에 있는 구역들을 훑었다. 제일 중요한 요소는 시간이었다. 우리 주위에 보랏빛 그림자들이 고였다. 태양이 산등성이에 입을 맞췄다. 태양은 밤과 레이스를 벌이면서 더 빨리 가라앉을 터였다.

파이크가 말했다. "여기."

걸음을 내디디려던 나는 걸음을 멈췄다. 그가 땅을 만지더니, 흐릿한 햇빛 속에서 더 잘 살펴보기 위해 선글라스를 올렸다.

"이게 뭐지?"

"여기, 발자국의 일부야. 그리고 여기는 또 다른 발자국의 일부고. 자네가 향하는 방향으로 이동했어."

두 손이 땀으로 축축했다. 벤이 실종된 후로 26시간이 흘렀다. 하루가 넘었다. 해는 더 빠르게 가라앉고 있었다. 철렁 내려앉는 심장처럼.

내가 물었다. "우리 집 근처에서 찾은 발자국하고 일치해?"

"그걸 알아보기에 충분할 정도로 뚜렷하게는 볼 수가 없어."

파이크는 발자국 너머로 걸음을 옮겼다. 나는 나무 쪽으로 이동했다. 나는 이 발자국들은 누구나 남길 수 있는 것이라고 혼잣말을 했다. 동네 꼬맹이, 등산객, 오줌 눌 곳을 찾아온 공사장 일꾼. 그런데도 나는 이 발자국을 남긴 사람이 벤 셰니에를 납치한 놈이라는 걸 알았다. 지나치게 짙은 스모그를 느끼듯 그걸 피부로 절감하고 있었다.

산쑥이 뭉쳐 이룬 공 두 개 사이에 있는, 침식으로 팬 곳 건너로 걸음을 옮긴 나는 이판암 두 장 사이에 있는 흙에 찍힌 선명한 발자국을 봤다. 발자국은 나무에서부터 위쪽으로 향하면서 비탈 위쪽을 가리켰다.

"조."

"알았어."

우리는 나무 근처로 이동했다. 파이크는 왼쪽에서, 나는 오른쪽에서 나무로 다가갔다. 고사(枯死)한 나무로, 삐죽삐죽한 가지들은 이파리를 거의 잃은 상태였다. 가지 아래에는 가지 사이로 쪼개져서 비치는 햇빛 속에 성긴 풀들이 자라고 있었다. 오르막 쪽에 난 풀들은 누군가가 그 위에 앉았던 것처럼 납작했다.

나는 더 가까이 다가가지는 않았다.

"조."

"보고 있어. 왼쪽에 있는 땅에서 발자국들을 찾아냈어. 보여?"

"나도 봤어."

"원한다면 내가 더 가까이 살필게."

우리 뒤에서는 산등성이가 해를 삼켰다. 우리 주위에 고이는 어둠이 짙어졌고, 우리를 비추는 빛들은 저 먼 산등성이에 있는 주택들에서 날아온 거였다.

"지금은 아냐. 스타키에게 알리도록 하지. 첸이 발자국 일치 여부를 작업할 수 있어. 그러고 나면 우리는 여기 있는 집들의 현관문을 두드리기 시작해야 할 거야. 바로 여기야, 조. 놈은 여기 있었어. 놈은 여기서 밴을 기다렸어."

뒷걸음질로 물러선 우리는 우리가 남긴 발자국을 따라 비탈로 올라갔다. 우리는 스타키에게 전화를 걸려고 우리 집으로 차를 몰았다. 우리는 그녀가 두 시간쯤 전에 우리 집을 떠나는 걸 봤었다. 그런데 우리가 커브를 돌았을 때 그녀는 우리 집 현관문 앞에 차를 세워두고 있었다. 다른 사람은 아무도 없었다. 스타키 혼자만 그녀의 크라운 빅(Crown Vic) 운전석에 앉아 담배를 피우고 있었다.

간이 차고에 차를 집어넣은 우리는 그녀에게 사실을 알리려고 서둘러 차에서 내렸다.

내가 말했다. "놈이 기다리던 곳을 찾은 것 같아요, 스타키. 발자국과 뭉개진 풀도 찾았어요. 첸을 데려와서 발자국이 일치하는지 확인해봐야 해요. 그러고는 호별 방문을 해야 해요. 거기 사는 사람들이 차를 보거나 식별할 만한 표식을 봤을지도 몰라요."

그녀가 환호성을 지를 거라 예상하며 이런 말들을 급류처럼 쏟아냈지만, 그녀는 그러지 않았다. 그녀는 음울해 보였다. 그녀의 얼굴은 심해지는 폭풍을 바라보는 사람처럼 어두웠다.

내가 말했다. "우리가 여기서 뭔가를 확보했다고 생각한다고요, 스타키. 도대체 왜 그래요?"

담배의 마지막 모금을 빤 그녀는 발가락으로 꽁초를 뭉갰다.

"놈이 다시 전화했어요."

나는 그녀가 한 말보다 더 심한 얘기가 뒤에 기다리고 있다는 걸 알았지만, 그녀가 벤이 사망했다는 말을 할까 봐 두려웠다.

그녀는 내 생각을 알았던 것 같다. 그녀는 어깨를 으쓱했다. 그 몸짓이 내가 물어볼 용기를 차마 내지 못 하는 일에 대한 대답인 것처럼.

"놈은 당신한테 전화하지 않았어요. 당신 여자친구한테 전화했어요."

"뭐라고 했는데요?"

스타키의 눈빛이 내가 그 부분도 읽어내기를 희망하고 있다는 듯 조심스러워졌다. 그래서 그녀는 말로 설명할 필요가 없었다.

"직접 들어봐요. 당신 여자친구가 응답기의 녹음 버튼을 눌러서 통화 대부분을 녹음했어요. 가요, 당신이 그 남자가 동일인인지를 확인해줬으면 해요."

나는 꿈쩍도 하지 않았다.

"놈이 벤에 대해 무슨 말을 했어요?"

"벤에 관한 얘기는 안 했어요. 자, 지금 모두 경찰서에 모여 있어요. 당신 차를 가져가요. 일이 끝난 다음에 당신을 태워서 여기 데려다주고 싶지는 않으니까."

"스타키, 놈이 벤을 해친 거예요? 젠장, 놈이 무슨 말을 했는지 얘기 좀 해봐요."

자기 차에 오른 스타키는 잠시 조용히 앉아 있었다.

"당신이 민간인 스물여섯 명을 죽였다고, 그런 후에 증인들을 제거하려고 전우들을 살해했다고 말했어요. 그게 놈이 한 말이에요, 콜. 당신이 알고 싶어 한 말이요. 나를 따라와요. 우리는 당신이 직접 듣기를 원하니까."

스타키는 차를 몰고 떠났고, 나는 어둠이 나를 삼키게 놔뒀다.

실종 이후 경과 시간: 27시간 31분

할리우드 경찰서는 할리우드 대로에서 남쪽으로 한 블록 떨어진 곳에 있는 납작한 빨간 벽돌 빌딩으로, 파라마운트 스튜디오와 할리우드볼(야외 음악낭) 사이에 있다. 저녁을 맞은 도로는 그 자리에 얼어붙은 듯 아무 곳으로도 가지 못하는 교통 체증으로 꽉 막혀 있었다. 명예의 거리(Walk of Fame)를 순회하는 관광버스들이 차이니즈 극장 밖 도로 경계선에 도열해 있었고, 버스에는 꽉 막힌 도로에 앉아 있으려고 35달러를 낸 관광객으로 가득했다. 내가 경찰서 뒤에 있는 주차장에 들어섰을 때는 깜깜한 밤중이었다. 리처드의 리무진이 울타리 옆에 주차돼 있었다. 스타키가 불을 갓 붙인 담배를 물고 그녀의 차 옆에서 기다리고 있었다.

"무기를 소지하고 있어요?"

"무기는 집에 있어요."

"무기는 갖고 들어갈 수 없어요."

"뭐예요, 스타키, 내가 증인들을 살해하고 싶어 한다고 생각하는 거예요?"

스타키는 손가락으로 담배를 순찰차 측면에 튕겼다. 순찰차 흙받이에서 불꽃의 소나기가 폭발했다.

"그렇게 짜증내지 마요. 파이크는 어디 있어요?"

"루시 집에 내려줬어요. 이 망할 자식이 루시의 전화번호를 알고 있다면, 놈은 루시가 사는 곳도 알 거예요. 당신도 내가 한 짓 때문에 당신 사건이 망가질까 봐 걱정하는 거예요?"

그녀는 그 문제를 놓고 나와 다투지는 않았다.

"걱정은 지타몬이 하는 거죠, 내가 아니라."

우리는 이중 유리문을 통과해 안으로 들어간 다음, 타일이 깔린 긴 복도를 따라 '수사과'라고 표시된 방으로 들어갔다. 가슴 높이의 파티션들이 실내를 칸막이로 갈라놨지만, 의자 대부분은 비어 있었다. 범죄가 창궐하거나 모두 퇴근했거나 둘 중 하나였다. 지타몬과 마이어스가 방 건너편에서 조용히 얘기를 나누고 있었는데, 마이어스는 얇은 가죽 서류 가방을 들고 있었다. 우리를 본 지타몬은 실례한다고 말하고는 우리에게로 왔다.

"캐럴한테 무슨 일이 있었는지 설명 들었습니까?"

"통화에 대해 들었습니다. 루시는 어디 있습니까?"

"면담실에 자리를 마련했습니다. 선생이 이 테이프를 들으면 심란할 거라고 경고하는 바입니다. 그자가 이런저런 얘기를 했거든요."

스타키가 끼어들었다.

"경사님, 거기 가기 전에, 콜한테서 그가 찾아낸 것에 대한 얘기를 들으셔야 해요. 이 사람들이 중요한 걸 찾아낸 건지도 몰라요, 경사님."

나는 파이크와 내가 찾아낸 발자국들과 뭉개진 풀잎에 대해, 그리고 내가 생각하는 그것들의 의미에 대해 설명했다. 지타몬은 그 정보를 갖고 어떻게 해야 할지 확신이 서지 않는다는 듯한 표정으로 내 얘기를 들었다.

스타키가 나서서 설명했다.

"누군가가 협곡 건너편에 있었을 것이라는 콜의 주장은 말이 돼요. 내일 아침에 날이 밝자마자 제가 첸과 함께 확인해볼게요. 일치하는 발자국을 확보할 수 있을지도 몰라요."

우리가 얘기하는 모습을 본 마이어스가 걸어와서는 태양을 응시하는 원주민처럼 나를 지켜봤다.

그가 말했다. "당신은 단서를 끌어당기는 자석 같은 사람인 게 분명하군요, 콜. 자기만의 방식으로 이 모든 걸 다 찾아내다니 말이오. 이게 순전히 운이 좋은 덕택이오?"

나는 그에게서 몸을 돌렸다. 그러지 않으면 그의 목을 갈길 것만 같았다.

"지타몬 경사님, 이 테이프를 들을 겁니까, 말 겁니까?"

그들은 루시와 리처드가 기다리고 있는 면담실의 깔끔한 회색 테이블로 나를 데려갔다. 방에는 베이지색 페인트칠이 돼 있었다. LAPD의 심리학자들이 베이지색에는 감정을 진정시키는 효과가 있다는 결론을 내렸기 때문이다. 그러나 실내에 있는 사람들 중에 진정된 모습을 보여주는 사람은 아무도 없었다.

리처드가 입을 열었다. "결국 이렇게 됐어. 그 개자식이 루시한테 전화를 걸었다고, 콜. 그 새끼가 루시의 망할 놈의 집에 전화를 걸었다니까."

그가 그녀의 등에 손을 얹었지만, 그녀는 몸을 으쓱거려 그 손을 털어냈다.

"리처드, 당신, 꼭 그렇게 비아냥거려서 사람을 정말로 열 받게 만들어야 직성이 풀려?"

리처드의 턱이 울퉁불퉁해졌다. 그는 시선을 돌렸다. 나는 그녀 옆에 있는 의자를 당기고는 목소리를 낮췄다.

"자기, 기분은 어때?"

그녀는 잠시 부드러운 모습을 보였지만, 다음 순간 사나운 기색이 그녀의 얼굴로 찾아왔다.

"이 개자식을 내가 직접 찾아내고 싶어. 이 모든 상황을 원상태로 돌려놓고 벤이 안전하다는 걸 확인하고 싶어. 그런 다음에 이 자식한테 본때를 보여주고 싶어."

"알아. 나도 그래."

그녀는 사나운 눈으로 나를 힐끔 본 다음, 고개를 젓고는 테이프 녹음기를 응시했다. 지타몬이 그녀의 맞은편 의자를 잡았고, 스타키와 마이어스는 문간에 섰다.

지타몬이 말했다. "미즈 셰니에, 이걸 다시 들을 필요는 없습니다. 정말로 불필요한 일입니다."

"듣고 싶어요. 밤새도록 들을 거예요."

"그러시다면 좋습니다. 미스터 콜, 참고 삼아 말씀드리는데, 미즈 셰니에는 오늘 저녁 5시 40분에 전화를 받았습니다. 미즈 셰니에는 통화의 대부분을 녹음했지만, 처음 부분은 그러지 못했습니다. 그래서 선생이 듣게 될 내용은 불완전한 대화입니다."

"스타키한테 일부 내용을 들었습니다. 동일한 번호를 추적해봤습니까?"

"전화회사가 작업 중입니다. 선생이 듣게 될 이 녹음은 사본이라 음질이 썩 좋은 편은 아닙니다. 원본은 SID에 보냈습니다. SID가 배경에 깔린 소리에서 뭔가 소득을 올릴지도 모르지만, 그럴 가능성이 큰 것 같지는 않습니다."

"알았습니다. 이해합니다."

지타몬은 플레이 버튼을 눌렀다. 싸구려 스피커가 쉿쉿거리는 소리로 채워졌다. 그런 후 어떤 남자의 목소리가 문단 중간에서 시작됐다.

목소리: 당신이 이 일하고 아무 상관이 없다는 걸 알아. 하지만 그 개자식은 제 놈이 한 짓에 대한 대가를 치러야 해.

루시: 제발 아이는 해치지 말아요! 아이를 풀어줘요!

목소리: 입 닥치고 잘 들어! 잘 들으라고! 콜이 그들을 죽였어! 나는 무슨 일이 벌어졌는지 잘 알지만, 당신은 모르잖아. 그러니까 **귀담아들어!**

지타몬은 녹음기를 껐다.

"간밤에 선생한테 전화한 남자 맞습니까?"

"맞습니다. 그놈입니다."

실내에 있는 모두가 나를 주시했지만, 가장 강렬한 눈길을 보낸 건 리처드와 루시였다. 리처드는 시무룩한 표정으로 팔짱을 낀 채 자기 의자에 몸을 던졌지만, 루시는 몸을 앞으로 기울이고는 레이스를 준비하는 수영 선수처럼 테이블 모서리에서 균형을 잡았다. 그런 식으로 나를 쳐다보는 그녀의 모습은 생전 처음 봤다.

지타몬은 내 대답을 수첩에 적었다.

"좋습니다. 이제 선생은 이 목소리를 두 번째로 듣게 된 거군요. 뭔가 떠오르는 게 있나요? 누구 목소리인지 알겠습니까?"

"아뇨. 전혀 없습니다. 누구인지 모르겠습니다."

루시가 물었다. "확실해?"

어마어마하게 무거운 것을 들고 있는 사람처럼 그녀의 손은 핏줄과 힘줄들이 불거졌고 호흡도 점점 거칠어졌다.

"모르는 놈이야, 루시."

지타몬이 버튼에 다시 손을 가져갔다.

"좋습니다, 그럼. 계속하죠."

그가 버튼을 누르자, 두 사람의 목소리가 겹쳐졌다. 각자는 다른 사람이 하는 말을 이겨내려고 소리를 지르고 있었다.

루시: 제발요. 이렇게 빌게요.

목소리: 나는 거기 있었어, 아줌마, 그래서 안다고! 놈들이 스물여섯 명을 학살했어.

루시: 벤은 어린애예요! 그 아이는 누구도 해치지 않았어요! 제발요!

목소리: 놈들은 덤불에 있었어. 놈들끼리만 있었다고, 그러고는 생각했지. 젠장, 우리가 발설하지만 않으면 아무도 모를 거야. 그래서 놈들은 비밀로 묻어두자고 서로서로 맹세했어. 그렇지만 콜은 놈들을 믿지 않았어.

루시: 원하는 게 뭔지 말해요! 제발요. 내 아들은 그냥 풀어주고……

목소리: 애보트, 로드리게스, 다른 사람들…… 놈은 증인을 없애려고 그들을 살해했어! 놈은 자기 팀원들한테 총을 갈겼어!

루시: 벤은 어린애예요.

목소리: 아줌마 아들내미를 데려와야 했던 건 유감이지만, 콜은 대가를 치러야 해. 이건 놈의 잘못이야.

메시지가 끊겼다.

테이프 녹음기는 몇 초간 조용히 쉿 소리를 냈고, 그러자 지타몬은 테이프를 되감았다. 누군가가, 스타키 아니면 마이어스가 내 뒤에서 몸을 옮겼다. 그러자 지타몬이 목을 가다듬었다.

내가 말했다. "맙소사, 놈이 그 일을 전부 알고 있는 걸 보면 나는 한 놈이 도망가게 놔둔 셈이잖아."

루시의 눈 밑 피부가 씰룩였다.

"지금 농담이 나와?"

"너무나 터무니없어서 농담하는 거야. 자기는 내가 이따위 얘기를 듣고는 무슨 얘기를 하길 바라는 거야? 이런 일은 일어나지 않았어. 놈이 꾸며낸 거라고."

리처드는 테이블을 툭툭 쳤다.

"거기서 무슨 일이 일어났는지, 당신이 무슨 일을 했는지를 우리가 어떻게 알겠어?"

루시가 잽싸게 그에게 짜증스러운 눈빛을 던졌다. 그녀는 무슨 말을 시작하려는 기색이었지만, 말을 내뱉지는 않았다.

지타몬이 말했다. "우리는 누구를 비난하려고 여기에 있는 게 아닙니다. 미스터 셰니에."

"누구를 비난하는 건 내가 아니라 테이프에 녹음된 이 개자식이죠. 그리고 진실을 말하자면, 나는 콜이 거기서 무슨 짓을 했는지는 눈곱만치도 관심 없소. 내가 관심을 두는 건 벤이오. 그리고 이 개자식이……"

그는 테이프 녹음기를 툭툭 건드렸다.

"……콜을 굉장히 싫어하는 바람에 그 분풀이를 내 아들한테 하고 있다는 거요."

루시가 말했다. "당신은 그냥 가만히 좀 있어, 리처드. 당신 때문에 상황이 악화되고 있잖아."

리처드는 그 얘기를 하자니 고달프고 피곤하다는 듯 고개를 돌렸다.

"루시, 어떻게 콜에 대해서는 완전히 장님이 돼버릴 수 있는 거야? 당신은 저 작자에 대해서는 아는 게 하나도 없잖아."

"내가 저이를 믿는다는 건 알아."

"대박이군. 대박이야. 물론, 말은 그렇게 해야겠지."

리처드는 손짓으로 마이어스를 불렀다.

"리, 그거 주게."

마이어스가 그에게 서류 가방을 넘겼다. 리처드가 마닐라 서류철을 꺼내 테이블에 찰싹 내려놨다.

"그렇게 아는 게 많으시다니, 참고하시라고 말씀드리는 거야. 콜이 육군에 입대한 건 판사가 그에게 감옥과 베트남 중에서 하나를 선택하라고 했기 때문이었어. 그거 알고 있었어, 루시? 저 친구한테 얘기 들었느냐고? 제기랄, 당신은 이 작자하고 어울린 이후로 당신 자신하고 우리 아들을 사회 밑바닥을 전전하는 위험한 쓰레기들에게 노출시키고는 그건 전혀 신경 쓸 일이 아니라는 듯 굴고 있어. 글쎄, 나는 그걸 내가 신경 쓸 문제로 만들었어. 내 아들은 내가 신경 써야 할 문제니까."

루시는 서류철을 응시할 뿐 만지지는 않았다. 리처드는 나를 응시하면서도 말은 여전히 루시를 상대로 하고 있었다.

"나는 당신이 제정신인지 아닌지는 신경 안 써. 당신이 그걸 좋아하는지 아닌지도 신경 안 쓰고. 그런데 저 친구를 조사해보라고 시켰더니 이런 게 나왔어. 당신 남자친구는 어렸을 때부터 말썽을 끌어당기는 자석 같았어. 폭행, 공갈, 자동차 절도. 자, 읽어봐."

뜨겁게 데워진 피가 내 얼굴로 홍수처럼 밀려들었다. 거짓말을 하다 들통 난 어린애 같은 기분이었다. 그 어린애는 내 안에 있는, 진짜 나하고는 다른 나 같은 존재였기 때문이다. 과거부터 지금까지 나는 그 존재를 치워두고 있었다. 나는 그 얘기를 루시에게 한 적이 있는지를 기억하려고 애썼다. 그러다가 그녀의 눈에 감도는 긴장한 기색을 보고는 그런 말을 한 적이 없다는 걸 알았다.

"내 수능시험 점수는 어떻게 되죠, 리처드? 그 점수도 입수했나요?"

리처드는 말을 끊지 않고 내 얘기를 해대면서도 결코 시선을 다른 데로 돌리지 않았다.

"저 친구가 그 얘기했었어, 루시? 당신 아들을 저 친구한테 남겨두고 가기 전에 저 친구에게 물어봤어? 아님, 자기만 생각하는 당신의 그 욕심에 사로잡힌 탓에 그러는 수고조차 할 수 없었던 거야? 정신 차려, 루시. 제기랄."

리처드는 루시나 다른 사람이 무슨 말을 하기를 기다리지 않고 으쓱거리는 걸음으로 테이블 주위를 돌아 방을 나갔다. 마이어스는 잠시 문간에 서서 무덤덤한 도마뱀 같은 눈으로 나를 응시했다. 나는 시선을 되돌려줬다. 귀에 있는 맥박들이 요란하게 고동쳤다. 그에게 무슨 말을 하고 싶었다. 나는 내가 경찰서에 있다는 건 신경 쓰지 않았다. 그가 무슨 말을 했으면 싶었지만, 그는 그러지 않았다. 결국 그는 몸을 돌려 리처드를 따라 방을 나갔다.

루시는 서류철을 응시했지만, 나는 그녀가 그걸 보고 있다고는 생각하지 않았다. 그녀를 만지고 싶었다. 하지만 몸이 너무 뜨겁게 느껴져서 움직일 수가 없었다. 지타몬이 숨을 몰아쉬면서 거칠게 씩씩거렸다.

스타키가 침묵을 깼다.

"유감이에요, 미즈 셰니에. 당황스러우시죠?"

루시는 고개를 끄덕였다.

"예. 무척이요."

내가 말했다. "나는 열여섯 살 때 말썽에 휘말렸었어. 자기가 나한테서 들었으면 하는 말이 뭐야?"

아무도 나를 쳐다보지 않았다. 지타몬이 루시의 팔을 토닥이려고 테이블 건너로 손을 뻗었다.

"아이가 실종되면 마음고생이 심한 법입니다. 모두가 힘겨운 시간을 보내죠. 사람을 시켜서 집에 모셔다드릴까요?"

내가 말했다. "내가 데려다줄 겁니다."

"이 사건 때문에 마음고생 하는 거 압니다, 미스터 콜. 하지만 선생께 추가로 몇 가지 질문을 하고 싶습니다."

루시가 일어섰다. 그녀의 눈길은 여전히 서류철에 머물러 있었다.

"차 가져왔어. 나는 괜찮을 거야."

나는 그녀의 팔을 만졌다.

"리처드는 실제 있었던 일을 부풀렸어. 나는 철없는 어린애였어."

루시는 고개를 끄덕였다. 그녀는 내 팔을 만지는 것으로 화답했지만, 여전히 나한테는 눈길을 주지 않았다.

"나는 괜찮을 거야. 저희가 여기서 볼일은 끝난 건가요, 경사님?"

"예, 그렇습니다, 부인. 오늘 밤에 괜찮으시겠습니까? 호텔에 묵거나 친구 분과 함께 지내시는 건 어떨까요?"

"아뇨. 그자가 다시 전화할지도 모르니까 집에 있고 싶어요. 두 분 다

감사드려요. 두 분이 애써주신 거 고맙게 생각해요."

"그럼, 알겠습니다."

루시는 테이블 주위를 간신히 돌아나가더니 문간에서 걸음을 멈췄다. 그녀는 나를 쳐다봤지만, 그녀 입장에서 그렇게 하는 게 힘든 일이었다는 걸 나는 알 수 있었다.

"미안해. 리처드가 한 일은 부끄러운 짓이었어."

"내가 나중에 들를게."

그녀는 대답 없이 떠났다. 스타키는 그녀가 걸어가는 모습을 지켜보고는 비어 있는 의자 하나를 차지했다.

"세상에, 당신 여자친구는 바보천치와 결혼했었네요."

지타몬은 다시 목을 가다듬었다.

"우리, 커피 한잔 하고 각자 할 일을 진행하는 게 어떨까요. 미스터 콜, 화장실을 쓰고 싶으시면 어디에 있는지 안내하겠습니다."

"저는 괜찮습니다."

지타몬은 자기가 마실 커피를 가지러 자리를 떴다. 스타키는 한숨을 쉬더니 상대가 안쓰럽게 느껴질 때 사람들이 짓고는 하는 희미한 미소를 내게 보였다.

"골치 아프네요, 그렇죠?"

나는 고개를 끄덕였다.

스타키는 서류철을 테이블 건너로 당겼다. 그녀는 안에 든, 내용이 무엇인지는 모르는 그 서류를 읽었다.

"세상에, 콜, 당신, 철없을 때는 개망나니였네요."

나는 고개를 끄덕였다.

우리 둘 다 지타몬이 돌아올 때까지 다시는 입을 열지 않았다.

나는 그들에게 애보트와 로드리게스와 존슨과 필즈에 대해, 그리고 그들이 어떻게 사망했는지를 들려줬다. 나는 전우들의 유족에게 사건에 대한 얘기를 한 날 이후로 그 사건들에 대한 얘기를 입 밖에 낸 적이 없었다. 수치스럽거나 고통스러워서 그랬던 게 아니라, 망자들을 보내주지 않으면 그들이 나를 그리로 데려갈 것이기 때문에 그랬었다. 그 사건에 대해 얘기하는 건 누군가 다른 사람의 인생에 맞춰진 망원경을 반대쪽 렌즈를 통해 들여다보는 것과 비슷했다.

지타몬이 말했다. "좋습니다. 테이프에 있는 이 남자, 놈은 당신의 팀 순찰부호를 알고 있고, 팀원 중 최소한 두 명의 이름을, 그리고 당신을 제외한 팀원 전원이 사망했다는 사실을 압니다. 이런 정보들을 알 만 한 사람이 누가 있을까요?"

"유족들, 그 시기에 나와 같은 중대에 복무했던 사람들, 육군."

스타키가 말했다. "콜이 준 명단이 있어요. 허위츠에게 사망자를 포함한 그 명단에 있는 이름을 국가수사정보체계(NLETS, 미국 법무부 관할에 있는 범죄자에 대한 정보 제공 시스템)에 검색해보라고 시켰고요. 작업은 빨리 처리되고 있어요."

"전사한 팀원 중에 남동생이 있는 사람이 있을지 몰라. 아들이 있었을지도 모르고. 놈은 테이프에서 말했어. '놈이 내 인생을 지옥으로 만들었어.' 놈은 우리에게 자신이 고통을 겪었다고 말하고 있어."

내가 말했다. "놈은 자기도 거기 있었다고 했어요. 그렇지만 출동한 사람은 다섯 명밖에 없었고 다른 네 명은 전사했어요. 육군에 전화해서 물어봐요. 무공 표창장과 작전수행 보고서는 무슨 일이 있었는지를 알려줄 거예요."

스타키가 말했다. "이미 전화해봤어요. 오늘 밤에 그 서류를 읽으려고 해요."

지타몬이 고개를 끄덕이더니 자기 시계를 힐끗 봤다. 늦은 시간이었다.

"좋습니다. 유족들하고는 내일 얘기해보겠습니다. 그러고 나면 더 많은 걸 알게 될 수도 있겠죠. 캐럴? 할 얘기 또 있나?"

내가 말했다. "테이프 사본을 얻을 수 있을까요? 다시 들어보고 싶어서요."

스타키가 말했다. "경사님은 퇴근하세요. 테이프는 제가 복사를 떠줄게요."

지타몬은 시간 내줘서 고맙다는 인사를 하고는 일어섰다. 그는 리처드의 서류철을 가져갈까 고민하는 듯한 표정으로 머뭇거리다가 나를 쳐다봤다.

"아까 그렇게 갑작스럽게 일이 벌어진 데 대해 사과하고 싶습니다. 실종자 아버님이 그런 일을 벌일 거라는 걸 감이라도 잡았다면, 그런 짓을 하게 놔두지는 않았을 겁니다."

"압니다. 고맙습니다."

지타몬은 서류철을 다시 힐끗 보더니 집으로 갔다. 스타키는 테이프를 들고 나가서는 돌아오지 않았다. 2분 후, 내가 만난 적이 없는 형사 하나가 테이프 사본을 가져와서 나를 이중 유리문으로 안내한 다음 건물 밖으로 내보냈다.

나는 그 서류철을 가져왔어야 한다고 후회하면서 인도에 서 있었다. 리처드가 알고 있는 내용이 무엇인지 보고 싶었지만, 건물 안으로 돌아가고 싶지는 않았다. 서늘한 밤공기는 기분 좋게 느껴졌다. 이중 유리문이 다시 열렸고, 우리 집이 있는 비탈에 거주하는 형사 한 명이 나왔다. 그는 양손으로 담배를 감쌌고, 그의 라이터에서 불길이 터졌다.

나는 인사를 건넸다. "잘 지내죠?"

그가 나를 알아보는 데에는 시간이 잠시 걸렸다. 2년 전, 대형 지진 때문에 그의 집이 손상됐었다. 나는 당시에는 그를, 그리고 그가 LAPD라는 걸 몰랐었다. 하지만 지진이 나고 얼마 안 있어 그가 잔해를 청소할 때, 그의 집 앞을 조깅하며 지나던 나는 그의 어깨에 작은 토끼 문신이 있는 걸 봤다. 그 문신은 그가 베트남에서 터널 랫(베트남전에서 게릴라들이 판 땅굴만을 전문적으로 수색하고 정찰하는 임무를 맡은 특수부대)이었다는 표시였다. 나는 뜀박질을 멈추고는 그와 악수했다. 우리는 베트남이라는 고리로 연결돼 있기 때문이었다.

그가 말했다. "오, 그래요. 어떻게 지내쇼?"

"관뒀다고 들었는데요."

그는 담배를 보고 얼굴을 찡그리더니 담배를 깊이 빨고 난 다음에 꽁초를 버렸다.

"그랬었죠."

"담배 얘기가 아니라 경찰을 떠났다고 들었다는 얘깁니다."

"맞아요. 서명할 서류들이 있어서 들른 거요."

가야 할 시간이었지만, 우리 중 누구도 움직이지 않았다. 그에게 애보트와 필즈에 대해, 그들이 전사한 후에 다시 출동하는 게 두려웠던 탓에 내가 어떻게 꾀병을 부렸는지를 말하고 싶었다. 어느 누구도 죽지 않았다고 말하고 싶고, 루시의 눈에 떠오른 분노가 나를 얼마나 두렵게 만들었는지에 대해, 그리고 내가 결코 입 밖에 낼 수 없었던 다른 모든 일에 대해 그에게 말하고 싶었다. 그가 나보다 나이가 많았고, 여기 이 자리에 있으며, 그가 내 심정을 이해해줄지도 모른다고 생각했기 때문이었다. 하지만 나는 그러는 대신에 하늘만 올려다봤다.

그가 말했다. "흠, 틈날 때 우리 집에 들러요. 맥주 한잔합시다."

"알겠습니다. 그쪽도요."

그는 빌딩 옆쪽으로 걸어가서 모습을 감췄다. 그가 동반하고 다니는 침묵이 의아했다. 그런 후에는 내가 동반하고 다니는 침묵이 의아했다.

언젠가 나와 조 파이크는 우리가 아는 여성 두 명과 함께 바하반도(멕시코 서쪽에 있는 반도)의 끄트머리로 드라이브를 갔었다. 우리는 바하에서 낚시를 한 다음, 코르테스 해변에서 캠핑을 했다. 그 먼 남쪽에서, 여름 태양은 코르테스해(海)를 온탕처럼 느껴질 때까지 데웠다. 물에 염분이 너무 많아서, 물에 들어갔다가 샤워를 하지 않고 몸을 말리면 하얀 소금 조각들이 몸에 엉겨 붙었다. 소금기 많은 바닷물은 우리가 바닷물에 가라앉게 놔두는 걸 거부하면서 우리를 수면으로 밀어 올렸다. 그 바닷물은 우리를 진정시킬 수 있었다. 우리가 안전하지 않을 때조차 우리가 안전하다고 느끼게 만들 수 있었다.

그 첫날 오후, 바다는 무척이나 고요했다. 바다는 연못처럼 잔잔하게 누워 있었다. 우리 네 사람은 수영을 했지만, 나는 다른 사람들이 해변으로 돌아갔을 때도 잔잔한 물에 머물렀다. 나는 힘을 전혀 들이지 않고도 누운 채로 둥둥 바다를 떠다녔다. 나는 더없는 행복과 비슷한 감정을 느끼면서 구름 한 점 없는 푸르른 하늘을 응시했다.

깜빡 잠이 들었던 것 같다. 평온을 찾아냈던 것 같다.

나는 내 세상에서 절대적인 고요를 느끼고 있었다. 그런데 다음 순간, 바다가 사라지면서 격렬하고 갑작스러운 압력이 경고도 없이 나를 위로 밀어 올렸다. 나는 아래를 향해 두 다리로 발길질을 하려 애썼지만, 나를 휘감은 힘은 압도적이었다. 몸을 가누려 애썼지만, 너울이 엄청나게 빠르게 커졌다. 나는 심장이 한 번 쿵쾅거리는 사이에 내가 살거나 죽거나 떠밀려 내려가거나 할 거라는 걸 알았다. 그런데 그중에서 내 힘으로 바꿀 수 있는 건 하나도 없었다. 나는 저항할 수 없는 미지의 힘 때문에 넋을 잃었다.

그러다가 바다가 잠잠해지더니 다시금 고요해졌다.

파이크와 다른 사람들은 그 일을 처음부터 끝까지 목격했다. 내가 해변에 당도하자 그들은 설명했다. 코르테스 해는 돌묵상어(basking shark)의 서식지다. 돌묵상어는 인간에게 무해한 동물이지만, 덩치가 매우 크다. 길이가 18미터에 무게가 몇 톤에 달하는 경우가 잦다. 돌묵상어는 수온이 따뜻한 곳의 수면을 유영하는데, 그들의 이름도 거기에서 유래했다('bask'의 뜻은 '햇볕을 쐬다'이다). 나는 그 상어들의 이동 경로로 흘러갔던 것이다. 상어는 나를 우회해서 가는 대신 내 밑으로 내려가서 나를 지나갔다. 상어가 지나가면서 일어난 거대한 너울이 상어가 지나간 자리에 있는 나를 밀어 올렸다.

나는 미지의 힘이 내 몸과 운명을 좌지우지했을 때 느껴지는 그 두려운 느낌을 잊고 있었다. 지독히도 무력하고 고독한 존재가 됐다는 느낌을.

오늘 밤이 되기 전까지는.

10

터널 랫

벤의 눈에 땀이 고였다. 벤은 머리를 이리저리로 움직이며 양쪽 어깨로 땀을 닦아냈다. 깊이를 알 길이 없는 상자의 암흑 속에서, 그는 눈을 감은 채 작업하려 애썼지만, 무엇인가를 볼 수 있을 거라는 기대감 때문에 그의 모든 본능은 눈을 뜨게끔 그를 몰아갔다. 옷은 흠뻑 젖었고, 두 어깨는 아팠으며, 잉손은 손톱까지 경련이 일어났지만, 벤은 황홀감을 느꼈다. 학교는 파했고, 지금은 크리스마스였으며, 그는 결승타를 쳐서 결승 주자를 홈인 시켰다. 벤 셰니에는 결승점에 다가가는 중이었다. 그래서 그는 행복했다!

"나갈 거야. 나는 *나가고* 있어!"

꿰맨 자국이 떨어져 나가면서 벌어진 흉터처럼 틈새 하나가 그의 플라스틱으로 된 하늘을 가로질러 열렸다. 벤은 밤새, 그리고 낮에도 내내 미친 듯이 작업했었다. 은성훈장은 플라스틱을 갉아내고 또 갉아냈으며, 찰기 없는 흙은 빗방울처럼 떨어졌다.

"그래, 이거야! *예에*!"

그는 은성훈장의 뾰족한 꼭짓점 다섯 개 중 세 개를 뭉툭하게 만들었다. 하지만 첫날 오후 무렵, 그 틈은 상자 너비를 가로질러 늘어진, 뻐드렁니가 보이는 음흉한 미소만큼 커져 있었다. 벤은 그 틈에 손가락들을 넣고는 있는 힘껏 당겼다. 벌어진 틈새로 흙이 뿌려지는 동안 조그마한 돌멩이들이 그의 주위를 튀어 다녔다. 하지만 튼튼한 플라스틱은 쉽게 구부러지지 않았다.

"*젠장!*"

벤은 웅얼거리는 소리와 쿵 하는 소리를 들었다. 그는 자신이 다시 꿈을 꾸고 있는 것은 아닌지 의아했다. 퀸 오브 블레임이 돌아오더라도 그는 개의치 않을 터였다. 그녀는 섹시했다. 벤은 작업을 멈추고는 귀를 기울였다.

"대답해라, 꼬맹아. 거기 있는 거 다 들리니까."

에릭이었다! 아득히 먼 곳에서 파이프를 통과해서 들려오는 그의 목소리는 공허하게 들렸다.

"대답하라니까, 젠장."

파이프로 들어오던 빛이 사라졌다. 에릭이 너무 가까이 다가온 탓에 태양을 가린 게 분명했다.

벤은 숨을 죽였다. 갑자기 그들이 그를 상자에 처음 집어넣었을 때보다 더 겁이 났다. 두 시간 전만 해도 그는 그들이 돌아오게 해달라고 기도했었다. 그런데 지금 그는 상자에서 벗어나기 직전이었다! 그가 탈출을 시도한 걸 발견할 경우, 그들은 훈장을 빼앗고 그의 양손을 결박하고는 그를 다시 파묻을 것이고, 그러면 그는 영원토록 갇히게 될 것이다!

빛이 돌아왔다. 그러더니 에릭의 목소리가 더욱더 먼 곳에서 들렸다.

"이 새끼가 대답을 안 하네. 이 녀석, 괜찮은 것 같아?"

벤은 마지의 목소리를 뚜렷이 들었다.

"그거는 별로 중요하지 아늘 거야."

에릭은 다시 시도했다.

"꼬맹아? 물 좀 줄까?"

벤은 여기 이 상자 안의 어둠 속에 있으면서도 그들을 피해 몸을 숨겼다. 그들은 그를 파내기 전까지는 그의 생사를 모를 것이다. 하지만 그들은 낮에는 그를 파내지 않을 것이다. 그들은 어둠이 질 때까지 기다릴 것이다. 그들이 어둠 속에서 나쁜 짓을 하는 걸 아무도 볼 수 없을 것이다.

"꼬맹아?"

벤은 눈 깜빡이는 소리조차 내지 않았다.

"이 쪼그만 새끼가!"

에릭이 멀리 이동하면서 빛이 다시 나타났다. 벤은 50까지 셌다. 그런데도 충분치 않았는지 두려움은 더 커졌다. 그는 다시 50까지 셌다. 그러고는 작업을 재개했다. 이제 그는 그들과 경주를 벌이고 있었다. 그는 그들이 그를 파내기 전에 여기를 벗어나야 했다. 아프리카인이 한 말이 어둠 속에서 메아리쳤다. *그거는 별로 중요하지 않을 거야.*

벤은 갈라진 틈의 삐쭉삐쭉한 모서리를 만지며 따라가다 중앙부 근처에서 우툴두툴한 곳을 찾아냈다. 그러자 벤은 작은 V자 모양을 새기는 작업에 착수했다. 그는 은성훈장을 쥔 손을 계약서에 서명하는 사람처럼 작은 활동반경 내에서 힘차게 놀렸다. 그리 많은 힘을 쓸 필요는 없었다. 움켜쥐기 더 쉽도록 플라스틱을 약간 더 찢기만 하면 됐다.

은성훈장은 플라스틱을 찢어냈고, V자는 더 커졌다. 그는 플라스틱 뒤쪽에서 흙을 긁어낸 다음, 벌어진 틈을 다시 움켜쥐고 당겼다. 갑자기 흙이 소나기처럼 쏟아졌다. 재채기를 한 벤은 눈에서 흙을 털어냈다. 갈라진 틈바구니가 비좁은 삼각형 모양의 구멍으로 열렸다.

"됐어!"

벤은 쏟아져 내린 흙을 두 발로 상자 끄트머리로 밀었다. 그런 후, 은성 훈장을 주머니에 넣었다. 티셔츠를 마스크처럼 얼굴 위로 끌어올리고는 더 많은 흙을 떠냈다. 흙 속에 손을 팔목까지, 결국에는 팔꿈치까지 밀어 넣었다. 손이 닿는 먼 곳까지 땅을 파서는, 마침내 속이 빈 커다란 돔 형태의 공간을 만들어냈다. 플라스틱에 난 T자 형태 구멍의 양쪽을 움켜쥔 벤은 턱걸이를 하는 것처럼 매달리면서 몸무게 전체를 플라스틱에 실었다. 그렇게 했는데도 구멍은 열리지 않았다.

"이 멍청이! 재수 없는 새끼!"

그는 구멍에다 대고 소리를 질렀다.

"약골 새끼!"

그의 앞에 문이 있었다. 그가 할 일이라고는 문을 여는 게 전부였다. **문을 열어!**

벤은 양 무릎을 가슴으로 당겨서 몸을 공처럼 말았다. T자의 왼쪽을 무릎 하나로 지탱하고 양손으로 오른쪽을 움켜쥐었다. 그가 플라스틱을 힘껏 잡아당기는 바람에 바닥에서 뜬 몸은 아치 모양을 그렸다.

플라스틱이 서서히 부서지는 차가운 태피(설탕을 녹여 만든 사탕)처럼 찢어졌다.

쥐고 있던 벤의 아귀가 풀리면서 그는 바닥에 떨어졌다.

"그래! 그래, 그래, 그래!"

벤은 양손을 있는 힘껏 훔치고는 플라스틱을 다시 쥐었다. 어찌나 힘껏 잡아당겼던지 머릿속이 윙윙거렸다. 플라스틱이 항복하고 두 손을 드는 것처럼 천장이 불쑥 갈라졌다. 그 틈으로 흙이 사태처럼 쏟아졌지만, 벤은 신경 쓰지 않았다. 상자가 열렸으니까.

떨어진 흙과 돌멩이를 상자 끝으로 밀고는 덮개를 벗겨서 열었다. 더 많은 흙이 주위에 쌓였다. 그는 팔을 밀어 넣은 다음에 머리를 구멍에 밀어 넣었다. 갓 쏟아져 내린 흙은 쉽게 치워졌다. 양쪽 어깨를 움직여 구멍에 집어넣었다. 그러면서 그는 허리까지 몸을 내밀었다. 물을 당기는 수영 선수처럼 양쪽 옆구리 뒤로 흙을 긁어냈다. 하지만 그가 흙을 많이 당길수록 더 많은 흙이 주위에 몰려들었다. 벤은 손을 당길 때마다 광란 상태에 더 깊이 빠졌다. 그는 지표면을 향해 손을 긁어대며 더 높은 곳에 도달했지만, 땅은 아래로 당기는 차가운 바닷물처럼 그를 사방에서 짓눌렀다.

벤은 숨을 쉴 수가 없었다!

그는 짓뭉개지고 있었다!

죽게 될 거라는 공포감과 절대적인 확실성이 그를 패닉 상태로 몰아넣었다.

그러다가 그는 지표면을 뚫고 나갔고, 서늘한 밤공기는 그의 얼굴을 씻어줬다. 별들이 반짝이는 캔버스가 머리 위의 하늘을 채웠다. 그는 자유로워졌다.

퀸의 목소리가 속삭였다.

"네가 놈을 혼쭐낼 거라는 걸 알고 있었어."

벤은 주위 환경에 익숙해졌다. 밤이었다. 그리고 그는 언덕에 있는 어떤 집의 뒷마당에 있었다. 여기 이 언덕이 어디인지는 몰랐지만, 멀리에는 도시의 불빛들이 퍼져 있었다.

벤은 두 발이 자유로워질 때까지 지면에서 꿈틀거렸다. 그는 정말로 근사한 주택의 뒷마당에 있는, 테라스 모서리에 있는 화단에 있었다. 흙은 메말랐고 꽃들은 죽어가고 있었지만. 이웃집들은 담쟁이덩굴에 가려진 벽들 너머에 자리하고 있었다.

벤은 마이크와 다른 사람들이 그가 내는 소리를 들었을까 두려웠다. 그러나 집은 어두웠고 창문은 뭔가로 덮여 있었다. 집 옆으로 달려간 그는 어둠이 오래 입은 편안한 코트라도 되는 양 그 속으로 미끄러져 들어갔다.

집 옆을 따라 정면까지 통로가 나 있었다. 벤은 통로를 따라 살금살금 이동했다. 정말로 조용히 이동했기 때문에 그는 그 자신의 발소리도 들을 수가 없었다. 철조망에 난 출입구에 당도한 벤은 그 문을 열고 뜀박질 치고 싶었지만, 남자들이 그를 붙잡을까 봐 겁이 났다. 그는 문을 조심조심 열었다. 경첩들이 끼익하고 낮은 소리를 냈지만, 그런 후에 문은 자유롭게 열렸다. 벤은 귀를 기울였다. 그들이 오는 소리를 들으면 뜀박질할 준비를 마친 채로. 하지만 집은 여전히 고요했다.

벤은 슬금슬금 문을 통과했다. 그는 그 집의 현관에 무척 가까이 있었다. 도로 건너편 진입로에 차가 늘어서 있는 환하게 불이 켜진 주택을 볼 수 있었다. 그 집 안에는 어느 가족이 있을 거라고 그는 생각했다. 엄마와 아빠, 그를 도와줄 어른들! 그가 할 일이라고는 슬그머니 도로를 건너가 이웃집 현관문으로 달음박질치는 게 전부였다.

그 주택의 끝부분에 도착한 벤은 집의 모서리를 기웃거렸다. 짧고 비탈진 진입로는 비어 있었다. 차고 문은 내려져 있었다. 창문들은 어두웠다.

탈출에 성공했다는 생각 때문에 벤의 얼굴이 이를 드러낸 환한 미소로 갈라졌다! 그런데 그가 이웃집 진입로에 발을 디딜 때였다. 쇳덩이 같은 손들이 그의 입을 틀어막고는 그를 뒤로 홱 낚아챘다.

벤은 비명을 지르려 애썼지만, 그럴 수가 없었다. 발길질하고 몸부림을 쳤지만, 더 강한 쇳덩이가 그의 사지를 둘러쌌다. 그들은 하늘에서 뚝 떨어진 것처럼 난데없이 나타났다.

"발길질 좀 그만해라, 이 새끼야."

에릭이 벤의 귀에 강하게 속삭였다. 새까만 거인인 마지가 그의 발치에 있었다. 눈물 때문에 시야가 흐릿해졌다. *나를 상자에 다시 집어넣지는 말아요.* 그는 말하려고 기를 썼다. *제발 나를 파묻지 말아요!* 하지만 그의 말들은 에릭의 쇳덩이 같은 손을 지나치지 못했다.

마이크가 어둠에서 걸어 나와 에릭의 팔을 쥐었다. 에릭이 갑자기 힘을 잃는 것을 본 벤은 마이크의 손아귀 힘이 끔찍할 정도로 세다는 걸 느꼈다.

"열 살짜리 꼬맹이한테 당하기나 하고. 좀 두들겨 맞아야겠군."

"제기랄, 그래도 붙잡았잖아요. 그 덕에 이 자식을 파내는 수고도 덜게 됐고요."

마이크는 손으로 벤의 다리를 훑었다. 그런 후 벤의 주머니들을 수색해서는 은성훈장을 꺼냈다. 그는 훈장의 리본 부분을 잡았다.

"이거, 콜한테서 받은 거냐?"

벤이 할 수 있는 최선은 고개를 끄덕이는 거였다.

마이크는 마지와 에릭 앞에서 훈장을 달랑거렸다.

"얘는 이걸로 탈출구를 뚫었어. 날카로운 부분들이 얼마나 뭉툭해졌는지 보이지? 너희들이 일을 개판 친 거야. 얘 몸을 샅샅이 수색했어야지."

"그건 망할 놈의 훈장이잖아요, 칼이 아니라."

마이크가 어찌나 빨리 에릭의 목을 움켜쥐었는지 벤은 그의 손이 움직이는 걸 보지도 못했다. 그들의 얼굴은 불과 몇 센티미터 떨어져 있었고, 벤은 그들 사이에 낀 샌드위치 신세였다.

"다시 이렇게 일을 개판 치면, 내 손으로 너를 박살 낼 거야."

에릭은 꾸르륵하는 소리를 냈다.

"알겠습니다, 대장."

"일 똑바로 해. 너는 이 정도보다는 잘할 수 있는 놈이잖아."

에릭은 다시 대답하려고 기를 썼지만 그러지 못했다. 마이크가 그의 목을 더 힘껏 조였기 때문이다.

마지가 마이크의 팔을 잡았다.

"그러다 사람 잡게써요."

마이크는 에릭을 풀어줬다. 은성훈장을 다시 유심히 살핀 그는 그걸 벤의 주머니에 쑤셔 넣었다.

"너는 이걸 받을 자격이 있어."

마이크는 몸을 돌려 어둠 속으로 들어갔고 벤은 도로 건너편 집을 힐끔 봤다. 집 안에 있는 가족이 보였다. 벤의 눈에 눈물이 고였다. 그는 그 집에 정말로 가까이까지 갔었다.

마이크가 그들에게 돌아왔다.

"안으로 데려가. 애를 전화기 앞에 데려갈 때가 됐으니까."

24미터 떨어진 곳에서, 글래드스턴 가족은 저녁으로 미트로프를 즐기며 각자 보낸 하루에 대한 얘기를 나눴다. 에밀은 아버지였고 수스는 어머니였다. 저드와 할리는 그들의 아들들이었다. 그들의 아늑한 집은 불빛으로 환했고, 그들은 큰 소리로 웃음꽃을 피우고는 했다. 그들 중 누구도 세 남자나 사내아이를 듣지도 보지도 못했다. 그들은 이웃집을 매입한 새 주인이 매매 계약에 걸린 조건들이 모두 충족되기를 기다리는 동안 낮에 사소한 수리 작업들을 하고 있다는 막연한 감만 가졌을 뿐이었다. 글래드스턴 가족이 아는 한, 도로 건너편의 집은 비어 있었다. 그 집에는 아무도 없었다.

2부
활보하는 악마

11

조 파이크

파이크는 루시 셰니에의 아파트 건너편에 있는 고무나무의 뻣뻣한 가지와 가죽 같이 질긴 이파리 안에서 미동도 하지 않고 앉아 있었다. 이파리 사이에 난 비좁은 틈새는 그녀의 아파트로 이어지는 계단을 훤히 보여줬다. 도로와 인도의 시야는 그보다는 덜 좋았다. 파이크는 오른쪽 엉덩이에 권총집에 넣은 콜트 파이튼 357 매그넘을, 오른쪽 발목에 15센티미터 길이의 SOG(군용 도검류와 특수장비들을 제조하는 회사) 전투용 도검과 25구경 베레타 소형 권총을, 그리고 가죽 곤봉 하나를 소지했다. 그는 그것들이 거의 필요하지 않았다. 루시는 안전했다.

콜이 오늘 초저녁에 파이크를 내려줬을 때, 파이크는 세 블록 떨어진 곳에서 도보로 루시의 아파트에 접근했다. 벤을 납치한 자는 루시의 아파트를 감시해왔을 수도 있었다. 그래서 파이크는 인근 건물과 지붕, 차량을 확인했다. 감시자가 아무도 없다는 사실에 만족한 파이크는 도로 건너편의 방갈로 뒤쪽으로 해서 아파트에 접근하려고 블록을 빙빙 돌았다. 그는 방갈로를 에워싼 빽빽한 수목과 관목 사이로 미끄러져 들어가 다른 그림자들에 녹아든 그림자가 됐다. 할리우드 경찰서에서 무슨 일이 벌어지고 있는지 궁금했지만, 그가 맡은 임무는 기다리며 주시하는 거였고, 그게 그가 그때까지 해온 일이었다.

한 시간쯤 지났을 때, 아니면 그보다 조금 더 지났을 때 루시의 흰색 렉서스가 나타났다. 그녀는 도로 경계석에 차를 세운 후 서둘러 위층으로 갔다. 파이크는 몇 달 전에 병원을 떠난 이후로 그녀를 보지 못했었다. 그녀는 그가 기억하는 것보다 더 왜소했다. 그리고 지금 그녀는 속이 상했다는 걸 보여주는 경직된 분위기를 풍기고 있었다.

루시가 집에 도착하고 10분 후에 리처드의 검정 리무진이 모습을 드러내더니 그녀의 렉서스 옆에 이중주차를 했다. 리처드가 차에서 혼자 내려 계단을 올라갔다. 루시가 현관문을 열었을 때, 황금색 빛이 그녀를 에워쌌다. 두 사람은 잠시 얘기를 나눴고, 그런 후에 리처드가 집 안으로 들어갔다. 문이 닫혔다.

마퀴스가 반대 방향에서 도착했다. 폰트노트가 드니스를 태운 차를 운전하고 있었다. 도로에 차를 세운 그들은 엔진을 공회전 상태로 유지했다. 리무진에서 뛰어내린 마이어스가 그들에게 무슨 말을 했다. 파이크는 그 소리를 들으려 애썼지만, 그들의 목소리는 낮았다. 격노한 마이어스는 마퀴스의 지붕을 손바닥으로 철썩철썩 때렸다. "이게 무슨 개소리야! 헛짓거리 그만하고 정신 단단히 차려서 애를 찾아내도록 해!" 그런 후 그는 잰걸음으로 계단으로 향했다. 드니스가 마퀴스에서 내려 리무진에 탔다. 속도를 높여 차를 이동시킨 폰트노트는 한 블록 위에 있는 어느 주택의 진입로로 들어갔다가 나오면서 차를 돌리고는 나무 두 그루 사이에 있는 어둠 속에 차를 세웠다. 리처드와 마이어스가 황급히 계단을 내려와 리무진에 탑

승하자마자 차는 사라졌다. 파이크는 폰트노트가 그들을 따라가기를 기다렸지만, 그는 운전석에 얌전히 앉아 있기만 했다. 이제는 그들 둘이 루시를 주시하고 있었다. 으음, 제대로 된 감시자 한 명과 0.5명으로 쳐야 할 덜 떨어진 감시자 한 명이라는 게 정확한 표현일까.

파이크는 기다리는 일에 능숙했다. 그가 해병대에서, 그리고 다른 일에서도 탁월했던 이유가 그거였다. 그는 꿈쩍도 않고 며칠을 대기할 수 있었고, 그러면서도 전혀 따분해하지 않았다. 시간을 믿지 않았기 때문이다. 시간은 우리 인생의 순간들을 채운다. 그러니 우리의 순간들이 비어 있을 경우, 시간은 아무 의미도 없다. 공허함은 흘러가는 것도 지나치는 것도 아니었다. 그냥 존재하는 거였다. 그의 내면이 공허해지도록 놔두는 것은 두뇌의 작동을 정지시키는 거랑 비슷했다. 파이크는 그냥 존재하기만 했다.

콜의 노란색 콜벳이 도로 경계석에 섰다. 늘 그랬던 것처럼, 그 차는 세차를 할 필요가 있었다. 파이크는 그가 모는 빨간 지프 체로키를 흠잡을 곳이 한 군데도 없도록 관리했다. 그의 콘도도, 무기도, 의상도, 몸뚱어리도 마찬가지였다. 파이크는 질서에서 평온을 찾았다. 그래서 파이크는 콜이 어떻게 그렇게 더러운 차를 몰 수 있는지를 이해하지 못했다. 청결함은 질서였고, 질서는 통제였다. 파이크는 인생의 대부분을 통제력을 유지하려고 애쓰며 보냈었다.

엘비스 콜

루시가 사는 거리에 줄지어 서 있는 자카란다 나무에 오래된 가로등의

노랗게 노화(老化)된 불빛이 떨어졌다. 이곳의 공기는 할리우드보다 서늘했고, 재스민 향기가 진하게 났다. 파이크가 지켜보고 있을 테지만, 나는 그의 모습을 볼 수 없었고 보려고 애쓰지도 않았다. 폰트노트는 찾아보기 쉬웠다. 그는 보리스 바데노프(애니메이션에 등장하는 코믹한 악당 캐릭터)가 샘 스페이드(대실 해밋의 『몰타의 매』 주인공인 사립탐정)를 흉내 내고 있는 것처럼 한 블록 위에 주차된 차에 웅크리고 있었다. 나는 리처드도 루시를 지켜보는 사람을 배치하고 싶었을 거라고 짐작했다.

계단을 올라가 그녀의 현관문을 부드럽게 두 번 노크했다. 내가 가진 열쇠로 문을 열 수도 있었지만, 그렇게 하면 내 모습이 내가 실제로 느끼는 자신감보다 더 자신 있어 보일 것 같아서 그러지 않았다.

"나야."

철커덕하는 금속성 소리와 함께 문이 열렸다.

루시는 흰색 목욕 가운 차림이었다. 축축한 머리카락은 뒤로 빗겨져 있었다. 그런 모습일 때 그녀는 늘 근사해 보였다. 웃음기 없는 굳은 얼굴일 때조차 그랬다.

그녀가 말했다. "경찰들이 자기를 오래 붙잡아뒀네."

"할 얘기가 많았어."

그녀는 나를 들이려고 뒤로 물러섰다. 그러고는 문을 닫고 잠갔다. 그녀는 무선전화기를 들고 있었다. 텔레비전은 취약성 골절 증세가 있는 채식주의자들을 다룬 프로그램을 방영 중이었다. 그녀는 TV를 끄고 식당 테이블로 갔다. 그러는 내내 그녀는 나를 한 번도 쳐다보지 않았다. 지타몬의 사무실을 떠날 때 나를 쳐다보지 않았던 것처럼.

내가 말했다. "이 일에 대해 자기한테 하고 싶은 말이 있어."

"알아. 커피 마실래? 갓 내린 건 아니지만, 뜨거운 물하고 인스턴트커피가 있어."

"아냐. 괜찮아."

그녀는 테이블에 전화기를 놓고도 손을 거기서 떼지 못했다. 그녀는 전화기를 바라봤다.

"이 전화를 들고 여기 앉아 있었어. 집에 온 다음부터는 너무 겁이 나서 내려놓지를 못하겠더라고. 그 사람이 다시 전화할 경우에 대비해서 경찰이 우리 전화에 트랩인가 뭔가 하는 걸 설치했지만, 난 모르겠어. 경찰은 내가 평소처럼 전화를 걸 수 있다고, 걱정하지 않아도 된다고 말했어. 하아, 말은 쉽네. '평소처럼'이라니."

나는 나를 쳐다보는 것보다 전화기를 응시하는 게 그녀에게는 더 쉬운 일일 기라고 짐작했다. 나는 내 손으로 그녀의 손을 덮었다.

"루시, 그가 말한 내용, 그 말들은 사실이 아냐. 그와 비슷한 사건은 일어난 적이 없어. 단 한 번도."

"테이프에 녹음된 남자 말하는 거야, 리처드 말하는 거야? 당신은 이런 말을 하지 않아도 돼. 당신이 그와 비슷한 일은 전혀 할 수 없는 사람이라는 거 알아."

"우리는 사람들을 살해하지 않았어. 우리는 범죄자가 아니었어."

"알아. 안다고."

"리처드가 한 말은……"

"쉿."

그녀의 눈에 싸늘한 빛이 감돌았다. 그리고 쉿은 명령이었다.

"당신이 해명하는 걸 원치 않아. 나는 예전에 그런 해명을 해달라고 당

신한테 부탁한 적도 전혀 없었고, 당신은 내게 그런 말을 한마디도 하지
않았었어. 그러니까 지금도 그런 얘기는 하지 마."

"루시……"

"하지 마. 난 관심 없어."

"루시……"

"당신하고 조가 나누는 얘기를 들었어. 당신이 시가 박스에 뭐를 보관
하고 있는지도 봤어. 그것들은 당신 물건이지 내 것이 아냐. 그런 것들을,
우리가 옛날 애인들하고 철없을 때 저질렀던 멍청한 짓들 같은 것들을 나
는 이해해……"

"나는 아무것도 숨기지 않았어."

"생각해봤어. 그 사람은 필요할 경우 그 짓이 무엇인지 나한테 얘기할
거야. 하지만 지금은 모든 일이 그 일보다 훨씬 더 중요해 보여."

"나는 비밀로 감춰뒀던 게 아냐. 어떤 일들은 보이지 않는 뒤쪽에 넣어
둔 채로 잊어버리는 게 나아. 그게 다였어. 사람들은 과거를 뒤에 넣어두고
살아가. 그게 내가 하려고 애썼던 일이야. 전쟁 때 일만 그랬던 것도 아냐."

그녀는 내 손 아래에서 자기 손을 빼고는 뒤로 물러앉았다.

"리처드가 오늘 밤에 한 짓, 당신 뒷조사를 한 짓은 용서할 수 없는 짓
이었어. 내가 사과할게. 서류철을 테이블에 내동댕이친 건……"

"나는 철이 없을 때 말썽에 휘말렸어. 심각한 말썽은 아니었어. 나는 그
걸 자기한테 숨기고 있었던 게 아냐."

그녀는 내 입을 다물게 만들려고 고개를 저었다. 그러고는 양손으로 잡
은 전화기를 연구 대상이나 되는 양 들어 올렸다.

"우리 아기를 다시 볼 수 있을까 궁금해하면서 이 망할 놈의 전화기를

어찌나 세게 잡고 있었던지 손에 감각이 없어. 수화기에 나 있는 이 작은 구멍들을 통해 몸을 수화기에 쑤셔 넣어서는 전화선 반대쪽으로 나갈 수 있다면 얼마나 좋을지 생각했어……"

그녀는 긴장해서 몸이 뻣뻣해진 탓에 누가 건드리기라도 하면 그대로 부러질 것처럼 보였다. 나는 그녀를 만지고 싶다는 생각에 그녀 쪽으로 몸을 기울였지만, 그녀는 뒷걸음질을 쳤다.

"우리 아기를 찾기 위해서 말이야. 나 자신이 사람들이 꿈속에서 움직이는 자기 모습을 볼 때처럼 움직이는 모습을 봤어. 내가 수화기 반대편으로 억지로 몸을 끄집어냈을 때 벤은 근사하고 따스한 침대에 있었어. 안전하게 잠들어 있는 모습으로. 잘생긴 열 살짜리의 평온한 얼굴로 말이야. 너무 평온해 보여서 아이를 깨우고 싶지 않았어. 벤의 잘생긴 얼굴을 지켜보면서 그 애 나이였을 때 당신은 어떻게 생겼을지 상상하려고 노력해봤어……"

그녀는 고통스러워 보이는 서글픈 표정으로 고개를 들었다.

"……그런데 그러지를 못하겠더라고. 나는 당신 어렸을 때 사진을 한 번도 본 적이 없었어. 당신은 당신 가족, 고향이 어디인지 그런 얘기를 절대로 꺼내지 않았어. 농담할 때 말고는 그런 얘기를 꺼내지 않았어. 있잖아, 나는 조와 관련된 얘기로 당신을 놀려댔었어. 그는 입을 여는 일이 없다는 둥, 돌부처나 다름없다는 둥 말이야. 하지만 당신은 그런 그보다도 더 말을 안 했어. 중요한 일들에 대해서만 그런 게 아니었어. 그게 이상하다고 생각했어. 당신은 그런 얘기가 나오면 얼렁뚱땅 화제를 다른 쪽으로 돌렸던 것 같아."

"우리 가족은 평범하다고는 할 수 없었어, 루시……"

"당신이 나한테 그 얘기를 하는 걸 원치 않아."

"나는 외할아버지 손에 컸어. 외할아버지랑 이모 손에 컸어. 때때로 내 주위에는 아무도……"

"당신의 비밀은 온전히 당신 거야."

"그것들은 *비밀*이 아냐. 어머니랑 살 때, 우리는 숱하게 이사를 했어. 나한테는 규칙이 필요했는데, 우리한테는 규칙이랄 게 없었어. 나는 친구를 사귀고 싶었지만, 우리의 괴상한 생활 방식 때문에 친구를 사귀지 못했어. 그래서 나는 잘못된 선택을 몇 개 했고 불량한 아이들과 어울려서……"

"쉬잇. 쉬잇."

"그때 나는 누군가가 필요했어. 그런데 내가 찾아낸 게 그 애들이었어. 그 애들은 훔친 차를 몰고 나타났고, 나는 그 애들하고 드라이브를 갔어. 정말로 바보 같은 짓이었어."

그녀가 내 입술을 만졌다.

"진심에서 하는 소리야. 당신의 인생을 조그마한 비밀 생명체처럼 당신 안에 간직하도록 해. 내 짐작에, 세상 사람들 모두가 그런 일을 할 거야. 그런데 지금은 달라. 우리는 달라졌어. 내가 느끼는 그 사건의 의미도 달라졌어."

그녀는 내 가슴을, 심장이 뛰는 곳을 만졌다.

"당신이 키우는 비밀 생명체는 몇 마리야?"

"내가 벤을 찾아낼게, 루시. 벤을 찾아내서 집에 데려오겠다고 하나님께 맹세해."

그녀가 너무도 얌전히 고개를 젓는 바람에 나는 그 모습을 못 볼 뻔 했다.

"아냐."

"맞아, 그럴 거야. 나는 벤을 찾아낼 거야. 벤을 집에 데려올 거야."

그녀가 느끼는 서글픔이 고통으로 커지는 모습이 역력했다. 그 모습을 보는 내 가슴은 찢어졌다.

"이런 일이 일어난 게 당신 탓이라고 생각하지는 않아. 하지만 그건 중요한 게 아냐. 정말로 중요한 건 벤이 없어졌다는 거야. 나는 그런 일이 일어날 거라는 걸 알고 있었어야 했어."

"무슨 얘기를 하는 거야? 자기가 그걸 어떻게 알 수 있었겠어?"

"리처드 말이 맞아, 엘비스. 나는 당신과 같이 있으면 안 되는 거였어. 내 아이를 당신과 머무르게 놔두면 안 되는 거였어."

불쾌하고 뜨끈한 기운이 배 속에 퍼지면서 경련이 일어났다. 그녀가 그쯤에서 그만뒀으면 싶었다.

"루시……"

"나는 정말로 당신을 탓하지 않아. 진심이야. 하지만 나는 루이지애나에서 일어났던 일과 작년에 있었던 로렌스 소벡 사건 같은, 이런 일들을 감당하면서 살 수는 없어."

"루시, 제발."

"내 아들은 내가 당신을 알기 전에는 평범한 어린애였어. 나도 평범하게 살았었고. 나는 당신을 향한 사랑 때문에 눈이 먼 나 자신을 그대로 방치했어. 그런데 지금 내 아들이 없어졌어."

눈물이 그녀의 속눈썹에 맺혔다가 뺨을 타고 흘러내렸다. 그녀는 나를 비난하지 않았다. 그녀가 비난하는 대상은 자기 자신이었다.

"루시, 그런 식으로 말하지 마."

"테이프에서 그 남자가 했던 말은 신경 안 써. 하지만 그 남자가 당신을 증오한다는 건 알 수 있었어. 그 남자는 당신을 증오해. 그리고 그런 사람이 내 아들을 데리고 있어. 그가 당신을 그토록 증오하기 때문에 당신은 이 문제를 악화시킬 수만 있을 따름이야. 이 문제는 경찰한테 맡겨두도록 해."

"아무 일 없다는 듯 이 집을 걸어 나갈 수는 없어. 그놈을 찾아야겠어."

그녀는 내 팔을 움켜쥐었다. 그녀의 손톱들이 살갗을 파고들었다.

"세상에 그 애를 찾아낼 수 있는 사람이 당신만 있는 게 아냐. 꼭 당신이어야 할 필요는 없어."

"나는 벤 옆을 떠날 수 없어. 모르겠어?"

"당신 때문에 그 아이가 죽게 될 거야! 세상에 이 일을 할 수 있는 사람이 당신만 있는 게 아냐, 엘비스. 당신은 로스앤젤레스에 남은 마지막 탐정(the last detective)이 아냐. 다른 사람들이 아이를 찾게 놔둬. 나한테 약속해줘."

그녀가 아파하는 걸 멈추게끔 돕고 싶었다. 그녀를 잡아당겨 품에 안고는 나를 안는 그녀를 느끼고 싶었다. 하지만 눈에 눈물이 그득해진 나는 고개를 저었다.

"내가 벤을 집에 데려올게, 루시. 나는 그것 말고 다른 일은 할 수가 없어."

내 양팔을 놓은 그녀는 눈을 닦았다. 그녀의 얼굴은 데스마스크처럼 어둡고 딱딱했다.

"나가."

"자기하고 벤은 내 가족이야."

"아니. 우리는 당신 가족이 아냐."

내 몸이 터무니없을 정도로 무겁게 느껴졌다. 납과 돌로 만들어진 몸뚱어리인 양.

"자기랑 벤은 내 가족이야."

"나가!"

"내가 벤을 찾아낼 거야."

"당신 때문에 그 애가 목숨을 잃을 거야!"

나는 그런 식으로 그녀를 떠나 내 차로 내려왔다. 더는 이상은 한기가 느껴지지 않았다. 재스민의 향긋한 향기는 사라졌다.

조 파이크

자기 차에 오른 엘비스는 미동도 않고 앉아 있었다. 파이크는 더 잘 보려고 앞에 놓인 이파리를 옆으로 치웠다. 콜의 뺨에 빛이 비쳤을 때, 그는 콜이 우는 모습을 봤다. 파이크는 숨을 깊이 들이쉬었다. 그는 그가 처한 순간들을 계속 비워두려고 힘들게 애썼지만 그게 늘 쉬운 일인 건 아니었다.

콜이 차를 몰고 떠난 후, 파이크는 고무나무를 떠나 방갈로 옆을 따라 늘어선, 그리고 인접한 뜰로 이어지는 어둠으로 미끄러져 들어갔다. 그는 골목 위쪽으로 나가다가 폰트노트의 뒤쪽에 있는 블록에 도착했다. 거기서 그는 루시의 집이 있는 쪽으로 도로를 건넜다. 어둠 속에서 이동한 그는 폰트노트의 차에서 4.5미터 거리 이내를 지나쳤지만, 폰트노트는 그를 보지 못했다. 파이크는 극락조꽃 뒤쪽으로 유유히 이동한 다음, 루시의 현관으로 올라갔다. 폰트노트는 그의 시야에서 벗어나 있었다. 건물이 그의 시야를 가로막았다.

파이크는 문에 있는 핍홀과 어느 정도 거리를 두고 섰다. 루시는 소백 사건이 있은 후로 그를 불편해했다. 그래서 그는 그녀가 문을 열기 전에 그의 모습을 먼저 보기를 원했다. 그는 노크했다. 부드럽게.

문이 열렸다.

파이크가 말했다. "벤 일은 유감입니다."

힘든 일을 겪었음에도, 그녀는 강인하고 어여쁜 여인이었다. 루시와 벤이 루이지애나에서 이사 오기 전, 그리고 소백 사건을 겪기 전, 파이크는 그녀와 엘비스를 테니스코트에서 만난 적이 있었다. 파이크도 엘비스도 테니스에 대해서는 아는 게 많지 않았지만, 그들은 어떤 여자인지 봐야겠다는 생각에 그녀를 상대로 테니스를 쳤다. 둘이 한쪽 코트에 서서 맞은편 코트에 선 루시와 테니스를 쳤다. 그녀는 빠르고 테크닉이 좋았다. 그녀가 치는 공들은 네트를 넘어 낮게 깔리면서 그들의 라켓이 닿는 곳 바로 바깥으로 쌩하고 날아갔다. 그녀는 여유만만한 모습으로 자신감 있게 웃으며 두 사람을 박살 냈다. 그런 그녀가 지금은 불안정하기 짝이 없어 보였다.

"엘비스는 어디 있어요?"

"갔습니다."

루시가 그의 너머로 도로를 힐끔 봤다.

그녀가 말했다. "알래스카에서는 언제 돌아온 거예요?"

"2주쯤 됐습니다. 들어가도 될까요?"

그녀는 그를 집에 들였다. 그녀는 문을 닫은 후에도 손잡이에 손을 얹은 채 기다렸다. 파이크는 그녀가 불편해하는 기색을 봤다. 그는 오래 머무르지 않을 터였다.

"저는 도로 건너편에 있습니다. 당신이 그 사실을 알고 있어야 옳다고 생각했습니다."

"리처드가 밖에 사람을 배치했어요."

"그 사람이 있다는 걸 압니다. 그 사람은 내가 있다는 건 모릅니다."

그녀는 눈을 감고는 이 일이 끝날 때까지 잠들고 싶다는 기색으로 문에 몸을 기댔다. 파이크는 그 심정을 이해한다고 생각했다. 벤의 실종은 그녀에게는 끔찍한 일일 게 분명했다. 그의 어머니가 밤마다 주먹으로 얻어맞은 일이 그에게 의미했던 것과 똑같을 터였다.

파이크는 자신이 왜 여기에 왔는지, 무슨 말을 하고 싶은 건지가 명확하지 않았다. 그걸 명확히 해두는 편이 좋을 것이다. 요즘 그에게는 불명확한 일이 너무도 많았다.

파이크가 말했다. "엘비스가 떠나는 걸 봤습니다."

그녀는 고개를 저었다. 여전히 눈을 감은 채였고, 여전히 문에 기댄 채였다.

"당신들이 이 사건에 개입하는 걸 원치 않아요. 당신들은 벤의 상황을 악화만 시킬 거예요."

"그는 상처를 받았습니다."

"맙소사, 상처는 나도 받았어요. 그리고 그건 당신이 상관할 일이 아니에요. 그가 상처받았다는 건 알아요. 나도 그건 안다고요. 그래서 유감이에요."

파이크는 알맞은 말을 찾으려고 애썼다.

"당신에게 하고 싶은 말이 있습니다."

그의 침묵의 무게 때문에 그녀는 눈을 떴다.

"뭔데요?"

그는 무슨 말을 해야 할지를 몰랐다.

"당신한테 얘기하고 싶습니다.

그녀는 짜증 난 표정으로 문에서 비켜섰다.

"세상에, 조. 당신은 한마디도 하지 않으면서 지금 이 자리에 있어요. 무슨 말을 하고 싶으면 해봐요."

"그는 당신을 사랑합니다."

"오, 끝내주네요. 벤에게 무슨 일이 벌어지고 있는지 아는 사람이 하나도 없는 판국에, 당신이 신경을 쓰는 건 오직 엘비스뿐이군요."

파이크는 그녀를 유심히 바라봤다.

"당신은 나를 좋아하지 않죠."

"폭력이 당신을, 당신하고 엘비스를 따라다니는 방식을 좋아하지 않는 거예요. 나는 평생토록 경찰들을 알고 지냈는데, 그들 중에 이런 식으로 사는 사람은 아무도 없어요. 뉴올리언스에서 살인사건을 수사하고 조폭 보스들을 입건하는 일을 하면서 수십 년을 보낸 연방 검사와 주 검사들을 아는데, 그들 중에 자식을 납치당한 사람은 아무도 없었어요. 맙소사, 그리고 어느 누구도 당신들처럼 폭력을 달고 다니지 않았어요! 이런 일에 얽히다니, 내가 정신이 나갔었나 봐요!"

파이크는 그녀를 유심히 바라봤다. 그러고는 어깨를 으쓱했다.

"테이프를 듣지는 못했습니다. 내가 아는 건 스타키가 우리한테 해준 얘기가 다입니다. 그걸 믿습니까?"

"아뇨, 물론 안 믿어요. 엘비스한테도 그렇게 말했어요. 젠장, 내가 그 얘기를 다시 해야만 하겠어요?"

그녀는 눈을 깜빡였다. 그러고는 팔짱을 힘껏 꼈다.

"제기랄, 질질 짜는 거 질색이에요."

파이크는 입을 열었다. "저도 그렇습니다."

그녀는 힘주어 얼굴을 훔쳤다.

"농담인지 진담인지 알 길이 없네요. 당신이 농담하는 건지 아닌 건지를 도무지 알 길이 없어요."

"그런 얘기들을 믿지 않는다면, 그를 믿으세요."

그녀의 목소리는 이제는 고함이 돼 있었다.

"*벤*에 관한 일이에요. 나나 그나 당신에 관한 일이 아니라요. 나는 나 자신과 내 아들을 지켜야 해요. 나는 이런 정신 나간 짓을 감당하면서 살지는 못하겠어요. 나는 *평범한* 사람이에요! *평범한* 사람이고 싶어요! 당신은 비뚤어질 대로 비뚤어진 탓에 이걸 평범하다고 생각하는 거예요! 이건 평범하지 않아요. 이건 정신 나간 삶이라고요!"

그녀는 그의 가슴을 두들기고 싶다는 듯 두 주먹을 추켜올렸다. 그는 그녀가 그렇게 하더라도 그대로 놔뒀겠지만, 그녀는 양손을 공중에 든 채로 울먹이며 서 있기만 했다.

파이크는 달리 무슨 말을 해야 할지 몰랐다. 그는 한동안 그녀를 지켜보다가 불을 껐다.

"내가 떠난 후에 켜십시오."

집 밖으로 나온 그는 계단을 슬며시 내려가 관목 틈으로 들어갔다. 그러면서 마퀴스 옆에 다다를 때까지 그녀가 한 말을 곰곰이 생각했다. 마퀴스의 창문은 열려 있었다. 폰트노트는 흰 담비가 통나무 너머를 응시하는 것처럼 운전대 뒤에 낮게 웅크리고 있었다. 파이크가 3미터 거리에 있었지만, 폰트노트는 그걸 몰랐다. 그 때문에 파이크는 그를 증오했다. 폰트노트는 엘비스가 루시의 아파트에서 나오는 걸 봤다. 파이크는 자신의 친구가 그토록 고통스러워하는 모습을 그가 봤다는 것 때문에 그를 증오했다.

파이크의 주위에 소용돌이치던 공허한 순간들이 분노로 채워졌다. 소용돌이의 무게가 늘어나면서 물결로 바뀌었다. 파이크는 10분 전에 폰트노트를 죽일 수도 있었다. 그리고 지금도 그를 죽여버릴까 생각하고 있었다.

파이크는 마퀴스 쪽으로 이동했다. 그는 뒷문을 슬쩍 건드렸다. 폰트노트는 그걸 알아차리지 못했다. 파이크는 손바닥으로 지붕을 세게 쳤다. 총소리만큼이나 요란한 소리가 났다. 깜짝 놀란 폰트노트는 몸을 벌떡 일으키고는 괴성을 질렀다. 그러고는 총을 찾아 재킷 아래로 재빨리 손을 집어넣었다.

파이크는 폰트노트의 머리를 겨눴다. 폰트노트는 파이크의 총을 본 순간 완전히 얼어붙었다. 파이크를 알아본 그는 약간 안도한 기색이었지만, 겁을 잔뜩 집어먹은 탓에 몸을 움직이지는 못했다.

"제기랄, 뭐 하는 거요?"

"형씨를 감시하는 중이었어."

폰트노트의 얼굴이 표적용 풍선처럼 파이크의 총구 앞에서 이리로 저리로 흔들렸다. 파이크는 무슨 말을 하려고 노력했지만, 심각한 순간들의 물결은 그의 목소리를 흠뻑 적셔서 속삭임으로 만들어버렸고, 그를 덮쳐서 떠밀고 가겠다고 으름장을 놨다.

"형씨한테 하고 싶은 말이 있어."

폰트노트는 누군가 다른 사람이 보일까 하는 기대로 인도 위아래를 힐끔힐끔 살폈다.

"이 개새끼, 그렇게 겁을 주니까 똥을 지릴 것만 같잖아. 도대체 어디서 솟아난 거야? 대체 뭐 하고 있는 거야?"

파이크는 순간들이 밀려오는 동안 그 순간들을 비웠다. 그는 물결에 맞서 싸웠다.

"형씨한테 말해두고 싶어."

"뭘?"

순간들이 비워졌다. 파이크가 통제력을 거머쥐었다. 그는 총을 낮췄다.

폰트노트가 물었다. "무슨 말을 하고 싶은 건데, 젠장?"

파이크는 대답하지 않았다.

그는 어둠 속으로 녹아 들어갔다. 2분 후, 그는 다시금 고무나무에 있었고, 폰트노트는 그 사실을 여전히 몰랐다.

파이크는 루시와 엘비스에 대해 고민했다. 콜 역시 그에게 그리 많은 말을 하지는 않았다. 하지만 가까이서 자세히 관찰할 경우, 굳이 물어볼 필요는 없었다. 사람들이 스스로 건설하는 세계들은 그들의 인생을 향해 펼쳐져 있는 책들이다. 사람들은 그들이 결코 가져본 적이 없지만, 항상 가지기를 원했었던 세계를 건설한다. 세상 사람 모두는 그런 면에서 동일하다.

파이크는 기다렸다. 파이크는 주시했다. 파이크는 존재했다.

공허한 순간들이 굴러서 지나갔다.

12

가정적인 남자

여섯 살 때까지 그의 이름은 필립 제임스 콜이었다. 그러다가 그의 어머니가 선언했다. 지금 세상에서 제일 놀라운 선물을 아들에게 주고 있다는 듯, 아들을 향해 미소 지으며. "네 이름을 엘비스로 바꿀 거란다. 그건 필립이랑 제임스보다 훨씬 더 특별한 이름이야. 그렇게 생각하지 않니? 지금부터, 너는 엘비스야."

여섯 살 난 지미 콜은 어머니가 장난을 치는 건지 아닌지 몰랐다. 그를 그토록 두렵게 만든 건 불확실성이었을 것이다.

"내 이름은 지미인데요."

"아냐, 이제부터 넌 엘비스야. 엘비스는 세상에서 제일 좋은 이름이야. 그렇게 생각하지 않니? 세상에서 제일 좋은 이름이라고? 네가 태어났을 때 내가 네 이름을 엘비스라고 지었는데, 아직까지는 남들이 그 이름으로 너를 부르는 소리를 들어보지 못했어. 자, 이제 말해보렴, 엘비스. 엘비스라고 말이야."

어머니는 기대한다는 듯한 미소를 지었다. 지미는 고개를 저었다.

"이런 놀이하는 거 싫어요."

"말해봐, 엘비스. 그게 네 새 이름이야, 신나지 않니? 내일 모두에게 말하자꾸나."

지미는 울기 시작했다.

"내 이름은 *지미*예요."

그녀는 세상의 모든 사랑을 담은 미소를 그에게 보내고는 양손으로 그의 얼굴을 감싼 다음, 따뜻하고 달콤한 입술로 그의 이마에 입을 맞췄다.

"아니, 네 이름은 엘비스야. 이제부터는 너를 엘비스라고 부를게. 남들도 모두 그렇게 부를 거야."

그녀는 12일간 종적을 감췄었다. 그녀는 자주 그랬었다. 자리에 있는가 하면, 어느 순간 아무런 말도 없이 그 자리를 떠났다. 그게 그녀다운 행동 방식이기 때문이었다. 그녀는 자신을 '자유로운 영혼'이라고 불렀는데, 지미는 외할아버지가 그걸 머리가 돈 사례라고 부르는 걸 들은 적이 있었다. 그녀는 툭하면 모습을 감추고는 했고, 그들이 사는 아파트나 트레일러, 또는 어디가 됐건 그들이 그달에 거주하는 비어 있는 공간에서 깨어난 아들은 엄마가 없어졌다는 걸 알게 되고는 했다. 그때마다 소년은 이웃집으로 가는 길을 찾아냈고, 이웃 사람들은 소년의 외할아버지나 이모에게 전화를 걸었다. 그러면 그들 중 한 명이 어머니가 돌아올 때까지 소년을 데려갔다. 어머니가 떠날 때마다 그는 어머니를 멀리 몰아냈다는 이유로 자신에게 화를 냈다. 어머니가 없어진 동안, 그는 어머니가 돌아오기만 하면 더 착한 아이가 되겠노라고 날마다 하나님께 약속했다.

"너는 엘비스로 이름을 바꾸면 행복해질 거야, 엘비스. 두고 보렴."

그날 밤, 안색이 창백하고 좀약 냄새를 풍기는 늙은이인 그의 외할아버지가 불만스러운 표정으로 읽고 있던 신문을 움켜쥐고 흔들었다.

"애 이름을 바꾼다는 게 말이 되는 소리냐? 애는 나이가 벌써 여섯 살이야, 젠장. 애한테는 이름이 있어."

"나는 당연히 우리 아들 이름을 바꿀 수 있어요." 어머니는 밝은 목소리로 말했다. "나는 애 엄마니까요."

할아버지는 벌떡 일어섰다가, 다 부서져가는 넓은 의자에 다시 앉았다. 할아버지는 늘 화가 나 있었고 짜증을 냈다.

"그건 정신 나간 짓이야, 이년아. 도대체 뭐를 잘못 먹어서 그러는 거냐?"

어머니는 자기 손가락들을 당기고 비틀었다.

"잘못 먹은 거 **하나도 없어요!** 그딴 식으로 말하지 마요!"

할아버지는 손을 새의 날개처럼 퍼덕였다.

"너처럼 한마디 말도 없이 며칠씩 집을 비우면서 제멋대로 돌아다니는 어미가 세상천지에 어디 있냐? 애 이름으로 장난치는 이런 정신 나간 짓거리는 어디서 나온 생각이냐? 저 애한테는 이름이 있어! 젠장, 너, 취직해야 하는 거 아니냐? 너한테 날아온 청구서들을 대신 내는 것도 신물이 난다. 학교로 돌아가도록 해."

어머니가 어찌나 필사적으로 자기 손가락을 비틀어대는지, 지미는 엄마가 저러다가 손에서 손가락을 뜯어낼 거라고 생각했다.

"저한테 잘못된 건 **하나도, 하나도, 하나도 없어요!** 뭔가 잘못된 사람은 **아버지예요!**"

그녀는 자그마한 집을 뛰쳐나갔고, 어머니를 다시 보지 못 할까 봐 겁이 덜컥 난 지미는 어머니의 뒤를 쫓아갔다. 그녀는 싸구려 물건들을 파는 잡화점에서 사 온 조그만 유화 세트로 빨간 새를 그리면서 저녁을 보냈다.

지미는 엄마가 행복해하기를 원했다. 그래서 말했다. "그림이 예뻐요, 엄마."

"색깔이 적절치가 않아. 나는 색깔을 적절하게 칠하는 재주가 눈곱만치도 없어. 슬픈 일 아니니?"

지미는 엄마가 훌쩍 떠날까 두려워 그날 밤 잠을 이루지 못했다.

이튿날, 그녀는 아무 일도 없었던 것처럼 굴었다. 그녀는 지미를 학교에 데려다줬다. 아들을 1학년 교실 앞으로 데려간 그녀는 선언했다.

"지미한테 새 이름이 생겼다는 걸 모두에게 알리고 싶구나. 모두 얘를 엘비스라고 불렀으면 해. 정말로 특별한 이름 아니니? 여러분, 여러분에게 엘비스 콜을 소개합니다."

자상한 파인 선생님이 기이한 표정을 지으며 지미의 어머니를 응시했다. 아이들 몇이 깔깔 웃었다. 바보천치인 칼라 위들은 정확히 자기가 들은 대로 말했다. "안녕, 엘비스." 아이들 모두가 깔깔 웃었다. 지미는 울음을 참으려고 혓바닥을 깨물었다.

선생님이 말했다. "콜 부인, 저랑 얘기 좀 하실까요?"

그날 점심시간 내내, 머리가 감자처럼 생기고 형이 넷이나 있는 2학년생 마크 투미스가 그를 놀려댔다.

"너는 네가 누구라고 생각하나? 로큰롤 폭주족? 나는 너를 퀴어('이상한 사람'이라는 뜻과 '게이'라는 뜻이 있다)라고 생각하는데?"

마크 투미스는 그를 밀어서 넘어뜨렸고, 모두들 폭소를 터뜨렸다.

그보다 석 달 전, 그의 어머니는 한여름에 자취를 감췄다. 그녀가 훌쩍 떠났던 다른 때와 마찬가지로, 잠에서 깨어난 지미는 엄마가 없어졌다는 걸 알게 됐다. 다른 때도 매번 그랬던 것처럼, 엄마는 쪽지 한 장 남기지 않았고 아들에게 떠난다는 얘기도 하지 않았다. 그녀는 그냥 가버렸다. 그들은 당시 큰 주택의 뒤쪽에 있는, 차고를 개조한 아파트에서 살고 있었다. 하지만 겁에 질린 지미는 주택에 사는 어른들에게 가서 엄마가 어디 있는지 아느냐고 물어볼 엄두도 내지 못했다. 그는 어른들이 엄마한테 임대료를 내라고 소리를 지르는 걸 들은 적이 있었다. 지미는 엄마가 정말로 떠난 게 아니기를 바라면서 온종일 기다렸다. 하지만 어둠이 내릴 무렵, 그는 결국 울먹이면서 큰 주택으로 달려갔다.

그날 밤, 그의 외할아버지와 전화로 속삭이며 오랜 시간을 보낸 린 이모가 그에게 복숭아 파이를 먹이고 텔레비전을 보게 해주고는 그를 카우치에 편하게 눕혔다. 다운타운에 있는 백화점에서 일하는 이모는 찰스라는 남자와 데이트하고 있었다.

린 이모가 말했다. "엄마는 너를 사랑해, 지미. 엄마는 그냥 문제가 조금 있어서 그러는 거야."

"저는 착해지려고 애썼어요."

"너는 착한 아이야, 지미! 이건 너 때문에 생긴 일이 아냐."

"그럼 엄마는 왜 떠난 거예요?"

린 이모는 조카를 껴안았다. 그녀의 숨결 덕에 그는 마음이 놓였다.

"모르겠구나. 엄마는 그냥 그러는 거란다. 이모가 무슨 생각하는지 알지?"

"어어……"

"엄마는 네 아빠를 찾으려고 애쓰고 있는 것 같아. 굉장한 일 아니니? 엄마가 네 아빠를 찾아낸다면?"

지미는 그 이후로 기분이 좋아졌다. 심지어 흥분하기까지 했다. 지미는 아버지를 본 적이 없었다. 아버지의 사진조차 본 적이 없었다. 아무도 아버지 얘기를 하지 않았다. 심지어 엄마조차 그랬다. 아버지 이름을 아는 사람도 없었다. 언젠가 지미는 외할아버지에게 자기 아빠를 아느냐고 물었지만, 외할아버지는 손자를 물끄러미 쳐다보기만 했다.

"네 멍청한 어미조차 그놈을 모를 거다."

그때 지미의 엄마는 닷새간 자취를 감춘 상태였다. 그리고 늘 그렇듯 그녀는 아무런 해명도 없이 돌아왔다.

그러고 몇 달이 지난, 12일간 자리를 비웠다가 지미의 새 이름을 공표한 이후인 그날 저녁에, 지미와 엄마는 주방에 있는 코딱지만 한 테이블에서 햄버거를 먹는 중이었다.

그가 물었다. "엄마?"

"왜, 엘비스?"

"엄마는 내 이름을 왜 바꾼 거예요?"

"내가 너한테 특별한 이름을 준 건 네가 그토록 특별한 아이이기 때문이야. 그 이름이 정말로 마음에 들어서 내 이름도 그렇게 바꿀지 몰라. 그러고 나면 우리는 둘 다 엘비스가 되는 거야."

지미는 지난 12일의 대부분을 린 이모가 그해 여름에 그에게 해준 말을 생각하면서 보냈었다. 그는 그게 사실이기를 바랐다. 엄마가 아빠를 찾아내서 집에 데려와 그들이 남들 모두처럼 가정을 꾸릴 수 있기를 바랐다. 그러면 엄마는 더는 떠나지 않을 터였다. 그는 엄마에게 물어볼 용기를 냈다.

"아빠를 찾으려고 애쓰고 있던 거예요? 엄마가 갔던 데가 거기예요?"

입에 햄버거를 절반쯤 넣고 있던 엄마가 움직임을 멈췄다. 그녀는 영겁 같은 시간 동안 냉혹한 눈빛으로 아들을 노려보다 햄버거를 내려놨다.

"물론 그러지 않았어, 엘비스. 내가 그런 짓을 한다는 생각은 도대체 왜 하게 된 거니?"

"우리 아빠는 누구예요?"

그녀는 몸을 젖혔다. 얼굴에 장난기가 가득했다.

"내가 그걸 말해줄 수 없다는 걸 너도 잘 알잖니. 너희 아빠 이름은 비밀이야. 나는 너희 아빠 이름은 누구한테도 말할 수 없고, 절대로 말 안 할 거야."

"아빠 이름이 엘비스였어요?"

그의 엄마는 다시 깔깔거렸다.

"아니지, 이 바보야."

"지미였어요?"

"아냐. 필립도 아니었어. 네가 나한테 다른 이름을 댈 때마다 나는 너한테 '아냐, 아냐, 아냐'라고 대답할 거야. 하지만 특별한 얘기를 하나 해줄게."

지미가 느끼는 두려움이 커졌다. 그녀는 아들에게 아버지에 대한 얘기는 절대로 한 적이 없었다. 갑자기 그는 자신이 아버지에 대해 알고 싶은 건지 확신이 서지 않았다. 하지만 그녀는 웃고 있었다. 어느 정도는 그랬다.

"정말?"

그녀가 양손으로 테이블을 내리쳤다. 그녀의 얼굴은 전구처럼 밝았다. 앞으로 몸을 기울인 그녀의 얼굴은 장난기가 가득했고 환하게 빛났다.

"정말로 알고 싶니?"

"예!"

그의 엄마는 도저히 감당이 안 되는 에너지로 가득한 것처럼 생기가 넘쳐 보였다. 그녀는 양손으로 테이블 모서리를 주물렀다.

"이건 내가 너한테 주는 선물이야. 내가 주는 특별한 선물, 나 말고는 누구도 너한테 줄 수 없는 선물."

"말해줘요, 엄마. 제발요."

"이걸 아는 사람은 나밖에 없어. 너한테 이 특별한 걸 줄 수 있는 사람은 나밖에 없어. 이해하니?"

"이해해요!"

"말해주면 착하게 굴 거니? 세상에서 제일 착하게 굴 거야? 그리고 그걸 우리 둘만의 비밀로 간직할 거니?"

"착한 애가 될게요!"

그의 엄마는 한숨을 깊이 쉬었다. 그런 후 정말로 애정 어린 손길로 아들의 얼굴을 만졌다. 그래서 그는 이후로 오랫동안 그 손길을 기억할 터였다.

"그럼 좋아. 말해줄게. 세상에서 제일가는 아이에게 주는 세상에서 제일가는 비밀이야. 영원토록 우리 둘만 아는."

"아무한테도 말 안 할게요. 말해줘요, 엄마, 제발요!"

"네 아빠는 인간 포탄(human cannonball)이야."

지미는 엄마를 멀뚱멀뚱 쳐다봤다.

"인간 포탄이 뭐예요?"

"굉장히 용감한 사람이라서, 스스로 대포에 들어가 발사돼서 공중을 날아갈 수 있는 사람이야. 생각해보렴, 엘비스. 공중을 날아가는, 혼자 힘으로 남들 모두의 머리 위를 날아가는 사람을. 다른 사람들 모두가 그와 함께 저 높은 곳에 있었으면 좋겠다고 바라는 사람을. 그게 네 아빠야, 엘비스. 그리고 아빠는 우리 둘을 무척이나 사랑한단다."

지미는 무슨 말을 해야 할지 몰랐다. 그의 엄마의 눈동자는 그에게 이런 말을 하려고 평생을 기다렸던 사람처럼 빛을 발하며 춤을 췄다.

"아빠가 왜 비밀이 돼야 해요? 왜 사람들한테 아빠 얘기를 하면 안 되는 거예요?"

그녀의 눈에 차츰 슬픈 빛이 감돌았다. 그녀는 부드럽고 애정 어린 손길로 아들의 얼굴을 다시 만졌다.

"네 아빠가 우리 비밀인 건 굉장히 특별한 사람이기 때문이야, 엘비스. 그건 아빠가 받은 축복인 동시에 저주야. 사람들은 네가 평범한 사람이기를 원해. 사람들은 어떤 사람이 자신들하고 다르게 구는 걸 좋아하지 않아. 사람들은 자신이 흙구덩이에 서 있는 동안 어떤 남자가 자기들 머리 위로 솟구쳐 날아가는 걸 좋아하지 않아. 네가 특별하면 사람들은 너를 싫어해. 특별한 사람인 너를 보면 자기가 되지 못하는 특별한 존재를 모두 떠올리게 되니까. 엘비스, 그러니까 우리, 네 아빠를 우리만의 작은 비밀로 간직해서 그런 골치 아픈 상황을 면하자꾸나. 너는 그냥 아빠가 너를 사랑하고, 나도 너를 사랑한다는 걸 기억하기만 하면 돼. 항상 그걸 기억하렴. 내가 어디를 가건, 얼마나 오래 떠나 있건, 얼마나 힘든 시간이 찾아오건 상관없이 말이야. 그걸 기억할 거지?"

"예, 엄마."

"그럼 좋았어. 자, 우리 자러 가자."

그날 밤 늦은 시간에 그는 엄마가 우는 소리를 듣고 깨어났다. 엄마의 방문으로 슬금슬금 간 그는 엄마가 이불 아래에서 그가 이해하지 못하는 목소리로 말하며 몸부림치는 걸 봤다.

엘비스 콜은 중얼거렸다. "나도 엄마를 사랑해요, 엄마."

나흘 후, 그녀는 다시 사라졌다.

린 이모는 엘비스를 외할아버지에게 데려갔다. 외할아버지는 조용한 곳에서 신문을 읽으려고 신문을 들고 밖으로 나갔다. 그날 밤, 노인은 그들이 먹을 마요네즈와 달콤한 피클이 듬뿍 든 고기 샌드위치를 만들고는 앞에 놓인 종이 타월에 그것들을 올려놓았다. 노인은 오후 내내 손자와 거리를 뒀다. 그래서 엘비스는 무슨 말을 하기가 겁났지만, 누군가에게 아빠 얘기를 하고 싶은 생각이 간절한 탓에 그대로 있으면 숨이 막혀 죽을 것만 같았다.

엘비스가 말했다. "엄마한테 아빠에 대해 물어봤어요."

노인은 자기 샌드위치를 씹었다. 하얀 마요네즈가 그의 턱에 약간 묻었다.

"아빠는 인간 포탄이에요."

"네 어미가 그렇게 말하더냐?"

"아빠는 대포에서 발사돼서 공중을 날아간대요. 아빠는 저를 무척이나 사랑해요. 엄마도 사랑하고요. 아빠는 우리 둘 다를 사랑해요."

노인은 샌드위치 먹는 동안 엘비스에게서 시선을 떼지 않았다. 엘비스는 외할아버지가 슬퍼 보인다고 생각했다. 샌드위치를 다 먹은 노인은 종이 타월을 공처럼 뭉쳐서 멀리 던졌다.

"그건 다 네 어미가 지어낸 이야기다. 네 어미가 정신이 완전히 나간 게로구나."

이튿날, 외할아버지가 사회복지부의 아동복지과에 전화를 걸었다. 그날 오후, 관리들이 엘비스를 데리러 왔다.

13

실종 이후 경과 시간: 31시간 22분

테이프를 집으로 가져온 나는 무슨 생각을 하거나 느낄 시간을 가지려 머뭇거리는 일 없이 테이프를 재생했다. SID는 이 테이프를 디지털화한 다음, 컴퓨터로 배경 소음들을 식별해내는 작업을 통해 발신자의 위치를 파악하려 시도할 것이다. 그들은 나중에 확보할 용의자들의 목소리와 비교하기 위해 발신자의 음성 특징을 파악할 것이다. 나는 내가 목소리의 주인을 알지도 못하고 알아내지도 못할 거라는 걸 이미 알고 있었다. 그래도 나는 그 남자에 대한 감을 잡으려고 테이프에 귀를 기울였다.

"놈들이 스물여섯 명을 학살했어. 무고한 사람들을 말이야! 그게 어떻게 시작 됐는지는 나도 잘 모르지만……"

그의 말투에 두드러진 억양은 없었다. 그가 남부나 뉴잉글랜드(미국 북 동부에 있는 여섯 개 주를 가리키는 통칭) 출신은 아닐 거라는 뜻이었다. 로 드리게스는 텍사스주 브라운스빌 출신이었고, 크롬 존슨은 앨라배마 출 신이었다. 두 사람 다 남부 억양을 강하게 구사했었다. 그렇기 때문에 그 들의 어렸을 적 친구나 가족도 남부 억양을 구사할 것이다. 로이 애보트는 뉴욕 북부 출신이었고, 테드 필즈는 미시간 출신이었다. 두 사람의 말투에 내가 기억할 수 있는 억양은 없었다. 애보트가 양키(뉴잉글랜드 지방 사람

들) 농부 특유의 조심스러운 발음으로 "와아(golly)" 같은 그 지역 특유의
표현들을 구사하고는 했지만.

"놈들은 덤불에 있었어. 놈들끼리만 있었다고……"

녹음된 남자의 목소리는 나보다 젊게 들렸다. 베트남전이 벌어질 무렵
에 철부지는 아니었겠지만, 그래도 베트남전에 참전하기에는 지나치게 젊
게 들렸다. 크롬 존슨과 루이스 로드리게스에게는 남동생이 있었는데, 나
는 이쪽 세상으로 복귀한 후에 그들과 얘기를 나눴다. 나는 그들이 이
사건에 연루됐을 거라고는 믿지 않았다. 애보트는 여동생이 있었고, 필즈
는 외동이었다.

"놈들은 비밀로 묻어두자고 서로서로 맹세했어. 그렇지만 콜은 놈들을 믿지
    않았어……"

놈이 뱉는 말은 남들은 모르는 걸 자신만 알고 있다는 듯 재미있어하는
기색이 역력했고, 상당히 과장돼 있었다. 놈은 짧은 시간 안에 극적인 효
과를 증폭시키기 위해 구사할 단어들을 세심하게 선택한 듯했다.

"애보트, 로드리게스, 다른 사람들. 놈은 증인들을 없애려고 그들을 살해했
    어! 놈은 자기 팀원들한테 총을 갈겼어!"

놈이 묘사한 사건들은 극장 개봉을 못 하고 비디오로 곧바로 출시된 싸
구려 영화의 분위기를 풍겼다. 어설픈 연기를 하는 듯한 분위기를.

"나는 거기 있었어, 아줌마, 그래서 안다고!"

그렇지만 놈은 거기에 없었다. 그날 그 정글에는 오직 우리 다섯 명만
이 있었고, 나 말고 다른 네 명은 모두 사망했다. 크롬 존슨의 시신은 결코
회수하지 못했지만, 쪼개진 그의 머리를 나는 내 두 손으로 들었었다.

나는 다시 녹음을 재생했다.

"나는 무슨 일이 벌어졌는지 잘 알지만, 당신은 모르잖아. 그러니까 **귀담아 들어!**"

그는 화난 듯 들렸지만, 그의 목소리는 그가 표현하는 분노를 다 담아내지 못했다. 그가 내뱉는 단어들은 송전선이 그것을 관통하는 에너지 때문에 노래를 부르는 방식처럼 격분해서 윙윙거리는 소리여야 마땅하지만, 그는 그런 감정을 진정으로 느끼지는 못하면서 기계적으로 그런 말들을 내뱉는 것처럼 들렸다.

커피를 한 잔 새로 내렸다. 그런 후 테이프를 다시 들었다. 그의 말투에 담긴 허구적인 분위기를 감지하면서, 나는 그가 나나 다른 사람들을 알지 못한다고 확신했다. 그는 가짜였다. 나는 그가 누구인지 알아내려고 애썼지만 성공하지는 못한 채 온 저녁을 보냈는데, 해답은 그가 아는 내용을 어떻게 알게 됐는지를 가늠하는 데 있는 듯했다. 그가 나랑 같이 복무한 적이 없다면 로드리게스와 애보트에 대해서는 어떻게 알게 된 걸까? 우리 팀 순찰부호는, 그리고 내가 유일한 생존자라는 건 어떻게 알게 된 걸까?

집 안이 잠결에 몸을 뒤척거리는 야수처럼 삐걱거렸다. 내 방으로 올라가는 계단은 점점 두려움의 대상이 됐다. 벤의 방으로 가는 복도는 짙은 어둠으로 이어졌다. 목소리가 녹음된 남자는 나와 우리 집을 지켜봤었다. 그래서 놈은 우리가 언제 집에 있고 언제 없는지를 잘 알았다. 위층으로 간 나는 시가 박스를 내려놓고 마룻바닥에 앉았다.

육군에서 제대하는 그/그녀에게는 214 양식이라는 게 발부된다. 214는 그 군인의 복무 날짜, 복무한 부대, 그가 받은 훈련, 그에게 수여된 표창장의 명단을 보여준다. 한마디로, 214는 그 사람의 복무 이력의 한 줄 축약본이다. 상세한 내용은 거의 없다. 그런데 그 군인이 훈장이나 상장을 받았을 경우 그/그녀는 훈장과 더불어 명령서도 받는데, 그 명령서에는 육군이 그 훈장을 수여하는 것을 적절한 일로 보는 이유가 기술돼 있다. 로드와 테드, 그리고 다른 사람들은 사망했다. 그리고 나는 빨간색과 흰색, 파란색 리본이 달린 오각형 모양의 별을 받았다. 나는 오성훈장은 한 번도 달아보지 않았지만, 명령서는 챙겼었다. 명령서를 다시 읽어봤다. 그날 일어난 사건에 대한 기술은 조금밖에 없었고, 전우들의 이름은 로이 애보트 딱 한 명만 포함돼 있었다. 그 외의 다른 사람들 이름은 거론되지 않았다. 벤을 데려간 놈이 내 집에서 일부 정보를 입수했을 수는 있었겠지만, 그 정보를 몽땅 확보하지는 못했을 것이다.

내가 서류를 접어 옆으로 치웠을 때는 5시 10분이었다. 벤은 36시간 넘게 실종 상태였다. 나는 거의 50시간 넘게 잠을 자지 못했다. 이를 닦고 샤워를 하고 새 옷으로 갈아입었다. 나는 정확히 6시 정각에 세인트루이스에 있는 육군 인사부에 전화를 걸었다. 세인트루이스 시간으로는 오전 8시로, 육군이 업무를 시작하는 시간이었다.

기록관리과에 있는 분에게 전화를 연결해달라고 요청했다. 나이 든 목소리와 통화가 연결됐다.

"기록관리과 스티빅입니다."

나는 재향군인이라고 소개를 한 다음, 전역 일자와 사회보장번호를 밝혔다.

내가 말했다. "제 201 파일을 요청한 사람이 있었는지 여부를 알고 싶습니다. 인사부에서 그 기록을 가지고 계신가요?"

214가 어떤 군인의 군 경력의 뼈대를 담은 서류라면, 201 파일은 그 군인의 군 경력의 이력을 상세히 담고 있는 서류다. 내 201은 다른 이름들도 보여줄 것이다. 목소리가 녹음된 자가 그 사본을 입수했을 수도 있었다. 놈이 로드리게스와 존슨에 대해 알게 된 것도 그 서류를 통해서였을 것이다.

"서류가 발송됐다면 기록이 남았을 겁니다."

"제가 그걸 어떻게 알아볼 수 있습니까?"

"자연스레 알게 됩니다. 댁의 214는 아무나 입수할 수 있지만, 댁의 201은 개인정보입니다. 법원 명령이 떨어진 게 아닐 경우, 우리는 서면 허가서 없이는 201을 발급하지 않습니다."

내가 물었다. "누군가가 저를 사칭할 때는 어떻게 됩니까?"

"지금 현재 누군가 다른 사람이 댁인 척 사칭할 수 있다는 식의 상황을 묻는 겁니까?"

"예. 그런 상황을 말씀드리는 겁니다."

이제 스티빅은 열 받은 듯한 목소리였다.

"이게 뭐하자는 짓이죠? 장난치는 겁니까?"

"집에 강도가 들었습니다. 누군가가 제 214를 훔쳤는데, 그자가 제 201을 비도덕적인 용도로 입수했을지도 모르겠다는 생각이 듭니다."

'비도덕적'이라는 단어를 쓰지 말았어야 옳았던 것 같다. 그건 저질 TV 프로그램에 나오는 대사처럼 들렸다.

스티빅이 말했다. "좋습니다. 자, 봐요, 201은 그런 식으로 발급되지 않습니다. 댁이 자신의 201 사본을 원할 경우, 댁은 서면으로 신청서를 제출하면서 댁의 엄지손가락 지문도 함께 제출해야 합니다. 누군가 다른 사람이 댁의 201을 원할 경우, 예를 들어 구직이나 그와 비슷한 일들을 위해서 말입니다, 댁은 여전히 그 서류의 발부를 승인한다는 허가서를 제출해야 합니다. 내가 이미 얘기했듯, 누군가가 댁이 알지 못하게 201을 얻을 수 있는 길은 법원 명령밖에는 없습니다. 그러니 그자가 댁의 엄지를 훔쳐간 게 아니라면, 그 문제로 전전긍긍하지 않아도 됩니다."

"그래도 그걸 요청한 사람이 있는지를 알고 싶습니다. 그런데 제 지금 상황이 그 대답을 들으려고 8주를 기다릴 형편이 안 됩니다."

"우리 부서에 근무하는 인력은 서른두 명인데 우리는 날마다 우편물을 2,000통씩 발송합니다. 댁의 이름을 기억하는 사람이 있는지 확인하려고 내가 고함을 쳐줬으면 하는 거요?"

내가 물었다. "해병이셨나요?"

"퇴역 상사요. 누가 무얼 요청했는지 알고 싶다면, 댁의 팩스 번호를 알려주시오. 그러면 내가 무슨 일을 해줄 수 있는지 알아보겠소. 그렇지 않다면, 통화 즐거웠소이다."

나는 순전히 그를 계속 전화기에 묶어두기 위해 내 팩스 번호를 알려줬다.

"궁금한 게 하나 더 있습니다, 상사님."

"질문, 발사하쇼."

"제 201 말입니다만, 그걸 거기 있는 상사님 컴퓨터에 띄울 수 있습니까?"

"포기하쇼. 나는 어떤 사람의 201에 적혀 있는 내용은 하나도 말해주지 않을 거요."

"제가 원하는 건 거기에 특정 작전에 대한 설명이 들어 있는지를 알아보려는 것뿐입니다. 상사님께서 제게 정보를 주시기를 원하는 게 아닙니다. 그냥 거기에 이름 두 개가 들어 있는지 아닌지만 알았으면 합니다. 그이름들이 들어 있다면 저는 그 서류를 요청할 거고, 상사님께서는 원하시는 제 엄지 지문을 다 받으실 겁니다. 그렇지 않다면, 저는 지금 상사님과 저의 시간을 낭비하고 있는 거겠죠."

그는 머뭇거렸다.

"지금 이거, 실전 상황이오?"

"그렇습니다, 상사님."

그는 그 문제를 고민하며 다시 머뭇거렸다.

"그 이름들이 뭐요?"

그가 내가 말하는 대로 키보드를 두드리는 소리가 들렸다. 그런 후 그의 입에서 부드러운 휘파람 소리가 나왔다.

"보고서에 크롬웰 존슨과 루이스 로드리게스라는 이름이 있습니까?"

그의 쉰 목소리가 돌아왔다.

"맞소. 있어요. 아하, 이 파일을 요청한 사람이 있는지를 여전히 알고 싶소?"

"그렇습니다, 상사님."

"전화번호를 알려주시오. 내가 직접 알아보도록 하겠소. 이틀쯤 걸릴 거요. 오늘은 이쯤에서 끝내도록 합시다."

"감사합니다, 상사님, 정말로 감사드립니다."

내가 그에게 내 전화번호를 알려주고는 수화기를 내려놓기 시작할 때, 그가 내 움직임을 중단시켰다.

"미스터 콜, 아아, 잘 들어요…… 댁이 해병이 됐다면 좋은 해병이 됐을 거요. 나는 댁과 함께 복무하는 걸 자랑스러워했을 거요."

"군이 사람들 듣기 좋게 실제 사건을 과장되게 꾸민 겁니다."

그의 목소리가 부드러워졌다.

"아니, 아니오. 군에서는 그런 일을 하지 않소. 나는 해병대에서 32년을 보냈소. 그리고 지금은 이렇게 전화 업무를 하고 있소. 걸프전에서 한쪽 발을 잃는 바람에 말이오. 사람들이 그 말을 듣고 어떤 기분을 느끼는지 잘 알고 있소. 뭐가 뭔지 잘 분간하고 있소. 그래서 나는 댁을 위해 이 일을 직접 처리할 거요, 미스터 콜. 그게 내가 댁을 위해 해줄 수 있는 최소한의 일이오."

그는 내가 다시 감사 인사를 하기도 전에 전화를 끊었다. 이들 해병대의 노병들은 경이로운 사람들이다.

시간은 6시 30분을 향하고 있었다. 뉴욕주 미들타운은 9시 30분이 다 됐을 것이다. 목소리가 녹음된 남자가 내 201의 사본을 어떤 식으로건 입수하지 못했을 경우, 그가 작업에 동원할 수 있었던 유일한 이름은 로이 애보트뿐이었다. 낙농업을 하는 가족에게 지금은 하루 일과가 절반 남짓 지났을 시간이었다. 나는 애보트 가족에게 로이의 전사(戰死)를 전하는 편지를 보냈고, 그들과 얘기를 한 번 나눴었다. 미스터 애보트의 이름은 기억하지 못했지만, 뉴욕주 전화번호 안내원은 미들타운에 애보트라는 이름을 가진 사람은 일곱 명밖에 없다고 안내하면서 흔쾌히 그 이름들을 일일이 불러줬다. 나는 로이의 아버님 이름을 들었을 때 기억을 떠올렸다. 그녀가 안내하는 전화번호를 듣고는 전화를 끊었다. 무슨 말을 할지, 어떻게 말할지를 고민해봤다. 안녕하세요, 엘비스 콜입니다. 가족 중에 저를 죽이고 싶어 하는 분이 계신가요? 알맞은 내용으로 보이는 건 하나도 없었고, 모든 게 어색해 보였다. 로이가 관에 실려 귀가한 날을 기억하십니까? 커피를 새로 한 잔 내렸다. 그러고는 나 자신을 전화기 앞으로 억지로 데려갔다. 나는 전화를 걸었다.

나이 든 여성이 전화를 받았다.

"애보트 부인이십니까?"

"그런데요. 누구세요?"

"엘비스 콜이라고 합니다. 로이하고 같이 복무했습니다. 오래전에 부인과 통화했었습니다. 기억하십니까?"

손이 떨렸다. 커피 때문일 것이다.

그녀는 뒤에 있는 누군가와 얘기를 했고, 미스터 애보트가 수화기를 넘겨받았다.

"데일 애보트입니다. 실례지만 누구시죠?"

그 목소리는 로이가 아버지에 대해 설명했던 내용과 똑같이 들렸다. 뉴욕주 북부에 거주하는 농부의 콧소리가 섞인, 진심이 묻어나는 소박한 목소리.

"엘비스 콜입니다. 로이하고 베트남에 같이 있었습니다. 로이에게 무슨 일이 있었는지에 대한 편지를 오래전에 아버님께 드린 적이 있습니다. 그러고는 통화를 했었습니다."

"오오, 그래, 기억하네. 어머니, 그 레인저예요. 로이하고 알고 지낸 그 레인저요. 그래, 어떻게 지내나, 젊은이? 자네가 보낸 그 편지를 여전히 간직하고 있네. 우리에게 큰 의미가 있는 편지니까."

내가 물었다. "아버님, 최근에 누군가가 로이에 대해, 또 무슨 일이 있었는지를 묻는 전화를 한 적이 있습니까?"

"아니, 없었네. 어머님께 물어볼게. 로이에 대해 묻는 전화를 건 사람이 있었나요?"

그는 수화기를 가리지 않았다. 그는 내게 말하는 것처럼 어머니께도 명쾌하게 말하고 있었다. 두 개의 대화가 하나로 섞이는 듯한 상황이었다. 그녀의 목소리가 뒤에서 약하게 들렸다.

그가 말했다. "아니래. 아니라고 하셔. 아무도 전화하지 않았다는군. 우리한테 그런 전화가 왔어야 하는 건가?"

그 집에 전화를 걸 때, 나는 무슨 말을 해야 할지 몰랐었다. 내가 전화를 건 이유나 벤에 대한 얘기를 그들에게 하고 싶지는 않았다. 하지만 나는 부지불식간에 로이의 아버님께 그 모든 걸 얘기하고 있었다. 로이와 맺은 인연 때문이었을 것이다. 로이 아버님의 목소리에 실린 솔직함과 명료함 때문이었을 것이다. 고해성사하는 것처럼 내 입에서 말이 쏟아져 나왔다. 전화를 걸어온 남자에게 벤 셰니에라는 어린애를 납치당했다는 얘기가, 벤을 찾아낼 수 없을까 봐, 또는 벤을 구해내지 못할까 봐 겁이 난다는 얘기가 쏟아져 나왔다.

데일 애보트는 차분히 나를 격려했다. 우리는 벤과 로이와 많은 일에 대한 얘기를 하면서 한 시간의 절반 이상을 보냈다. 로이의 여동생 네 명은 결혼해서 가정을 꾸렸는데, 셋은 농부와, 하나는 존 디어 트랙터를 파는 남자와 결혼했다. 넷 중 셋에게는 로이의 이름을 딴 아들들이 있고, 한 명에게는 내 이름을 딴 아들이 있다. 나는 그 사실을 전혀 몰랐었다. 감도 잡지 못했었다.

어느 순간, 아버님이 로이의 어머님을 바꿔줬다. 어머님이 나와 통화하는 동안, 내가 쓴 편지를 찾아낸 아버님이 수화기를 넘겨받았다.

아버님이 말했다. "자네가 보낸 편지 가져왔네. 있잖나, 이 편지를 딸아이들 모두에게 복사해줬다네. 아이들이 사본을 갖고 싶어 했거든."

"아버님, 그렇다는 건 몰랐습니다."

"자네가 쓴 내용을 조금 읽어줄까 하네. 자네가 기억할지는 모르겠지만, 내게는 의미가 큰 편지였거든. 자, 이게 자네가 쓴 글이네. '저에게는 가족이 없습니다. 그래서 저는 로이가 하는 가족 얘기를 듣는 걸 좋아했습니다. 그에게 이런 가정에서 태어난 것은 운 좋은 일이라고 말했고, 그도 같은 생각이라고 했습니다. 가족들께서 그가 끝까지 싸웠다는 걸 알아주셨으면 합니다. 그는 처음부터 끝까지 레인저였고, 절대로 포기하지 않았습니다. 제가 그를 여러분이 계신 고향으로 데려오지 못해 죄송합니다. 여러분을 실망하게 해드려 정말로 죄송합니다.'"

아버님의 목소리가 잠겼다. 아버님은 읽는 걸 중단했다.

"자네는 우리를 실망시키지 않았네, 젊은이. 자네는 로이를 집에 데려왔어. 자네는 우리 아들을 집에 데려왔어."

눈이 화끈거렸다.

"저는 노력했습니다, 아버님. 정말로 온 힘을 다해 노력했었습니다."

"그랬었지! 자네는 우리 아들을 우리에게 데려왔어. 그리고 자네는 우리를 실망시키지 않았어. 이제 가서 다른 어린아이를 찾아내도록 하게. 그 아이도 집으로 데려오게. 여기 있는 누구도 자네를 탓하지 않아, 젊은이. 이해하나? 어느 누구도 자네를 탓하지 않아. 단 한 번도 탓한 적이 없어."

나는 무슨 말을 하려고 애썼지만, 그럴 수가 없었다.

아버님이 목을 가다듬었다. 아버님이 힘 있는 목소리로 말했다.

"하고 싶은 얘기가 하나 더 있네. 자네가 편지에서 쓴 내용, 자네한테는 가족이 없다는 부분 말이야. 편지에서 딱 그 부분만이 진실이 아닌 부분이었네. 자네는 우리 어머니가 편지를 뜯은 그날부터 우리 가족의 일부였네. 우리는 자네를 탓하지 않아. 젊은이, 우리는 자네를 사랑해. 가족은 그런 일을 하는, 무슨 일이 있어도 자네를 사랑하는 사람들이잖아? 그렇지 않나? 저 위 하늘나라에서 로이도 자네를 사랑할 거네."

나는 아버님께 가봐야만 한다고 말했다. 수화기를 내려놓고는 커피를 들고 베란다로 나갔다. 동쪽 하늘이 밝아지는 동안 협곡의 불빛들이 서서히 사라졌다.

고양이가 베란다 끄트머리에 쭈그리고 앉아 있었다. 어두컴컴한 아래쪽에 있는 무언가를 응시하는 동안 놈은 긴장된 모습으로 네 다리를 몸뚱어리 아래에 집어넣고 있었다. 나는 내 다리들을 베란다 밖으로 달랑거리면서 놈의 옆에 앉았다. 나는 놈의 등을 쓰다듬었다.

"뭘 보는 거냐, 친구?"

놈의 큼지막한 검정 눈동자들은 어딘가에 열중해 있었다. 이른 아침의 냉기 속에서 놈의 털은 서늘했지만, 놈의 심장은 그 아래에서 따스하고 강하게 고동쳤다.

나는 전쟁터에서 돌아온 후 그리 오래 지나지 않아 이 집을 매입했다. 조건부 주택 매매증서에 걸린 조건들을 다 충족시킨 후 맞은 첫 주에, 나는 바닥을 뜯어내고 벽에 보수용 회반죽을 바르는 것으로 다른 누군가의 집을 내 집으로 만드는 과정을 시작했다. 나는 두 다리를 공중에 올리고 달랑거리며 앉을 수 있도록 베란다 주위에 난간을 재건하기로 했다. 어느 날 베란다에서 땀을 뻘뻘 흘리며 그 작업을 할 때, 그 고양이가 베란다 모퉁이로 껑충 뛰어 올라왔다. 놈은 나를 보는 게 달갑지 않은 눈치였다. 두 귀를 내리고 고개를 곧추세운 놈은 나를 어제 만났던 기분 나쁜 놀라움의 대상인 양 응시하고 있었다. 끈적끈적한 액체가 묻어나는 시뻘건 상처가 난 놈의 옆얼굴은 부어 있었다. 내가 이렇게 말한 기억이 난다. "이봐, 친구, 무슨 일이 있었던 거니?" 놈은 털을 곧추세우고 으르렁거렸지만, 겁을 먹은 눈치는 아니었다. 놈이 짜증을 내는 건 그의 집에서 낯선 사람을 보게 되는 게 달갑지 않아서였다. 나는 물을 한 컵 가져다주고는 하던 일로 돌아갔다. 놈은 처음에는 컵을 무시했지만, 잠시 후 물을 마셨다. 물을 마시는 모습이 힘들어 보였다. 그러니 먹이를 먹는 건 더 힘들 터였다. 놈은 꾀죄죄하고 비쩍 말라 있었다. 며칠간 먹이를 먹지 못한 것 같았다. 점심으로 먹으려고 아껴뒀던 참치 샌드위치를 해체한 다음, 참치와 마요네즈와 물을 섞어 페이스트를 만들었다. 내가 참치 페이스트를 컵 근처에 놓자 놈은 등을 아치 모양으로 구부렸다. 나는 벽에 등을 대고 앉았다. 우리 둘은 한 시간 가까이 서로를 주시했다. 잠시 후, 참치 쪽으로 조금씩 몸을 옮긴 놈은 나한테서 눈을 떼는 일 없이 참치를 핥았다. 놈의 옆머리에 난 구멍은 감염 때문에 노랬는데, 총상처럼 보였다. 나는 손을 내밀었다. 놈은 으르렁거렸다. 나는 움직이지 않았다. 어깨와 팔의 근육들이 화끈거렸지만, 내가 물러서면 우리 둘 사이에 쌓이던 유대감이 사라질 거라는 걸 나는 잘 알고 있었다. 놈이 쿵쿵거리더니 슬금슬금 가까이 왔다. 내 몸에서 나는 냄새가 참치 냄새와 섞였고, 내 손가락들에는 여전히 참치가 묻어 있었다. 놈이 부드럽게 으르렁거렸다. 나는 움직이지 않았다. 선택은 놈의 몫이었다. 놈이 고양이의 작은 키스를 하며 내 손가락을 맛봤다. 그러더니 몸을 틀어 내게 옆모습을 보여줬다. 고양이들 입장에서 그건 거대한 도약을 감행한 것이다. 나는 부드러운 털을 만졌다. 놈은 그걸 허용했다. 우리는 그 이후로 친구가 됐고, 놈은 베란다에서 처음 만난 그날 이후로 내 인생을 가장 꾸준히 찾아오는 생명체였다. 심지어 놈은 지금도 여전히 그런 존재였다. 이 고양이와 조 파이크.

놈의 등을 쓰다듬었다.

"벤을 잃어서 유감이야. 다시는 벤을 잃지 않을 거야."

고양이가 내 팔에 박치기를 했다. 그러더니 거울 같은 까만 눈으로 나를 응시했다. 놈이 나를 보며 기분 좋게 가르랑거렸다.

용서야말로 세상에서 가장 중요한 것이다.

일진 사나운 날

팀 5-2의 팀원 다섯 명은 헬리콥터의 튀어나온 철제 바닥에 앉았다. 붉은 흙이 모여서 이룬 구름을 바람이 갈기갈기 찢고 있었다. 콜은 신병인 애보트를 보고 활짝 웃으면서, 뉴욕주 미들타운 출신으로 땅딸막하면서도 튼실한 애보트의 러프(장거리 수색 정찰대) 모자가 바람에 날아가는 게 아닐까 눈을 떼지 않고 있었다.

콜은 애보트의 다리를 팔꿈치로 쿡 찔렀다.

"네 모자."

"예?"

그들은 터빈 엔진의 포효를 이겨내려고 서로를 향해 몸을 숙이고는 소리를 질러댔다. 그들은 여전히 레인저 기지의 이륙장에 있었다. 파일럿이 이륙 준비를 하는 동안 머리 위에서는 헬리콥터의 커다란 회전날개가 돌고 있었다.

콜은 오른쪽 궁둥이 밑에 되는대로 쑤셔 넣은, 그 자신의 빛바랜 헐렁한 레인저 모자를 건드렸다.

"네 모자, 그냥 놔두면 바람에 날아갈 거야."

애보트는 자신을 제외하고는 모자를 쓰고 있는 레인저가 아무도 없는 걸 보고는 자기 모자를 잽싸게 낚아챘다. 그들 중 최고 선임인 텍사스주 브라운스빌 출신의 스무 살 난 루이스 로드리게스 병장이 콜을 보고는 윙 크를 했다. 로드리게스는 이게 그의 두 번째 베트남 파병에서 맞는 첫 주 였다.

"신병, 쫄았냐?"

애보트의 얼굴이 굳어졌다.

"쫄지 않았습니다."

콜은 애보트가 토하기 직전인 것 같다고 생각했다. 애보트는 풋내기였 다. 그는 훈련용 임무에 세 번 투입돼 덤불에 갔다 왔지만, 그 임무들은 기 지 근처에서 수행된 것들로, 적들과 접촉할 가능성은 적다. 이번 임무가 애보트가 진짜로 실전에 투입되는 첫 장거리 정찰 임무였다.

콜은 애보트의 다리를 토닥이며 로드리게스를 향해 활짝 웃었다.

"전혀 그렇지 않습니다, 병장님. 이 친구는 레인저 부대의 클라크 켄트 (『슈퍼맨』의 주인공)입니다. '위험'을 아침으로 먹고 점심에는 그걸 더 많이 먹고 싶어 합니다. 이빨로 총알을 받아내고 재미 삼아 수류탄으로 저글링 을 합니다. 이 친구는 전장으로 날아가는 데 이 헬리콥터가 필요치 않습니 다. 이 친구는 그냥 우리 중대가 마음에 들어서……"

미시건주 이스트랜싱 출신으로 역시 열여덟 살인 테드 필즈가 콜의 허 풍을 부추겼다.

"후!"

레인저들의 의식이었다. 후-아(Hoo-Ah). 줄여서 후.

지금 그들 모두는 애보트를 보면서 활짝 웃고 있었다. 그들 눈의 흰자 위가 얼굴을 덮은 얼룩덜룩한 페인트에 대비되면서 더 밝게 보였다. 그들이, 그들 다섯 명—정글에서 상당한 시간을 경험해본 네 명과 신병—이, 팔과 손과 얼굴을 정글의 색깔에 어울리게 칠하고 M-16과 소지할 수 있는 최대한 많은 탄약과 수류탄과 클레이모어 지뢰를 가지고는 인도차이나국가의 심장부로 떠나는 일주일간의 정찰에서 살아남는 데 필요한 최소한의 기본 장비만 챙긴 위장용 전투복 차림인 젊은 남성 다섯 명이 여기 있었다.

콜과 다른 부대원들은 신병이 느끼는 두려움을 덜어주려 애쓰고 있었다.

휴이(베트남전에서 널리 사용된 UH-1 헬리콥터의 별칭)의 기장이 로드리게스의 머리를 툭툭 치고는 양손 엄지를 올렸다. 그런 후 헬리콥터는 앞으로 기우뚱 기울었고, 그들은 임무를 수행하러 출발했다.

콜은 애보트의 귀 가까이 몸을 숙이고는 목소리가 바람에 날려가는 일이 없도록 두 손으로 입을 감쌌다.

"괜찮을 거야. 계속 소리 내지 말고 얌전히 있기만 해."

애보트는 심각한 표정으로 고개를 끄덕였다.

콜은 기합을 넣었다. "후."

"후."

로이 애보트는 3주 전에 레인저 중대로 전입돼 콜의 막사에 있는 침대를 배정받았다. 콜은 애보트의 사진들을 보자마자 그가 마음에 들었다. 애보트는 일부 신병들처럼 허풍을 떨지 않았다. 그는 노땅들이 하는 말을 주의 깊게 들었고, 레인저로서 언제든 출동할 수 있는 태세를 유지했다. 그런데 콜에게 제대로 먹혀든 건 사진들이었다. 신병인 그가 처음으로 한 일은 사진을 꽂는 거였다. 스포츠카나 누드모델 사진이 아니라, 어머니와 아버지, 여동생 네 명의 사진들이었다. 라임색 녹색 레저 슈트(1970년대에 유행하던 캐주얼 복장) 차림에 얼굴이 불그레한 중년 남성. 애보트의 어머니는 통통하고 평범했다. 어머니를 빼닮은 연한 갈색 머리의 어린 소녀 네 명은 모두 주름 스커트 차림에 여드름이 난 단정하고 평범한 모습이었다.

두 손 위에 머리를 얹고 자기 침상에 늘어져 있던 콜은 매료된 듯이 사진을 구경했다. 그는 사진을 하나씩 살피면서 그 사람들에 대해 물었다.

애보트는 심술궂은 선임이 그를 제대로 놀려먹으려고 드는 게 아닌가 하는 의심스러운 눈빛으로 콜을 바라봤다. 콜은 애보트가 식사를 하기 전에 감사 기도를 올릴 거라는 데 10달러를 걸 수도 있었다.

"정말로 알고 싶으신 겁니까?"

"그래. 그렇지 않다면 묻지도 않았을 거야."

애보트는 농장에서는 모두 어떻게 일하는지, 그들의 숙모와 삼촌과 사촌과 조부모들이 똑같은 땅에서 일하고 똑같은 학교들을 다니고 똑같은 하나님을 숭배하고 버펄로 빌스(뉴욕주 버펄로가 연고지인 미식축구팀)를 한마음으로 응원하면서 200년 가까이 살았던 작은 공동체에서 어떻게 사는지를 자세히 설명했다. 가족이 다니는 교회의 집사인 애보트의 아버지는 2차 대전 때 유럽에서 복무했었다. 그리고 이제는 애보트가 아버지의 발자취를 따르고 있었다.

자신의 이력 소개를 마친 애보트는 콜에게 물었다. "상병님 가족은 어떻습니까?"

"너희 집하고 같지는 않아."

"무슨 뜻이십니까?"

"우리 어머니는 정신이 이상했어."

애보트는 결국 화제를 돌리려고 또 다른 질문을 던졌다. 달리 무슨 말을 해야 할지 몰라서였다.

"아버님도 육군이셨습니까?"

"아버지는 한 번도 만난 적이 없어. 누구인지도 몰라."

"아아."

그 이후로 애보트는 과묵해졌다. 그는 개인장비 정리를 마치고는 야외에 마련된 화장실을 찾으러 나갔다.

콜은 사진들을 더 자세히 보려고 침상에서 몸을 일으켰다. 애보트 부인은 비스킷을 굽고, 애보트 씨는 사냥 시즌의 첫날을 맞아 아들을 사슴 사냥에 데려가는 것 같았다. 그들 가족은 굉장히 긴 테이블에서 함께 저녁을 먹는 것 같았다. 그게 진짜 가족들이 사는 방식이었다. 그게 콜이 항상 상상해온 방식이었다.

콜은 전투용 도검의 날을 갈면서 로이 애보트의 가족이 그의 가족이었으면 좋겠다고 바라면서 그날 오후의 남은 시간을 보냈다.

능선 위를 힘겹게 선회하던 헬리콥터는 잡초가 제멋대로 자란 보잘것없는 공터로 다이빙하면서 착륙할 것처럼 요란을 떨더니 다시 하늘로 솟구쳤다.

애보트는 그의 M16을 움켜쥐었다. 헬리콥터가 능선 위로 올라가는 동안 놀란 그의 눈이 휘둥그레졌다.

"왜 착륙하지 않는 겁니까? 국(gook, 동남아시아인을 가리키는 경멸적인 표현)들이 있었습니까?"

"착륙하기 전에 두세 번 가짜 착륙을 하는 거야. 그렇게 해야 찰리 (Charlie, '베트콩'을 가리키는 미군의 은어)가 우리가 정찰을 출발하는 지점을 파악하지 못하니까."

애보트는 비스듬히 비행하는 헬리콥터 밖을 보려고 목을 길게 뺐다.

팀의 리더인 로드리게스가 콜에게 외쳤다.

"이 멍청이가 밖으로 떨어지지 않게 잘 지켜!"

콜은 애보트의 배낭을 움켜쥐고는 그 상태를 유지했다. 그 사진들을 본 날 이후로, 콜은 애보트를 보호했다. 콜은 군장 무게를 가볍게 하려면 야전 키트에서 제외해야 할 게 무엇인지를, 덜거덕거리는 소리를 내는 게 아무것도 없게 만들려면 장비에 테이프를 어떻게 붙여야 하는지를 애보트에게 가르쳤다. 그러고는 애보트가 실전에 투입될 준비가 됐는지 확인하기 위해 수행한 두 차례의 훈련용 임무에 동행했다. 콜은 애보트의 가족 얘기를 듣는 걸 좋아했다. 존슨과 로드리게스도 대가족 출신이었다. 하지만 로드리게스의 아버지는 자식들을 구타하는 술꾼이었다.

그날 아침에 있었던 기상 브리핑에서는 소나기들이 퍼붓고 시야가 제한될 예상이라고 했다. 콜은 산악 위에 쌓인 짙은 구름이 달갑지 않았다. 궂은 날씨는 장거리 정찰대원의 으뜸가는 친구일 수도 있었다. 하지만 정말로 궂은 날씨는 사람을 잡을 수도 있었다. 몹시 힘든 상황에 부닥친 장거리 정찰대원들이 무장 헬기와 의료용 헬기, 탈출용 헬기를 보내달라고 무전을 치더라도 앞이 보이지 않을 때는 새조차 하늘을 날 수가 없었다. 적군과 아군의 비율이 200대 1로 현저히 기울 때, 도보로 귀환하는 길은 머나먼 길이 된다.

헬기는 가짜 착륙을 두 번 더 시도했다. 다음번 착륙은 진짜가 될 터였다.

"전투 준비."

레인저 다섯 명 전원이 각자의 소총을 장전하고 안전장치를 채웠다. 애보트가 겁을 먹었을 거라고 판단한 콜은 애보트 가까이 몸을 기울였다.

"로드리게스 병장님에게서 눈을 떼지 마. 병장님은 우리가 착지하자마자 줄 지어선 나무들 쪽으로 뛰어가실 거다. 나무들을 주시하도록 해. 하지만 우리 중에 누가 먼저 사격하기 전까지는 절대로 사격하지 마라. 알았나?"

"예."

"레인저가 앞장선다(Rangers lead the way, 미 육군 레인저부대의 구호)."

"후."

헬리콥터가 바람 속에서 힘겹게 비스듬히 기울어 비행하다가 기수를 위로 올렸다. 그런 후 동력을 차단하고는 산골짜기 바닥에 있는 말라버린 개울 옆 60센티미터 되는 지점 위로 내려갔다. 콜은 애보트의 팔을 당겨서 점프를 확실하게 하게 만들었다. 그들 다섯 명은 풀밭에 쿵 하고 떨어졌다. 그들이 땅을 디디는 동안에도 상하로 요동을 치던 헬기는 그들을 남겨두고 떠났다. 그들은 숲으로 뛰어갔다. 로드리게스가 선봉이었고, 콜은 맨 뒤에 섰다. 정글이 그들을 삼키자마자, 팀 5-2는 각자의 발을 중심부에 놓고 얼굴을 바깥쪽으로 향한 오각형 별 모양으로 땅바닥에 털썩 주저앉았다. 이런 식으로 하면 주변 360도를 보면서 싸울 수 있었다. 입을 여는 사람은 아무도 없었다. 그들은 어떤 움직임이 있는지 주시하며 기다렸다.

5분.

10분.

정글은 활기를 찾았다. 새들이 지저귀는 소리가 들렸다. 원숭이들도 울어댔다. 빗방울이 그들 주위의 땅을 때렸다. 나무가 머리 위에 3단 높이로 쳐놓은 덮개를 빗방울이 가차 없이 통과해 떨어지면서 그들의 군복을 흠뻑 적셨다.

콜은 서쪽 저 멀리를 공습하면서 나는 저음의 우르릉 소리를 들었다. 그러다가 그게 천둥소리였음을 깨달았다. 폭풍이 다가오고 있었다.

로드리게스는 한쪽 무릎을 꿇었다. 그러더니 두 발을 천천히 옮겼다. 콜은 애보트의 다리를 툭 쳤다. 일어날 때였다. 그들은 일어섰다. 아무도 입을 열지 않았다. 소리를 내지 않는 게 제일 중요했다.

그들은 비탈 위쪽으로 출발했다. 콜은 임무 개요를 철저히 숙지했다. 그들은 북쪽에 있는 산등성이의 정상에 오른 다음, 월맹군(북베트남군)이 오랫동안 사용한 루트를 따라가면서 육군 스파이들이 월맹군 정규군이 결집한 대대(大隊)가 있는 곳이라고 믿는 벙커 단지들을 찾아볼 것이다. 1개 대대는 1,000명이 넘었다. 팀 5-2의 다섯 명은 병력 비율이 200대 1이 되는 지역에 몰래 침투하는 중이었다.

로드리게스가 도보 정찰의 선봉에 섰다. 테드 필즈는 그의 뒤를 천천히 따랐다. 로드리게스가 조용한 경로를 선택하려고 땅을 내려다볼 때 필즈는 찰리가 있는지 살피면서 앞에 놓인 정글을 주시하는 것으로 로드리게스의 사각지대를 보완한다는 뜻이다. 존슨은 무전기를 소지했다. 애보트는 존슨을 따라갔고, 콜은 그들의 후방을 커버하면서 애보트를 따라갔다. 콜은 일부 미션에서는 선봉에 섰다. 그럴 때면 로드리게스가 그의 뒤에 섰고, 필즈가 후방을 커버했다. 하지만 지금 로드리게스는 콜이 신병을 보호하기를 원했다.

그들은 이동대형을 가느다란 선 모양으로 벌렸다. 각자 3, 4미터 거리를 두고는 조용히 오르막길을 이동했다. 콜은 애보트를 주시했다. 신병은 장비가 덩굴에 걸릴 때마다 움찔거렸지만, 콜은 이 풋내기를 대체로 썩 우수한 산사람이라고 생각했다.

천둥이 산등성이 위에서 우르릉거렸고 공기가 점점 흐릿해졌다. 그들은 구름 속으로 오르고 있었다.

비탈의 정상에 오르는 고된 작업에 30분이 걸렸다. 정상에 오르자 로드리게스는 대원들에게 휴식시간을 줬다. 궂은 날씨와 함께 어둠이 떨어지면서 그들을 땅거미로 가려줬다. 로드리게스는 대원 각자와 차례로 눈을 맞추고는 하늘을 힐끔 봤다. 그의 표정은 형편없는 날씨가 그들을 엿 먹이고 있다고 말하고 있었다. 공중 엄호가 필요할 경우에도, 그들은 그걸 받지 못할 것이다.

그들은 산등성이 건너편으로 슬그머니 2미터쯤 내려갔다. 그런데 로드리게스가 갑자기 주먹을 움켜쥐고는 그걸 위로 뻗었다. 다섯 명 전원은 자동으로 한쪽 무릎을 꿇고 소총을 대열 밖으로 향하고는 양 측면을 커버하기 위해 왼쪽, 오른쪽으로 눈길을 던졌다. 로드리게스는 최후방에 있는 콜에게 신호를 보냈다. 평화를 나타내는 손가락 사인과 비슷한 V자 표시를 한 다음, 손가락들을 C자 모양으로 말았다. 땅을 가리킨 다음, 주먹을 세 번 폈다 오므렸다. 5, 10, 15. 로드리게스는 베트콩 병사가 열다섯 명 있다고 추정하고 있었다.

로드리게스는 경로에서 슬그머니 빠져나갔고, 나머지 사람들도 한 명씩 그 뒤를 따랐다. 콜은 발자국들이 겹쳐지면서 푹 팬 좁은 루트를 봤다. 발자국들은 폐타이어를 잘라서 만든 샌들 자국으로, 여전히 선명했다. 콜은 그것들이 불과 10분이나 15분 전에 만들어진 것이라는 걸 알 수 있었다. 베트콩이 근처에 있었다.

애보트가 콜을 힐끔 돌아다봤다. 얼굴에는 빗줄기 자국이 나 있었고 두 눈은 휘둥그레져 있었다. 콜 역시 두려웠지만, 그는 억지로 웃음을 보였

다. 자신감의 화신 같은 모습을 보였다. 정신 바짝 차려, 신병, 넌 해낼 수
있어.

팀 5-2는 56분간 정글에 있었다. 그들에게 남아 있는 수명(壽命)은 12분
도 채 안 됐다.

산등성이를 따라 계속 걷던 그들은 100미터도 가기 전에 주요 루트를
찾아냈다. 베트콩과 월맹군 발자국 천지였고, 많은 발자국이 생긴 지 얼마
안 된 거였다. 로드리게스는 들어 올린 손으로 동그라미를 그려서 적들이
그들을 에워싸고 있음을 다른 대원들에게 알렸다. 콜은 빗물 속에서도 입
술이 바짝 말랐다.

정확히 3초 후, 순식간에 아수라장이 펼쳐졌다.

로드리게스가 키 큰 반얀 나무 옆에 발을 디딘 순간, 울퉁불퉁한 손가
락 모양의 번개가 나무를 타고 활 모양으로 내려오다가 로드리게스의 배
낭으로 튀어서는 그의 군장 맨 위에 묶여 있는 클레이모어를 폭발시켰다.
테드 필즈의 상반신이 뻘건 박무(薄霧)가 돼 퍼지면서 감쪽같이 사라졌다.
살점과 핏물이 뒤에 있는 존슨과 애보트, 콜을 덮치는 동안 클레이모어가
일으킨 후폭풍이 로드리게스를 나무로 날려버렸다. 뇌진탕이 극초음파의
해일처럼 콜을 강타해서는 그를 때려눕혔다. 콜의 두 귀에 종소리가 들렸
고, 그가 어디로 눈을 돌리건 몸부림치는 엄청나게 큰 뱀처럼 생긴 빛이
계속 몸을 비틀어댔다. 그는 번개의 섬광 때문에 눈이 멀었다.

존슨은 무전기에 대고 고함을 쳤다.

"교전 개시! 적과 교전 중이다!"

콜은 재빨리 앞으로 이동했다. 그는 애보트의 몸을 타고 넘어가 존슨의
입을 막았다.

"조용히 해! 찰리가 사방에 있잖아. 존슨, 소리 그만 질러! 아까 그건 번개였어."

"번개는 염병할. 그건 박격포였어! 나는 번개에 맞자고 1만 마일 떨어진 타국 땅에 온 게 아냐!"

"번개였어! 그게 로드리게스 병장님의 클레이모어를 터뜨린 거야."

확률이 얼마나 될까? 100만분의 1? 100억분의 1? 그들이 여기 산의 측면에서 찰리들에게 둘러싸여 있는 동안 번개가 그들에게 내려꽂혔다.

존슨이 말했다. "앞이 보이지 않아. 나, 눈이 멀었어."

"뭐에 맞은 거야?"

"앞이 보이지 않아. 보이는 거라고는 구불구불한 똥덩어리가 전부야."

"그건 애프터번(afterburn)이야, 짜샤. 카메라 플래시가 터지는 걸 봤을 때하고 똑같은 거야. 나도 그런 상태야. 그냥 마음 편하게 먹어. 필즈하고 로드리게스가 쓰러졌어."

콜의 시야가 서서히 뚜렷해졌다. 그는 존슨의 머리에 출혈이 있는 걸 봤다. 그는 애보트를 확인하려고 몸을 굴렸다.

"애보트?"

"전 괜찮습니다."

콜은 무전기 수화기를 존슨의 두 손에 다시 밀어 넣었다.

"기지에 연락해. 우리를 이 지옥에서 데려가달라고 전해."

"알았어."

콜은 필즈의 상태를 확인하려고 포복으로 존슨을 지나쳐갔다. 필즈는 시뻘건 핏덩어리에 갈기갈기 찢어진 천 쪼가리로만 남아 있었다. 로드리게스는 살아 있었지만, 머리의 한쪽 옆이 날아가는 바람에 뇌가 드러나 있었다.

"병장님? 로드리게스 병장님?"

로드리게스는 반응이 없었다.

콜은 찰리들이 폭발 현장을 조사하러 곧 들이닥칠 거라는 걸 잘 알고 있었다. 목숨을 부지하고 싶다면 곧바로 자리를 떠야 했다. 콜은 존슨에게 돌아갔다.

"전사자 한 명과 중상자 한 명이 있다고 전해. 병장님을 끌고 산등성이를 넘어서 착륙했던 지점으로 돌아가야 해."

존슨은 콜의 보고 내용을 낮게 웅얼거리는 소리로 복창한 후, 좌표를 읽기 위해 비닐로 싼 지도를 꺼냈다. 콜은 애보트에게 앞으로 오라는 몸짓을 보냈다.

"루트를 주시해."

애보트는 미동도 하지 않았다. 그는 필즈의 남은 몸뚱어리를 응시하면서, 숨을 쉬려고 애쓰는 물고기처럼 연신 입을 벌렸다 다물었다. 콜은 애보트의 멜빵을 움켜쥐고는 그를 홱 잡아당겼다.

"젠장, 애보트, 찰리가 오는지 잘 보라고! 우리는 이러고 있을 시간이 없단 말이다."

애보트는 결국 그의 소총을 들어 올렸다.

콜은 로드리게스의 머리에 압박붕대를 감았다. 그는 할 수 있는 최대한 빠른 속도로 손을 놀렸다. 로드리게스는 몸부림을 치면서 그를 밀쳐내려고 기를 썼다. 콜은 그를 움직이지 못하게 만들려고 그의 몸에 올라타서는 머리에 두 번째 붕대를 감았다. 빗방울들이 마구 때려대면서 피를 씻어냈다. 우레가 숲을 진동시켰다.

존슨이 포복으로 그의 옆으로 다가왔다.

"망할 뇌우 때문에 헬기가 이륙을 못 하게 됐어, 친구. 이런 개 같은 일이 일어나고는 한다는 건 알고 있었어. 염병할 날씨가 우리를 이런 개판에 처넣은 거야. 찰리는 머리카락 한 올도 보이지 않았는데. 우리는 빌어먹을 번개 때문에 좆된 거야, 망할. 게다가 헬기는 오지 못해. 우리는 여기에 고립됐어."

로드리게스에게 붕대를 감는 걸 마친 콜은 모르핀이 든 주사기 두 대를 꺼냈다. 모르핀이 두부 부상을 입은 사람의 목숨을 앗을 수도 있었지만, 그들은 로드리게스를 데리고 빠르게 이동해야만 했다. 찰리가 그들을 찾아내면 전원이 사망할 것이다. 콜은 로드리게스의 허벅지에 주사기 두 대를 다 놓았다.

"우리 셋이 로드리게스하고 필즈를 데려갈 수 있을 거라고 생각해?"

"젠장, 아니지. 정신 나갔어? 필즈는 햄버거나 다름없는 신세야."

"레인저는 레인저를 뒤에 남겨두지 않아."

"방금 한 말 못 들었어? 기지에서는 여기에 헬기를 보낼 수가 없다고. 소나기구름이 이동하고 난 다음에야 어디로 가도 갈 수 있다니까."

테드 필즈의 다리는 여전히 씰룩거리고 있었다. 콜은 그걸 보지 않으려고 애썼다. 필즈에 관해서는 존슨 생각이 맞을 것이다. 나중에 그의 시신을 수습하러 돌아올 수 있었다. 하지만 지금 당장은 찰리가 그들을 발견하기 전에 이 지역을 떠나야만 했다. 그러려면 그들 중 두 명이 로드리게스를 부축해야 했다.

"오케이. 테드는 여기 남겨놓고 간다. 애보트, 너는 내가 로드리게스 병장님을 부축하는 걸 도와라. 크롬, 후방에 무전을 쳐서 우리가 무슨 일을 하는지 전해."

"알았어."

콜과 애보트가 로드리게스를 그들의 사이로 들어 올리는 동안 존슨은 그들의 의도를 전송했다. 애보트에게서 밝은 빨간색 분수가 솟구친 게 그때였다. AK-47의 둔탁한 총소리가 뒤를 이었다.

존슨이 소리를 질렀다. "국이다!" 존슨은 그러고는 정글에 총알을 퍼부었다.

애보트는 로드리게스를 놓치고 쓰러졌다.

정글에서 소음과 섬광들이 쏟아져 나왔다.

콜은 적군을 볼 수 없었음에도 존슨 너머로 사격을 했다. M16을 휘둘러 팽팽한 호(弧)를 그리면서, 두 번의 짧은 사격만으로 탄창을 다 비웠다.

"놈들 어디 있어?!"

"내가 찰리를 잡았어! 내가 너희 놈들을 잡았다고, 이 개자식들아!"

존슨은 새 탄창을 끼우고는 네 발, 다섯 발씩 사격하는 식으로 짧은 연속 사격들을 퍼부었다. 콜은 마구잡이로 재장전을 하고 사격했다. 적의 모습은 여전히 보이지 않았지만, 총알들이 쌩쌩 소리를 내며 그를 지나쳤고 그의 주위에 있는 이파리와 흙이 튀어 올랐다. 귀가 먹을 것 같은 소음이었다. 하지만 콜은 그 소리를 간신히 들었다. 총격전은 하나같이 그런 식이었다. 아드레날린 분출은 소리를 지나치게 증폭시키는 바람에 사람을 무감각하게 만들었다.

그는 두 번째 탄창을 비워 제거한 다음 세 번째 탄창을 꽂았다. 나무를 향해 사격한 후 애보트의 상태를 확인하러 로드리게스를 타고 넘었다. 애보트는 부상 부위를 막으려고 복부를 압박하고 있었다.

"맞았습니다. 맞은 것 같습니다!"

콜은 부상을 확인하려고 애보트의 손을 배에서 뗐다. 회색 고리 모양의 창자가 보였다. 그는 애보트의 손을 다시 상처 부위에 돌려놓았다.

"누르고 있어! 힘껏 눌러!"

콜은 그늘을 향해 사격한 후 존슨에게 소리를 질렀다.

"놈들이 어디 있는 거야! 내 눈에는 놈들이 보이지를 않아!"

존슨은 대꾸가 없었다. 그는 기계적인 동작으로 재장전하고 사격했다. 브르릅, 브르릅, 브르릅!

콜은 존슨의 총알들이 빽빽한 정글을 헤집어놓는 걸 지켜봤다. 그런 후 오른쪽에서 총구에서 나는 섬광을 봤다. 콜은 섬광들을 향해 사격을 해서 탄창을 비우고는 재장전한 후, 멜빵에서 수류탄을 빼냈다. 그는 소리를 질러 존슨에게 경고한 후 수류탄을 투척했다. 수류탄이 요란한 폭발음과 함께 폭발하면서 나무들을 헤집고는 정글로 퍼져나가는 파문을 일으켰다. 콜은 두 번째 수류탄을 투척했다. 쾅! 존슨이 그가 소지한 수류탄을 던졌다. 쾅!

"후퇴한다! 존슨, 가자!"

존슨은 물러나는 동안에도 사격하며 후방으로 종종걸음을 쳤다. 콜은 애보트를 흔들었다.

"일어설 수 있나? 여기를 벗어나야 한다, 레인저! 일어설 수 있나?"

애보트는 몸을 굴려서 양 무릎으로 몸을 일으켰다. 그는 왼손으로 복부를 계속 눌렀고, 기를 쓰는 동안 신음을 냈다.

콜은 나무들을 향해 사격한 후 또 다른 수류탄을 투척했다. 존슨에게는 무슨 일을 하라는 얘기를 할 필요가 없었다. 잘 알고 있었으니까. 필즈는 사망했을 것이다. 하지만 로드리게스는 살아 있다. 그들은 그를 데리고 탈출할 것이다.

존슨과 콜은 후방을 향해 짧게 사격을 하고는 로드리게스의 양옆으로 가서 그의 멜빵을 잡아서 그를 들어 올렸다.

콜이 소리쳤다. "가라, 애보트, 가! 왔던 길로 올라가."

애보트는 비틀거리면서 발을 뗐다.

콜과 존슨은 로드리게스를 끌었다. 그러면서 어색한 자세를 취하며 자유로운 손으로 사격을 했다. 그들이 수류탄을 투척했을 때 잦아들었던 총소리가 이제는 다시 꾸준히 커지고 있었다. 찰리들이 녹색 수풀 속에서 서로에게 고함을 쳐댔다.

"놈들이 어느 쪽으로 도망치는 거야?(Mình đang đuổi bao nhiêu đứa?)"

"놈들은 강으로 도망가고 있어!(Chúng đang chạy về phía bờ sông!)"

콜은 총알들이 쌩 하고 지나가는 걸 느꼈다. 존슨이 신음을 내고 비틀거리더니 갑자기 움직임을 멈췄다.

"난 괜찮아."

존슨은 종아리를 맞았다.

그런 후 콜은 둔탁한 소리가 로드리게스의 몸을 두 번 흔드는 걸 느꼈다. 그는 그들의 리더가 다시 총에 맞았다는 걸 알았다.

존슨은 소리를 질렀다. "개새끼들!"

"계속 달려!"

로드리게스가 엄청난 양의 피를 토해냈다. 그의 몸이 경련했다.

"세상에!"

"로드리게스는 죽었어! 죽었다고!"

그들은 로드리게스를 나무 아래에 내려놨다. 존슨은 비탈 아래쪽으로 총을 쐈다. 콜이 로드리게스의 맥박을 확인하는 동안 그는 탄창 두 개를 비웠다. 맥박은 뛰지 않았다.

콜의 눈은 분노로 타올랐다. 처음에는 필즈가, 지금은 로드리게스가 당했다. 탄창을 비운 콜은 로드리게스의 멜빵에서 수류탄들을 뽑았다. 하나를 투척한 후, 다른 하나를 투척했다. 쾅! 쾅! 존슨이 로드리게스의 탄약을 회수한 다음, 그들은 퇴각했다. 존슨이 달리는 동안 콜이 사격을 했고, 그런 후에는 존슨이 콜의 엄호사격을 했다. 콜은 여전히 적군 병사를 단 한 명도 보지 못한 상태였다.

그들은 비탈 꼭대기에서 애보트를 따라잡았다. 그들은 쓰러진 나무 뒤에 몸을 숨겼다. 이제 더 심하게 쏟아지는 비가 흐릿한 장막으로 그들을 덮어주고 있었다.

"존슨, 무전 쳐봐. 우리는 여기서 벗어나야만 한다고 전해."

콜은 애보트의 장비를 벗기고는 그의 셔츠를 올렸다.

"보지 마라, 신병! 눈은 계속 숲을 쳐다봐. 찰리가 오나 살펴보라고, 알았지? 찰리가 오나 살펴봐."

애보트는 울고 있었다.

"너무 뜨겁습니다! 너무 화끈거려요. 정말로 아픕니다!"

콜은 그 순간 로이 애보트를 사랑하게 됐다. 그를 사랑하는 동시에 미워하게 됐다. 그가 보여주는 순수한 모습과 두려워하는 모습 때문에 그를 사랑했고, 그들의 퇴각 속도를 늦춰서 그들을 죽게 할지도 모르는 거북이 걸음을 한다는 이유로 그를 미워했다.

존슨이 애보트의 손을 잡았다.

"죽지 않을 거야, 젠장. 우리는 첫 임무를 나온 초짜들을 죽게 놔두지 않는다. 너는 여기서 죽지 말고 다른 데서 죽어야 해."

콜이 말했다. "레인저가 앞장선다. 복창해, 로이. 레인저가 앞장선다."

애보트는 눈물을 흘리지 않으려고 기를 쓰면서 복창을 하려고 온 힘을 다했다.

"레인저가 앞장선다."

애보트의 창자는 뱀 무리처럼 복벽을 뚫고 나와 있었다. 콜은 창자를 몸 안의 원래 있던 자리로 밀어 넣고는 애보트에게 압박붕대를 감아줬다. 콜이 감는 걸 마치기 이전인데도 붕대는 뻘겋게 흠뻑 젖었다. 동맥 출혈이 있다는 확실한 징후였다. 콜은 애보트와 피와 찰리를 남겨두고 달아나고 싶었다. 하지만 그는 의료장비 키트를 더듬어 모르핀 주사기를 꺼내 애보트의 허벅지에 놨다.

"그에게 다시 붕대를 감아줘, 존슨. 힘껏 감아. 그러고는 고리를 붕대에 잘 걸어줘."

그런 격렬한 전투를 자주 겪는 레인저들은 각자 혈청 알부민/혈장 증량제 캔(can)을 멜빵에 달고 다녔다. 콜은 빈 주사기를 옆으로 던지고는 존슨이 애보트의 혈청 캔을 낚아채는 동안 무전기를 붙잡았다.

"파이브-투, 파이브-투, 파이브-투. 치열하게 교전 중이다. 전사자 두 명에 중상자가 한 명 있다. 오버."

그들의 중대를 지휘하는 윌리엄 '제케' 제코우스키 대위의 깡통 찌그러지는 목소리가 돌아오면서 그의 귀를 긁었다. 뇌우가 그들의 교신을 엉망으로 만들고 있었다.

"다시 말하라, 파이브-투."

콜은 수화기를 부숴버리고 싶었지만, 그러는 대신 조심스럽게 했던 말을 반복했다. 패닉이 사람을 잡는다. 정신을 바짝 차려라. 레인저가 앞장선다.

"이해했다, 파이브-투. 4.8킬로미터 떨어진 항로에 헬리콥터 1기와 무장 헬리콥터 2기가 있다. 그렇지만 이 날씨에는 그것들이 거기로 갈 수가 없다. 병사. 바람이 너무 거세다. 그러니 버티도록 하라."

"우리는 퇴각 중입니다. 들립니까?"

정전기가 찌지직거리는 소리만이 그가 들은 응답이었다. 빗줄기는 그들을 거세게 두드렸다. 그들은 샤워기 아래 서 있는 것만 같았다.

"누구 제 목소리 들립니까?"

잡음.

"개새끼!"

교신은 끊겼다. 구출 작전도 없다. 아무것도 없다. 그들은 고립됐다.

존슨이 애보트의 팔뚝에 혈청 IV를 연결하는 작업을 끝내자, 그들은 그가 제 발로 서는 걸 거들었다. 이제 비는 그들의 우군이었다. 빗물이 친 두툼한 커튼이 그들을 숨겨주는 동시에 그들의 흔적을 씻어 없애면서 찰리들이 그들을 쫓는 걸 힘들게 만들었다. 그들은 다른 사람들이 구하러 올 때까지 안전할 터였다.

존슨이 선봉에 서려고 발을 내디뎠을 때였다. 빗줄기 아래서 둔탁한 총소리가 나더니 그의 머리가 날아갔다. 존슨은 그들의 발치로 쓰러졌다.

애보트는 비명을 질렀다.

콜은 몸을 돌리면서 무턱대고 총질을 했다. 그는 탄창을 내던지고는 존슨의 소총을 집어 들고 그 탄창도 비웠다.

"쏴, 애보트! 네 무기로 응사해!"

애보트 역시 무턱대고 사격했다.

콜은 모든 것을 향해 총질을 했다. 무엇인가가 그를 죽이려 애쓰고 있었기 때문에, 그래서 그가 상대를 먼저 죽여야 하므로 사격을 했다. 그는 그의 마지막 수류탄을 투척했다. **쾅!** 그런 후 존슨의 멜빵에서 수류탄을 벗겨냈다. **쾅!** 존슨의 탄띠를 벗겨낸 다음, 무전기를 벗겨냈다. 존슨의 머리가 썩은 멜론처럼 쪼개졌다.

"뛰어, 젠장! **뛰어!**"

그는 애보트를 비탈 아래로 떠밀고는 빗줄기 속으로 또 다른 탄창을 사격했다. 재장전을 하고 사격하고 그런 다음에 무전기를 들어 올렸다. 총알들이 그의 앞에 쓰러져 있는 나무를 강타하면서 나뭇조각들을 그에게 날려 보냈다.

콜은 뛰었다. 애보트를 따라잡은 콜은 그의 겨드랑이에 팔을 집어넣고는 그를 앞으로 당겼다.

"**뛰어!**"

그들은 산의 측면을 뒹굴었다. 가죽처럼 두툼한, 번들거리는 녹색 이파리 틈을 비틀거리며 걸었다. 덩굴이 그들의 다리를 찢고 그들이 든 소총을 할퀴었다. 펑펑하는 총알 부딪히는 소리가 뒤꿈치 근처에서 났다.

콜은 폭우로 넘치는 배수로를 향해 가파른 경사면으로 애보트를 이끌었다. 그는 흔적을 남기지 않기 위해 물속에 머무르면서, 쏟아지는 급류 속에서 애보트를 끌어당겨 넓은 산골짜기로 나갔다. 찰리들이 그들 뒤에서 고함을 쳐댔다.

"놈들이 아래에 있다!(Bon chúng chân phía dưới!)"

"아래에서 소리가 들린다!(Tôi nghe thấy chúng nó ở phía dưới!)"

왼쪽 어딘가에서 AK 한 정이 완전 자동 모드로 총알을 쏟아냈다.

애보트는 나무를 향해 힘든 걸음으로 황급히 나아가다가 풀밭에 쓰려졌다. 혈청 바늘이 그의 팔에서 뜯겨나갔다. 콜은 애보트를 일어서게 만들려고 헛 소리를 내면서 애보트를 무릎 쪽으로 당겼다.

위장용 물감이 씻겨나간 애보트의 얼굴은 백짓장처럼 하였다.

"토할 것 같습니다."

"일어서, 레인저. 계속 이동한다."

"배가 아픕니다."

애보트의 군복 상의 전면 전체와 바지의 허벅지 부위가 피로 흠뻑 젖어 있었다.

"일어서."

콜은 소방관이 환자를 들쳐 메는 자세를 취하려고 애보트를 어깨 쪽으로 당겼다. 그는 애보트의 무게 때문에 비틀거렸다. 그는 애보트와 그의 장비를 합쳐서 136킬로그램 가까운 무게를 짊어졌다. 정글이 성겨졌다. 그들은 헬기가 그들을 떨어뜨렸던 공터에 가까워지고 있었다.

콜은 개울을 따라 휘청거리며 이동하는 동안 무전기를 조작하려고 갖은 애를 썼다.

"파이브-투, 파이브-투, 파이브-투, 오버."

대위의 갈라진 목소리가 돌아왔다.

"카피, 파이브-투."

"존슨이 전사했다. 전원 사망했다."

"진정하라, 병사."

"세 명 전사, 한 명 중상. 찰리들이 바짝 따라붙었다. 들리는가? 찰리들이 우리 바로 뒤에 있다."

"대기하라."

"대기하라는 말 그만하세요! 우리는 여기서 죽어가고 있단 말입니다."

콜은 울고 있었다. 그는 증기기관처럼 거칠게 숨을 쉬었다. 어쩌나 두려운지 심장이 화염에 휩싸인 것 같았다.

대위의 목소리가 돌아왔다.

"콜, 너냐?"

"전원 사망했습니다. 애보트도 출혈로 죽어가고 있었습니다."

"제1 공정대 헬기가 남쪽에서 너희 쪽으로 접근할 수 있다고 판단하고 있다. 연료가 충분치 않지만 시도해보고 싶어 한다."

콜 뒤에서 더 많은 고함이 들렸다. 그러고는 AK 한 정이 발포됐다. 콜은 베트콩이 그를 본 건지 여부를 몰랐다. 주위를 둘러볼 엄두가 나지 않았다. 그는 비틀거리며 일어섰다. 애보트가 비명을 지르기 시작했다.

"공터에 거의 다 왔습니다."

"헬기가 구름 아래로 해서 산골짜기 위를 비행 중이다. 헬기를 위해 연막탄을 터뜨리도록 하라, 상병. 우리는 네 현재 위치로 가는 헬기의 진로를 알려줄 수가 없다, 오버."

"연막탄, 알았다."

"이 망할 놈의 폭풍이 우리 무장 헬기들을 곧장 덮치고 있다. 무장 헬기들은 상병을 지원하러 갈 수가 없다."

"알겠습니다."

"상병 혼자 해내야 한다."

콜은 정글을 벗어나 공터로 들어갔다. 말라 있던 개울이 지금은 밀려드는 물로 그득했다. 콜은 허리까지 오는 물살에 맞서 분투하면서 철벅거리며 개울을 건넜다. 사지에 감각이 없었다. 하지만 그는 물에서 벗어나 맞은편 기슭에 올랐다. 애보트를 높이 자란 풀밭에 내려놓고는 헬기가 나타나기를 바랐다. 헬기가, 빗물 때문에 흐릿해진 검은 반점이 보였다고 생각했다. 콜은 연막탄을 당겼다. 밝은 보라색 연기가 그의 뒤에서 소용돌이쳤다.

검은 반점이 옆으로 갸우뚱하면서 커졌다.

콜은 흐느꼈다.

그들이 그를 구하러 오고 있었다.

그는 애보트 옆에 무릎을 꿇었다.

"버텨, 로이. 그들이 오고 있다."

애보트는 입을 벌리더니 피를 쏟아냈다.

나무들이 서 있는 곳에서 AK 한 정의 덜거덕거리는 공이치기 소리가 나더니 날카로운 채찍 소리와 함께 무엇인가가 콜의 앞을 번개처럼 지나갔다. 콜은 배를 움켜쥐고 쓰러졌다. 총구에서 나는 섬광들이 녹색 성벽에서 반딧불처럼 춤을 췄다. 진흙이 그의 얼굴에 튀었다.

콜은 섬광들을 향해 탄창을 비우고는 또 다른 탄창을 끼운 다음 더 많은 총알을 발사했다.

"애보트!"

애보트는 천천히 몸을 웅크렸다. 그는 자신의 화기를 사격 자세로 힘겹게 당기고는 총을 한 방 쐈다.

정글이 반짝거렸다. 더욱더 많은 섬광이 첫 섬광에 가세하면서 정글 전체가 반짝거리는 빛들로 환해졌다. 진흙이 튀었고, 콜 주위에 있는 높이 자란 가느다란 풀들이 보이지 않는 칼날에 베어지는 것처럼 쓰러졌다. 그는 사격을 한 차례 해서 탄창을 비우고는, 새 탄창을 꽂은 다음 그 탄창도 비웠다. 그의 소총의 총신은 살을 익히기에 충분할 정도로 뜨거웠다.

"너도 사격해, 애보트! **사격해!**"

애보트는 한 번 더 사격했다.

이제 콜은 희미한 헬리콥터 소리를 들었다.

그는 재장전하고 사격했다. 그는 마지막 남은 탄창 네 개를 잡으려고 몸을 낮췄다. 그런데도 숲은 적군 병사들 때문에 생기가 넘쳤다.

"사격해, 젠장!"

애보트는 옆으로 몸을 굴렸다. 그의 목소리에는 힘이 없었다.

"실제 전투가 이럴 거라고는 생각 못 했습니다."

헬리콥터가 갑자기 요란한 소리를 냈고, 헬기 주위의 풀밭에 소용돌이가 일었다. 콜은 섬광들을 향해 총을 쐈다. 머리 위에서, M60 사수가 사격했다. 그의 큼지막한 30구경 무기가 정글을 물어뜯었다.

육중한 헬기가 땅을 향해 뒤뚱거리는 동안 콜은 몸을 굴렸다. 총알구멍이 나 있는 헬기는 연기를 쫓고 있었다. 제1 공정대 대원들이 난민들처럼 화물칸에 잔뜩 타고 있었다. 그들은 자신들의 화력을 M60에 보탰다. 헬기는 총격을 심하게 받았지만, 파일럿은 여전히 그의 헬기를 몰고 뇌우와 총알들이 친 벽을 뚫고 들어오고 있었다. 헬기 파일럿들은 배짱이 정말로 두둑했다.

"자, 로이, 가자."

애보트는 움직이지 않았다.

"가자니까!"

콜은 소총을 내던지고는 애보트를 들어 올렸다. 그러고는 휘청거리며 일어섰다. 무엇인가 뜨거운 것이 그의 바지를 찢고 지나갔다. 그는 굉음을 들었다. 총알 한 방이 무전기를 박살 냈다. 콜은 비틀거리며 헬리콥터로 가서는 애보트를 들어 올려 화물칸에 밀어 넣었다. 공정대 대원들이 공간을 만들려고 서로의 몸 위에 몸을 포갰다.

콜은 헬기에 기어올랐다.

AK의 총성이 터졌고 헬기의 칸막이벽에 총알 부딪히는 소리가 났다.

기장이 그를 향해 고함을 질렀다.

"한 명뿐이라고 들었다!"

콜의 귀에 총소리가 너무 요란하게 울려대는 탓에 그는 그 소리를 듣지 못했다.

"예?"

"딱 한 명이라고 들었단 말이다. 헬기가 너무 무겁다. 이륙할 수가 없어!"

파일럿이 기체를 위로 올리려고 애쓰자 터빈엔진이 울부짖었다. 헬리콥터가 고래처럼 요동쳤다.

기장은 애보트의 멜빵을 움켜쥐었다.

"이 친구는 밀어내라! 우리는 비행이 불가능하다!"

콜은 M16으로 기장의 가슴 한복판을 겨냥했다. 기장은 손을 풀었다.

"그는 사망했다, 레인저. 그를 밀어내라! 너 때문에 우리가 다 죽게 될 거다!"

"이 친구는 저랑 같이 갈 겁니다."

"기체가 너무 무겁다니까! 비행이 불가능하단 말이다!"

터빈엔진이 더 요란하게 회전했다. 기름 냄새가 나는 연기가 입구를 통해 소용돌이치며 들어왔다.

"그를 밀어내!"

콜은 방아쇠에 손가락을 말았다. 로드리게스와 필즈와 존슨은 저세상에 갔다. 하지만 애보트는 집으로 가고 있다. 가족들이 그들의 아들을 보살필 것이다.

"이 친구는 저랑 같이 갈 겁니다."

공정대 대원들은 콜이 방아쇠를 당길 거라는 걸 알았다. 젊은 레인저에게서 분노와 두려움이 증기처럼 피어올랐다. 그는 자기 임무를 완수하기 위해 무슨 짓이든 하고 누구든 죽일 터였다. 공정대 대원들은 상황을 이해했다. 그들은 탄약통과 배낭들을 밀어내고, 헬기의 적재량을 덜기 위해 할 수 있는 짓은 무엇이건 다 했다.

터빈은 고성을 질렀다. 회전날개는 무겁고 습한 공기에서 지탱할 곳을 찾아냈고, 헬리콥터는 상공으로 느릿느릿 올라갔다. 콜은 그의 무기를 애보트의 가슴 위에 내려놓고는 그들이 집에 당도할 때까지 그의 형제를 보호했다.

네 시간 후, 소나기구름이 산맥을 지나갔다. 콜의 소속 중대에서 온 레인저들로 구성된 대응부대가 전우들의 시신을 수습하러 그 지역을 덮쳤다. 4등 특기병 엘비스 콜도 그들 중에 있었다.

루이스 로드리게스 병장과 테드 필즈 상병의 시신이 회수됐다. 크롬웰 존슨 상병의 시신은 찾을 수가 없었다. 적군이 이송한 것으로 추정됐다.

엘비스 콜 상병은 그날 펼친 활약 때문에 용맹한 무공을 펼친 군인에게 수여되는, 미국에서 세 번째 등급에 해당하는 훈장인 은성훈장을 받았다.

그것은 콜이 받은 최초의 훈장이었다.

그는 이후로 훈장을 더 받게 될 터였다.

레인저는 레인저를 뒤에 남겨두지 않는다.

14

애보트 가족과 통화한 후, 나는 경찰이 전화를 할 거고 무슨 이유에서 그러는지 알려주려고 다른 유족에게도 전화를 걸었다. 스티빅 상사와 통화한 후로 유족과 통화하면서 나는 전화기를 거의 30분 가까이 붙들고 있었다.

스타키가 8시 45분에 초인종을 눌렀다. 현관문을 열자 존 첸이 그녀의 뒤에 보이는 밴에서 기다리고 있었다.

내가 말했다. "조금 전까지 유족들하고 통화했어요. 그들 중에 이 사건하고 관련이 있는 사람은 아무도 없고, 그들은 이런 짓을 할 사람도 알지 못했어요. 내가 준 다른 이름들에서 건진 게 있나요?"

스타키는 찡그린 눈으로 나를 봤다. 그녀의 눈은 부어 있었고, 그녀의 아침 목소리는 담배 때문에 걸걸했다.

그녀가 물었다. "취했어요?"

"밤을 꼬박 새웠어요. 유족들하고 통화했어요. 그 망할 놈의 테이프를 열댓 번 들었고요. 건진 게 있었어요, 없었어요?"

"간밤에 얘기했잖아요, 콜. 이름들을 검색해봤지만, 아무것도 나오지 않았어요. 내가 그 말 한 거, 기억 안 나요?"

그런 걸 까먹은 나 자신에게 짜증이 났다. 할리우드 경찰서에 함께 있었을 때 그녀는 내게 그렇게 말했었다. 나는 열쇠를 움켜쥐고는 그녀를 지나쳐 집 밖으로 나왔다.

"갑시다. 우리가 찾아낸 걸 보여줄게요. 존이 발자국 일치 여부를 확인할 수 있을 거예요."

"커피 좀 그만 마셔요. 당신, 폭발 직전의 약쟁이처럼 보여요."

"그쪽 몰골도 보기 좋은 편은 아니에요."

"엿이나 드세요, 콜. 내 꼴이 이런 건 오늘 새벽 6시에 지타몬하고 내가 윗분한테 괴롭힘을 당해서 그런 걸 거예요. 어째서 우리가 당신이 우리 증거를 망치게 놔뒀는지 윗분께서 궁금해하셨어요."

"리처드가 불만을 제기했어요?"

"리치 뭔가 하는 작자는 늘 투덜거려요. 오늘 받은 명령은 이래요. 당신은 당신이 찾아낸 이 증거인가 뭐시기인가 하는 곳으로 우리를 데려갈 거예요. 그런 후에는 우리가 하는 작업의 외부에 머무르게 될 거예요. 당신이 수사하는 법을 제대로 아는, 이 근방에서 나 말고는 유일한 사람처럼 보인다는 사실에는 절대로 신경 쓰지 마요. 당신은 아웃됐어요."

"내가 지금처럼 아는 게 많지 않았다면, 당신이 지금 나를 칭찬하고 있다고 생각했을 거예요."

"정신 제대로 차리도록 해요. 리처드 말이 맞는 것 같아요. 당신은 참고인이라는 말이요. 이거 참, 쓰러져 있는 사람한테 발길질하는 기분이네요. 별다른 이유 없이 당신을 이런 식으로 입 다물게 만드는 게 말이에요. 나도 좋아서 이러는 건 아니에요."

그녀에게 싫은 소리를 하는 내 기분도 좋지는 않았다.

그녀가 말했다. "당신이 테이프의 목소리가 누구인지 갑자기 깨달았다거나 도움이 될 만한 걸 기억해낸 것 같지는 않군요."

발신자가 말한 내용에 대한 의견을 말하고 싶었지만, 나는 그게 자기변명처럼 들릴 거라고 판단했다.

"못했어요. 생전 처음 듣는 목소리였어요. 녹음기를 수화기에 대고 유족들에게 그 목소리를 들려줬지만, 그들도 모르는 목소리라고 했어요."

스타키는 놀랐다는 투로 머리를 갸우뚱했다.

"좋은 아이디어였어요, 콜. 유족들에게 그런 식으로 테이프를 들려준 거요. 그들 중에 당신에게 거짓말을 한 사람이 없었으면 좋겠네요."

"간밤에 당신이 직접 주지 않고 허위츠에게 나한테 테이프를 넘겨주라고 한 이유가 뭔가요?"

스타키는 대답 없이 그녀의 차로 향했다.

"당신 차를 몰고 오도록 해요. 돌아오려면 차가 필요할 테니까."

나는 문단속을 하고 협곡을 가로질러 파이크와 내가 전날 차를 세웠던 갓길로 그들을 안내했다. 12분쯤 걸렸다. 스타키가 러닝화로 갈아 신는 동안, 첸은 증거 수집 키트를 차에서 내렸다. 어제는 비어 있던 갓길에 지금은 소형 트럭과 차가 줄지어 서 있었고, 그 줄은 공사 현장 근처에서 휘어진 커브길 주위로 쏟아져 나왔다. 스타키와 첸은 내 뒤를 따라 불룩 튀어나온 곳을 건너 덤불 우거진 지역을 헤치며 내려갔다. 우리는 소나무 두 그루를 지난 후, 침식으로 팬 곳을 따라 외롭게 서 있는 졸참나무로 향했다. 나는 발자국에 가까워지면서 초조함과 두려움을 모두 느꼈다. 여기에 있는 것은 벤에게 가까이 있는 것과 비슷했지만, 그건 그 발자국들이 일치했을 경우에나 그런 거였다. 발자국들이 일치하지 않을 경우, 우리는 빈손

236

이 돼버린다.

우리는 첫 번째 발자국에, 이판암 사이의 흙바닥에 찍힌 선명하고 뚜렷한 발자국에 당도했다.

"이 발자국은 꽤 선명해요. 아래에 발자국이 더 많이 있어요."

첸은 발자국을 더 가까이서 살피려고 두 손과 두 무릎을 땅에 갖다 댔다. 내가 너무 가까이 다가선 탓에 나는 그를 거의 덮치는 형국이었다.

스타키가 말했다. "콜, 그 친구한테 너무 바짝 붙지 마요. 물러서요."

첸이 힐끔 쳐다보더니 활짝 웃었다.

"동일한 신발이에요, 스타키. 굳이 족적을 뜨지 않아도 알 수 있어요. 락포트 11사이즈로 밑창에 자갈 문양들이 박혀 있고 선이 그어져 있는 게 똑같아요."

가슴 속에서 내 심장이 철렁 내려앉았고, 어두운 유령이 나를 다시 뚫고 지나갔다. 스타키는 주먹으로 내 팔을 때렸다.

"한 건 올렸네요."

스타키 입장에서는 그녀가 할 수 있는 최상의 칭찬을 한 거였다.

첸은 그 외의 발자국 여덟 개에 깃발을 꽂았다. 그런 후 우리는 그 나무에 당도했다. 아침이슬을 단 무성한 잡초들이 갑자기 모습을 드러냈지만, 그 나무 뒤에 있는 움푹 팬 곳은 여전히 깨끗했다.

"저기요, 졸참나무 이쪽 측면의 밑동을 봐요. 풀이 뭉개진 데가 보이죠?"

스타키는 내 팔을 건드렸다.

"당신은 여기서 기다려요."

스타키는 가까이 다가갔다. 졸참나무의 가지 아래에서 우리 집을 쳐다보려고 걸음을 멈춘 그녀는 주위의 산비탈을 유심히 살폈다.

"좋아요, 콜. 판단을 잘했어요. 여기를 어떻게 찾아냈는지는 모르지만, 여기는 오케이예요. 당신은 그 개자식을 제대로 파악했어요. 존, 이 지역 전체 지도를 줘요."

"도와줄 사람이 필요해요. 우리가 확보한 물증이 어제보다 훨씬 많잖아요."

스타키는 풀이 뭉개진 자국의 모서리에 쪼그려 앉더니 흙에 들어 있는 무엇인가를 자세히 보려고 몸을 굽혔다.

그녀가 말했다. "존, 핀셋 좀 줘요."

첸이 증거 수집 키트에서 지퍼락 봉지와 핀셋을 꺼내 그녀에게 건넸다. 스타키는 핀셋으로 작은 갈색 공을 집어 눈을 크게 뜨고 살핀 다음, 봉지에 집어넣었다. 그녀는 나무를 올려다보고는 땅으로 다시 시선을 내렸다.

내가 물었다. "그게 뭐예요?"

"쥐똥처럼 보이지만, 아니에요. 이런 게 사방에 있어요."

스타키는 널따란 풀잎에서 그런 걸 하나 집어 손바닥에 올려놨다. 첸이 경악하는 모습이 보였다.

"맨손으로 만지지 마요!"

나는 그걸 살피려고 가까이 이동했다. 그녀는 이번에는 내게 물러나라고 하지 않았다. 비비탄 크기만 한 짙은 갈색 덩어리 십여 개가 딱딱한 땅바닥 위에서 두드러져 보였다. 더 많은 갈색 얼룩들이 풀잎에 들러붙어 있었다. 나는 그것들을 보자마자 무엇인지 알아차렸다. 군에 복무할 때 그와 비슷한 것들을 봤기 때문이다.

"이건 담배예요."

첸이 물었다. "그걸 어떻게 알아요?"

"정찰대에 있던 어느 흡연자가 니코틴을 섭취하려고 담배를 씹었어요. 씹는담배의 경우, 자신의 존재를 적에게 알릴 연기가 나지 않아요. 그 친구는 그래서 씹는담배를 택했어요. 담배를 씹고는 물이 다 빠지면 담배 조각들을 뱉었어요."

스타키가 나를 힐끔 봤다. 나는 그녀가 무슨 생각을 하고 있는지 알았다. 베트남과 이어지는 또 다른 연결고리가 나타난 것이다. 그녀는 봉지를 첸에게 건넸다. 그녀는 물도 없이 또 다른 흰색 약을 삼켰다. 그러고는 눈썹 사이에 깊은 수직선을 띄운 채로 잠시 나를 살폈다.

"당신을 써먹고 싶어요."

"무슨 일예요?"

"저쪽에 있는 당신 집 근처에서, 이놈은 우리가 간신히 볼 수 있었던 쥐꼬리만 한 발자국의 일부를 제외하고는 아무것도 남기지 않았어요. 그런데 여기서, 놈은 사방에 똥을 싸놨어요."

"여기서는 안전하다고 느낀 거예요."

"맞아요. 그는 아무도 그를 볼 수 없는 여기 이곳에 좋은 감시 위치를 확보했고, 그래서 별다른 신경을 쓰지 않았어요. 그가 여기서 부주의하게 굴었다면, 위쪽 도로에서도 부주의하게 행동했을 거예요. 이쪽 지역에는 주택이 많지 않아요. 우리는 바로 저기에 있는 커브길 근처의 공사장에 가봐야 해요. 지타몬에게 전화해서 순찰대원들이 협곡의 이쪽 지역을 일일이 호별 방문을 하게 만들어야겠어요. 하지만 순찰대원들이 면담할 대상자가 많지는 않을 거예요. 그러니 지타몬하고 정복경찰들이 여기 올 무렵이면, 당신하고 나는 그 일을 끝마칠 수 있을 거예요."

"나는 수사에 개입하면 안 된다고 생각했는데요."

"쓸데없는 수다나 떨자고 부탁하는 게 아니잖아요. 이 일을 하고 싶어요, 아니면 시간 낭비를 하고 싶어요?"

"물론 이 일을 하고 싶죠."

스타키는 첸을 힐끔 봤다.

"다른 사람들한테 입을 열었다가는 나한테 혼쭐날 각오해요."

우리는 SID에 다른 요원을 보내달라고 요청하는 첸을 남겨두고 공사장을 향해 굽잇길을 거슬러 올라갔다. 현대적인 단층 건물이 1층을 확장하고 2층을 얹기 위해 갈가리 찢어발겨져 있었다. 기다란 청색 대형 쓰레기통이 주택 정면의 도로에 있었는데, 잘린 목재와 다른 잔해들로 이미 반쯤 차 있었다. 골조 작업을 하는 일꾼들이 2층에서 기초 작업을 하는 동안, 전기 기술자들은 1층의 전선관을 통해 전선을 당기고 있었다. 지금은 늦가을이었지만, 일꾼들은 반바지에 셔츠를 벗은 차림이었다.

헐렁한 바지를 입은 노년의 남자가 차고에서 설계도 세트 위로 몸을 숙이고는 전기 기술자들이 쓰는 장비들을 찬, 졸려 보이는 젊은 남자에게 뭔가를 설명하고 있었다. 차고와 주택 내부의 석고판은 모두 떼어져서 사람의 갈비뼈처럼 보이는 벽에 세워진 간주(間柱)들만 남아 있었다.

스타키는 그들이 우리 존재를 감지할 때까지 기다리지도, 작업을 방해한 것에 양해를 구하지도 않았다. 그녀는 노년의 사내에게 배지를 보였다.

"LAPD예요. 저는 스타키이고, 이쪽은 콜이에요. 여기 책임자인가요?"

노년의 남자는 자신을 종합건설업자 대릴 콜리라고 소개했다. 그의 얼굴에는 의구심이 가득했다.

"이민귀화국(INS) 관련해서 이러는 겁니까? 누군가가 불법노동자를 썼다고 고자질한 것 같은데, 나는 이 사람들이 모두 합법적인 노동자라는 걸 보증하는 계약을 모든 하청업자와 체결했습니다."

스타키는 뛰어나가는 젊은 사내를 제지했다.

"이봐요, 얌전히 있어요. 우리는 여기서 일하는 일꾼 전원을 상대로 얘기를 해봤으면 해요."

콜리의 안색이 더 어두워졌다.

"무슨 일입니까?"

사람들을 상대로 대화를 하는 건 스타키의 장점이 아니었다. 그래서 콜리가 변호사에게 전화해야겠다는 결정을 내리기 전에 내가 나섰다.

"우리는 이 지역에 유괴범이 있었다고 믿습니다, 미스터 콜리. 놈은 지난주에 날마다, 또는 자주 이 도로에 차를 세웠거나 차를 타고 여기를 지나갔습니다. 우리는 여러분이 부적절해 보이는 차량이나 사람을 본 적이 있는지를 알고 싶습니다."

전기기술자가 그의 장비에 양손 엄지를 걸더니 관심을 보였다.

"장난 아니죠? 누가 납치됐는데요?"

스타키가 말했다. "열 살짜리 사내아이가요. 사건은 그저께 발생했어요."

"와우."

미스터 콜리는 도움을 주려고 애썼다. 하지만 그는 자신이 작업장 세 군데를 오가면서 시간을 쪼개 일하고 있다고 설명했다. 그는 이 집에 하루에 두 시간 이상을 머무는 경우가 드물었다.

"뭐라 말씀드려야 할지 모르겠군요. 저한테는 여기를 들락거리는 하청업자들이 있고, 각기 다른 작업을 하는 일꾼들이 있습니다. 사진을 가지고 있으신가요? 뭐라 그러더라, 그래, 머그샷(범인 식별용 얼굴 사진) 말입니다."

"아뇨, 선생님. 우리는 그자가 누구고 어떻게 생겼는지는 모릅니다. 무슨 차를 모르는 지도 모르지만, 그가 선생님의 일꾼들이 주차해놓은 길 주위에서 많은 시간을 보냈다고는 믿습니다."

전기기술자는 굽잇길을 힐끔 봤다.

"오, 세상에, 그 얘기를 들으니까 소름이 돋네요."

콜리가 말했다. "도와드리고 싶습니다만, 저는 아는 게 없습니다. 이 사람들, 여기를 들르는 이 사람들 친구들하고 여자친구들이 여기를 들락거립니다. 비치우드에 또 다른 공사장이 있는데, 지난달에 리무진 한 대가 캐피톨 레코드의 임원들을 태우고는 나타납디다. 그 사람들, 목수 중 한 명하고 300만 달러에 레코드 계약을 체결했소. 내 말은, 세상일은 아무도 모른다는 겁니다."

스타키가 말했다. "선생님 일꾼들하고 얘기할 수 있을까요?"

"예, 그럼요. 제임스, 자네 부하들을 불러도 될까? 페데리코하고 골조 작업자들도 내려오라고 하게."

그날 콜리는 골조 작업 일꾼들과 전기기술자들을 합쳐 모두 아홉 명을 부리고 있었다. 골조 작업자 중 둘은 영어를 하는 데 문제가 있었지만, 콜리가 스페인어로 대화를 거들었다. 어린아이가 실종됐다는 얘기를 들은 사람들은 모두 협조적이었지만, 수상한 사람을 본 기억은 아무도 없었다. 탐문을 마칠 무렵, 아직 정오도 되지 않았음에도 하루의 절반이 지난 것 같은 기분이었다.

우리가 대형 쓰레기통에 도착했을 때 스타키가 담배에 불을 붙였다.

"오케이. 이제 주택들을 작업해볼까요?"

"놈은 커브길 양쪽에 있는, 주택이 대여섯 채가 넘는 곳에는 차를 세우지 않았을 거예요. 놈이 걸어야 했던 거리가 멀수록 누군가가 그를 보게 될 위험이 커지니까요."

"오케이. 그러면요?"

"우리, 흩어집시다. 내가 저쪽 집들을 맡을게요. 당신은 이쪽 집들을 맡아요. 그러면 작업이 빨라질 거예요."

스타키는 동의했다. 나는 그녀를 담배와 함께 남겨두고는 잰걸음으로 굽잇길 먼 쪽에 있는 집들을 향해 우리가 타고 온 차들을 지나쳤다. 첫 집에서는 에콰도르인 가정부가 나를 맞아줬지만, 그녀는 누구도, 아무것도 보지 못했고, 도움을 줄 수 있는 형편이 아니었다. 다음 집에서는 대답하는 사람이 없었지만, 세 번째 집에서는 얇은 가운과 슬리퍼 차림의 연세 지긋한 노인이 나왔다. 노인은 골다공증 때문에 지독히도 연약해 보이는 탓에 시들어가는 꽃처럼 축 늘어져 있었다. 비탈에 있던 사람에 관해 설명하고는 누군가를 보신 적이 있느냐고 물었다. 노인의 이가 없는 입이 벌어진 채로 늘어졌다. 노인에게 사내아이 하나가 실종됐다고 말했다. 노인은 대답하지 않았다. 내 명함을 노인의 주머니에 밀어 넣고는 뭔가 기억이 날 경우 전화 주십사 부탁하고는 문을 닫았다. 나는 또 다른 가정부와 어린아이 세 명을 데리고 있는 젊은 여성과 얘기를 나눴다. 그런 후 집에 아무도 없는 또 다른 집에 당도했다. 평일이라서 사람들은 직장에 있었다.

도로 저 위쪽에 있는 집들을 찾아가는 걸 고민하다 차로 돌아왔다. 내가 돌아왔을 때 스타키는 그녀의 포드 크라운 빅토리아에 기대서 있었다.

내가 물었다. "수확 있어요?"

"제발요, 콜, 내가 그렇게 보여요? 본 게 아무것도 없는 사람들하고 말을 너무 많이 섞은 탓에 어떤 년한테 태어난 이후로 집 밖에 나와본 적은 있느냐고 묻기까지 했단 말이에요."

"사람들 상대하는 게 당신의 장점은 아니죠, 그렇죠?"

"나는 도와줄 인력을 보내달라고 지타몬에게 전화를 해야 했어요. 이 도로에서 작업하는 쓰레기 수거하는 사람들과 집배원들, 사설 경비업체 차량들, 뭔가를 봤을지도 모르는 사람들을 찾아내고 싶어서요. 하지만 당신하고 나는 할 수 있는 데까지는 다 해봤어요. 당신은 이제 여기를 떠나만 해요."

"이봐요, 스타키, 할 일이 태산 같잖아요. 내가 그 작업을 도와줄 수 있어요. 나는 지금 여기를 떠날 수는 없어요."

그녀는 부드러운 목소리로 조심스레 말했다.

"지금 여기서 할 일들은 시시한 것들이에요, 콜. 당신은 휴식이 필요해요. 수확이 있으면 내가 전화할게요."

"경비업체들에 전화 거는 일은 집에서도 할 수 있어요."

내 목소리는 심지어 내 귀에도 절박하게 들렸다. 그녀는 고개를 저었다.

"비행기가 이륙하기 전에 틀어주는 영상 알죠? 항공사에서 비상시에 무슨 일을 하라고 하던가요?"

취기와 허기가 동시에 느껴지는 것 같은, 아득한 곳에서 나는 윙윙 소리가 내 머리를 가득 채웠다.

"그게 이 일하고 무슨 상관이 있어요?"

"영상을 보면 사람들한테 기내의 기압이 떨어질 경우, 아이들에게 산소마스크를 씌우기 전에 자신부터 먼저 마스크를 써야 한다고 말하잖아요. 처음에 그걸 봤을 때 나는 생각했어요. '무슨 개소리를 하는 거야? 나한테 자식이 있으면 무슨 일이 있어도 그 애한테 먼저 마스크를 씌울 거야. 그게 당연한 일 아니겠어? 사람은 누구나 자기 자식을 구하고 싶어 하잖아.'

그런데 그 문제를 생각하면 할수록, 그 얘기가 사리에 맞았어요. 우리는 우리 자신부터 먼저 구해내야 해요. 우리가 살아 있지 않으면 우리 자식을 도와줄 수 없다는 건 지당한 얘기니까요. 그게 바로 당신이에요, 콜. 벤을 돕고 싶으면 당신부터 마스크를 써야 해요. 집에 가요. 뭔가 튀어나오면 내가 전화할게요."

그녀는 그러고서는 나한테서 멀어져서 밴에 있는 첸에게 합류했다.

나는 내 차에 올랐다. 집에 가야 할지 말아야 할지를 몰랐다. 잠을 잘 수 있을지 없을지를 몰랐다. 나는 그곳을 떴다. 운전해서 굽잇길을 돌다가 대형 쓰레기통 옆에 주차된 연노란색 급식용 밴을 봤다. 공사장의 작업 방식은 그런 식이었다. 휴식 시간이 될 때까지 벽돌 쌓기.

조금 전에 도착한 밴이었다.

내가 지나치게 피곤하지만 않았다면, 나는 그 아이디어를 곧바로 떠올렸을 것이다. 공사장 일꾼들은 식사를 해야 한다. 급식용 밴이 그들을 먹인다. 날마다 두 번씩 아침과 점심을. 11시 50분이었다. 벤이 실종된 지 44시간 가까이 경과한 시점이었다.

도로에서 내 차를 떠난 나는 열기 때문에 계속 열려 있도록 받쳐놓은, 밴의 후방에 있는 좁다란 문으로 달려갔다. 밴 내부에는 흰색 티셔츠 차림의 젊은 남자 두 명이 그릴 위로 몸을 숙이고 있었다. 그릴에 구운 치킨 샌드위치와 종이 접시에 넘치게 담긴 타코와 살사 베르데를 그들이 창문 앞에 늘어선 사람들에게 담아주는 동안, 땅딸하고 통통한 여성은 스페인어와 영어가 섞인 말로 주문 내용을 큰 소리로 그들에게 전하고 있었다. 여자는 나를 힐끔 보더니 밴의 측면을 향해 고갯짓을 했다.

"저기 가서 줄 서요."

"어린 사내아이가 납치됐습니다. 우리는 그 애를 납치한 자가 이 도로에서 많은 시간을 보냈다고 생각합니다. 부인께서 그자의 차를 목격했을지도 모릅니다."

그녀가 분홍색 수건에 두 손을 닦으면서 문으로 왔다.

"무슨 말이에요. 어린 사내아이라니? 경찰이에요?"

앞서 만났던 전기기술자가 창문 앞의 줄에 서 있었다.

그가 말했다. "맞아요. 이 사람, 경찰하고 왔었어요. 어떤 놈이 이 근처에서 어린애를 납치했대요. 믿어져요? 이 사람들은 그 아이를 찾으려고 노력하고 있어요."

밴에서 나온 여자가 내가 있는 도로로 들어섰다. 여자의 이름은 마리솔 루나, 급식업체 소유주였다. 나는 굽잇길 맞은편의 현장에 대해 설명하고는 지난 2주간 그 지역에 주차된 차량이나 어울려 보이지 않는 사람을 본적이 있느냐고 물었다.

"그런 것 같지는 않아요."

"저기에 주차한 사람이 아무도 없었을 때는 어떤가요? 차가 딱 한 대만 있을 때 말입니다."

그녀는 타월에 양손을 문질렀다. 그렇게 하면 기억을 떠올리는 데 도움이 되는 양.

"배관업자를 봤어요. 우리가 여기서 아침을 끝내고 저쪽 길로 갈 때……"

그녀는 커브 쪽을 가리켰다. 내 머릿속의 웡웡거리는 소리가 악화됐다.

"……그러고는 비탈 아래로 가는 배관업자를 봤어요."

나는 일꾼들 쪽을 힐끔 보면서 콜리가 있나 살폈다. 마리솔 루나는 무

246

엇인가를 목격한, 내가 찾아낸 첫 번째 사람이었다.

"그가 배관업자라는 걸 어떻게 아시는 거죠? 여기 이 집에서 일하는 사람이었나요?"

"트럭에 적혀 있었어요. 에밀리오스(Emilio's) 배관회사. 우리 남편이, 그이 이름이 에밀리오라서 기억하는 거예요. 그 트럭도 그래서 기억하는 거고요. 그 이름을 볼 때마다 웃음이 나거든요. 그날 밤에 남편한테도 그 얘기를 했어요. 하지만 그 남자는 우리 에밀리오와는 생긴 게 완전 딴판이었어요. 흑인이었어요. 얼굴에 혹 같은 것들이 나 있었어요."

나는 공사장 일꾼들에게 물었다.

"콜리는 어디 있습니까? 누구 콜리 좀 데려와줄 수 있습니까?"

그러고서 나는 루나 부인에게 몸을 돌렸다.

"비탈을 내려간 남자가 흑인이었다고요?"

"아뇨. 트럭에 있는 남자가 흑인이었어요. 비탈에 있던 남자는 백인이었어요."

"남자 두 명이요?"

머릿속에서 윙윙거리는 소리가 카페인이 과다 투여됐을 때처럼 미친 듯이 증폭됐다. 전기기술자가 미스터 콜리와 함께 트럭 끝을 돌아왔다.

그가 말했다. "운이 좀 따랐습니까?"

"여기서 일하는 배관공이나 배관공사 하청업체 중에 에밀리오라는 사람이나 에밀리오스 배관회사라는 데가, 아니면 그와 비슷한 데가 있습니까?"

콜리는 고개를 저었다.

"아뇨, 전혀요. 저는 내가 맡은 모든 공사에 도넬리라는 하청업자를 계속 쓰고 있습니다."

루나 부인이 말했다. "그 트럭에 에밀리오스 배관회사라고 적혀 있었어요."

전기기술자가 말했다. "그래요. 나도 그 트럭 봤어요."

머릿속에서 윙윙거리던 소리가 갑자기 사라졌고, 몸에서 느껴지던 통증이 씻은 듯이 사라졌다. 살갗 밑에서 피가 마구 몰려다녔다. 정신이 완벽하게 선명해지면서 몸이 가벼워지고 활기가 느껴졌다. 우리가 베트콩의 루트 옆에 은신하고 있다가 베트콩이 다가오는 소리를 듣고는 로드리게스가 사격 지시를 내릴 때까지 기다릴 때, 내가 그들을 잡지 못하면 그들이 나를 잡을 것이라는 걸, 어느 쪽에서 흘리는 피건 유혈이 낭자한 상황이 막 일어날 참이라는 걸 알았을 때 느꼈던 것과 똑같은 기분이었다.

내가 말했다. "루나 부인, 저랑 같이 가주셨으면 합니다. 부인이 지금 당장 경찰한테 얘기를 해주셨으면 합니다. 커브를 돌면 바로 거기에 경찰이 있습니다."

마리솔 루나는 불만이나 반대 의사를 비치지 않고 내 차에 탔다. 차를 돌릴 시간조차 없었다. 나는 스타키를 향해 후진으로 차를 몰았다.

실종 이후 경과 시간: 43시간 50분

태양이 남쪽 하늘에서 분노한 듯 환히 빛나면서 협곡에 있는 거대한 공기 덩어리를 끓는점에 다다를 때까지 데우고 있었다. 솟구치는 공기가 유황 냄새가 나는 도시의 공기를 부드러운 미풍으로 밀어 올렸다. 스타키는 햇빛을 가리려고 얼굴에 손을 들고 있었다.

"루나 부인, 부인께서 보신 걸 얘기해주세요."

마리솔 루나와 스타키와 나는 굽잇길 꼭대기의 도로에 서 있었다. 미시즈 루나는 그녀가 어째서 그 일을 기억하는지를 말하면서 몸을 돌려 공사장 쪽을 가리켰다.

"우리는 저기 커브를 돌아왔어요. 그런데 바로 여기에 배관업자 트럭이 있었어요."

그녀는 배관업자의 밴이 우리가 서 있던 지점 바로 근처에, 갓길이 아니라 도로에 서 있었다고 가리켰다. 그 자리는 공사장이나 주위에 있는 집들에서는 볼 수 없는 위치일 것이다.

"내 트럭은 커요. 알죠? 굉장히 넓어요. 라몬한테 '이거 봐, 이 사람, 도로를 다 차지하고 있어'라고 말했어요."

내가 설명했다. "라몬은 부인 밑에서 일하는 사람이에요."

"부인께서 말씀하시게 놔둬요, 콜."

루나 부인은 말을 이었다.

"그 밴이 움직이지 않으면 밴을 돌아갈 수가 없는 상황이라 우리 차를 세워야 했어요. 그러다가 그 이름을 봤어요. 미스터 콜한테 얘기했던 것처럼 그 이름을 보니까 웃음이 났어요. 그날 밤에 남편한테 말했어요. 여보, 오늘 당신을 봤어."

스타키가 물었다. "그게 언제 일인가요?"

"사흘쯤 됐을 거예요. 사흘 전에 봤어요."

벤이 유괴되기 전날이었다. 스타키는 수첩을 꺼냈다.

루나 부인은 그 밴을 흰색에 지저분했다고 묘사했지만, 옆에 적힌 에밀리오스 배관회사라는 이름 말고 다른 건 하나도 떠올리지 못했다. 스타키가 그녀에게 계속 질문을 던지는 동안, 나는 휴대전화로 전화번호 안내에 전화를 걸어 에밀리오스 배관회사라고 등록된 업체가 있는지 물었다. 로스앤젤레스에도 샌 페르난도 밸리에도 그 이름으로 등록된 업체는 존재하지 않았다. 산타모니카와 베벌리힐스의 등록 업체도 확인해달라고 요청했다. 배관업, 배관업자, 배관용품 공급, 배관 하청업체 등으로 검색해봤지만, 그러는 와중에도 나는 무슨 결과가 나올 거라고는 기대하지 않았다. 이 자들은 애리조나에서 밴을 훔쳤을 수도 있었고, 그 이름을 차에 직접 칠했을 수도 있었다.

루나 부인이 말했다. "에밀리오스라고 적혀 있었어요. 틀림없어요."

스타키가 말했다. "그러면 두 남자에 대해 말씀해주세요. 부인이 여기 커브를 돌아왔는데, 그들의 밴이 길을 막고 있었어요. 밴은 어느 방향을 보고 있었나요?"

"이쪽, 나를 보는 쪽을요. 있잖아요, 앞 유리를 봤어요. 흑인 남자가 운전석에 있었어요. 백인 남자는 다른 쪽에 있었고요. 저기에 서 있었어요. 그들은 창문을 통해 얘기를 하고 있었어요."

루나 부인은 갓길로 발을 디디고는 몸을 돌려서 그들이 있던 위치에서 우리를 봤다.

"우리가 보이니까 그 사람들이 우리를 쳐다봤어요. 흑인 남자, 그 남자 얼굴에는 이런 것들이 있었어요. 어딘가 아픈 사람 같았어요. 빨간 뾰루지들처럼 보였어요."

그녀는 두 뺨을 만졌다. 그러고는 코를 찡그렸다.

"그 사람도 덩치가 컸어요. 정말로 큰 남자였어요."

스타키가 물었다. "그 사람이 밴 밖으로 나왔었나요?"

"아뇨. 운전석에 있었어요."

"그렇다면 그 남자 덩치가 크다는 걸 어떻게 아시는 거죠?"

루나 부인이 두 팔을 머리 위로 높이 올리고는 멀리 벌렸다.

"그 사람 덩치가 앞 유리를 이렇게 채웠어요. 이렇게 컸어요."

스타키는 얼굴을 찡그렸지만, 전체적인 그림을 파악한 나는 다음 문제로 넘어가고 싶었다.

"백인 남자는 어땠나요? 그 남자에 대해 기억나는 게 있으세요? 문신이나 안경 같은 건요?"

"나는 그 남자는 쳐다보지 않았어요."

"머리가 길었나요, 짧았나요? 머리색도 기억하세요?"

"미안하지만 기억이 안 나요. 흑인 남자랑 트럭은 봤어요. 우리가 그 옆을 지나가야 했으니까요. 아시겠죠? 나는 그 남자를 돌아가려고 길에서 벗어났는데, 그러다가 차가 너무 멀리 나가버렸어요. 후진해야 했어요. 그러니까 다른 남자가 뒤로 물러섰어요. 그의 친구가 우리를 위해 공간을 만들어야 했으니까요. 여기가 너무 좁았거든요. 나는 트럭이 떠나는 걸 지켜보고 있었어요. 라몬한테 '저 남자 얼굴에 난 그것들 봤어?'라고 물어봤어요. 라몬도 그걸 유심히 봤더라고요. 라몬은 그걸 무사마귀라고 했어요."

스타키가 물었다. "라몬은 성(姓)이 뭔가요?"

"산체스요."

"지금 트럭에 있나요?"

"그래요."

스타키는 그걸 적었다.

"좋아요. 나중에 그분하고도 얘기해봤으면 해요."

나는 원래 주제로 화제를 돌렸다.

"그러니까 흑인 남자는 차를 몰고 떠났고 다른 남자는 비탈을 내려갔다는 겁니까, 아니면 흑인 남자가 다른 남자가 돌아오기를 기다렸다는 겁니까?"

"아니, 아니에요. 그 남자는 갔어요. 그 남자가 갈 때 다른 남자가 손짓을 했어요. 그러니까, 상스러운 손짓을요."

루나 부인은 민망해하는 기색이었다.

스타키는 그녀에게 가운뎃손가락을 보였다.

"백인 남자가 이렇게 한 건가요? 이런 식으로?"

"그래요. 라몬은 깔깔 웃었어요. 나는 내 트럭을 후진시켰어요. 바위들이 너무 가까이 있어서 신경 써서 살펴야 했거든요. 그래도 그 남자가 그런 손짓을 하고는 비탈을 내려가는 걸 봤어요. '저 남자, 집으로 돌아가야 하는 거 아냐?' 하고 생각했지만, 남자는 그러는 대신에 비탈을 내려갔어요. 그래서 내가 말했어요. '재미있네. 저 남자는 왜 비탈을 내려가는 거래?' 그러고는 그 남자가 용변을 보고 싶어 하는 게 분명하다고 생각했어요."

"그 남자가 저 아래로 내려가서 어디로 가는지 보셨나요? 아니면 그 남자가 돌아오는 모습을 보셨나요?"

"아뇨. 우리는 떠났어요. 점심을 준비하기 전에 아침을 제공해야 할 다른 곳이 있었거든요."

스타키는 루나 부인의 이름과 주소, 전화번호를 적고는 그녀에게 명함을 건넸다. 스타키의 삐삐가 다시 울렸지만, 그녀는 무시했다.

그녀가 말했다. "정말로 큰 도움을 주셨어요, 루나 부인. 오늘 저녁이나 내일쯤 몇 가지 더 여쭤봐야 할지도 모르겠어요. 그래도 괜찮을까요?"

"기꺼이 도와드려야죠."

"다른 게 기억나면, 제 전화를 기다릴 것 없이 바로 연락주세요. 우리가 지금 얘기하는 식으로 얘기를 하다 보면 기억이 날지도 몰라요. 부인께서 트럭이나 그 남자들에 대해 뭔가를 기억하시면 큰 도움이 될 거예요. 하찮게 보일지도 모르지만, 제가 분명히 말씀드리는데, 세상에 하찮은 건 하나도 없어요. 부인께서 기억해내는 건 뭐가 됐건 저희에게는 도움이 될 거예요."

전화기를 꺼낸 스타키는 갓길 가장자리로 가서 사무실로 전화를 걸어 그 밴을 수배해달라고 요청했다. 할리우드 경찰서의 정복경찰 지휘관은 파커 센터의 중점 전달 사항과 함께 그 정보를 전달하고, 시내에 있는 모든 경찰차에 측면에 '에밀리오스 배관회사'라고 적힌 밴이 있는지 주시하라고 알릴 것이다.

나는 루나 부인에게 차로 모셔다드리겠다고 말했지만, 그녀는 반응을 보이지 않았다. 그녀는 눈썹을 찡그리고는 스타키를 주시했다. 비탈길 가장자리에 서 있는 스타키의 모습 이상의 것을 보고 있는 듯했다.

"기억에 대한 저 여경 분 말이 맞아요. 기억이 나요. 그 남자는 담배를 가지고 있었어요. 연기를 피운 게 아니라, 그걸 씹었어요. 조금씩 베어 문 다음에 그것들을 뱉었어요."

나는 그녀가 기억을 떠올리는 걸 돕기 위해 애썼다. 기억이 떠올라 그림을 그려내기를 원했다. 우리는 걸어서 길 가장자리에 있는 스타키에게 합류했다. 나는 스타키의 팔을 건드렸다. 잘 들으라고 말하는 손길로.

루나 부인은 협곡을 응시한 다음, 그녀의 급식용 트럭이 비탈과 떠나는 배관업자의 밴 사이에 끼어 있는 모습이 눈에 선하다는 듯 도로 쪽으로 몸을 돌렸다.

"트럭을 바위에서 떨어뜨리면서 기어를 넣었어요. 그 남자를 돌아봤어요. 그는 아래를 보고 있었어요. 두 손으로 뭔가를 하고 있었어요. 그래서 생각했어요. '뭐 하는 거야?' 급식 시간에 늦었기 때문에 빨리 자리를 뜨고 싶었지만, 그 남자가 어쩌나 보려고 계속 쳐다봤어요. 그 남자는 담배를 벗겨서 그걸 입에 넣은 다음에 저기로 내려갔어요."

그녀는 비탈 아래를 가리켰다.

"그 남자가 용변을 보러 가는 게 분명하다고 생각한 게 바로 그때예요. 그 남자는 머리색이 짙었어요. 짧은 머리였어요. 녹색 티셔츠를 입었어요. 이제야 기억나네요. 짙은 녹색에 지저분해 보였어요."

스타키가 나를 힐끔 봤다.

"그 남자가 담배의 포장을 벗겼다는 거죠?"

루나 부인은 그녀의 배 아래로 양손 손가락을 내렸다.

"그 남자는 이렇게 하고 있었어요. 여기 아래서 이러고 있었어요. 그런 다음에 그걸 입에 넣었어요. 그 남자가 무슨 일을 하고 있었는지는 모르겠어요. 달리 무슨 일을 했을까요?"

나는 스타키가 물어본 게 무엇인지를 깨달았다.

내가 말했다. "포장지예요. 그가 포장지를 던졌다면, 지문을 얻을 수 있을지도 몰라요."

나는 갓길 가장자리를 수색하기 시작했다. 스타키는 내게 고함을 쳤다.

"그만해요, 콜! 돌아와요! 현장을 훼손하지 마요!"

"우리가 그걸 찾아낼 수 있을지도 몰라요."

"당신, 그러다가 그걸 밟거나 위에다 흙을 차서 끼얹거나 나뭇잎 밑으로 넣어버리게 될 거예요. 그러니 제발 뒤로 물러서요! 나는 수사를 어떻게 하는지 잘 알아요! 도로로 나와 서 있도록 해요!"

스타키는 루나 부인의 팔을 잡았다. 그녀가 지금 어찌나 집중하는 모습을 보이는지, 나는 그들하고는 다른 세상에 존재하는 사람처럼 보이는 것 같았다.

"어떻게든 기억을 짜내겠다고 너무 고심하지는 마세요, 루나 부인. 그냥 자연스럽게 기억이 떠오르도록 놔두세요. 그 남자가 그런 짓을 했을 때 있던 곳을 알려주세요. 그 남자는 어디에 서 있었나요?"

루나 부인은 그녀의 트럭이 있던 곳을 향해 도로를 건넌 다음, 우리를 돌아봤다. 그녀는 기억을 끄집어내려고 갖은 애를 쓰면서 이쪽저쪽으로 서성거렸다. 그녀가 가리켰다.

"오른쪽으로 약간 가보세요. 약간 더요. 그 남자는 거기 있었어요."

스타키는 주변의 땅을 내려다본 후, 더 자세히 살피려고 쪼그려 앉았다.

루나 부인이 말했다. "그 남자가 있던 자리가 바로 거기였다고 확신해요."

스타키는 균형을 잡으려고 땅을 짚은 다음, 눈을 동그랗게 뜨고 넓은 지역을 살폈다.

나는 루나 부인에게 조용히 물었다.

"여기 계셨던 게 몇 시였나요? 8시? 9시?"

"9시 이후예요. 9시 30분이었을 거예요. 점심을 내려고 트럭을 준비해야 했으니까요."

9시 30분이면 기온이 올라가고, 그 결과로 공기가 하늘로 솟구치고 있을 때였다. 딱 지금 그런 것처럼, 산들바람이 협곡 상층으로 이동하고 있을 때였다.

"스타키, 당신 왼쪽을 살펴봐요. 미풍이 당신 왼쪽으로 해서 비탈 위쪽으로 불고 있어요."

스타키는 그녀의 왼쪽을 살폈다. 그녀는 앞으로 한 걸음을 살짝 내디뎠다. 그러고는 왼쪽을 살폈다. 그녀는 옆에 있는 로즈메리 잔가지와 잡초를 만져보고는 다시 앞으로 슬금슬금 나아갔다. 움직임이 어찌나 느린지, 꿀을 헤치면서 걸어가는 사람처럼 보였다. 그녀는 흙을 한 줌 들어 손가락 틈으로 떨어뜨려서 흙이 산들바람에 어떻게 날려 떨어지는지를 관찰했다. 그녀는 흙의 흔적을 따라 좀 더 왼쪽으로, 갓길에서 멀리 벗어난 쪽으로 향했다. 그러다가 그녀는 천천히 걸음을 멈췄다.

내가 물었다. "뭐예요?"

루나 부인과 나 모두 서둘러 그리로 갔다. 시든 잡초들에 투명한 비닐 담배 포장지가 걸려 있었다. 빨간색과 금색이 섞인 밴드가 들어 있는 칙칙한 노란색 포장지였다. 그런 포장지는 어디서든 여기로 날아올 수 있었다. 그놈이 여기 있기 전에도 있었거나 여기를 떠난 다음에 떨어진 것인지도 몰랐다. 하지만 놈이 남겨두고 떠난 것일 수도 있었다.

우리는 그걸 건드리지 않았다. 심지어 가까이 가지도 않았다. 빛의 무게가 실리기만 해도 그게 사라져버릴지도 모른다는 듯 그 포장지를 내려다보며 서 있었다. 우리는 존 첸을 소리쳐 불렀다.

실종 이후 경과 시간: 43시간 56분

존 첸이 흑심을 품은 상대에게 한 조언

첸이 제일 먼저 한 일은 신발 자국들과 졸참나무 뒤에 있는 뭉개진 풀밭, 씹고 뱉은 담배 덩어리들이 많이 모여 있는 지점들에 깃대를 꽂는 것이었다. 첸은 담배 덩어리를 분석하는 고단한 작업을 깊이 고민하지 않았다. 2년 전, 첸은 프레드 아스테어 절도범이라는 별명이 붙은 보석 도둑이 저지른 일련의 절도 사건을 작업했었다. 프레드는 실크해트와 각반, 연미복 차림으로 행콕 파크에 있는 대저택들을 부지런히 돌아다녔다. 그 주택 중 두 채에 설치된 비밀 감시 카메라가 프레드가 이 방에서 저 방으로 날아가듯 돌아다니는 동안 말 그대로 부드러운 구닥다리 구두를 신고 지터버그를 추는 모습을 보여줬다. 프레드의 흥미진진한 행태에 깊은 인상을 받은 『타임스』는 그를 영화 「나는 결백하다」에서 캐리 그랜트가 연기한 멋쟁이 도둑과 비슷한 존재로 묘사했다. 하지만 사실, 프레드는 『타임스』가 기사에 언급하는 걸 깜빡 까먹은 명함을 현장에 남겼다. 프레드는 그가 턴 모든 집에서 바지를 내리고는 바닥에 대변을 봤다. 멋들어진 행각이라고 보기는 어려운 짓이었다. 당당한 행동이라고 말하기는 어려운 짓이었다. 첸은 프레드가 열네 군데 상이한 범행 현장에 남긴 배설물들을 성실하게 봉지에 담고 꼬리표를 붙이고 그래프 작업을 하며 분석했었다. 그러니 도둑의 배설물에 비하면, 용의자의 입에 들어갔다 나온 담배 덩어리 몇 개를 작업하는 게 뭐 그리 힘든 일이겠는가?

깃대를 다 세운 후, 첸은 현장을 측량하고 도표를 그렸다. 각각의 증거물에는 고유한 증거 번호를 부여했고, 첸과 경찰과 검사들이 각 항목을 발견한 곳에 대한 정확한 기록을 확보할 수 있도록 각각의 번호의 위치를 그래프에 기록했다. 모든 물증을 측량해야 했고, 측량에서 나온 값은 기록으로 남겨야 했다. 지루한 작업이었다. 그래서 첸은 그 작업을 혼자서만 해야 하는 게 억울했다. SID는 또 다른 요원—자기가 남들보다 뛰어나다고 생각하는, 지독히도 재수 없는 로나 브론스테인—을 파견했지만, 그녀는 몇 시간은 지나야 도착할 것 같았다.

스타키가 도와주고 있었는데, 콜이 그녀를 비탈 위로 다시 끌고 갔다. 첸은 스타키가 폭발물 처리반에 있을 때부터 그녀와 알고 지내는 사이로, 그녀가 깡마른 데다 얼굴이 말상이었음에도 그녀에게 호감 비슷한 감정을 품고 있었다.

첸은 그녀에게 데이트를 신청할까 고민 중이었다.

존 첸은 섹스 생각을 많이 했다. 그가 생각하는 상대가 스타키만 있었던 건 아니었다. 사실, 그는 집에서, 실험실에서, 운전하는 차에서 섹스 생각을 했다. 눈에 띄는 모든 여성에게 성적 호감도에 따른 등급을 매겼고, 그가 —배고픈 놈이 이것저것 가릴 처지가 아니기에— 갈수록 낮아지고 있다고 인정하는 기준점에 미치지 못하는 여자는 누구건 보는 즉시 '돼지'라는 딱지를 붙이고는 작업 대상에서 제외했다. 그가 있는 곳이 어디인지도 상관하지 않았다. 그는 강력 사건이 일어난 현장에서, 자살자가 누워 있는 현장에서, 총격과 칼부림과 폭행이 자행된 현장에서, 차량을 이용한 살인 사건을 수사하는 자리에서, 시신 안치소에서 섹스 생각을 했다. 그는 아침마다 섹스에 강박관념을 느끼며 깨어났다. 그러고는 키는 작지만 관능적인 케이티 커릭(미국의 뉴스 캐스터)이 「투데이 쇼」에서 매력을 발산하는 모습을 시청하는 것으로 그의 내면에서 타오르는 모닥불에 장작을 추가했다. 그런 후에야 그는 머핀을 무척이나 좋아하는 살인자 무리들이 상황을 잔뜩 악화시켜놓은 현장을 작업하러 집을 나섰다. 도시에는 그런 자들이 그득했다. 쭉쭉 빵빵한 주부들과 섹스에 환장한 여배우들이 남자의 살

냄새를 향한 절대 끝나지 않을 수색에 나서서는 고속도로를 돌아다니고 있었는데, 존 첸은 그런 천금 같은 기회를 놓친 LA 사내 중 **하나**였다! 그의 은색 포르쉐 박스터가 사람들의 시선을 끌어모은 건 분명했다—그는 바로 그 이유로 그 차를 구입해서 거기에 탱모빌('tang'은 여성의 성기를 가리키는 속어다)이라는 애칭을 붙였다—. 하지만 그의 검은색 애마의 매끈한 독일식 라인을 살피다가 191센티미터에 59킬로그램 나가는 볼품없는 몸뚱어리에 눈이 네 개인 그의 괴물 같은 모습을 본 여자들은 빠르게 다른 곳으로 시선을 돌렸다. 이건 사내를 깊은 고민에 빠뜨리기에 충분한 현실이었다.

존은 섹스에 대한 공상에 빠져 너무 많은 시간을 보낸 탓에 가끔은 정신과 의사를 만나러 가야 하는 게 아닌가 생각하기도 했다. 하지만, 그래도, 섹스에 대해 생각하는 게 죽음에 대해 생각하는 것보다는 나은 일 아니겠는가.

스타키는 그가 작성한 '필수 정복 대상' 명단의 톱 텐에 들어갈 만한 여자는 아니었다. 하지만 돼지도 아니었다. 언젠가 그는 포르쉐를 타고 드라이브를 가고 싶으냐고 그녀에게 물었었다. 그런데 스타키는 자신이 운전대를 잡을 수 있어야만 그러겠노라고 대답했다. 그런 일이 실제로 일어날 거라고 기대하는 사람처럼.

존은 그 문제를 다시 고민하는 중이었다. 그녀에게 운전대를 맡기는 게 썩 나쁜 일은 아닐지도 몰랐다.

첸이 그 문제를 심각하게 고려하고 있을 때 스타키가 그에게 당장 볼기를 놀리라고 큰 소리를 쳤다.

"빨리요." 그녀가 소리쳤다. "어서, 존, 이리로 와요!"

쌍년. 늘 운전석에만 앉으려 드는.

그들에게 당도한 첸은 스타키와 콜이 땅에 묻힌 보물을 내려다보는 꼬맹이처럼 잡초 밭을 맴도는 걸 보게 됐다. 은퇴를 나중으로 미룬 게 분명한 땅딸막한 라틴계 아줌마가 그들과 함께 있었다. 첸은 그녀를 보는 즉시 명단에서 제외했다. 돼지.

"왜 소리를 질러대고 그래요? 할 일이 태산 같단 말이에요."

스타키가 말했다. "그만 떠들고 이걸 살펴봐요."

콜이 그에게 잡초 속에 있는 무언가를 보여주려고 쪼그려 앉았다.

"스타키가 담배 포장지를 찾았어요. 우리는 이게 그놈이 버린 거라고 생각해요."

첸은 자세히 살펴보려고 안경을 벗었다. 안경을 벗는 건 치욕스럽기는 해도 필수적인 일이었다. 땅에서 불과 몇 센티미터 위에 코를 갖다 대는 첸의 모습은 세계 정상급 괴짜처럼 보일 테지만, 그래도 그는 포장지를 더 선명하게 보고 싶었다. 포장지는 두 겹으로 접은 듯 보였다. 그리고 빨간색과 금색이 섞인 밴드가 여전히 들어 있었다. 비닐로 된 이 증거물은 약간 풍화됐지만, 아직 광택을 잃지 않은 밴드는 이 자리에서 이틀을 넘기지는 않았을 것을 뜻했다. 빨간색 염료는 빠르게 색이 바랜다. 비닐은 가벼운 흙이 쌓인 층 아래에서 더럽혀진 듯 보였다.

첸이 더러운 자국들을 유심히 살피는 동안, 스타키는 루나 부인이 용의자가 포장지를 제거하거나 내버리는 걸 보지는 못했지만 용의자가 담배를 만지작거리는 건 목격했다고 설명했다.

첸은 듣는 척했지만, 대부분의 시간 동안 그는 스타키가 콜을 향해 계속 미소를 지으면서 그의 어깨를 주먹으로 툭툭 치는 모습에 속으로 울화를 쌓고 있었다.

첸은 그가 낼 수 있는 제일 심한 볼멘소리로 투덜거렸다.

"알았어요. 일지에 기록할게요. 키트 가져올게요."

"기록은 하는 게 맞지만, 우리는 이걸 글렌데일로 가져갔으면 해요. 당신이 이 포장지에 묻은 지문을 확인해줬으면 해요."

첸은 그녀가 다시 술을 마시고 있는 건지 궁금해졌다.

"지금요?"

"그래요. 지금 당장."

"브론스테인이 오고 있어요."

"나는 망할 브론스테인을 기다리고 싶지 않아요. 우리는 여기서 뭔가를 확보했어요, 존. 우리, 글렌데일로 가져가서 대박을 노려보자고요!"

첸은 도와달라는 뜻으로 콜을 힐끔 봤지만, 콜은 신경이 곤두선 사이코 킬러의 눈빛을 보였다. 어쩌면 두 사람 다 술에 취한 건지도 모른다.

"우리가 여기를 떠날 수 없다는 거 알잖아요. 제발, 스타키, 우리가 자리를 떴다가는 저 아래에 있는 모든 물증을 다루는 관리 연속성(chain of custody)을 깨버리게 될 거예요. 법정에서 유리하지 않을 거라고요."

"그 문제는 운에 맡겨봐요."

"운에 맡길 가치가 없는 일이에요. 내 말은, 저분이 그 남자가 포장지를 버리는 걸 목격했다는 건 별개의 일이라는 거예요. 우리는 이게 그 남자가 버린 것이 맞는지조차 몰라요. 다른 사람이 버린 것일 수도 있어요."

스타키는 루나 부인이 소리를 듣지 못하도록 첸을 옆으로 밀었다. 콜은 스타키를 애완견처럼 따라다녔다. 그들은 이미 침대에서 엉켜본 사이 같았다.

스타키는 목소리를 낮췄다.

"지문 작업을 해보기 전까지는 그걸 알 도리가 없잖아요."

"지문이 발견되지 않을지도 몰라요. 내 눈에 보이는 건 얼룩뿐이에요. 얼룩하고 지문은 같은 게 아니에요."

첸은 그의 말소리가 심하게 투덜거리는 것처럼 들리는 게 싫었다. 하지만 그녀는 그쯤에서 멈추려 들지 않았다. 현장을 지키는 인력 없이 현장을 떠나는 건 SID와 LAPD 방침을 정면으로 위반하는 거였다.

그녀가 말했다. "저 비탈 아래에 있는 그 무엇도 이것의 중요성에는 비할 바가 못 돼요. 이게 놈이 버린 게 아닐지도 몰라요, 존. 아닐 가능성도 있겠죠. 하지만 당신이 찾아낸 게 지문의 특징이 두어 개밖에 안 되더라도 그걸로 놈의 신원을 밝혀낼 수 있을지도 몰라요. 그러면 우리는 벤을 찾아내는 일에 더 가까워질 거예요."

"내 모가지가 날아가는 데 더 가까워지는 거라는 게 정확한 표현이죠."

첸은 걱정됐다. 스타키는 트레일러 파크에서 폭발 사건을 겪은 이후로 그녀 자신과 그녀의 경력을 망가뜨릴 작정으로 터무니없는 일들을 저질러왔다. 폭발물 처리반이, 그다음에는 범죄음모과가 그녀를 내쫓았고, 그래서 그녀는 지금 청소년과 책상이라는 막장에 처박혀 있다. 어쩌면 그녀는 다시 자살 충동에 시달리고 있는지도 모른다. 어쩌면 그녀는 잘리고 싶은지도 모른다. 첸은 그녀가 내뱉은 숨결의 냄새를 맡으려고 슬그머니 그녀 가까이 이동했다. 스타키는 그를 뒤로 밀쳤다.

"젠장, 술 안 마셨어요."

콜이 말했다. "존."

첸은 그를 노려봤다. 올게 왔다. 콜은 그와 그의 파트너 파이크가 그를 혼쭐을 내주겠다고 으름장을 놓을 것이다. 첸은 콜이 그녀를 유혹하는 중이라고 확신했다. 파이크도 그녀를 꾀는 중일 것이다.

첸이 말했다. "나는 그런 일은 하지 않을 거예요."

콜이 말했다. "포장지가 우리에게 도움이 될 경우, 윗사람들한테는 그걸 찾아낸 사람이 당신이라고 말할게요."

스타키는 콜을 힐끔 보더니 고개를 끄덕였다.

"물론이죠. 존이 공적을 원한다면, 이건 존의 공로예요. 이건 우리 수사에서 획기적인 순간이 될 수 있어요, 친구. 저녁 뉴스의 메인 기사는 떼어놓은 당상이죠."

첸은 고민해봤다. 그는 예전에 파이크와 콜이 제공한 정보들로 썩 좋은 성과를 냈었다. 그 덕분에 승진도 하고 탱모빌도 얻었으며 여자를 자빠뜨리기 직전까지 갔었다. 첸은 루나 부인이 지금 하는 얘기를 조금이라도 들을 수 있을지 확인하려고 그녀를 힐끔 봤지만, 그녀는 안전한 거리 밖에 떨어져 있었다.

그가 물었다. "여기 아래에 있는 증거들을 잃어도 괜찮겠어요?"

스타키의 삐삐가 울렸지만, 그녀는 무시했다.

"내 신경은 온통 이 아이를 찾아내는 데 쏠려 있어요. 저기 아래에 있는 것들이 도움이 되더라도 너무 늦게 도움이 될 경우, 그것들은 아무 의미가 없어요."

콜이 오랫동안 그녀를 응시하다가 다시 첸 쪽으로 몸을 돌렸다.

그가 말했다. "도와줘요, 존."

첸은 꼼꼼히 생각해봤다. 그래, 이건 승산이 별로 없는 도박이야. 하지만 졸참나무 아래에 있는 그 어느 것도 그들에게 범인의 신원을 직접 제공하거나 제공할 수 없지만, 이건 그렇게 해줄지도 몰라. 가능성은 별로 없지만, 희망은 가능성 안에서 살아가는 존재잖아. 존은, 예를 들어, 저녁 뉴스의 화면을 장식하는 걸 희망했다. 꼬마를 찾는 걸 돕는 것도 썩 나쁜 일은 아닐 터였다.

스타키의 삐삐가 다시 울렸다. 스타키는 삐삐를 껐다.

첸은 마음을 굳혔다.

"장비 가져올게요."

스타키는 첸이 그때껏 보았던 것 중에 가장 환한 미소를 지었다. 그러고는 손을 콜의 어깨에 올렸다. 그녀는 손을 그대로 놔뒀다. 첸은 증거 수집 키트를 가지러 비탈 아래로 서둘러 내려가면서, 스타키가 콜에게 조금만 더 군침을 흘린다면, 콜은 그녀가 흘린 침에 익사하게 될 거라고 생각했다.

15

사건의 목격자

전날 밤, 그들이 이웃집 측면에서 벤을 붙잡아 집 안으로 데려왔을 때, 마이크는 녹색 더플백에서 휴대폰을 꺼낸 다음 집 안의 다른 곳으로 갔었다. 에릭과 마지는 벤을 거실 바닥에 앉혔다. 돌아온 마이크는 벤의 입에서 몇 센티미터 떨어진 곳에 전화기를 갖다 댔다. 벤은 전화기 반대편에서 누군가가 귀를 기울이고 있다는 걸 감지했다.

마이크가 말했다. "네 이름하고 주소를 말해."

벤은 젖 먹던 힘까지 다해 소리를 질렀다.

"도와주세요! 도와주세요!"

에릭이 벤의 입을 손으로 꽉 막았다. 벤은 자신이 도움을 요청했다는 이유로 그들이 그를 해칠까 봐 두려웠지만, 마이크는 전화기를 끄고 껄껄 웃기만 했다.

"세상에, 끝내줬어."

에릭은 벤의 얼굴을 세게 쥐어짰다. 에릭은 벤이 탈출하기 직전까지 가면서 그를 곤경에 빠뜨렸다는 이유로 여전히 열 받아 있었다. 그래서 그의 얼굴은 그의 머리카락 색만큼이나 시뻘겋게 상기돼 있었다.

"소리 그만 쳐라, 그러지 않으면 네 망할 머리를 따버릴 테니까."

마이크가 말했다. "머리 좀 굴리지 그래. 그렇게 도와달라고 고함을 치는 것으로 걔는 굉장한 일을 해냈어. 애 얼굴은 그만 쥐어짜도록 해."

"망할 이웃들이 소리를 듣기를 원하는 겁니까?"

마이크는 전화기를 더플백에 다시 집어넣고는 담배를 꺼냈다. 그는 벤을 유심히 보면서 포장지를 벗겼다.

"쟤는 더는 소리를 지르지는 않을 거야, 그렇지, 벤?"

벤은 꿈틀거리는 걸 멈췄다. 겁이 났다. 하지만 그러지 않겠다는 뜻으로 고개를 저었다. 에릭은 그를 놔줬다.

벤이 물었다. "아까 전화한 사람 누구였어요?"

마이크는 그를 무시하면서 에릭을 힐끔 봤다.

"걔 방으로 데려가. 비명을 지르기 시작하면 상자에 다시 가두도록 해."

벤이 말했다. "소리 안 지를게요. 그 사람 누구였어요? 우리 엄마였어요?"

마이크는 아무 말도 안 했고, 벤이 한 다른 질문들에 대한 대답도 하나도 하지 않았다. 에릭은 그를 창문 위에 커다란 합판이 못으로 박혀 있는 빈 침실에 감금하고는 잠을 좀 자두라고 말했다. 하지만 벤은 잠을 이룰 수가 없었다. 그는 창문에서 합판을 떼어내려 애썼지만, 합판에는 못질이 단단히 돼 있었다. 그는 문에 있는 틈을 통해 그들이 하는 얘기를 들으려고 애쓰며 문 앞에서 웅크리는 것으로 그 밤의 나머지 시간을 보냈다. 한밤중에 에릭과 마지가 낄낄거리는 소리가 가끔씩 들렸다. 그는 그들이 그에게 무슨 짓을 하려고 드는 건지 알아보겠다는 생각으로 귀를 한껏 기울였지만, 그들은 그의 이름을 단 한 번도 입에 올리지 않았다. 그들은 아프리카와 아프가니스탄에 대해, 그리고 그들이 어떤 사람의 다리를 어떻게 잘라냈는지에 대해 떠들었다. 벤은 엿듣는 걸 중단하고는 밤의 나머지 시간 동안 벽장에 숨어들었다.

이튿날 아침 늦은 시간에 에릭이 문을 열었다.

"가자. 집에 데려다줄게."

그들은 뜬금없이 그를 풀어주겠다고 했다. 벤은 에릭이 하는 말을 진담으로 믿지는 않았지만, 집에 가고 싶은 마음이 간절한 탓에 진담으로 받아들이는 척했다. 에릭은 그를 욕실로 데려간 후, 집을 가로질러 차고로 가게 했다. 에릭은 헐렁한 플레이드 체크 셔츠를 입고 있었는데, 셔츠 뒷자락이 삐져나와 있었다. 그들이 차고로 난 문에 당도했을 때, 셔츠가 팽팽하게 당겨지면서 벤은 그의 허리 뒤쪽 잘록한 부분에 권총 형체가 있는 걸 봤다. 에릭은 어제는 총을 소지하고 있지 않았다.

차고에는 페인트 냄새가 진동했다. 그들은 밴을 갈색으로 페인트칠하면서 측면에 있는 글자들을 페인트로 덮었다. 마지가 운전석에서 기다리고 있었다. 마이크는 이미 가고 없었다. 에릭은 벤을 밴 뒤쪽으로 데려갔다.

에릭이 말했다. "나하고 너는 뒷자리에 탈 거야. 여기서 그 문제로 협상을 해보자. 네가 얌전히 앉아서 입을 계속 다물고 있겠다면 너를 묶지는 않겠어. 우리가 빨간불이나 무슨 일 때문에 차를 세웠는데 네가 소리를 지르기 시작할 경우, 네 입을 영원히 닫게 만들고는 너를 자루에 집어넣을 거야. 잘 알아들었냐?"

"예, 아저씨."

"이건 장난이 아냐. 우리가 경찰 옆에 차를 대거나 하는 일이 생길 경우, 너는 웃으면서 네가 끝내주는 시간을 보내고 있다는 것처럼 연기해야 해. 네가 그런 일을 제대로 해내면 집에 데려다주겠어. 알았냐?"

"예, 아저씨."

벤은 무슨 말이든 할 작정이었다. 그는 집에 가고 싶었다.

에릭은 그를 밴의 뒤쪽에 올려준 다음 문을 당겼다. 마지가 시동을 걸자 차고 문이 올라가며 열렸다. 에릭은 휴대폰에 대고 말했다.

"출발합니다."

그들은 다시 도로에 올랐다. 그런 후 차는 언덕을 내려갔다. 밴은 창문이 없는 커다란 동굴형으로, 앞자리에 좌석이 두 개 있고 뒤에는 스페어 타이어 한 개와 덕트 테이프 한 롤, 천 쪼가리 몇 개 말고는 아무것도 없었다. 에릭은 전화기를 무릎에 올린 채로 타이어에 걸터앉고는 벤을 그의 옆에 앉게 만들었다. 벤은 마지와 에릭 너머로 거리를 볼 수 있었지만, 그것 말고 보이는 건 많지 않았다. 벤은 그들이 간밤에 한 얘기가, 다리를 잘라냈다는 얘기가 참말인지 아닌지 궁금했다.

"어디로 가는 거예요?"

"너를 집에 데려다주는 거라니까. 먼저 어떤 사람을 만나야 해. 그러고 나면 너는 집에 가는 거야."

벤은 에릭이 그가 얌전히 굴게 만들려고 집에 가는 중이라는 말을 하는 거라고 느꼈다. 벤은 밴의 문들을 힐끔힐끔 보면서 기회를 잡을 경우 도망치겠다고 결심했다. 그가 앞쪽으로 몸을 돌렸을 때, 마지가 거울을 통해 그를 지켜보고 있었다. 마지의 시선이 에릭에게 향했다.

"노미 도망가려고 해."

"닥쳐. 얘는 쿨한 아이야."

"너, 다시 이를 개파느로 만들면 마이크가 너를 주길 거야."

"이놈의 D-보이(boy)들은 만사를 죽어라 진지하게 받아들인다니까. 만사가 염병할 오페라야. 얘는 쿨한 애야. 꼬맹아, 너 쿨하지?"

벤은 D-보이가 뭔지, 에릭이 한 얘기가 마이크를 두고 한 얘기인지 궁금했다.

"어어, 예."

마지의 시선이 벤에게 오래 머무르다 도로로 돌아갔다.

그들은 벤이 어디인지 알아볼 수 없는 구불구불한 주거지 도로를 따라가서는 언덕을 빠져나온 다음, 고속도로에 올랐다. 화창하고 청명한 날로, 교통도 잘 뚫렸다. 벤은 캐피톨 레코드 빌딩을, 그다음에는 할리우드 사인을 봤다.

"이건 우리 집에 가는 길이 아닌데요."

"말했잖아. 먼저 만날 사람이 있다고."

벤은 몰래몰래 문들을 힐끔거렸다. 문마다 손잡이가 박혀 있었지만, 잠금장치 같은 건 하나도 보이지 않았다. 그는 마지가 그를 지켜보고 있는지 확인해봤지만, 지금 마지는 도로를 주시하고 있었다.

자동차 앞 유리를 통해 보이는 다운타운의 고층빌딩들은 아프리카 평원에 옹기종기 모인 기린처럼 보였다. 마지가 손가락을 넓게 펼친 채로 손을 들었다. 에릭은 전화기를 집었다.

"5분 남았습니다."

그들은 고속도로를 떠나면서 나들목의 굽잇길을 돌아 내려갈 때 속도를 늦췄다. 벤은 문을 다시 쳐다봤다. 그들은 신호등이나 나들목 끝에 있는 정차 표지판에 멈춰 설 것이다. 벤이 밴에서 빠져나가는 데 성공할 경우, 다른 차에 탄 사람들이 그를 보게 될 것이다. 벤은 에릭이 그에게 총질할 거라고는 생각하지 않았다. 에릭은 그를 쫓겠지만, 에릭이 그를 붙잡더라도 다른 사람들이 경찰에 신고할 것이다. 벤은 겁이 났지만, 그렇게 하라고 자신에게 혼잣말을 했다. 그가 해야 할 일은 손잡이를 당기고 문을 밀어서 여는 게 전부였다.

밴이 나들목 밑바닥에 당도하면서 속도가 느려졌다. 벤은 슬금슬금 문으로 다가갔다.

에릭이 말했다. "얌전히 있어라."

에릭과 마지는 그를 지켜보고 있었다. 에릭은 벤의 팔을 붙잡았다.

"우리는 바보가 아냐, 꼬맹아. 저기 있는 저 아프리카 놈 말이야, 저놈은 네 마음을 읽을 줄 알아."

마지는 시선을 도로에서 뒤로 돌렸다.

그들은 줄지어 선 빛바랜 창고들 사이로 방향을 튼 다음, 스프레이 프린트 그라피티와 철조망 울타리가 많이 있는 더 많은 빌딩을 따라 놓인 작은 다리를 건넜다. 벤은 마지 너머의 풍경을 그리 많이 볼 수는 없었지만, 빌딩들은 방치되어 비어 있는 건물들로 보였다. 밴이 멈춰 섰다.

에릭이 전화기에 대고 말했다.

"독수리 착륙했습니다."

에릭은 잠시 귀를 기울이다 전화기를 치웠다. 그는 벤을 문 쪽으로 당겼다.

"내가 문을 열 거야. 하지만 우리는 차에서 내리지는 않아. 그러니까 허튼짓하지 마."

"집에 가는 거라면서요."

에릭의 손아귀에 힘이 들어갔다.

"집에 가는 거야. 하지만 이것부터 먼저 해야 해. 내가 문을 열면 차 두 대가 보일 거야. 마이크가 여기에 다른 사람이랑 있어. 비명을 지르거나 차에서 내리려고 애쓰지 마. 그랬다가는 내가 너를 때려눕힐 거니까. 다른 사람은 네가 괜찮은지 확인하고 싶어 하는 것뿐이야. 네가 얌전히 있으면, 우리는 그 사람한테 너를 넘기고 그 사람은 너를 집으로 데려갈 거야. 알아들었어?"

"예, 집에 가고 싶어요!"

"알았어. 이제 시작하자."

에릭이 문을 밀어 열었다.

벤은 갑자기 쏟아진 밝은 빛에 눈을 찡그렸지만, 움직이지 않고 얌전히 있었다. 3미터도 채 떨어지지 않은 곳에 주차된 차 두 대 앞에 마이크가 벤이 모르는 덩치 크고 몸이 두툼한 남자랑 같이 있었다. 그 남자는 벤의 눈을 들여다본 후 고개를 끄덕였다. 그 끄덕임은 '너는 괜찮을 거야'라고 말하고 있었다. 마이크는 전화기로 누군가 다른 사람과 통화하고 있었다.

마이크가 말했다. "오케이. 그는 여기 있어."

마이크가 다른 남자의 귀에 전화기를 갖다 댔다. 마이크는 그 남자가 통화할 수 있도록 전화기를 여전히 들고 있었다.

다른 남자가 말했다. "애를 확인했습니다. 몸도 건강하고 정신도 또렷합니다. 괜찮아 보입니다."

마이크는 전화기를 자기 귀에 가져갔다.

"들었나?"

마이크는 소리를 듣더니 다시 전화기에 대고 말했다.

"이제는 당신이 다른 소리를 들었으면 해."

마이크의 움직임이 어찌나 빨랐던지, 벤은 마이크가 덩치 큰 남자의 머리에 총을 가져다 대고 방아쇠를 한 번 당겼음에도 무슨 일이 일어나고 있는지를 전혀 이해하지 못했다. 벤은 예상치 못한 총격에 화들짝 놀라며 펄쩍 뛰었다. 덩치 큰 남자의 몸이 옆으로 구겨지며 차로 쓰러진 후 땅바닥으로 굴러떨어졌다. 마이크가 총 가까이에 전화기를 들고는 그에게 두 번째로 총을 쐈다. 벤은 가슴을 짓누르는 압박감 때문에 신음 소리를 냈고, 에릭은 그를 가까이 당겼다.

마이크는 전화기에 대고 다시 말했다.

"이 소리도 들었나? 이건 내가 형씨가 보낸 재수 없는 자식을 죽이는 소리였어. 협상은 없어. 두 번째 기회는 없어. 시곗바늘이 똑딱거리고 있어."

마이크는 전화기를 끄고는 그걸 주머니에 밀어 넣었다. 그는 밴으로 왔다. 벤은 몸부림을 쳐서 그에게서 멀어지려 애썼지만, 에릭은 그를 힘껏 붙잡고 있었다.

"얘는 얌전해?"

"얌전하죠. 젠장, 이봐요, 이건 좀 심했어요. 장난이 아니었잖아요."

"그 친구들도 이제는 제대로 이해했을 거야."

마이크가 예상하지 못한 따뜻한 손길로 벤의 머리를 쓰다듬었다. 시신이 커져만 가는 빨간 웅덩이에 잠기는 동안 벤은 그 시신을 응시했다.

마이크가 말했다. "너는 괜찮아, 꼬맹아."

마이크는 벤의 왼쪽 신발을 벗겼다. 에릭은 벤을 데리고 밴에서 내려 시신을 지나친 다음, 벤을 마이크가 타고 온 차 뒷좌석에 밀어 넣었다. 에릭은 그 차에 탔다. 마지는 이미 운전석에 앉아 있었다. 그들은 마이크를 시신과 함께 남겨두고는 차를 몰고 떠났다.

3부
정글을 뚫고 달려라

16

실종 이후 경과 시간: 44시간 17분

우리가 두 번째 개가를 올린 건 루나 부인을 급식용 트럭에 데려다줬을 때였다. 라몬 산체스가 한 진술에는 그녀가 이미 우리에게 해준 얘기에 덧붙일 만한 게 하나도 없었지만, 그녀가 그릴 요리사로 데리고 있는 십 대 청년 헥터 델라로사는 밴의 제조사와 모델을 기억하고 있었다.

"오, 예, 그 밴은 오리지널 장식이 된 67년형 포드 포(four) 도어 팩토리 패널 이코노라인이었어요. 앞 유리 왼쪽에 금이 가 있었고, 전조등에는 녹슨 자국이 있었어요. 캡은 하나도 없었고요."

휠 캡(wheel cap)이 없었다는 말이다.

나는 두 남자에 대해 묘사해달라고 요청했지만, 그는 어느 쪽 남자도 기억하지 못했다.

내가 물었다. "밴의 전조등 주위에 녹슨 곳들이 있는 건 봤지만 그 사람들은 기억하지 못한다는 거니?"

"요(yo), 그 차는 클래식이잖아요? 요, 나하고 우리 형 헤수스는 이코노라인 마니아예요. 우리는 66년형을 복원하고 있어요. 요, 웹사이트까지 운영한다고요. 우리 웹사이트 한번 들러봐요."

스타키는 차의 제조사와 모델을 수배 명단에 포함시키라고 본청에 전화를 걸었다. 그런 후 나는 그녀를 따라 글렌데일로 갔다. 첸은 우리보다 먼저 떠났다.

로스앤젤레스 경찰국의 SID는 고속도로 북쪽에 위치한, 건물들이 제멋대로 분포돼 있는 시설을 LAPD의 폭발물 처리반과 같이 썼다. 납작 엎드린 건물들과 널찍한 주차장을 보자 교외지역의 고등학교가 떠올랐다. 차이점이 있다면, 고등학교 주차장이 폭발물 처리반의 서버번(Surburban) 차량들과 검정 훈련복 차림의 경찰들을 자랑스레 보여주는 일은 대체로 없다는 것이다. 그런 일은 흔히 있는 일이 아니다.

우리는 주차장에 나란히 차를 세웠다. 스타키는 나를 SID의 흰색 건물로 안내했다. 첸의 밴이 다른 차량 대여섯 대와 나란히 밖에 서 있었다. 스타키는 손짓을 하는 것으로 안내 데스크를 지나친 다음, 한데 모여 있지만 유리벽으로 분리된 작업장이 네다섯 개 있는 실험실로 나를 데려갔다. SID 요원들과 실험실 기술자들이 각자 유리방 하나씩을 차지하고는 스툴이나 회전의자에 걸터앉아 있었다. 허공을 떠다니는 톡 쏘는 냄새가 암모니아처럼 내 눈을 찔렀다.

스타키는 그곳을 자기 집인 양 빼기며 돌아다녔다.

"불알친구가 고향에 돌아왔어요! 폭탄에 날아온 게 뭔지 보세요!"

그녀를 본 기술자들은 미소를 짓는 것으로 그녀에게 화답했다. 스타키는 오랫동안 자취를 감췄던 대학교 동아리의 회원이 자기 집 안마당에 모인 군중을 상대하듯 왁자지껄 떠들어댔다. 그녀는 내가 그녀를 처음 만났을 때 이후로 그 어느 때보다도 느긋하고 편안해 보였다.

첸은 흰색 실험용 코트와 비닐장갑 차림으로 커다란 유리방 근처에서 작업 중이었다. 그는 우리를 보자 코트 안에 뭔가를 감추는 듯한 모습으로 몸을 웅크리고는 스타키에게 조용히 하라는 손짓을 보냈다.

"젠장, 동네방네 방송을 해서 사람들이 나를 쳐다보게 만들면 어떡해요! 우리가 현장을 방치하고 돌아왔다는 걸 온 세상이 다 알게 될 거예요."

"벽이 유리로 돼 있어요, 존. 사람들은 당신이 여기 있는 걸 이미 다 알고 있다고요. 당신이 뭘 알아냈는지 보여줘요."

첸은 포장지를 길이 방향으로 벌려 백지 위에 고정시켰다. 알록달록한 분말이 담긴 단지들이 스포이트와 유리병, 투명 테이프 롤, 여자들이 화장할 때 쓰는 푹신해 보이는 브러시 세 개와 함께 그의 작업대 뒤에 줄지어 놓여 있었다. 포장지 끄트머리는 흰색 분말과 작은 갈색 얼룩들로 얼룩져 있었다. 지문의 윤곽은 뚜렷했지만, 패턴의 구조는 흐릿해서 또렷해 보이지 않았다. 내 눈에는 썩 괜찮아 보였는데, 스타키는 그걸 보고는 얼굴을 찌푸렸다.

"쓰레기 같네. 존, 지금 여기서 일하고 있는 거예요, 아니면 재킷 안에 뭘 숨기느라 정신이 없는 거예요?"

첸은 몸을 더 낮게 숙였다. 조금이라도 더 몸을 숙이면, 그는 작업대 밑으로 들어가게 됐을 것이다.

"작업 시작한 지 15분밖에 안 됐어요. 분말이나 닌히드린(ninhydrin)으로 어떤 결과를 얻을 수 있을지 확인해보고 싶었어요."

흰색 자국은 알루미늄 분말이었다. 갈색 얼룩은 닌히드린이라는 화학물질로, 이 물질은 우리가 무슨 물건을 만질 때면 언제든 그 자리에 남는 아미노산과 반응한다.

더 자세히 살펴보려고 허리를 굽힌 스타키는 그를 멍청이 보듯 보고는 눈살을 찌푸렸다.

"이 포장지는 햇볕에 며칠간 노출됐었어요. 잠복된 지문을 분말로 끌어내기에는 직사광선에 너무 오래 노출돼 있었다고요."

"그런데 이건 시스템에 입력할 이미지를 얻는 가장 빠른 방법이기도 해요. 그런 도박을 해볼 만한 가치가 있다고 판단했어요."

스타키는 앓는 소리를 냈다. 그녀는 무슨 결과가 나오건 더 빠르기만 하다면 오케이였다.

"닌히드린 자국이 썩 선명해 보이지를 않아요."

"흙이 너무 많이 묻어 있었어요. 게다가 햇빛이 아미노산을 분해했을 거예요. 그 문제에서는 우리가 운이 좋기를 바라고 있었어요. 아미노산을 접착제로 붙여야만 할 거예요."

"젠장. 얼마나 걸려요?"

내가 물었다. "그게 무슨 뜻이에요, 접착제로 붙인다는 게?"

이제는 첸이 나를 멍청이 보는 듯한 눈빛으로 쳐다봤다. 우리는 멍청함을 기준으로 삼은 먹이사슬을 형성하고 있었는데, 내 자리는 그 사슬의 맨 밑바닥이었다.

"지문이 뭔지 모르는 거예요?"

스타키가 말했다. "이 사람한테 강의할 필요는 없잖아요. 그냥 그 망할 걸 접착제로 붙이기나 해요."

첸은 싫은 기색을 보였다. 으스댈 기회를 놓치고 싶지 않았다는 듯했다. 그는 작업하면서 설명을 병행했다. 우리는 뭔가를 만질 때마다 거기에 보이지 않는 땀의 침전물을 남긴다. 땀은 대부분이 물이지만, 아미노산과 포도당, 젖산, 펩티드—첸이 유기물이라고 부르는 것들—도 함유돼 있다. 유기물 안에 습기가 남아 있으면 더스팅(dusting) 같은 테크닉들이 효과를 보

278

인다. 분말이 물기를 붙잡으면서 지문의 소용돌이 무늬와 패턴을 드러내기 때문이다. 그런 후에 물기가 증발하면, 우리에게는 유기 잔류물만 남는다.

첸은 포장지를 백지에서 벗겨낸 다음, 집게를 써서 그걸 바깥쪽 표면이 겉으로 드러나게 놓인 유리 접시에 놓았다. 그는 그 접시를 유리 상자에 넣었다.

"미량의 초강력 접착제를 상자 안에서 끓일 거예요. 그렇게 하면 접착제의 김이 샘플을 흠뻑 적시게 되죠. 김이 유기물하고 반응하면 지문의 융기선을 따라 끈적거리는 흰색 잔류물이 남아요."

스타키가 말했다. "그 증기의 독성은 치명적이에요. 존이 그 작업을 상자 안에서 해야 하는 이유가 그거예요."

나는 우리가 결과물을 얻는 한 그가 무엇을 어떻게 하건 상관이 없었다.

내가 물었다. "시간이 얼마나 걸릴까요?"

"느린 과정이에요. 보통은 그걸 끓이는 데 히터를 사용하지만, 수산화나트륨을 약간 넣어서 끓이면 더 빨라져요."

첸은 비커에 물을 채우고는 그 물을 상자 안의 포장지 가까운 곳에 놓았다. 그는 메틸 시아노아크릴라이트라는 레이블이 붙은 뭔가를 작은 접시에 따르고는 그 접시를 상자에 넣었다. 그는 작업대에서 병 하나를 골랐다. 병에 든 액체는 물처럼 투명했다.

스타키가 물었다. "얼마나 걸려요, 존?"

첸은 우리를 무시했다. 그는 수산화나트륨을 초강력 접착제 위에 똑똑 떨어뜨린 다음, 유리 상자를 봉했다. 수산화나트륨과 초강력 접착제가 쉬익 소리를 내며 반응을 일으켰지만, 섬광이 터지거나 불꽃이 일어나거나 하는 일은 전혀 없었다. 첸은 상자 안에 있는 작은 선풍기를 켜고는 뒤로 물러섰다.

"얼마나 걸리냐니까요?"

"한 시간쯤이요. 더 걸릴 수도 있고요. 계속 지켜봐야 해요. 반응 물질이 지나치게 많이 생기면 지문이 훼손될 수도 있어요."

우리는 기다리는 것 말고는 달리 할 일이 없었다. 뭔가를 발견할 수 있을 거라는 확신조차 없었다. 나는 리셉션 구역에 있는 자판기에서 다이어트 콜라를 샀고, 스타키는 마운틴 듀를 샀다. 우리는 그녀가 담배를 피울 수 있게 음료수를 들고 밖으로 나왔다. 글렌데일은 조용하고 평온했다. 우리 위에는 버두고산맥이 낮게 쳐놓은 벽이 있었고, 우리 아래에는 산타모니카의 끝부분이 있었다. 우리는 로스앤젤레스강이 시내로 비집고 들어가는, 산악 사이에 있는 빽빽한 지역인 글렌데일의 좁은 수로에 있었다.

스타키는 도로 경계석에 앉았다. 나는 그녀 옆에 앉았다. 벤이 안전하게 살아 있는 모습을 떠올리려고 애썼지만, 내 눈에 보이는 것이라고는 번개처럼 지나가는 그림자와 겁에 질린 눈빛이 전부였다.

"지타몬한테 연락했어요?"

"경사님한테 뭐라고 말할 건데요? 사건에 개입하지 못하게 막으라는 구체적인 명령을 받은 남자랑 여기에 오려고 범행 현장을 내팽개쳤다고 말하라고요? 아무튼, 그 남자는 당신이 되겠군요."

스타키는 담뱃재를 털었다.

"존이 발견한 결과가 뭔지 알게 되면 그때 경사님한테 전화할 거예요. 그는 계속 삐삐를 쳐댔지만, 아무튼 나는 기다릴 거예요."

내가 말했다. "잘 들어요. 당신에게 고맙다는 인사를 하고 싶어요."

"나한테 고마워할 거 없어요. 해야 할 일을 하고 있는 거니까요."

"많은 사람에게 해야 할 일이 있어요. 하지만 모든 사람이 그 일을 완수하려고 열심히 일하는 건 아니에요. 이번 일이 어떻게 끝나건, 나는 당신한테 큰 신세를 졌어요."

스타키는 담배를 더 빨더니 주차장에 있는 차량 너머를 보며 활짝 웃었다.

"그거 참 근사하게 들리네요, 콜. 지금 당신은 머릿속에서 어떤 종류의 일을 열심히 하고 있나요?"

"그런 뜻으로 한 말이 아니었어요."

"그래요? 오해해서 미안해요."

스타키는 또 다른 흰색 약을 먹었다. 나는 화제를 바꾸기로 결심했다. 영리하게 굴기로 결심했다.

내가 물었다. "스타키, 그것들, 구취제거용 민트예요? 아니면, 당신, 약물중독자예요?"

"제산제예요. 부상을 당한 후로 위에 문제가 생겼어요. 그래서 제산제를 먹어야 해요. 배 속이 상당히 심각해지거든요."

부상. 트레일러 파크에서 폭발로 날아가 목숨을 잃는 것이 '부상'이었다. 나 자신이 인간 말종처럼 느껴졌다.

"미안해요. 내가 참견할 일이 아니었는데."

그녀는 어깨를 으쓱하고는 담배를 튕겨 주차장으로 날렸다.

"오늘 아침에 왜 간밤에 내가 당신한테 테이프를 가져다주지 않은 거냐고 물었었죠?"

"별것 아니었어요. 그냥 왜 당신 대신에 다른 남자가 그걸 가져다주는지 궁금했을 뿐이에요. 당신이 돌아오겠다고 말했었는데 말이에요."

"당신의 201하고 214가 팩스에서 기다리고 있었어요. 테이프를 기다리는 동안 그것들을 읽기 시작했어요. 당신이 어쩌다 부상을 당한 건지를 봤어요."

"내가 부상을 당한 건 '파이브-투'랑 같이 출동했을 때가 아니에요. 부상은 다른 때 당했어요."

징병을 피해 캐나다로 도망갔어야 했다. 그랬으면 이런 일은 일어나지 않았을 것이다.

"그래요, 나도 알아요. 당신이 박격포에 맞았다는 내용을 봤어요. 나는 그냥 당신한테 무슨 일이 일어났던 건지 궁금했을 뿐이에요. 내키지 않으면 얘기할 필요 없어요. 그게 이 사건과는 아무 관계도 없다는 걸 잘 아니까."

그녀는 속내를 감추려고 새 담배에 불을 붙였다. 그녀가 그런 걸 물어보는 이유를 내가 알고 있다는 게 갑자기 민망해졌다는 투였다. 박격포 포탄은 폭탄이었다. 어떤 면에서, 우리는 둘 다 폭탄에 당했었다.

"당신이 당한 일하고 비슷한 일은 아니었어요, 스타키. 근처에도 못가는 일이죠. 내 뒤에서 뭔가가 터졌고, 정신이 들었을 때 나는 나뭇잎 아래에 있었어요. 두어 바늘 꿰맨 게 다예요."

"보고서에는 당신 등에서 파편 스물여섯 조각을 꺼냈고 당신은 과다출혈로 사망할 뻔했다고 적혀 있던데요."

나는 그루초 막스(미국의 코미디언)처럼 눈썹을 위아래로 씰룩거렸다.

"흉터를 보고 싶으신가요, 어린 아가씨?"

스타키는 깔깔 웃었다.

"당신의 그루초 흉내는 꽝이에요."

"보가트 흉내는 더 심해요. 그것도 볼래요?"

"흉터 얘기해볼까요? 당신한테 내 흉터들을 보여줄 수 있어요. 내 흉터들을 보면 당신은 파란 똥을 싸게 될 거예요."

"단어 선택을 참으로 유쾌하게 하는군요."

우리는 서로를 보며 빙긋 웃었다. 그러다가 우리는 동시에 불편한 감정을 느꼈다. 더 이상은 기분 좋은 농담을 주고받을 수가 없었다. 그러는 건 왠지 잘못된 일인 것처럼 느껴졌다. 내 표정이 나도 모르게 변했던 것 같다. 이제 우리는 둘 다 시선을 돌렸다.

그녀가 말했다. "나는 아이를 낳지 못해요."

"그런 소리를 들어서 유감이에요."

"젠장, 내가 이런 얘기를 당신에게 했다는 게 믿어지지가 않아요."

이제 우리 중 누구도 미소를 짓지 않았다. 스타키가 담배를 피우는 동안, 우리는 우리가 사 온 카페인을 마시며 주차장에 앉아 있었다. 폭발물 처리반에서 나온 남자 세 명과 여자 한 명이 주차장을 가로질러 벽돌 창고로 향했다. 폭발물 전문가들. 그들은 엘리트 특공대원들처럼 검정 훈련복과 점프 부츠 차림이었지만, 일반인들처럼 서로를 놀려대고 있었다. 그들에게도 보통 사람처럼 가족과 친구가 있겠지만, 그들은 근무시간에는 남들 모두가 벽 뒤에 숨어 있는 동안 자신을 갈기갈기 찢어발길 수도 있는 폭발물 장치의 무장을 해체했다. 그럴 때, 그 자리에는 온전히 그들밖에 없었다. 깡통 안에 단단히 붙들려 있는 괴물과 함께 있는 그들만 있었다. 어떤 종류의 사람이 그런 일을 할 수 있을지 궁금했다.

스타키를 힐끔 봤다. 그녀는 그들을 주시하고 있었다.

내가 물었다. "당신이 청소년과에서 근무하는 이유가 그건가요?"

그녀는 고개를 끄덕였다.

우리는 그 이후로는 둘 다 그리 많은 말을 하지 않았다. 그러던 중에 존 첸이 밖으로 나왔다. 그는 지문을 확보했다.

실종 이후 경과 시간: 47시간 04분

겹쳐진 얼룩 속에 흰색 동심원이 포장지를 덮고 있었다. 사람들은 만지는 대상이 무엇이건 그걸 깔끔하게 딱 한 번만 손으로 움켜쥐었다 떼지는 않는다. 사람들이 물건들―연필, 찻잔, 운전대, 전화기, 담배 포장지―을 들어서 옮길 때, 그들의 손가락들은 이리저리 끌리고 미끄러진다. 그들은 움켜쥔 손을 조정하고 또 조정하는데, 그러는 와중에 지문이 지문 위에 겹쳐지면서 헷갈리면서도 따로 분리해낼 수 없는 지문의 층이 생겨난다.

첸은 구부릴 수 있는 팔처럼 생긴 장비에 장착된 돋보기로 포장지를 검사했다.

"이것들 대부분은 쓰레기지만, 작업 대상으로 삼을 수 있는 깔끔한 패턴을 두어 개 확보했어요."

내가 물었다. "그것만으로도 충분해요?"

"그건 식별할 수 있는 티피카가 몇 개나 되고 컴퓨터에 들어 있는 게 무엇이냐에 달렸죠. 색을 약간 첨가하면 보기 쉬워질 거예요."

첸은 붓으로 포장지의 두 부분에 짙은 청색 분말을 칠한 다음, 압축공기 캔을 써서 초과량의 분말을 날려버렸다. 이제, 짙은 청색 지문 패턴 두 개가 포장지에 찍힌 백색 자국과 선명하게 대조되면서 두드러져 보였다. 첸은 돋보기 가까이로 몸을 더 숙였다. 그는 앓는 소리를 냈다.

"여기서 제대로 된 더블 루프 코어(double loop core)를 확보했어요.

깔끔한 텐트아치(tentarch)를 확보했어요. 아일 두 개도요."

그는 스타키에게 고개를 끄덕여 보였다.

"이 정도면 많은 거예요. 이 사람이 시스템에 등록돼 있다면 이 사람을 찾아낼 수 있어요."

스타키는 첸의 등에 손을 얹고는 그의 어깨를 주물렀다.

"참 잘했어요, 첸."

나는 첸이 고양이처럼 가르랑거리는 것 같다고 생각했다.

첸은 투명 테이프 조각을 눌러 파란 지문들을 포장지에서 들어냈다. 그런 다음, 그 테이프를 투명한 플라스틱판에 고정시켰다. 그는 각각의 지문을 라이트 박스(light box)에 세팅한 후, 고해상도 디지털 카메라로 그것들을 촬영했다. 그렇게 얻은 디지털 이미지를 컴퓨터에 입력한 후, 그래픽 프로그램을 이용해서 이미지들을 활용 목적에 맞게 확대하고 조정했다. 첸은 기본적으로 유형과 위치를 기준으로 식별해낸 특징—그가 '특징점'이라고 부른 것—을 바탕으로 지문 두 개를 비교할 수 있는 체크 리스트라 할 FBI 지문 식별 양식을 채웠다. 어느 융선이 끊기거나 시작될 때 그걸 티피카(typica)라고 부른다. 어떤 융선이 Y자 모양으로 갈라지면 그건 분기점(bifurcation)이다. 기다란 선 두 개 사이에 있는 짧은 선은 아일(isle)이다. 끊겨졌다가 곧바로 다시 하나로 이어지는 선은 아이(eye)다.

FBI의 '국립 범죄정보센터(NCIC)'와 '미국 국가수사정보체계'는 이미지들을 비교 및 대조해서 지문을 식별하는 게 아니다. 그 시스템들은 특징점이 실린 명단을 비교한다. 명단의 정확성과 깊이가 검색의 성공 여부를 결정한다. 일치 여부를 쉽게 확인할 수 있는 지문이 시스템에 이미 입력돼 있을 수도 있다.

첸이 지문 두 개의 특징들을 적절한 양식에 입력하는데 20분 가까운 시간이 걸렸다. 입력이 끝난 후, 첸은 전송 버튼을 누르고는 몸을 젖혔다.

내가 물었다. "이제는 뭘 하는 거죠?"

"기다려야죠."

"얼마나 걸리는데요?"

"이건 컴퓨터예요, 아저씨. 빨라요."

스타키의 삐삐가 다시 울렸다. 그녀는 삐삐를 힐끔 보고는 주머니에 밀어 넣었다.

"지타몬이에요."

"당신을 간절히 원하는군요."

"엿이나 드시라고 하세요. 담배 한 대 빨아야겠어요."

스타키가 몸을 돌렸을 때 첸의 컴퓨터에서 이메일이 수신됐음을 알리는 종소리가 울렸다.

첸이 말했다. "봅시다."

첸이 이메일을 열자 파일이 자동으로 다운로드됐다. 국립 범죄정보센터/인터폴 로고가 잠깐 등장했다 사라지더니 눈이 움푹 팼고 목이 두툼한 어떤 남자를 보여주는 증명사진 세트가 스크린에 떴다. 남자의 이름은 마이클 팰런이었다.

첸이 파일 하단에 있는, 숫자들로 구성된 줄을 만졌다.

"열두 개 특징점 전부를 바탕으로 긍정적으로 99.99퍼센트 일치한다는 결과가 나왔어요. 이건 이 남자가 버린 담배 포장지예요."

스타키가 팔꿈치로 나를 쿡 찔렀다.

"그래서? 아는 사람이에요?"

"생전 처음 보는 사람이에요."

우리가 팰런의 개인 데이터를 읽을 수 있도록 첸은 파일을 스크롤했다. 갈색, 갈색, 183, 86. 마지막으로 알려진 그의 거주지는 암스테르담이었지만, 현재는 행방불명 상태였다. 마이클 팰런은 콜롬비아와 남아프리카에서 저지른 별개의 살인 사건 두 건, 엘살바도르에서 저지른 추가적인 살인 사건 두 건으로 수배된 상태였고, 시에라리온에서 대량 살인과 집단 학살, 고문에 가담해서 국제전쟁범죄법을 위반한 혐의로 UN에 의해 기소된 바 있었다. 인터폴은 그가 무장하고 있으며 극도로 위험한 인물로 간주된다고 경고했다.

스타키가 말했다. "세상에. 완전히 맛이 간 놈들 중 하나로군요."

첸은 고개를 끄덕였다.

"병변(病變)들. 의사들은 이런 사람들에게서 늘 병변들을 찾아내요."

팰런은 폭넓은 군사 경험을 쌓은 인물이었다. 그는 미합중국 육군으로 9년간 복무했다. 처음에는 공수부대원이었고 다음에는 레인저였다. 추가로 4년을 더 복무했지만, 그 기간 동안 수행한 일들은 '기밀'이라고만 기술돼 있었다.

스타키가 물었다. "저게 대체 무슨 뜻이에요?"

나는 그게 무슨 뜻인지 알았다. 나는 가슴 속에서 두려움보다 더 큰 날카로운 긴장감을 느꼈다. 그가 벤을 납치할 때 아무 흔적도 남기지 않은 까닭이, 그가 우리를 감시하고 이동하고 떠날 때 보여준 수법을 어떻게 얻었는지가 이해가 됐다. 나는 군인이었고, 그런 일에 능숙했다. 그런데 마이크 팰런의 솜씨는 나보다 더 뛰어났다.

"이놈은 델타 포스(미 육군의 대테러 특수부대)에 있었어요."

첸이 물었다. "테러리스트를 상대하는 사람들이요?"

스타키는 그의 사진을 응시했다.

"장난이 아니네."

델타. D-보이. 오퍼레이터(operator, 선발 과정을 거치고 훈련 코스를 이수한 델타 포스 요원을 가리키는 말). 델타는 표적인 테러리스트들을 강하고 화끈하게 처리하기 위한 훈련을 받는다. 델타 포스는 되고 싶다고 자원해서 되는 게 아니라 델타 포스의 초청을 받아야만 될 수 있다. 그들은 업계에서 제일 뛰어난 킬러들이었다.

스타키가 말했다. "육군 관련 경력들을 보아하니, 이 남자는 복무할 때 당신이 무척이나 마음에 들었나 보네요."

"이놈은 나를 몰라요. 놈은 베트남에 파병되기에는 너무 어려요."

"그러면 왜일까요?"

나도 몰랐다.

우리는 계속 읽었다. 제대 후, 팰런은 그의 솜씨를 니카라과, 레바논, 소말리아, 아프가니스탄, 콜롬비아, 엘살바도르, 보스니아, 시에라리온에서 직업 군인으로 일하는 데 사용했다. 마이클 팰런은 용병이었다. 루시가 한 말이 떠올랐다. *이건 평범한 게 아냐. 이런 일들은 평범한 사람에게는 일어나지 않아.*

스타키가 말했다. "정말 끝내주네요, 콜. 당신을 쫓는 건 흔해빠진 미친 놈이 아니에요. 당신은 전문 킬러를 상대하고 있어요."

"나는 이놈을 몰라요, 스타키. 생전 처음 듣는 이름이에요. 나는 이놈하고 비슷한 사람은 고사하고, 팰런이라는 이름을 가진 사람 자체를 아예 몰라요."

"누군가는 그를 알아요, 아저씨. 그리고 이 남자는 당신을 제대로 알고 있는 게 확실하고요. 존, 이 서류, 출력해줄 수 있어요?"

"그럼요. 프린트할 수 있고말고요."

내가 말했다. "나한테도 1부 프린트해줘요. 루시한테 보여주고 그녀의 이웃들과도 얘기해보고 싶어요. 그런 다음에 우리는 공사 현장으로 돌아갈 수 있어요. 사람들한테 사진을 보여주면 일이 쉬워질 거예요. 기억이 하나 떠오르면 다음 기억으로 이어지니까요."

스타키는 나를 보며 미소를 지었다.

"우리? 우리는 이제 파트너인가요?"

주차장과 우리가 파일을 기다리던 몇 분 사이의 어느 시점에서, 우리 관계는 '우리'가 됐다. 그녀는 LAPD 소속이 아니고 나는 실종된 사내아이를 찾느라 절박해진 남자가 아닌 것처럼. 우리는 한 팀인 것처럼.

"무슨 뜻인지 알잖아요. 우리는 마침내 수사에 나설 만한 물증을 확보했어요. 우리는 그걸 기반으로 수사해나갈 수 있어요. 계속 수사해나갈 수 있다는 말이에요."

스타키는 더 활짝 웃었다. 그러더니 내 등을 토닥였다.

"긴장 풀어요, 콜. 우리는 그 일들을 모두 해낼 거예요. 당신이 가진 카드를 제대로 플레이하도록 해요. 그러면 나는 당신이 나를 따라다닐 수 있게 해줄 지도 몰라요. 우선은 이걸 수배 명단에 올려야겠어요."

스타키는 그걸 수배 명단에 올렸다. 그런 후, 팰런에 대한 정보를 요청하는 전화를 FBI의 LA 사무소, 비밀경호국, 연방보안관 사무실에 걸었다. 그런 후, 우리는 루시의 집으로 갔다. 우리는.

루시의 아파트 앞 도로는 리처드의 리무진과 지타몬의 흑백으로 칠해진 경찰차, 측면에 **실종자수사대**라는 글자가 선명하게 칠해진 제2의 경찰차로 붐볐다. 우리가 현관문을 노크하자 지타몬이 문을 열었다. 그는 우리를 보고는 놀란 듯 보였고, 그러고 나서는 화난 듯 보였다. 그는 안을 힐끔 돌아보더니 목소리를 낮췄다. 그는 몸을 숨기고 있는 사람처럼 문을 계속 당기고 있었다.

"어디 있었던 거야? 오전 내내 호출했잖아."

스타키가 말했다. "수사 중이었어요. 찾아낸 게 있어요, 경사님. 아이를 납치한 자가 누구인지 알아냈어요."

"그러면 나한테 얘기를 했어야지. 내 호출에 응답을 했어야지."

"무슨 일이에요? 실종자수사대가 왜 여기 있는 거예요?"

지타몬은 안을 힐끔 돌아본 후 문을 열었다.

"우리는 잘렸어, 캐럴. 실종자수사대가 사건을 맡았어."

실종 이후 경과 시간: 47시간 38분

리처드는 손으로 신경질적으로 머리를 쓸었다. 그의 옷에 잡힌 주름은 그가 그것들을 입은 채로 잠을 잔 것처럼 어제보다 심했다. 루시는 카우치에 가부좌를 틀고 앉아 있었고, 마이어스는 멀리 떨어진 벽에 기대서 있었다. 마이어스는 그들 중에서 원기를 회복하고 쌩쌩해 보이는 유일한 사람이었다. 그들은 티 하나 찾을 수 없이 깔끔하게 차려입은 짙은 정장 차림 여성이 하는 말을, 그리고 식당에서 가져온 의자에 앉아 있는 그 여성의 남성판 복제인간이 하는 말을 경청하고 있었다. 그들을 쳐다보고 있던 루시가 지금은 나를 응시했다. 그녀는 내가 개입하는 걸 원치 않았었다. 그럼에도 나는 여기에 있었다. 상황을 악화시키면서.

지타몬이 끼어들려고 목을 가다듬었다. 그는 급우들 앞에서 질책을 받은 어린아이처럼 거실 끄트머리에 섰다.

"아아, 경위님, 실례합니다. 이쪽은 스타키 형사와 미스터 콜입니다. 이쪽은 실종자수사대에서 오신 노라 루카스 경위님이시고 이쪽은 레이 알바레스 경사야."

루카스는 주름 한 줄 찾아볼 수 없는 도자기처럼 깨끗한 얼굴의 왜소한 여자였다. 주름이 없는 이유는 웃는 법이 결코 없기 때문일 것이다. 알바레스는 우리가 악수할 때 내 손을 지나치게 오래 붙잡고 있는 것으로 자신의 심기가 불편하다는 걸 지타몬에게 보여줄 수 있었다.

"우리가 미스터 콜은 수사에 개입하지 않는다고 이해했다고 생각하는데, 경사."

내가 말했다. "손 놔요, 알바레스. 그러지 않으면 내가 어떻게 개입할 수 있는지 똑똑히 보게 될 테니까."

알바레스는 순전히 자신이 그럴 수 있다는 걸 보여주려고 조금 더 오래 내 손을 붙잡았다.

"그 테이프에서 유괴범이 당신에게 제기한 주장들이 흥미롭더군요. 우리는 사건을 검토할 때 그 문제를 얘기해볼 예정입니다."

리처드가 창문을 향해 천천히 걸어가면서 손으로 다시 머리를 쓸었다. 그는 짜증난 듯 보였다. 그는 루카스와 알바레스를 쳐다봤다.

"지금까지 해온 수사하고 다른 성과를 내기 위해 댁들이 할 수 있는 일이 뭐요?"

마이어스가 말했다. "인력을 더 투입해야죠."

루카스는 고개를 끄덕였다.

"맞는 말이에요. 우리는 선생님의 아드님을 찾기 위해 실종자수사대의
모든 자원과 권한을 100퍼센트 투입할 거예요. 우리의 수사 경험도 아낌
없이 쏟을 거라는 건 말씀드릴 필요도 없겠죠. 사람을 찾아내는 게 우리
일이에요."

알바레스는 몸을 앞으로 숙여 양 팔꿈치로 몸을 괴었다.

"우리는 최우수 팀입니다, 미스터 셰니에. 우리는 이 사건을 체계적으
로 정리하고 지금까지 해온 수사를 검토하고는 선생님의 아드님을 찾아
낼 겁니다. 또한 선생님과 미스터 마이어스께서 직접 쏟는 노고에도 협조
하겠습니다."

리처드가 짜증을 내면서 창문에서 몸을 돌리더니 마이어스에게 벽에서
떨어지라는 몸짓을 보냈다.

"좋소. 아주 좋아요. 자, 나는 우리 아들을 찾는다고 입으로만 떠드는 게
아니라 실제로 찾아내는 작업으로 돌아가기를 원하오. 이봐, 리."

내가 말했다. "우리는 벤을 납치한 자가 누구인지 압니다."

모두들 내가 무슨 말을 했는지, 또는 왜 그런 말을 했는지 확신이 서지 않
는 듯한 기색으로 나를 쳐다봤다. 루시가 입을 열면서 자리에서 일어섰다.

"당신, 뭐라고 했어?"

"벤을 납치한 놈이 누구인지 안다고. 우리는 차량과 남자 두 명의 인상
착의, 그리고 그중 한 놈의 신원을 파악했어."

마이어스가 벽에서 몸을 뗐다.

"거짓말하지 마쇼, 콜."

스타키는 루시가 팰런의 사진을 볼 수 있도록 그녀가 가진 인터폴 파일의 사본을 꺼내 들었다.

"이 남자를 잘 보세요, 미즈 셰니에. 본 적이 있는 사람인지 떠올리려 애써보세요. 부인이 벤과 공원에 함께 있을 때일지도 모르고, 방과 후나 부인이 직장에 있을 때일지도 몰라요."

루시는 팰런의 사진에 빠져 들어갈 것 같은 기세로 팰런을 유심히 살폈다. 리처드는 사진을 보려고 방을 서둘러 가로질렀다.

"이게 누구야? 당신, 뭘 찾아낸 거야?"

나는 리처드와 나머지 사람들은 무시했다. 루시에게만 집중했다.

"잘 생각해봐, 루시. 자기는 누군가가 자기를 따라오고 있는 것 같은 느낌을 받았을지도 몰라. 자기가 본 누군가에게서 묘한 낌새를 느꼈을지도 모르고. 이게 그놈이야."

"모르겠어. 그런 것 같지 않아."

루카스가 물었다. "그 사람이 누군데요?"

스타키가 루카스와 알바레스를 힐끔 보고는 사본을 지타몬에게 건넸다.

"그자의 이름은 마이클 팰런이에요. 제가 이미 수배 명단에 올려놨어요. 그들이 이용하는 차량에 대한 정보도 같이요. 최소한 다른 남자 한 명이 관련돼 있어요. 얼굴에 독특한 흔적이 있는 흑인 남자인데, 그 남자 신원은 아직 파악하지 못했어요. 그건 우리가 최우수 팀이 아니라서 그럴 거예요."

리처드는 팰런의 사진을 응시했다. 그는 힘겹게 숨을 쉬고는 머리를 다시 쓸었다. 그는 마이어스에게 사진을 떠밀었다.

"이거 보여? 저 사람들이 뭘 확보했는지 보여? 저 사람들은 망할 놈의 용의자를 확보했어."

마이어스는 바퀴벌레처럼 작은 눈으로 고개를 끄덕였다.

"저도 그걸 볼 수 있습니다, 사장님."

바퀴벌레 같은 눈이 내게로 향했다.

"이자가 그놈이라는 걸 어떻게 알았소?"

"우리 집 맞은편 산등성이에서 담배 포장지를 찾아냈어요. 벤이 납치된 곳에 찍혀 있던 발자국하고 일치하는 발자국들이 있는 근처에서요."

리처드의 눈이 밝아졌다.

"우리가 봤던 그 발자국? 당신이 어제 우리한테 보여줬던 그거?"

스타키가 말했다. "그래요. 포장지에서 얻은 지문들을 국립 범죄정보센터에 입력해서 열두 개 특징점 중 열두 개 전부가 일치한다는 결과를 얻었어요."

루카스와 알바레스도 사진을 보려고 자리에서 일어났다. 루카스는 지타몬을 힐끔 쳐다봤다.

"나한테 이 얘기는 없었잖아요."

지타몬은 곤란한 지경에 처했다는 투로 고개를 저었다.

"저도 몰랐습니다. 스타키를 호출했지만, 스타키가 회신을 하지 않아서 말입니다."

스타키가 말했다. "우리도 오늘 아침에야 포장지를 찾아냈어요. 2분 전에야 신원을 파악했고요. 그게 당신들이 우리 사건을 어떻게 훔쳐갈까 궁리하고 있는 동안 콜하고 내가 한 일이에요."

"진정해요, 형사."

"그자의 망할 체포영장 읽어봐요. 팰런은 전문 킬러예요, 젠장. 그는 아프리카에서 전쟁 범죄로 기소됐었어요. 세계 곳곳에서 사람들을 살해한 놈이라고요."

루카스가 호통을 쳤다. "형사!"

그녀는 그렇게 호통을 치면서 루시를 힐끔 봤다. 그녀가 친 호통은 방 건너편의 스타키에게 따귀를 갈기듯 날아들었다.

팰런은 전문 킬러예요. 세계 곳곳에서 사람들을 살해한 놈이라고요. 그리고 지금 그놈이 당신 아들을 데리고 있어요.

자신이 무슨 짓을 했는지 깨달은 스타키의 얼굴이 새빨갛게 상기됐다. "죄송해요, 미즈 셰니에. 제가 생각이 짧았어요."

리처드가 떠나려고 안달이 난 기색으로 문으로 향했다.

"이걸 갖고 작업에 착수해보세, 리. 더 이상 이런 일로 시간을 낭비할 수는 없어."

마이어스는 움직이지 않았다.

그가 말했다. "저는 지금 시간을 낭비하고 있지 않습니다. 저는 콜이 어떻게 이 남자를 아는지 조사하고 있습니다. 지금까지 제가 들은 모든 내용이 그 테이프에 부합합니다. 콜과 팰런은 공통점이 많습니다. 두 사람은 서로를 어떻게 아는 거요, 콜? 이 사내가 당신에게 원하는 게 뭐요?"

"놈은 나한테서 무얼 원하는 게 아니에요. 나는 놈을 몰라요. 생전 만난 적도 없는 놈이고, 놈이 왜 이런 짓을 하는지 전혀 감도 안 잡혀요."

"그건 그가 테이프에서 한 말이 아니잖소."

"엿이나 쳐드시지, 마이어스."

루시의 이마에 그녀가 집중했음을 보여주는 주름이 잡혔다.

"이해가 되지를 않아. 그 사람은 당신하고 뭔가 연관관계가 있는 게 분명해."

"그렇지 않아. 그런 거 없어."

루카스가 알바레스에게 속삭이더니, 우리 대화에 끼어들려고 소리를 높였다.

"여러분, 우리, 샛길로 새지는 맙시다. 이 사건은 출발이 좋네요, 형사. 레이, SID에 신원 확인하라고 연락하고, 중앙상황실 통해 사진을 배포해."

사건의 지휘권을 넘겨받은 루카스는 그녀가 여전히 이 상황을 지휘하고 있음을 모두에게 알리고 싶어 했다.

"미스터 셰니에, 미즈 셰니에. 저희가 지금 하고 싶은 일은 수사와 관련된 모든 요소를 한 데 모으는 거예요. 그 작업은 오래 걸리지는 않을 거예요. 그러고 나면 이 단서를 추적하는 작업에 착수할 수 있어요."

스타키가 말했다. "이미 단서를 추적했어요. 우리는 그 개자식을 찾아내기만 하면 돼요."

지타몬이 그녀의 팔을 건드렸다.

"캐럴, 제발 가만있어."

리처드는 뭐라고 중얼거리더니 문을 열었다.

"당신들은 당신들이 하고 싶은 일을 할 수 있소. 하지만 나는 내 아들을 찾을 거요. 리, 젠장, 가세. 자네, 그 서류 사본이 필요한가?"

"필요한 건 다 가지고 있습니다."

"그럼 이 망할 집에서 나가자고."

그들은 떠났다.

알바레스는 지타몬에게 몸을 돌렸다.

"경사, 당신하고 스타키는 밖에서 대기하게. 미즈 셰니에하고 볼일을 마치고 나면 당신들이 지금까지 해온 일들을 검토해보겠네."

스타키가 말했다. "당신들, 지금까지 자고 있었어요? 우리는 여기서 수사에 중요한 돌파구를 뚫었어요. 우리는 그에 대한 미팅 같은 거 가질 필요가 없다고요."

알바레스의 목소리가 높아졌다.

"우리 볼일 마칠 때까지 밖에서 대기하라니까. 지타몬, 당신도. 시간 낭비 그만하고 빨리 나가요."

스타키는 성큼성큼 집을 나갔고, 지타몬이 뒤를 따랐다. 그는 어찌나 굴욕감을 느꼈는지 걸을 때 발을 질질 끌기까지 했다.

알바레스가 말했다. "당신은 여기 있어요, 콜. 이놈이 당신한테 앙심을 품은 이유를 알고 싶으니까."

"아니, 나는 더 이상 그런 일에 시간을 낭비하지는 않을 겁니다. 나는 벤을 찾으러 갈 겁니다."

나는 루시를 쳐다봤다.

"자기가 내가 끼어드는 걸 원치 않는다는 걸 알아. 하지만 나는 일을 이렇게 내버려두지는 않을 거야. 나는 벤을 찾아낼 거야, 루시. 벤을 자기 품에 데려올 거야."

"당신은 아래층에 가 있는 게 낫겠어, 콜. 이건 부탁이 아냐. 그러라고 명령하는 거야."

알바레스가 뭔가 다른 말을 했지만, 문은 내 앞에서 이미 닫혀버렸다. 스타키와 지타몬은 지타몬의 차 옆 인도에서 말다툼을 하고 있었다. 나는 그들을 무시했다.

내 차로 갔다. 차에 탈 수도 있었고 운전할 수도 있었지만, 어디로 가야 할지 무슨 일을 해야 할지를 몰랐다. 나는 마이클 팰런의 사진을 보면서 무슨 일을 할지 가늠하려고 애썼다.

이해가 되지를 않아. 그 사람은 당신하고 뭔가 연관관계가 있는 게 분명해.

모든 수사는 동일한 경로를 밟는다. 어떤 사람의 인생행로가 다른 사람의 그것과 교차하는 지점을 확인하기 위해 그 행로를 추적한다. 팰런과 나는 둘 다 육군에 있었지만, 우리가 복무한 시기는 각기 달랐다. 그래서 내가 아는 한, 우리의 인생행로가 교차한 적은 전혀 없다. 내가 아는 한, 그의 인생은 내가 봉사했던 어느 의뢰인의 인생하고도 교차한 적이 없었고, 어떻게 그럴 수 있는지도 전혀 가늠이 안 됐다. 델타포스 훈련을 받은 킬러. 프로페셔널 용병. 엘살바도르에서 살인죄로, 아프리카에서 전쟁 범죄로 수배된 남자가 벤 셰니에를 유괴하고 거짓말을 꾸며대기 위해 로스앤젤레스에 나타났다. 현재 소재는 불명 상태다.

조를 찾아볼 수 있을까 확인하려고 도로 위아래를 힐끔힐끔 쳐다봤다. 그는 여기 어딘가에서 상황을 주시하고 있을 터였다. 나는 그가 필요했다.

"조!"

마이클 팰런 같은 사람들은 내가 전혀 아는 것이 없는 어둠의 세계에 살면서 일했다. 그들은 현금을 지불하고 현금을 받고, 다른 이름들을 쓰면서 생활하며, 자기들끼리만 무리를 이뤄 이동하기 때문에 그들의 진짜 인생을 아는 다른 세계 사람은 극히 적었다.

"조!"

파이크가 내 어깨를 건드렸다. 그는 건물 귀퉁이에 있는 빽빽한 덤불에서 걸어 나온 것 같았다. 그의 짙은 선글라스가 햇빛 속에서 빛을 발하는 갑옷처럼 반짝거렸다. 그에게 파일을 건넬 때, 내 손은 떨렸다.

"이놈이 벤을 데려갔어. 세계 곳곳을 누빈 놈이야. 이놈은 사방에서 싸움을 하고 일을 저질렀어. 놈을 어떻게 찾아내야 할지 도무지 감이 잡히지를 않아."

파이크도 어둠의 세계에 살며 일했었다. 그는 서류를 다 읽을 때까지 아무 말 없이 꼼꼼히 읽었다. 그런 후 그는 서류를 치웠다.

"이런 놈들은 공짜로 일하는 법이 없어. 사람들은 놈을 고용해. 그러니, 어딘가에 있는 누군가가 놈하고 접촉하는 법을 알 거야. 우리가 해야 할 일은 그 사람을 찾는 게 전부야."

"그 사람들하고 얘기를 해보고 싶어."

파이크의 입이 씰룩거렸다. 그는 고개를 저었다.

"그 사람들은 자네하고는 얘기하려 하지 않을 거야, 엘비스. 그 사람들은 자네가 접근하는 것조차 허용하지 않을 거야."

파이크는 무엇인가를 응시했지만, 나를 응시하는 것처럼 보이지는 않았다. 그가 무슨 생각을 하고 있는지 궁금했다.

"나는 집에 갈 수 없어. 그렇다고 마냥 기다리고만 있을 수도 없어."

"이건 자네 손을 벗어난 일이야."

파이크는 정신이 딴 데 팔린 듯한 표정을 지으며 건물 사이로 모습을 감췄다. 하지만 나는 벤에 대한 걱정을 심하게 하고 있던 탓에 파이크가 그러는 걸 알아차리지 못했다.

17

실종 이후 경과 시간: 47시간 54분

파이크

파이크는 콜의 눈이 멍 자국의 색깔을 띤 터널 같다고 생각했다. 파이크는 극단적인 피로 상태의 변두리에서 서성거리는 경찰이나 전투를 지나치게 오래 벌인 군인들에게서 그와 동일한 자줏빛 눈을 봤었다. 콜은 더 존(The Zone)에 있었다. 감각이 증폭되고 기력을 쥐어짜내며 임무 수행에만 몰두하는 터미네이터처럼 앞으로만 나아가는 상태. 더 존에 진입한 사람은 사고가 불분명해진다는 걸 파이크는 알았다. 그 사람은 그러다 목숨을 잃을 수도 있었다.

파이크는 자신의 몸놀림이 어색하다는 걸 느끼면서 그의 지프까지 세 블록을 달려갔다. 지나치게 오랫동안 놀리지 않았던 등은 뻑뻑했고, 어깨는 감각이 없었다. 조깅 때문에 어깨가 아팠지만, 파이크는 어쨌든 뜀박질을 계속했다.

용병들이 아무 이유 없이 교전 지역에 모습을 나타내는 일은 없다. 그들은 사람을 죽이거나 외국군을 훈련시키는 일에 고용된다. 그들은 민간 군사 기업들에, 국제적인 계약을 맺은 경비 업체들에 고용되고 '컨설턴트'

가 된다. 인재는 그리 많지 않았다. 똑같은 사람들이 똑같은 사람들을 거듭해서 고용했다. 실리콘밸리에서 이 직장 저 직장으로 메뚜기처럼 뛰어다니는 소프트웨어 엔지니어들과 무척 비슷했다. 차이점이 있다면 기대수명이 짧다는 것뿐이었다.

파이크는 한때 컨설턴트를 두어 명 알았지만, 그들이 여전히 업계에 있는지는 몰랐다. 그들 중에 기꺼이 도움을 주려는 사람이 있을지도 몰랐고, 설령 그렇더라도, 그들이 원하는 게 무엇이고 그 일이 얼마나 오래 걸릴지 몰랐다. 그들이 여전히 살아 있는지조차 몰랐다. 파이크는 그 세계를 오랫동안 떠나 있었다. 그렇지 않았다면, 그는 그의 차에서 곧바로 그들에게 연락했을 것이다. 그는 더 이상은 그들의 전화번호를 기억하지 못했다.

파이크는 컬버 시티에 있는 콘도로 차를 몰았다. 집에 도착한 그는 운동복을 벗어던지고는 진통제와 아스피린 한 움큼과 함께 물 한 병을 마셨다. 그가 알고 지냈던 사람들에게 연결될 전화번호들은 침실에 있는 금고에 있었다. 번호들은 숫자로 적혀 있지 않고, 단어들을 암호화한 명단으로 적혀 있었다. 그는 그것들을 찾아서 전화를 걸었다.

처음에 건 번호 네 개는 더 이상 사용되는 번호가 아니었다. 다섯 번째 번호에 전화를 걸자 쾌활한 목소리의 젊은 여성이 전화를 받았다. 시스템에서 재활용된 번호인 게 분명했다. 여섯 번째 번호는 연결이 되지 않았다. 일곱 번째 번호는 치과 사무실이었다. 전쟁은 사망률이 높은 사업이었다. 파이크는 여덟 번째 번호에서 성과를 올렸다.

"예?"

파이크는 목소리를 듣자마자 상대가 누구인지 알았다. 상대와 마지막 통화를 한 때가 바로 그날 아침이었던 것만 같았다.

"조 파이크입니다. 기억하십니까?"

"젠장, 그럼요. 어떻게 지내쇼?"

"마이클 팰런이라는 프로페셔널을 찾고 있습니다."

상대방 남자는 머뭇거렸다. 편안하고 친숙한 분위기는 사라졌다.

"당신은 이 바닥을 떠났다고 생각했는데."

"맞습니다. 저는 그쪽 업계를 떠났습니다."

파이크는 상대가 미심쩍어한다는 걸 알아차렸다. 그들은 거의 10년간 통화한 적이 없었다. 그래서 지금 이 남자는 파이크가 연방요원들과 일하고 있는 게 아닌지 궁금해하고 있었다. 미국 정부는 자국 시민이 외국 정부나 불법 무장단체에 고용되는 것을 좋지 않게 보면서, 그걸 불법화하는 법률들을 제정했다.

상대가 조심스레 입을 열었다.

"당신이 무슨 생각을 하고 있는지 모르겠소, 파이크. 하지만 나는 보안 컨설턴트요. 사람들 이력을 확인해주고 다양한 군사 특기를 가진 사람들을 추천해주는 게 내 일이지. 하지만 나는 테러리스트나 마약 딜러, 독재자, 그리고 그런 사람들과 관련된 사람들하고는 사업을 하지는 않소. 그런 짓들은 불법이니까."

그가 한 말은 모두 연방요원을 의식하고 한 거였다. 그렇지만 파이크는 그가 하는 말이 진담이라는 것도 감을 잡았다.

"이해합니다. 제가 전화를 드린 건 그런 건 때문이 아닙니다."

"좋소. 그렇다면 당신이 원하는 건 컨설팅을 받는 거로군, 맞죠?"

"맞습니다. 그자의 이름은 팰런입니다. 델타 소속이었다가 프리랜서로 전향했습니다. 2년 전에 암스테르담에 거주했습니다. 지금은 로스앤젤레스에 있습니다."

"델타라고 했소, 응?"

"맞습니다."

"그 친구들 몸값은 최고지."

"그를 직접 만나봤으면 합니다. 그게 중요합니다. 직접 얼굴을 맞대는 게."

"흠, 내 기억을 살려줄 만한 얘기를 해보쇼."

파이크는 미국 국가수사정보체계 보고서를 읽으면서, 팰런이 활동한 곳으로 알려진 국가들을 언급했다. 시에라리온, 콜롬비아, 엘살바도르, 기타 국가들.

상대가 말했다. "젠장, 역마살이 대단한 사람이군. 그 나라들에서 일했던 사람들을 몇 알고 있소. 당신, 정말로 이 바닥을 떠난 거요?"

"그렇습니다."

"아쉽군, 친구. 그런데 이 컨설팅의 대가로 내가 받을 건 뭐요?"

파이크는 상대가 무엇인가를 원할 거라는 걸 알고 있었다. 그래서 파이크는 대가를 지불할 준비가 돼 있었다. 이 사람들은 무슨 일이 됐건 공짜로 일하는 법이 절대 없었다. 파이크는 그 부분을 엘비스에게 언급하지 않았고, 앞으로도 언급하지 않을 터였다.

"1,000달러."

상대는 큰 소리로 웃었다.

"차라리 당신한테 일자리를 주선해주겠소. 여전히 오퍼들이 들어오고 있거든. 당신도 알겠지만 말이오. 당신 정도면 몸값도 최고를 받게 될 거요. 중동 사람들은 당신 같은 사람들을 필요로 해요."

"2,000"

"이 사람을 아는 사람을 찾아낼 수 있을 것 같소. 하지만 그 망할 놈의 세계의 사방에다 전화를 해야 할지도 모르겠소. 나는 푼돈을 벌겠다고 내 시간을 낭비하는 사람이 아니오. 나는 그에 따른 비용을 청구할 거요."

"5,000"

터무니없는 액수였지만, 파이크는 상대가 돈 이상의 것을 원한다는 걸 이미 알고 있었다. 파이크는 상대가 그 액수를 설득력 있게 받아들이기를 희망했다.

"파이크, 나라면 팰런하고 얼굴을 맞대는 데 돈을 걸지는 않을 거요. 나는 그가 델타건 아니건 상관없소. 하지만 당신은 이 문제를 내 입장에서 봐야 해요. 이 친구에게 무슨 일이 생기면, 연방기관에 있는 당신 친구들은 우리 사이에 이뤄진 이 작은 거래를 나를 사전(事前) 공범으로, 심지어는 공모자로 몰아서 두들겨 팰 꼬투리로 써먹을 거요. 나는 그쪽 바닥에는 친구가 전혀 없소."

"이 통화를 듣고 있는 사람은 전혀 없습니다."

"그래, 그렇겠지."

파이크는 반응을 보이지 않았다. 파이크는 그가 아무 말도 하지 않으면 사람들은 자기들이 듣고 싶어 하는 내용을 알아서 내뱉는 경우가 잦다는 걸 터득했다.

"흐음, 여기저기 물어보겠소. 하지만 당신은 내가 당신 일자리를 주선하게 해줘야 해요. 무슨 일일지 언제가 될지는 모르지만, 언젠가 내가 당신에게 전화를 할 거요. 그러면 얘기는 그걸로 끝인 거요. 그게 내가 제시하는 가격이오. 내가 당신하고 직접 만나서 도움을 줄 수 있는 사람을 찾아내면, 당신은 거기에 가야 하오. 당신이 좋건 싫건 상관없소. 그게 이 일의 대가요."

파이크는 이 번호로 전화를 건 걸 후회했다. 그는 다른 번호들처럼 그 번호도 연결되지 않았어야 했다고 생각했다. 그는 다른 사람을 찾으려고 애쓰는 문제를 고려해봤지만, 먼저 건 번호 일곱 개는 그에게 아무것도 주지 않았었다. 벤이 기다리고 있었다. 엘비스가 기다리고 있었다. 그들이 품은 욕구의 무게가 그를 전화기에 붙들어뒀다.

"어서, 파이크. 이건 단순한 안부 전화가 아니잖소. 당신 목소리를 10년간 듣지 못했소. 내가 그자를 상대했던 사람을 찾아낼 경우, 나는 당신의 신원을 보증해야만 하오."

파이크의 거실 모퉁이에 있는 광이 나는 검정 테이블에는 일본식 석조 분수가 있었다. 물이 가득 담긴, 돌로 만든 작은 그릇이었다. 물이 숲속을 흐르는 시냇물의 차분한 소리를 내면서 돌 사이로 졸졸 흘렀다. 파이크는 졸졸거리는 소리에 귀를 기울였다. 평온하게 들렸다.

"이런 상황이 닥칠 거라는 걸 알았잖소, 파이크. 그런데도 전화한 거잖소. 나는 이 일에 당신을 떠밀고 있지만, 당신이 원했던 게 그거였잖소. 당신은 뭔가를 찾는 중인데, 팰런만 찾고 있는 건 아니지. 당신이 원하는 게 무엇인지는 우리 둘 다 알고 있잖소."

파이크는 작은 분수에서 움직이는 물을 주시했다. 이 남자의 말이 맞는 건지 여부가 궁금했다.

"좋습니다."

"당신 번호를 알려줘요. 수확이 있으면 전화하겠소."

파이크는 그의 휴대폰 번호를 알려줬다. 그러고는 옷을 벗었다. 그는 샤워하는 중에도 전화벨을 들을 수 있도록 전화기를 욕실로 가져갔다. 그는 뜨거운 물이 등과 어깨를 두들기게 놔뒀다. 그러면서 아무 생각도 하지 않으려고 최선을 다했다.

46분 후, 전화기가 울렸다. 그 남자는 그에게 이름과 주소를 알려주고는 만날 약속을 정했다고 말했다.

18

실종 이후 경과 시간: 48시간 09분

집에 도착하자 메시지 두 통이 자동응답기에서 기다리고 있었다. 조 아니면 스타키, 심지어는 벤이 전화했기를 바랐지만, 메시지 하나는 자신이 도움이 될 만한 일을 해줄 수 있겠느냐고 묻는 이웃집의 그레이스 곤살레스에게서 온 거였고, 다른 하나는 크롬 존슨의 어머니가 내 전화에 회신하면서 남긴 거였다. 나는 어느 쪽이건 회신 전화를 걸 만한 기운이 없었다.

우리 집 건너편의 산등성이에 첸의 밴이 돌아와 있는 걸 베란다에서 볼 수 있었다. 제2의 SID 밴과 할리우드 경찰서의 순찰차도 같이 있었다. 첸과 다른 요원들이 작업하는 동안, 공사장 일꾼 대여섯이 밴 근처에 서서 비탈 아래를 지켜보고 있었다.

평범한 사람들은 퇴근해서 귀가하면 우편물을 챙겨서 집에 들어온다. 그래서 나는 그렇게 했다. 평범한 사람들은 우유 한 잔을 마시고 샤워를 하고 새 옷으로 갈아입는다. 그래서 나는 그렇게도 했다. 가식적으로 느껴졌다.

텔레비전 앞에서 칠면조 샌드위치를 먹고 있을 때 전화기가 울렸다. 조일 거라고 생각하면서 수화기를 거머쥐었지만, 아니었다.

"세인트루이스에 있는 육군 인사부의 빌 스티빅이라고 합니다. 엘비스 콜과 통화하고 싶습니다."

퇴역한 미 해병대 빌 스티빅 상사. 그와 통화한 이후로 몇 주가 흐른 것 같은 기분이었다. 그날 아침에 통화했을 뿐이었는데.

시계를 힐끔 봤다. 세인트루이스에 있는 공공기관 사무실의 근무시간이 지난 시간이었다. 그는 사비로 전화를 건 거였다.

"안녕하십니까, 상사님. 회신해주셔서 감사합니다."

"이깟 통화가 뭐 그리 대단한 일이겠소. 댁에게 무척 중요한 일인 것 같아서 전화한 거요."

"실제로 그렇습니다."

"좋소, 흐음, 우리가 보유한 정보는 이렇소. 우선 오늘 아침에 말한 것처럼, 214는 누구나 입수할 수 있지만, 201의 경우, 우리는 법원 명령에 의해서나 사법기관의 요청을 받지 않는 한 절대로 발송하지 않소. 기억하죠?"

"기억합니다."

"여기 있는 기록을 보면 우리는 댁의 파일을 댁이 거주하는 로스앤젤레스의 캐럴 스타키라는 형사에게 전송했소. 어제 일이오."

"맞습니다. 오늘 스타키와 그 얘기를 했습니다."

"좋소. 우리에게 들어온 당신의 파일을 달라는 유일한 다른 요청은 11주 전에 받은 거였소. 우리는 뉴올리언스의 룰런 레스터라는 판사가 발부한 주(州) 법원 명령에 따라 파일을 발부했소."

"뉴올리언스의 판사요?"

"그럴 거요. 댁의 201과 214 모두 뉴올리언스의 주 고등법원 청사에 있는 그의 사무실로 발송됐소."

또 다른 막다른 길. 그 순간 나는 마닐라 서류철을 흔드는 리처드를 떠올렸다. 그 망나니가 내 신상을 탈탈 털었다.

"제 파일들이 발송된 게 그렇게 두 번뿐입니까? 파일이 그 외의 사람들한테 발송될 수는 없다는 게 확실한 겁니까?"

"그렇소. 딱 두 번이었소. 기록관리과는 발송 기록을 8년간 보관해요."

"상사님, 그 판사의 전화번호를 가지고 계십니까?"

"명령서 사본은 보관하지 않아요. 댁의 파일이 발송됐고 발송 사유가 무엇인지를 법원의 공문 번호와 같이 보관할 뿐이오. 그걸 알고 싶소?"

"그렇습니다, 상사님. 잠깐 펜 좀 가져오겠습니다."

그는 명령장 발부 일자와 내 파일이 발송된 날짜를 함께 읽어줬다. 나는 그에게 도움을 주셔서 고맙다고 인사한 다음, 수화기를 내려놨다. 뉴올리언스는 세인트루이스처럼 중부 표준시 지역에 속한다. 따라서 법원 근무 시간은 끝났을 테지만, 법원 사무실들은 여전히 문을 열고 있을지도 몰랐다. 뉴올리언스의 전화번호 안내원에게 전화를 걸어 주 고등법원과 레스터 판사 사무실의 전화번호를 알아냈다. 리처드가 뉴올리언스에 거주한다는 사실과 내 파일을 발송하라고 명령한 판사가 그곳 사람이라는 사실 사이에는 연관 관계가 있을 게 분명했지만, 그래도 나는 확실히 해두고 싶었다.

딱 부러지는 남부 억양을 구사하는 어떤 여자가 전화벨이 울리자마자 전화를 받았다.

"레스터 판사님 사무실입니다."

전화를 끊었다. 레스터에게는 육군에 내 파일들을 발송할 것을 요구하는 법원 명령장을 발부할 정당한 사유가 없을 것이다. 그는 리처드에게 베푸는 호의로서, 또는 리처드가 그에게 뇌물을 먹였기 때문에 그런 짓을 했을 텐데, 둘 중 어느 쪽이건 그는 직권을 남용한 것이었다. 그가 그 일에 대해 나랑 얘기하려고 하지 않을 거라는 건 불 보듯 뻔한 일이었다.

나는 차근차근 생각을 정리하고는 그 번호로 다시 전화를 걸었다.

"레스터 판사님 사무실입니다."

나는 남부 억양을 구사하는 노인 목소리를 내려고 애썼다.

"세인트루이스의 육군 인사부에 근무하는 빌 스티빅이라고 합니다. 저는 판사님께서 발부하신 명령장에 따라 저희가 판사님께 발송한 서류를 찾고 있습니다."

"판사님은 퇴근하셨는데요."

"이런, 어떻게 해야 좋을지 모르겠네, 아가씨. 판사님께 서류를 발송할 때 내가 큰 실수를 저질렀어요. 원본을 발송한 거예요. 우리는 그 서류의 사본도 갖고 있지 않은데 말이오."

절박하게 들리게끔 만드는 건 쉬웠다.

"제가 어떻게 도와드릴 수 있을지가 분명치 않네요, 미스터 스티빅. 서류가 증거물이나 사건 서류로 인정됐다면 환송할 수가 없거든요."

"환송을 원하는 게 아니에요. 있잖소, 나는 서류를 발송하기 전에 그 서류의 사본을 떴어야 해요. 그런데, 으음, 그때 내가 무슨 생각을 하고 있던 건지, 참. 그러니까 아가씨가 그걸 찾아낼 수 있다면 그걸 복사해서 내일 아침까지 나한테 사본을 보내줄 수 있을까요? 비용은 내가 다 부담하리다."

딱하게 들리게끔 만드는 것도 쉬웠다.

그녀가 말했다. "글쎄요, 한번 확인하고 올게요."

"아가씨는 지금 사람 목숨 하나 살리는 거요. 정말로요."

나는 그녀에게 레스터의 법원 명령장에서 얻은 날짜와 서류 번호를 알려줬다. 그러고는 그녀가 살펴보러 간 동안 기다렸다. 그녀는 2분쯤 후에 수화기로 돌아왔다.

"죄송해요, 미스터 스티빅. 그 기록들은 저희한테는 더 이상 없어요. 판사님께서 그걸 미스터 릴랜드 마이어스에게 그분이 요청한 법적 조치의 일환으로 보내셨어요. 그분 사무실에서 사본을 얻으실 수 있지 않을까요?"

나는 그녀에게서 마이어스의 번호를 얻은 다음, 전화를 끊었다. 우리가 테이프를 들었을 때 리처드가 테이블에 내던진 서류철을 생각해봤다. 아마도 마이어스가 내 뒷조사를 담당했을 것이다. 그때 나는 절벽 끄트머리에 서 있는 것 같은 기분이었다. 나는 그 일 때문에 의기소침해졌다. 팰런은 그가 아는 내용의 대부분을 우리 집에 불법 침입해서 얻었을 수도 있었다. 다른 천 가지 방법으로 나머지 내용을 알아냈을 수도 있었다. 내가 스티빅에게서 알아낸 긴 내가 이미 잘 아는 내용이었다. 리처드는 내 배짱을 싫어한다는 것.

나는 텔레비전 앞에 남겨뒀던 칠면조 샌드위치로 돌아갔지만, 조금 있다가 그걸 내던졌다. 더 이상 그걸 먹을 기분이 들지 않았다. 잠이 부족한 탓에 몸이 여기저기 아팠고 눈이 화끈거렸다. 지난 이틀이 철길에 결박된 사람을 향해 돌진하는 화물열차처럼 내 발목을 붙들고 있었다. 마룻바닥에 큰대자로 뻗고 싶었지만, 그랬다가는 깨어날 수 없을지도 모른다는 생각이 들었다. 주방에 가서 섰을 때 전화가 다시 울렸다. 나는 그냥 계속 울리게 놔두고 싶었다. 주방 그 자리에 선 채로 다시는 꿈쩍도 하지 않으면 싶었다. 그래도 나는 전화를 받았다. 스타키였다.

"콜! 밴을 찾았어요! 순찰차가 다운타운에서 밴을 찾아냈어요! 지금 막 들어온 보고예요!"

그녀는 밴의 위치를 불러줬지만, 그녀의 목소리는 그녀가 공유하는 뉴스가 희소식이 아니라는 듯 긴장돼 있어서 뭔가 귀에 거슬리는 느낌을 줬다. 통증이 갑자기 사라졌다. 마치 그런 것은 존재한 적도 없었다는 듯.

"벤을 찾아낸 건가요?"

"모르겠어요. 나도 지금 거기로 가는 중이에요. 다른 사람들도 가는 중이고요. 거기로 와요, 콜. 당신이 지금 있는 데서는 나보다 한참 늦지는 않을 거예요. 당장 거기로 와요."

그녀의 말투는 끔찍했다.

"젠장, 스타키, 왜 그러는 거예요?"

"시신이 발견됐대요."

나는 전화기를 떨어뜨렸다. 전화기는 영원토록 낙하하는 것 같았다. 전화기가 바닥에 떨어질 무렵, 나는 집을 나서고 있었다.

실종 이후 경과 시간: 48시간 25분

로스앤젤레스강은 규모가 작지만 사납다. 진실을 모르는 사람들은 그 강을 놀림감으로 삼는다. 그들의 눈에 보이는 건 뽕쟁이의 혈관처럼 생긴 콘크리트 배수로를 따라 힘겹게 졸졸 흘러가는 구불구불한 물줄기가 전부다. 우리가 그 강을 콘크리트에 밀어 넣은 건 우리 자신의 목숨을 구하기 위해서였다는 걸 그 사람들은 모른다. 강의 규모가 작은 것은 강이 잠들어 있기 때문이라는 걸, 그리고 해마다 강이 빈번하게 잠에서 깨어난다는 걸 그들은 모른다. 우리가 강을 드높은 콘크리트 장벽의 밑바닥에 놓인 콘크리트 평원을 중심으로 한 장난감 같은 여물통에 넣기 전에, 강은 비가 내리면 갑작스레 활기를 되찾고는 나무와 집과 교량을 썻어내려 갔고, 목숨을 앗아갈 사람들을 찾듯이 제방을 타고 넘어와 새로운 물길을 만들어 내고는 했다. 강은 원하는 먹잇감을 무척이나 자주 찾아냈다. 현재, 잠에서 깨어난 강은 그 콘크리트 장벽 너머까지 타고 올라와 고속도로와 교량들을 할퀴면서, 지나가는 차량이나 폭풍에 휘말린 사람을 휩쓸어가려고 애쓴다. 사람들을 지키려고 장벽의 꼭대기를 따라 철조망 울타리와 가시철망을 설치했지만, 아무튼 그 장벽들은 강물을 막아내는 역할을 제대로 해낸다. 그 콘크리트는 감옥이다. 감옥은 제몫을 해낸다. 대체로.

밴은 철도 주차장과 LA 카운티 교도소 사이의 수로에 놓인 고가도로 아래에 있었다. 스타키는 철조망 출입구에 세워둔 그녀의 차에서 기다리고 있다가 내가 오는 길 보고는 내게 다가왔다. 귀에 거슬리는 소리를 내며 수로로 이어진 나들목을 내려간 우리는 순찰차 세 대와 파커 센터에서 파견된 경찰차 두 대 뒤에 차를 세웠다. 고가도로 아래의 그늘에 순경들이 어린애 두 명과 함께 있었다. 형사들은 막 도착한 참이었다. 둘은 애들과 있었고, 세 번째 형사는 밴 내부를 응시하고 있었다.

스타키가 말했다. "콜, 내가 상황을 파악할 때까지 기다리고 있어요."

"멍청하게 굴지 마요."

밴은 페인트칠을 해서 외관이 바뀌어 있었지만, 그래도 여전히 앞 유리에 금이 가고 헤드라이트들 주위에 녹이 슨 포 도어 67년형 이코노라인이었다. 새로 칠한 페인트는 얇아서, '에밀리오스'의 일부 글자 'Em'이 음영처럼 희미하게 보였다. 운전석 문과 왼쪽 뒷문은 열려 있었다. 두피가 반짝거리는 대머리 형사가 밴의 뒤쪽 내부를 응시하고 있었다. 스타키가 잰

걸음으로 나를 앞서 걸어가며 그에게 배지를 내 보였다.

"캐럴 스타키예요. 제가 이 차를 수배했어요. 그쪽이 희생자를 발견했다고 들었어요."

형사가 말했다. "어이구, 세상에, 눈 뜨고 못 볼 광경이오."

나는 내부를 보려고 그를 지나쳤다. 스타키가 나를 제지하려고 내 팔을 잡았다. 나는 숨을 멈췄다.

"콜, 내가 볼게요. 멈춰요."

나는 그녀를 밀쳐냈다. 밴의 내부는 이랬다. 스포츠코트와 바지 차림의 몸집이 두툼한 백인 남성이 밴의 뒷부분에 내던져지거나 굴려진 것처럼 두 팔을 옆으로 늘어뜨리고 한쪽 다리를 다른 다리와 교차시킨 채로 배를 깔고 널브러져 있었다. 그의 옷과 주위의 바닥에는 피가 흥건했다. 목 윗부분에서 몸뚱어리와 잘린 머리가 앞좌석 바로 뒤에 있는 스페어타이어에 기대져 있었다. 그런 상황이라, 그의 얼굴은 감춰져 있었다. 큼지막한 사막파리들이 피의 정원을 찾아온 벌떼처럼 시신을 덮고 있었다. 벤은 밴에 없었다.

스타키가 말했다. "세상에, 놈들이 이 사람 머리를 잘랐군요."

형사가 고개를 끄덕였다.

"그래요. 이런 짓을 서슴없이 해대는 놈들이 있어요."

"시신의 신원은 파악했나요?"

"으음, 아직은요. 나는 강력반에서 나온 팀스요. 우리도 막 도착했어요. 그래서 아직 허가를 받지 못했어요. CI(검시관)가 오는 중이에요."

형사들은 검시관이 현장 조사를 마치기 전까지는 희생자를 건드릴 수 없었다. CI는 사인과 사망 시각을 결정하는 책임을 진다. 그래서 사람들은

314

CI가 현장 조사를 마치기 전까지는 증거를 보존하는 것 외에는 아무 일도 할 수가 없었다.

내가 말했다. "우리는 사내아이를 찾고 있습니다."

"보이는 게 전부요. 시체 한 구, 핏자국은 없고. 그런데 사내아이 얘기는 왜 하는 거요?"

"이 밴을 운전한 두 남자가 이틀 전에 열 살짜리 사내아이를 납치했습니다. 아이는 실종 상태입니다."

"젠장. 으음, 당신이 이 현장의 용의자들을 알고 있나 본데, 그 사람들 이름을 얘기해줘요."

스타키는 그에게 팰런의 이름과 인상착의를 알려줬고, 흑인 남자의 인상착의도 알려줬다. 형사가 그걸 받아 적는 동안, 나는 그에게 밴의 문을 연 사람이 누구냐고 물었다. 그는 정복경찰들과 함께 있는 아이들을 고갯짓으로 가리켰다.

"쟤들이요. 나들목에, 뭐라더라, 뭔가를 타고 올라갔다 내려갔다 하려고 여기에 내려왔대요. 피가 떨어지는 걸 보고는 문을 열었다더군요. 지금도 저기 옆 패널에서 피가 흘러나오고 있잖아요. 내 짐작에는 이 일이 벌어진 시간이 서너 시간을 넘지 않았을 거요."

스타키가 물었다. "아이들이 피살자 지갑에 손을 댄 건 아닌지 확인해봤나요?"

"그럴 필요는 없었어요. 저기 스포츠코트에 튀어나온 피살자 엉덩이 보이죠? 볼록한 게 보일 거요. 지갑은 여전히 그의 주머니에 있어요."

내가 말했다. "스타키."

"알아요. 팀스, 잘 들어요. 이 밴을 통해 팰런의 위치를 파악하거나 팰런에 관한 정보를 얻을 수 있다면 우리는 아이를 찾아내는 일에 더 가까워질 거예요. 피살자는 납치에 관여했을지도 몰라요. 우리는 피살자의 신분증이 필요해요."

팀스는 고개를 저었다. 그는 그녀가 무슨 부탁을 하는 건지 잘 알았다.

"당신도 잘 알잖아요. CI가 오고 있어요. 오래 걸리지 않을 거요."

나는 스타키를 힐끔 보고는 운전석 문으로 향했다.

팀스가 말했다. "아무것도 건드리지 마요."

운전석 주위에 피가 고여 있었다. 시신의 일부는 볼 수 있었지만, 얼굴은 볼 수가 없었다. 밴을 건드리지 않는 선에서 최선을 다해 좌석 아래와 주위를 살폈지만, 내 눈에 보이는 건 피, 그리고 낡은 차량에 쌓인 더께가 전부였다.

팀스와 스타키는 여전히 뒤쪽에 있었다. 다른 형사 둘과 정복경찰들은 아이들과 있었다. 나는 앞좌석에 올라가 밴의 뒤 칸을 향해 좌석 사이를 비집고 들어갔다. 그곳 냄새는 무더운 여름날에 정육점에서 나는 냄새와 비슷했다.

나를 본 팀스의 몸이 나랑 같이 밴에 뛰어오르려는 것처럼 뒷문을 향해 휘청거렸다. 그는 밴에 뛰어오르지는 않았다.

"이봐요! 거기서 나와요! 스타키, 당신 파트너 저기서 끌어내요!"

스타키는 팀스 앞으로 나와서는 두 팔을 벌려 뒷문을 붙잡고 나를 응시하는 듯한 자세를 취했다. 그녀는 그가 나를 끌어내지 못하도록 문을 가로막고 있었다. 형사 한 명과 정복경찰 두 명이 팀스가 소리를 높인 이유를 알아보려고 뛰어왔다.

"콜, 빨리 좀 해줄래요?"

내가 그들을 방해한다는 사실에 열을 받은 파리들이 분노한 먹구름처럼 내 주위로 몰려들었다. 차 바닥에 고인 피는 뜨거운 윤활유처럼 미끄러웠다. 나는 고인의 지갑을 꺼내고 그의 주머니를 조사했다. 열쇠꾸러미와 손수건, 25센트짜리 동전 두 개, 산타모니카에 있는 베이트랜드 스위프트 호텔의 카드 키를 발견했다. 그의 팔 아래에는 빈 어깨 권총집이 묶여 있었다. 지갑과 다른 물건들을 앞좌석에 던져놓고는 머리 쪽으로 몸을 돌렸다. 피부는 자주색이었고, 땟자국이 기다란 자국으로 남아 있었다. 경추골이 새하얀 대리석 손잡이처럼 살에서 드러나 보였고, 머리카락에는 피떡이 엉겨 붙어 있었다. 참혹하고 끔찍한 광경이라, 그걸 건드리고 싶은 생각은 전혀 없었다. 파리와 피가 들끓는 이곳에 있고 싶지도 않았다. 팀스는 고함을 지르고 있었지만, 그의 목소리는 아련해지다가 더위 속에서 윙윙거리는 또 다른 파리 한 마리가 되고 말았다. 손수건을 둥글게 말아 머리를 똑바로 세우는 데 사용했다. 머리를 건드리는 순간, 머리가 검은색 K-스위스 크로스 트레이닝 운동화 위에 놓여 있는 걸 봤다. 남성용 운동화였다.

"콜, 누구예요? 뭐예요?"

"드니스예요. 스타키, 놈들이 벤의 신발을 놓고 갔어요. 벤의 신발이 여기 있어요."

"놈들이 쪽지를 남겼나요? 거기, 다른 것도 있어요?"

"다른 건 아무것도 안 보여요. 그냥 신발뿐이에요."

실종자수사대 차량이 파란 계기판용 라이트를 터뜨리며 나들목을 내려왔고, 리처드의 리무진이 그 뒤를 따라왔다.

스타키가 말했다. "거기서 나와요. 그 사람 소지품들 가지고요. 그 사람이 놈들을 어떻게 찾아냈는지 알려줄 물건을 찾을 수 있을지도 몰라요. 그리고 당신 얼굴은 만지지 마요."

"뭐라고요?"

"당신 온몸에 피가 칠갑이 됐으니까요. 피가 눈이나 입에 들어가지 않게 조심해요."

"이건 벤의 신발이에요."

나는 그것 말고는 아무 말도 할 수 없었다.

스타키는 루카스와 알바레스를 막으려고 성큼성큼 나아갔다. 나는 밴에서 내려 물건들을 모두 땅에 내려놨다. 내 손은 피로 물들어 있었다. 지갑과 벤의 신발과 다른 물건들도 피에 젖어 있었다. 정복경찰 한 명은 내가 방사능을 내뿜는 사람이나 되는 양 뒷걸음질을 쳤다.

그가 말했다. "이봐요, 당신 아주 엉망이에요."

루카스가 스타키의 옆을 돌아서 밴 쪽으로 쪼르르 다가왔다. 안을 들여다본 그녀는 한 방 심하게 얻어맞은 사람처럼 비틀거리며 물러섰다.

그녀는 탄식했다. "오, 맙소사."

드니스의 지갑에는 62달러, 데블런 R. 드니스 이름으로 발급된 루이지애나 운전면허증, 신용카드, 경찰공제조합 회원증, 루이지애나 사냥허가증, 십 대 소녀 두 명이 담긴 사진들이 들어 있었지만, 그가 팰런을 찾아낸 방법이나 밴에서 목숨을 잃게 된 과정을 보여주는 물건은 하나도 없었다. 나는 열쇠꾸러미와 손수건, 25센트짜리 동전 두 개도 찾아냈지만, 그것들 역시 내게는 도움이 되지 않았다.

리처드와 마이어스가 알바레스를 밀치고 나왔다. 리처드는 피를 본 순간 안색이 창백해졌다.

루카스가 말했다. "미스터 셰니에, 선생님 차에서 기다리시죠. 레이, 이분들은 여기 있으면 안 돼, 제기랄."

리처드가 말했다. "저 안에 뭐가 있는 거요? 저기에? 저기……"

"그건 드니스 시체요. 놈들이 드니스의 머리를 벤의 신발에 올려놨어요."

리처드와 마이어스는 알바레스가 그들을 제지하기도 전에 밴의 내부를 들여다봤다. 리처드는 무엇인가가 그의 가슴을 조이는 것처럼 숨을 제대로 쉬지 못했다.

"하나님 맙소사!"

리처드는 몸을 가누려고 마이어스를 붙들었다. 그러고는 몸을 돌렸지만, 마이어스는 여전히 밴 내부를 응시하고 있었다. 그의 턱이 움찔거리다 뻣뻣해졌지만, 몸의 나머지 부분들은 미동도 하지 않았다. 커다란 파리 한 마리가 뺨에 앉았지만, 그는 그걸 느끼지 못하는 듯 보였다.

내가 말했다. "놈들이 벤의 신발을 남겨뒀어요. 벤의 신발이 저 안에 있었어요."

리처드는 두 손으로 머리를 연신 쓸더니 정신이 나간 듯한 모습으로 맴돌기 시작했다. 나는 파이크가 했던, 팰런 같은 놈들은 돈을 위해서라면 무슨 짓이건 한다는 말을 생각해봤다. 낭자한 유혈과 벤의 외로운 신발과 함께 밴에 있던 드니스를 생각해봤다. 나는 놈들이 나 때문에 이런 짓을 한 게 아니라는 걸 잘 알았다. 놈들은 **리처드** 때문에 이런 짓을 저질렀다.

"놈들은 그를 그냥 죽인 게 아냐, 리처드. 놈들은 **그의 머리를 잘랐어!**"

리처드는 구토를 했다. 스타키는 걱정스러운 표정이었지만, 그건 아마도 내가 소리를 질러대고 있었기 때문일 것이다.

"진정해요, 콜. 몸을 떨고 있잖아요. 숨을 깊이 들이쉬어요."

리처드는 몸을 굽히고는 숨을 크게 내쉬고 있었다. 그는 제정신이 아니고 어딘가 아픈 사람처럼 보였다.

내가 말했다. "놈들은 몸값 때문에 당신을 노린 거야, 그렇지? 놈들은 몸값을 내놓으라고 당신을 윽박질렀고, 당신은 드니스와 수작을 부린 거야."

스타키와 루카스는 나를 쳐다봤다. 리처드는 몸을 똑바로 폈다가 다시 숙였다.

"너는 네가 무슨 말을 하고 있는지 몰라! 네가 한 말은 맞는 말이 한마디도 없어!"

마이어스가 말했다. "말도 안 되는 소리를 지껄이는군, 콜. 우리는 이 망할 자식들을 찾아내기 위해 할 수 있는 모든 일을 다 하고 있어."

"이놈들은 누군가를 겁주려고 드니스를 이용하고 있어. 그런데 놈들이 겁을 주려고 애썼던 건 내가 아니었어."

리처드의 얼굴이 분노로 얼룩졌다.

"엿이나 먹어, 새끼야!"

루카스가 말했다. "어떻게 그런 말을 할 수 있습니까?"

"팰런은 용병이에요. 놈은 돈이 되는 일이 아니면 아무 일도 하지 않아요. 그런데 리처드는 돈이 있어요. 놈들은 몸값 때문에 이 짓을 하고 있어요."

리처드는 나를 한 방 갈길 기세로 앞으로 휘청거렸지만, 마이어스가 그의 팔을 잡았다. 리처드는 몸이 무너져 내리고 있는 듯 몸을 떨었다.

"이건 다 네 탓이야, 이 개자식아. 내 아들이 실종된 판에 이딴 개소리를 들으려고 여기 있지는 않을 거야. 우리는 내 아들을 찾아야 해. 너는 개소리나 떠들어대고 있어!"

리처드는 비틀거리면서 그의 리무진으로 향했다. 그는 리무진 측면에 몸을 기대고는 다시 구토를 했다. 마이어스는 그를 주시했다. 그의 눈은 더 이상 멍한 눈이 아니었다.

내가 물었다. "무슨 일이 벌어지고 있는 거요, 마이어스?"

마이어스는 그리로 걸어가서 그의 차에 있는 리처드의 옆에 섰다.

내가 말했다. "그는 거짓말하고 있어요. 저 사람들 둘 다 거짓말을 하고 있다고요."

스타키는 마이어스와 리처드를 지켜보다 밴을 유심히 살폈다.

"우리는 여기서 저 남자의 아들 얘기를 하는 중이에요, 콜. 이놈들이 몸 값 때문에 그를 몰아세우고 있다면, 그는 왜 우리에게 그 얘기를 하지 않으려는 걸까요?"

"나도 몰라요. 그는 겁을 먹었어요. 놈들이 드니스한테 한 짓을 봐요."

"그렇다면 당신한테 한 짓은 왜일까요?"

"나도 모른다니까요. 어쩌면 뭔가 다른 것 때문에 나한테서 일이 시작 됐지만, 리처드가 여기에 도착했을 때는 놈들 눈에 돈이 보였겠죠."

스타키는 이해가 안 되는 기색이었다.

"그리고 드니스는 놈들에게 너무 가까이 접근했던 것 같고요."

"드니스는 놈들을 찾아내기에 충분할 정도로 뛰어난 사람은 아니었어 요. 놈들은 리처드에게서 몸값을 뜯어내려고 어떤 종류의 만남을 마련했 어요. 그러고는 리처드가 확실히 돈을 내놓게 만드는 데 드니스를 써먹은 거예요."

그것이 퍼즐 조각들을 맞출 수 있는 유일한 방법이었다.

루카스는 입술을 적셨다. 내 얘기를 생각하면서 심란해진 듯했다.

"미스터 셰니에랑 얘기를 해보는 게 나을 것 같아요. 미스터 마이어스하고도 얘기를 해볼게요."

스타키가 말했다. "드니스가 어떻게 여기까지 오게 됐는지 확인하기 위해 그의 행보를 역추적해볼 수 있을 거예요. 폰트노트라는 다른 사람하고도 얘기해볼 수 있어요. 그가 뭔가를 알고 있을지도 몰라요."

루카스는 멍하니 고개를 끄덕였다. 그러고는 밴에 우리가 절대로 알지 못할 비밀들이 간직돼 있는 양 밴을 돌아봤다.

"이건 더 이상은 단순 실종 사건이 아니에요."

스타키가 말했다. "그렇죠. 전에는 그랬더라도요."

루카스는 벤의 신발을 돌아보고는 나를 유심히 쳐다봤다.

"내 차에 물티슈와 알코올이 있어요. 당신, 몸 좀 닦아요."

스타키는 리처드와 마이어스가 알고 있는 내용에 대해 그들을 심문하려고 루카스와 알바레스 곁에 머물렀다. 나는 물티슈와 알코올을 내 차로 가져갔다. 셔츠와 신발을 벗은 후, 알코올을 두 팔과 두 손에 쏟았다. 물티슈로 내가 닦아낼 수 있는 최대한의 피를 몸에서 닦아냈다. 알코올을 더 쏟고 물티슈도 더 썼다. 앞좌석 뒤에 보관해뒀던 티셔츠를 걸치고 낡은 러닝슈즈를 신고는 차에 앉아 경찰들을 지켜봤다. 루카스와 알바레스, 그리고 파커 센터에서 온 형사들이 리처드와 마이어스 주위에 모여 있었다. 리처드는 그들이 무슨 말을 하고 있는지도 모른다며 고함을 쳐댔다. 리처드는 길길이 날뛰고 있었지만, 마이어스는 거미줄 가장자리에 먹이가 걸리기를 기다리고 있는 거미처럼 차분했다. 나는 밴을 응시하다가 놈들이 밴에 남기고 간 것을 봤다. 30미터나 떨어져 있었음에도 말이다. 나는 늘 그걸 봐왔었다. 나는 그걸 보는 걸 절대로 멈출 수 없을 것 같았다. 놈들은 그의 머리를 잘라냈다. 그리고 그 짓을 한 놈들은 벤을 데리고 있다.

내 휴대폰이 울렸다. 발신자를 확인했다. 파이크였다. 그에게 드니스에 대해 말했다. 밴 내부에서 벌어진 일에 대해 말했다. 내 목소리가 혼미한 심정과 숨소리 때문에 작아진 듯 낯설게 들렸다. 나는 그에게서 입 닥치라는 소리를 들을 때까지 계속 떠들었다.

그가 말했다. "도와줄 수 있는 사람을 찾아냈어."

나는 차에 시동을 걸고 그 자리를 떠났다.

19

벤

　마이크가 그 남자를 쏜 후로 벤을 대하는 에릭과 마지의 대우가 달라졌다. 그들은 집으로 돌아오는 길에 인 앤 아웃 버거―더블 미트, 더블 치즈, 어니언 링과 프라이―를 사러 차를 세웠다. 집에 도착했을 때, 그들은 벤을 방에 감금하지도 결박하지도 않았다. 그들은 식사를 하고 카드를 치는 동안 벤이 텅 빈 거실에 그들과 함께 앉아 있게 해줬고, 벤에게 오랑지나를 줬다. 그들은 한결 느긋해졌다. 마지조차 낄낄거리며 크게 웃었다. 그들은 그 남자를 죽이면서 해방감을 느끼는 듯 보였다.

　햄버거를 다 먹은 후, 에릭이 얼굴을 찌푸렸다.

　"야, 어니언 링은 손대지 말았어야 했나 봐."

　마지가 물었다. "왜?"

　에릭은 요란하게 방귀를 뀌었다.

　마지가 말했다. "너 모미 써겄어."

　그들은 바닥에 둥그렇게 둘러앉았다. 벤은 에릭의 셔츠 아래에 불룩 튀어나온 총을 힐끔힐끔 보면서 그걸 손에 넣을 방법을 고민하고 있었다. 그가 오후 내내 생각한 건 총을 손에 넣고 그들을 쏜 다음 도로 건너편의 집으로 달려가는 거였다. 마이크가 돌아오면 그도 쏠 작정이었다.

총에서 시선을 올린 벤은 마지가 다시 그를 응시하고 있는 걸 알아챘다. 벤은 마지의 시선에 소름이 돋았다.

마지가 말했다. "저노미 니 총을 생가카고 이써."

"그게 뭐 대단한 일이라고 그래? 얘는 아까 밖에서 잘 해냈어. 얘는 타고난 킬러야."

벤이 말했다. "나, 총 쏠 줄 알아요."

에릭은 카드에서 시선을 올리고는 눈썹을 치켜세웠다.

"맞아, 너, 쿤애스(coonass)지. 너희 쿤애스들은 걷기도 전에 사냥을 하는 족속이잖아. 그래, 쏠 줄 아는 총들이 어떤 것들이냐?"

"20구경 샷건(산탄총)하고 22구경을 갖고 있어요. 할아버지하고 삼촌들하고 오리 사냥을 해본 적이 있어요. 우리 엄마 권총도 쐈봤어요."

"흠, 대단한걸."

마지가 물었다. "쿠내스가 무슨 뜨시야?"

"쿤애스는 루이지애나 출신 프랑스인이야."

에릭은 총 얘기하는 걸 좋아했다. 그는 셔츠 아래로 손을 넣어 총을 꺼냈다. 크고 검은색으로, 손잡이에는 바둑판무늬가 있었고, 양옆은 닳은 흔적이 보였다.

"잡아볼래?"

마지가 말했다. "그마내. 총 지버너어."

"닥쳐. 이런다고 무슨 일이 생긴다고 그러냐?"

에릭은 벤이 볼 수 있도록 피스톨을 이쪽저쪽으로 돌렸다.

"이건 1911년형 콜트 45구경이야. 표준적으로 지급되던 전투용 휴대무기였지. 육군이 계집애처럼 보잘것없는 9밀리미터로 바꾸기 전까지는 말이야. 9밀리미터는 탄환이 더 많이 장전되지만, 그건 총도 아냐. 표적을 맞출 수도 없는 총에 총알이 더 많이 들어가봐야 무슨 소용이 있겠냐?"

에릭은 마지 쪽으로 총을 흔들었다.

"여기 있는 마지처럼 덩치 큰 깜둥이를 생각해봐. 애는 힘은 아프리카 물소와 비슷하고 비열하기로는 그보다 열 배는 더한 놈이야. 네가 9밀리미터로 이놈을 하루 종일 쏴봐야 이놈은 계속 너한테 다가올 거야. 그런데 네가 이걸 한 방 쏘면 애는 큰대자로 뻗을 거야. 이 총은 스토퍼(stopper)야."

에릭은 권총을 벤 쪽으로 흔들었다.

"잡아볼래?"

벤이 대답했다. "예."

에릭이 총에 있는 무언가를 누르자 탄창이 빠져나왔다. 그는 슬라이드(탄환을 장전하는 데 사용하는 부분)를 당겼다. 총이 총알 한 발을 토해냈고 에릭은 공중에서 그 총알을 잡았다. 그는 총을 벤에게 건넸다.

마지가 말했다. "마이크가 이거 보면, 너 그한테 혼이 날 거야."

"마이크는 우리가 이러는 동안 재미란 재미는 다 보고 다니잖아. 그러니까 닥쳐."

벤은 총을 받았다. 무거웠다. 그리고 그의 손에 비해 굉장히 컸다. 에릭은 탄창을 바닥에 놓고는 안전장치와 슬라이드가 어떻게 작동하는지를 보여준 후, 벤이 그걸 혼자서 해볼 수 있도록 총을 다시 건넸다. 슬라이드를 당기는 건 힘들었다.

벤은 총을 꽉 잡았다. 슬라이드를 뒤로 당겨 제 위치에 고정시켰다. 해야 할 일이라고는 탄창을 밀어 넣고 슬라이드를 푸는 게 다였다. 그러면 총이 장전되고 공이치기가 당겨질 것이다. 탄창은 그의 무릎 바로 옆에 있었다.

에릭이 총을 돌려받았다.

"할 만큼 했지?"

에릭은 탄창을 쑤셔 넣고 슬라이드를 당긴 다음 튀어나온 총알을 탄창에 다시 넣었다. 안전장치를 걸고는 총을 그의 앞 마룻바닥에 내려놨다.

"약실에 총알이 없으면 망하는 거야. 탄창에 한 발을 넣어둬야 일이 잘 풀리는 거라고. 총알이 필요한 상황에는 쓸데없는 일에 낭비할 시간이 없을 테니까."

그들은 날마다 해온 일인 듯 오후 내내 카드를 쳤다. 벤은 장전된 채로 공이치기가 당겨져 있는 총을 생각하며 에릭 가까이에 앉아 있었다. 해야 할 일이라고는 안전장치를 푸는 게 전부였다. 벤은 머릿속으로 그려봤다. 기회를 잡으면, 쓸데없는 일에 시간을 낭비하지 않을 터였다.

에릭은 화장실에 갔다. 하지만 그는 총을 가져갔다. 그가 돌아왔을 때, 총은 다시 그의 바지에 찔려 있었다. 하지만 지금 에릭의 총은 벤에게서 멀리 떨어진 쪽에 꽂혀 있었다. 벤은 자기도 화장실에 가야겠다고 말했다. 마지가 그를 데려다줬다. 카드를 치러 돌아왔을 때, 벤은 에릭이 총을 꽂은 쪽에 앉았다.

마이크는 어두워진 후에야 돌아왔다.

그가 들어오며 말했다. "오케이. 준비 끝났다."

"장소를 찾아내셨어요?"

"야, 델타는 아무나 되는 건 줄 알아. 델타의 솜씨를 발휘해서 모든 걸 다 장만했고 즐길 준비를 끝냈어. 놈들은 이런 일이 닥치는 걸 알아차리지 못할 거야."

에릭이 말했다. "됐고, 나는 우리가 돈을 받게 될 건지 알고 싶어요."

"놈들이 밴에 뭐가 들어 있는지를 보고 나면, 나라도 돈을 갖다 바치겠다고 할 거야."

에릭이 깔깔 웃었다.

"이거 정말 기분 좋은 상황인걸."

"샤워 좀 해야겠다. 정신 바짝 차리고 있어. 여기를 일단 뜨고 나면, 다시는 돌아오지 않을 거니까."

벤은 에릭과 가까운 곳에 머물렀다. 그들이 이번에도 전과 똑같이 작업한다면, 마이크는 혼자 떠날 것이고, 벤은 에릭과 마지와 함께 갈 것이다. 벤은 에릭의 총에 가급적 가깝게 앉을 계획이었다. 토하는 척해서 에릭이 몸을 돌리게 만들거나, 무언가를 떨어뜨려서 에릭이 그걸 주워들게 만들 수 있었다. *이봐, 친구, 신발 끈 풀렸어!* 기회가 생길 것이고, 벤은 쓸데없는 일에 시간을 낭비하지 않을 것이다. 그는 에릭에게 제2의 피부처럼 달라붙어 있을 것이다.

벤의 엄마가 그에게 시각화에 관한 얘기를 한 적이 있었다. 최상급 테니스 선수라면 누구나 실전에 도움을 받기 위해 하는 거였다. 완벽한 서비스 에이스나 끝내주는 패싱샷을 날리는 자신의 모습을 상상하고, 승리를 거두는 자신의 모습을 그려보라. 이건 실제로 일을 수행하는 걸 도와주는 정신적인 리허설이다.

벤은 에릭의 총을 거머쥐기 위해 가능한 모든 시나리오를 상상해봤다. 에릭이 그보다 앞서 차에 오른다, 에릭이 차에서 내린다, 에릭이 동전을 주우려고 허리를 숙인다, 에릭이 벌레를 쫓는다―벤에게 필요한 건 에릭이 등을 돌리는 짧은 순간뿐이었다―. 그 순간이 오면 벤은 이렇게 할 것이다.

왼손으로 에릭의 셔츠를 들어 올리고 오른손으로 총을 잡는다. 에릭이 몸을 돌릴 때 있는 힘껏 뒤로 점프하면서 안전장치를 푼다. '멈춰, 그러지 않으면 쏘겠다!'라고 고함을 지르거나 그와 비슷한 멍청한 짓은 하지 않을 것이다. 방아쇠를 당길 것이다. 그들이 다 죽을 때까지 계속 방아쇠를 당길 것이다. 벤은 이런 식으로 그런 일을 해내는 자신의 모습을 시각화해봤다. **탕탕……탕탕탕**. 그건 스토퍼다.

갑자기, 때가 왔다. 마이크가 짧은 펌프 연사식 샷건과 쌍안경을 들고 집 뒤편에서 나타났다.

마이크가 말했다. "지금이야, 아줌마들. 쇼 타임이야."

에릭은 모든 준비가 다 돼 있다는 듯 벤을 자기 쪽으로 당기면서 바닥을 박차고 일어났다.

"좋았어. 한판 제대로 뜹시다."

그들은 더플백을 메고 무리지어 집을 가로질렀다. 벤은 어찌나 겁이 났던지 귀에서 윙윙거리는 소리가 났지만, 그래도 에릭 가까이에 머물렀다. 차고의 세단 옆에 벤이 본 적이 없는 낡은 청색 소형차가 대기하고 있었다. 에릭은 그를 소형차 쪽으로 몰고 갔다.

에릭이 말했다. "오케이, 분대(分隊), 눈썹이 휘날리게 움직여라."

그들 뒤에서 마이크가 말했다. "잠깐."

그들은 걸음을 멈췄다.

"꼬맹이는 나랑 같이 간다."

마이크는 벤의 팔을 잡고는 그를 세단 쪽으로 데려갔다. 에릭은 마지의 차에 올랐다. 벤은 마이크에게서 뒷걸음질을 쳤다.

"아저씨랑 가고 싶지 않아요. 에릭이랑 가고 싶어요."

"네가 하고 싶은 대로 할 수 있는 처지냐? 차에 타."

마이크는 그를 조수석에 밀어 넣고는 샷건을 들고 운전석에 올랐다. 차고 문이 열렸고, 마지와 에릭은 차를 몰고 떠났다. 벤은 에릭의 권총이 그들과 함께 멀어지는 모습을 지켜봤다. 공이치기가 당겨져 있고 약실에 총알 한 발이 들어 있어서 순조롭게 일을 벌일 수 있는 총이. 그건 익사하고 있는 사람의 손 닿는 거리 밖으로 구명 기구가 떠내려가는 광경을 보고 있는 것과 비슷했다.

마이크는 시동을 걸었다.

"전에 그랬던 것처럼 얌전하게 앉아서 쿨하게 굴어. 그러면 모든 게 잘 굴러갈 테니까."

마이크는 샷건이 두 다리 사이에 놓이도록 바닥에 내려놨다. 벤은 샷건을 쳐다봤다. 그는 집에 20구경 이타카(Ithaca) 샷건이 있었고 언젠가 그걸로 청둥오리를 잡은 적이 있었다.

벤은 샷건을 빤히 노려보다 마이크를 응시했다.

"나 총 쏠 줄 알아요."

마이크가 말했다. "나도 그래."

그들은 차고를 떠났다.

20

실종 이후 경과 시간: 49시간 28분

파이크는 로스앤젤레스 국제공항 바로 남쪽에, 다우니와 시티 오브 인더스트리 전역에 모여 있는 납작하고 특색이라고는 찾아볼 길이 없는 사무용 빌딩 중 한 곳에서 나를 기다리고 있었다. 싸구려 빌딩들은 군수산업 호황기인 1960년대에 항공우주업체들이 토해낸 것들로, 지금은 주변 풍경과 어울리지 않는 짙은 색 정장 차림의 사내들이 출근용으로 몰고 온 미국산 중형차들로 붐비는 주차장에 에워싸여 있었다.

내가 차에서 내리자, 파이크는 특유의 부동자세로 나를 유심히 살폈다.

나는 물었다. "왜?"

"빌딩 안에 화장실이 있어."

그는 나를 로비로 데려갔다. 남자 화장실에 간 나는 뜨거운 물을 틀고는 거울에 김이 가득 서릴 때까지 물을 계속 틀어놨다. 드니스의 피가 손톱 주위와 피부의 주름에 여전히 묻어 있었다. 녹색 비누로 두 손과 두 팔을 박박 씻은 다음, 흐르는 뜨거운 물 아래에 몸을 그대로 놔뒀다. 두 손이 다시 벌겋게 변했다. 피처럼 벌겋게. 하지만 나는 그것들을 불태워서 정화하려 애쓰면서 뜨거운 물 안에 손을 그대로 뒀다. 두 손을 모아 물을 받아서는 마셨다. 그러고는 거울에 비친 내 모습을 봤지만, 뿌연 김이 내 모습을 감추고 있었다. 나는 로비로 돌아갔다.

우리는 한 번에 세 계단씩 계단을 뛰어올라 새로 깐 카펫 냄새 비슷한 냄새가 나는 대기실로 들어갔다. 벽에 박힌 반짝거리는 철제 글자들이 회사의 이름을 밝혔다. **레스닉 자원 그룹**(THE RESNICK RESOURCE GROUP) - *문제 해결과 컨설팅*.

문제 해결.

벽에 붙박이로 설치된 책상에서 젊은 여성이 우리를 향해 미소를 지었다. "무엇을 도와드릴까요?"

그녀는 영국식 억양을 구사했다.

파이크가 말했다. "미스터 레스닉을 뵈러 온 조 파이크입니다. 이쪽은 엘비스 콜입니다."

"아, 그러시군요. 두 분을 기다리고 있었습니다."

쓰리피스 정장 차림의 젊은 남성이 안내원 뒤에 있는 문에서 나와 우리를 위해 문을 열고는 우리가 들어갈 때까지 그 문을 잡아줬다. 그는 검정 가죽 가방을 들고 있었다.

"안녕하십니까, 여러분. 저랑 같이 가시면 되겠습니다."

파이크와 나는 그의 앞을 지나 복도로 걸어갔다. 젊은 남자는 우리가 대기실을 벗어나자마자 가방을 열었다. 운동으로 다져진 건장한 체구인 그는 승진 가도를 달리는 중간급 임원에 어울리는 유쾌하고 전문가다운 표정을 지었다. 그는 오른손에 해군사관학교 졸업 기념 반지를 끼고 있었다.

"저는 미스터 레스닉의 어시스턴트인 데일 루돌프입니다. 무기는 여기에 넣으시죠. 떠나실 때 돌려드리겠습니다."

내가 말했다. "나는 무기가 없습니다."

"좋습니다."

파이크는 357구경과 25구경, 곤봉, SOG 양날 도검을 가방에 넣었다. 방문객 스스로 무장을 해제하는 것이 일상사인 양, 루돌프의 표정은 전혀 바뀌지 않았다. 다른 세상에 오신 것을 환영하는 바입니다.

"이게 전부입니까?"

파이크가 대답했다. "그렇습니다."

"좋습니다. 똑바로 서서 두 팔을 올리십시오. 두 분 다 부탁드립니다."

정중했다. 해군사관학교에서 매너를 제대로 가르친 모양이다.

루돌프는 막대기 모양의 금속 탐지기로 우리를 훑고는 탐지기를 가방에 넣었다.

"좋습니다. 가실까요?"

루돌프는 이동형 로켓 포대와 소련의 무장 헬리콥터, 장갑차량들을 보여주는 사진들만 없었으면 생명보험을 판매하는 회사 사무실이라고 해도 무방할 화사하고 환기 잘 되는 사무실로 우리를 안내했다. 백발을 아주 짧게 깎고 피부가 거친 오십 대 후반의 남자가 자기소개를 하려고 책상을 돌아 나왔다. 아마도 펜타곤에 연줄을 가진 퇴역한 제독이나 장성일 것이다. 이런 사람들 대다수가 그런 사람들이었다.

"존 레스닉이오. 됐네, 데일. 밖에서 기다리게."

"예, 대표님."

레스닉은 그의 책상 모서리에 걸터앉으면서도 우리에게 자리를 권하지는 않았다.

"어느 분이 미스터 파이크이신가요?"

파이크가 말했다. "접니다."

레스닉은 그를 자세히 살폈다.

"우리 둘 다를 아는 친구가 선생 얘기를 아주 잘 해주더군요. 내가 선생들을 만나겠다고 동의한 유일한 이유는 그 사람이 선생의 신원을 보증했기 때문입니다."

파이크는 고개를 끄덕였다.

"그런데 그 친구한테 다른 분 얘기는 듣지 못했습니다만."

나는 파이크의 조수라고 내 소개를 하고 싶었지만, 가끔씩 나는 영리하게 굴 때가 있었다. 나는 파이크가 상황을 처리하게 놔뒀다.

파이크가 말했다. "우리를 소개해준 친구가 제 얘기를 좋게 해줬다면, 제 솜씨 얘기도 당연히 했겠군요. 저는 솜씨가 좋은 놈이거나 그렇지 않거나 둘 중 하나입니다."

레스닉은 그 대답이 마음에 드는 듯한 눈치였다.

"좋은 대답이군요. 어쩌면 선생 솜씨가 얼마나 좋은지를 내게 보여줄 기회가 있을 겁니다. 하지만 그 문제는 다른 자리에서 논의하도록 하죠."

우리가 원하는 게 무엇인지를 잘 아는 레스닉은 요점으로 직행했다.

"나는 런던에서 민간 군사기업(PMC)과 일하고는 했습니다. 우리는 팰런을 한 번 고용했지만, 이후로 다시는 그를 고용하지 않습니다. 선생이 그를 고용하려고 노력 중이시라면, 그러시지 말라고 권하고 싶습니다."

내가 말했다. "우리는 그를 고용하려는 게 아니라 그를 찾으려는 겁니다. 팰런과 최소한 한 명의 공범이 제 여자친구의 아들을 납치했습니다."

레스닉의 왼쪽 눈에 예상치 못한 긴장이 감돌았다. 그는 내가 내용을 잘 알고서 그런 말을 하는 건지 여부를 결정하고 있는 듯 나를 유심히 살폈다. 그런 후 그는 앉은 자세를 약간 곧추세웠다.

"마이클 팰런이 로스앤젤레스에 있습니까?"

내가 그에게 다시 말했다.

"그렇습니다. 놈이 제 여자친구의 아들을 납치했습니다."

레스닉의 왼쪽 눈에 감돌던 긴장감이 더욱 강해지더니 그의 온몸으로 퍼졌다. 하지만 잠시 후 그는 어깨를 으쓱했다.

"팰런은 위험천만한 자입니다. 그자가 로스앤젤레스나 이 나라 어딘가에 있다는 게 믿어지지 않는군요. 하지만 그가 미국에 있고 선생이 말한 짓을 했다면, 선생은 경찰에게 가시는 게 옳습니다."

"우리는 경찰과 함께 수사해왔습니다. 경찰도 놈을 찾으려고 애쓰고 있습니다."

파이크가 말했다. "제가 가진 자원 없이 그렇게 해왔죠. 선생께서는 놈을 압니다. 선생께서는 놈에게 연락할 방법이나 그렇게 할 수 있는 사람을 아실 거라고 생각합니다."

레스닉은 파이크를 유심히 바라보더니 책상에서 몸을 일으켜 그의 자리로 갔다. 태양이 낮아지기 시작하면서 차에 부딪혀 반사된 햇빛이 사방으로 튀어 다녔다. LA 국제공항을 이륙한 제트기들이 활모양을 그리면서 바다 너머 서쪽으로 향하고 있었다. 레스닉은 제트기들을 주시했다.

"몇 년 전 일입니다. 마이클 팰런은 시에라리온에서 저지른 잔혹 행위 때문에 전쟁 범죄로 기소됐습니다. 내가 마지막으로 들은 소식은, 그가 남미, 브라질 아니면 콜롬비아에 있다는 것이었습니다. 내가 그를 찾을 방법을 알고 있다면, 나는 법무부에 곧바로 신고할 겁니다. 세상에, 놈한테 미국에 돌아올 배짱이 있다는 걸 믿을 수가 없군요."

레스닉은 다시 파이크를 힐끔 봤다.

"놈을 찾아내면 죽일 겁니까?"

그는 상대방이 미식축구를 좋아하는지 여부를 알고 싶어 하는 양 평범한 말투로 파이크에게 물었다.

파이크는 대답하지 않았다. 그래서 내가 대신 대답했다.

"그렇습니다. 그게 선생께서 우리를 도와주신 데 따르는 대가라면, 그렇습니다."

파이크가 내 팔을 건드렸다. 그는 내게 그만하라는 뜻으로 고개를 한 번 저었다.

내가 말했다. "선생께서 놈이 죽기를 원하신다면, 놈은 죽은 목숨입니다. 그렇지 않다면 그렇지 않을 거고요. 제 관심은 오직 아이뿐입니다. 그 아이를 되찾기 위해서라면 무슨 짓이든 할 겁니다."

파이크는 다시 나를 건드렸다.

레스닉이 말했다. "나는 세상에는 지켜야 할 규칙이 있다고 믿습니다, 미스터 콜. 내가 사업을 하는 이 바닥에서, 규칙은 우리가 짐승으로 전락하지 않기 위해 반드시 지켜야만 하는 겁니다."

레스닉의 시선이 다시 제트기 쪽으로 향했다. 그는 생각에 잠긴 표정으로 그것들을 주시했다. 제트기가 그를 탈출 불가능한 무엇인가로부터 멀리로 데려갈 수 있다는 듯이.

"런던에 있을 때, 우리는 마이클 펠런을 고용해서 시에라리온에 보냈습니다. 그는 우리가 그 나라 정부와 계약을 맺은 다이아몬드 광산의 경비를 서기로 돼 있었지만, 반군 쪽으로 넘어갔습니다. 나는 아직도 그 이유를 모릅니다. 돈 때문일 거라고 짐작만 할 뿐이죠. 그놈들은 사람들이 상상할 수도 없는 짓을 저질렀습니다. 그 얘기를 들으면 선생은 그걸 내가 지어낸

이야기라고 생각할 겁니다."

나는 로스앤젤레스 강변에 있는 밴에서 내가 본 광경을 그에게 들려줬다. 내가 얘기를 하는 동안 레스닉은 제트기 쪽으로 다시 시선을 돌렸다. 들어본 적이 있는 얘기들이라서 그런 것 같았다. 그는 고개를 저었다.

"금수 같은 놈. 놈은 더 이상은 용병으로 일하지 못합니다. 기소된 상태에서는 못하죠. 어느 누구도 그를 고용하지 않을 겁니다. 놈이 몸값 때문에 아이를 납치했다고 생각하십니까?"

"예. 그렇게 생각합니다. 아이의 아버지가 돈이 많습니다."

"뭐라 말씀드려야할지 모르겠군요. 말씀드렸듯, 내가 마지막으로 들은 놈의 소식은 놈이 브라질 리우에 있다는 거였습니다만, 지금은 그것조차 확신이 서지 않습니다. 놈이 돌아오기로 결심한 이유는 많은 돈이 걸린 일이기 때문인 게 분명합니다."

파이크가 말했다. "놈에게는 공범이 있습니다. 얼굴에 흉터나 사마귀가 난 거구의 흑인 남자입니다."

레스닉은 의자를 우리 쪽으로 회전시키고는 자기 얼굴을 만졌다.

"이마하고 두 뺨에요?"

"맞습니다."

그는 책상에 팔꿈치를 괴고는 몸을 기울였다. 그 인상착의를 알고 있는 게 분명했다.

"그건 그가 속한 부족 특유의 흉터입니다. 팰런이 시에라리온에서 부렸던 부하 중 하나가 벤테족(Benté) 투사 마지 이보였습니다. 놈에게는 그런 흉터들이 있습니다."

레스닉은 점점 흥분했다.

"제3의 인물이 개입돼 있습니까?"

"그건 모릅니다만, 가능성이 있습니다."

"좋습니다. 잘 들으세요. 이제야 왜 놈들이 LA에서 일을 벌인 건지 이해되기 시작하는군요. 이보는 에릭 실링이라는 또 다른 용병하고 끈끈한 사이였습니다. 1년쯤 전일 거라고 생각합니다. 그쯤 됐을 겁니다. 실링이 보안 관련 일자리를 찾고 있다고 연락을 해왔습니다. 그는 여기 LA 토박이입니다. 그래서 이보가 그에게 연락을 했을지도 모릅니다. 우리한테 관련 정보가 있을지도 모르겠군요."

레스닉은 검색 작업을 하려고 그의 컴퓨터로 가서는 데이터베이스를 띄우기 위해 키보드를 쳐댔다.

내가 물었다. "그놈도 시에라리온 사건과 관련이 있습니까?"

"아마도요. 하지만 그놈은 기소자 명단에는 오르지 않았습니다. 놈이 여전히 이쪽 일을 할 수 있는 이유가 그겁니다. 놈은 팰런의 부하였습니다. 놈이 우리한테 연락한 게 유별난 일로 보였던 이유가 그겁니다. 나는 그 사건에 관련이 없는 자라 할지라도 팰런 밑에서 일했던 놈들은 고용하지 않을 겁니다. 그래요, 여기 있군요."

레스닉은 그의 컴퓨터에 뜬 주소를 적어서 내게 건넸다.

"놈은 샌 가브리엘에 진 지니(Gene Jeanie)라는 이름으로 개인 우편함을 갖고 있었습니다. 놈들은 늘 이런 가명을 쓰죠. 이 이름을 지금도 여전히 쓰고 있는지는 모르겠지만, 내가 갖고 있는 이름은 이겁니다."

"놈의 전화번호는 알고 계십니까?"

"놈들은 절대로 전화번호를 알려주지 않습니다. 개인 우편함하고 가명을 사용하죠. 그들 나름의 보호 장치입니다."

나는 주소를 힐끔 보고는 파이크에게 넘겼다. 나는 똑바로 섰지만, 나도 모르게 두 다리가 떨리는 게 느껴졌다. 레스닉은 그의 책상 주위를 돌아갔다.

그가 말했다. "우리는 지금 굉장히 위험한 자들에 관한 얘기를 하고 있습니다. 이놈들을 선생이 상대하는 비열한 범죄자들하고 혼동하지 마십시오. 팰런은 솜씨가 더할 나위 없이 좋은 자입니다. 그리고 그는 이 사람들을 훈련시켰습니다. 사람을 살상하는 실력 면에서는 어떤 존재도 이 자들을 능가하지 못합니다."

파이크가 중얼거렸다. "곰."

레스닉과 내가 동시에 그를 힐끔 봤지만, 파이크는 손에 든 주소를 응시하고 있었다. 레스닉은 내 팔을 잡고는 그 자세를 유지했다. 그는 무엇인가를 찾고 있는 듯한 투로 내 눈을 들여다봤다.

"하나님을 믿습니까, 미스터 콜?"

"겁이 날 때는요."

"나는 밤마다 기도를 드립니다. 내가 마이크 팰런을 시에라리온에 보냈기 때문에, 그래서 늘 놈이 지은 죄의 일부는 내가 지은 죄라고 느끼기 때문에 기도를 드립니다. 선생이 놈을 찾아내기를 바랍니다. 그 어린아이가 안전하기를 바랍니다."

나는 레스닉의 얼굴에서 극심한 어둠을 봤다. 그러고는 그게 나 자신의 어둠이라는 것을 깨달았다. 날름거리는 화염을 들여다보는 나방도 똑같은 것을 볼 것이다. 나는 이걸 묻지 말았어야 했지만, 나 자신도 어쩌지를 못했다.

나는 물었다. "거기서 무슨 일이 있었던 겁니까? 팰런이 무슨 짓을 한 겁니까?"

레스닉은 한없이 오랫동안 나를 응시했다. 그러고는 입을 열었다.

아프리카 시에라리온, 1995년

록 가든(Rock Garden)

그날 아침, 아베바 단쿠는 광산에서 그녀의 마을로 이어지는 길을 소년이 비명을 지르면서 도망쳐오기 직전에 총소리를 들었다. 아베바는 이번 여름이 지나면 열두 살이 되는 예쁜 소녀였다. 손발은 길쭉길쭉했고, 목은 공주님 목처럼 우아했다. 아베바의 어머니는 아베바가 실제로는 멘데(Mende)족의 공주라고 주장했다. 그러면서 왕자님이 그녀의 맏딸을 신부로 맞게 해달라고 밤마다 기도를 올렸다. 어머니의 예측에 따르면, 그녀의 가족은 지참금으로 염소를 여섯 마리나 달라고 주장할 수 있었다. 그렇게 해서 부자가 되면, 가족들은 혁명연합전선(RUF) 반군들이 다이아몬드 광산의 통제권을 놓고 정부에 맞서 벌이는 끝없는 전쟁을 피해 탈출할 수 있을 터였다.

아베바는 어머니가 환각 성분이 있는 약초를 너무 많이 피운 바람에 정신이 나갔다고 생각했다. 아베바는 반군들로부터 광산과 마을을 지키는 젊은 남아프리카 출신 용병 중 한 명과 결혼할 가능성이 훨씬 더 컸다. 그들은 총과 담배를 가진, 창피한 줄도 모르고 젊은 남자들과 시시덕거리는 소녀들을 향해 능글맞은 웃음을 짓는 건장하고 잘생긴 청년들이었다.

아베바는 어머니와 여동생들, 그리고 다른 마을 여자들과 함께 팜파나

강 근처의 돌밭에 호구지책으로 장만한 농장을 돌보면서 대부분의 날들을 보냈다. 여자들이 소규모 염소 떼를 치고 고구마와 *카이야*라고 알려진 딱딱한 콩을 기르는 동안, 아베바의 아버지를 비롯한 남자들은 산비탈에 있는 채석장에서 다이아몬드를 캤다. 채굴과 세척으로 역할이 나뉜 남자들은 후추와 박하를 뿌린 쌀 두 그릇과 8센트를 일당으로 받았고, 그들이 찾아낸 다이아몬드의 양에 따라 소액의 커미션을 받았다. 가파른 비탈에서 손으로 자갈을 파낸 다음, 그걸 소형 세척장에 운반해서 크기에 따라 분류하고, 물로 세척하면서 다이아몬드를 골라내는 고되고 지저분한 노동이었다. 남자들은 햇빛을 막기 위해 피부에 흙을 두껍게 바른 채로 하루에 열두 시간을 반바지나 속옷 차림으로 일했고, 남아프리카인들은 반군들로부터 그들을 보호했다. 아베바 어머니가 사위로 맞고 싶어 하는 왕자님은 현실 세계에서는 찾기 힘들었다. 심지어 다이아몬드보다 더 귀한 존재였다.

그날 아침, 아베바 단쿠는 카이야를 먹기 좋게 갈려고 집에 남은 반면, 여동생들은 작물들을 돌봤다. 아베바는 개의치 않았다. 마을에서 일하면 제일 친한 친구인 라말 모모흐—아베바보다 두 살 연상으로, 가슴이 물주머니 크기만 했다—와 수다를 떨고 경비원들과 시시덕거릴 시간이 많다는 장점이 있었다. 콩을 먹은 탓에 혈색이 파란 두 소녀는 마을 끄트머리에 서 있는 경비원들을 슬쩍슬쩍 훔쳐봤다. 여자처럼 곱상하게 생긴 훤칠하고 호리호리한 젊은 남아프리카인이 그들에게 윙크를 하고는 이리로 오라며 손짓했다. 아베바와 라말은 키득거렸다. 두 사람은 서로에게 네가 그렇게 해보라고 부추기고 있었다. 네가 말해봐. 아냐, 네가 해봐. 그러던 중에 비탈 아래에서 탕탕거리는 소리가 연달아 아련하게 들려왔다.

탕탕탕…… 탕…… 탕…… 탕탕탕.

경비원이 프리타운(시에라리온의 수도) 장터에 있는 길거리 꼭두각시처럼 소리 나는 쪽으로 황급히 몸을 움직였다. 라말이 펄쩍 뛰어오르는 바람에 맷돌이 기우뚱 기울었다.

"사람들이 광산에 총질을 하고 있어."

아베바는 예전에 경비원들이 생쥐를 향해 총을 쏘는 소리를 들었었다. 하지만 이번 총소리는 그때하고는 완전 딴판이었다. 노파들이 각자의 오두막에서 나왔고, 놀고 있던 어린아이들은 움직임을 멈췄다. 젊은 남아프리카인은 마을 건너편에 있는 다른 경비원을 부른 후, 메고 있던 소총을 풀었다. 그의 눈에 두려움이 감돌았다.

자동화기가 연달아 발사되는 소리가 격렬한 기세로 층층이 겹치더니 총소리가 시작할 때 그랬던 것처럼 갑자기 뚝 그쳤다. 그러더니 계곡이 조용해졌다.

"경비원들이 왜 총을 쏘는 걸까? 무슨 일이지?"

"저건 경비원들이 쏘는 게 아냐. 잘 들어봐! 들리니?"

어떤 소년의 비명이 마을에 닿았다. 그런 후 아이의 가느다란 형체가 오두막 사이로 질주해왔다. 아베바는 그들이 사는 마을의 북쪽 끄트머리에 사는 여덟 살짜리 줄리어스 사이부 비오를 알아봤다.

"줄리어스잖아!"

소년은 울먹이면서 뜀박질을 멈추더니 뭔가 뜨거운 것을 떨쳐내려는 것처럼 두 손을 퍼덕거렸다.

"반군들이 경비원들을 죽이고 있어요! 그놈들이 우리 아빠를 죽였어요!"

남아프리카인 경비원이 줄리어스 쪽으로 대여섯 걸음을 달렸다. 그런데 머리가 불꽃색깔인 백인 남자 한 명이 나뭇잎 속에서 걸어 나와서는 남아프리카인의 얼굴에 총을 두 방 쐈고, 그러면서 경비원의 몸은 숲 쪽으로 뒤집히고 말았다.

마을은 순식간에 아수라장으로 변했다. 여자들은 어린아이들과 갓난아기들을 들쳐 안고는 덤불로 뛰어갔다. 어린아이들은 눈물을 터뜨렸다. 라말은 달음박질쳤다.

"라말! 무슨 일이야? 어떻게 해야 해?"

"뛰어! **당장** 뛰어!"

남아프리카인 경비원 두 명이 오두막들 사이에서 튀어나왔다. 머리가 불꽃색깔인 남자가 한쪽 무릎을 꿇고 어찌나 빠르게 사격—빵빵, 빵빵—을 하던지 총소리는 한 방을 쏘는 소리처럼 들렸다. 남아프리카인은 둘 다 쓰러졌다.

라말은 정글 속으로 자취를 감췄다.

아베바는 가족이 사는 오두막으로 향하다가 줄리어스 쪽으로 방향을 돌렸다. 그녀는 아이의 팔을 잡았다.

"나랑 같이 가자, 줄리어스! 몸을 숨겨야 해!"

남자들이 북적거리는 평상형 트럭 한 대가 경적을 울리며 마을로 들어왔다. 트럭에서 뛰어내린 남자들은 두세 명씩 무리를 지어 오두막 사이를 질주했다. 불꽃머리 남자가 시에라리온의 거의 모든 국민이 구사하는, 영어에 기초한 크리올어(Creole)인 크리오어(Krio)로 큰 소리로 명령을 내렸다.

반군들은 공중에 총질을 하고는 도망치는 여자들과 아이들을 개머리판으로 구타했다. 아베바는 도망치려고 줄리어스를 안아들었지만, 뒤에 있는 트럭에서 더 많은 반군이 뛰어내렸다. 자신의 키만큼 큰 소총을 든 깡마른 십 대가 덤불에서 라말을 끌고 나와 쓰러뜨리고는 등에 발길질을 해댔다. 반바지와 화사한 분홍색 조끼만 걸친 어떤 남자는 마을의 개들을 쏘면서 개들이 비명을 지를 때마다 키득거리면서 제자리를 빙빙 돌았다.

줄리어스가 비명을 질렀다.

"그만두게 해요! 그만두게 해요!"

평상형 트럭이 마을 한복판에 멈춰 서려고 브레이크를 밟으며 미끄러졌다. 광산에서 총격이 찾아왔다 사라진 것만큼이나 빠르게 마을이 함락됐다. 남아프리카인들은 죽었다. 마을 사람들을 보호해줄 사람은 아무도 남지 않았다. 아베바는 바닥에 납작 엎드렸다. 그녀는 자신과 줄리어스를 땅속으로 밀어 넣으려고 애썼다. 왕자님을 기다리는 공주님에게는 이런 일이 생길 리가 없었다.

광각 선글라스를 끼고 래퍼 투팍의 얼굴이 박힌 해진 티셔츠를 입은 근육질 남자가 트럭의 짐칸에 기어올라 서서는 마을 사람들을 쏘아봤다. 그의 목에 걸린 뼈로 된 목걸이가 목에 맨 탄띠에 부딪혀 달가닥거리는 소리를 냈다. 다른 남자들이 그의 옆에 섰다. 한 명은 총알로 만든 머리밴드를 하고 있었고, 다른 한 명은 멧돼지의 음낭으로 만든 작은 주머니들을 단 그물 셔츠를 입고 있었다. 그들은 시납고 지독한 전사들이었다. 그래서 아베바는 너무도 무서웠다.

뼈 목걸이를 한 남자는 윤이 나는 검정 소총을 흔들었다.

"이 몸은 블러드(Blood) 사령관이시다! 온 세상이 이 이름을 알게 되고 두려워하게 될 것이다! 우리는 혁명연합전선 소속 자유의 투사들이고, 너희는 시에라리온 인민을 배신한 반역자들이다! 너희는 프리타운에 있는 괴뢰정부를 좌지우지하는 외국인들을 위해 우리 다이아몬드를 파냈다! 그 죄로, 너희는 죽게 될 것이다! 우리는 여기 있는 모두를 죽일 것이다!"

블러드 사령관은 마을 사람들 머리 위로 소총을 발사하고는 부하들에게 전원을 총살대형으로 세우라고 명령했다.

불꽃머리 남자와 다른 백인이 트럭 옆을 돌아 나왔다. 첫 번째 남자보다 키가 크고 나이도 많은 두 번째 남자는 올리브 그린색 바지와 검정 티셔츠 차림이었다. 그의 창백한 피부는 햇볕에 그을려 있었다.

그가 말했다. "더는 아무도 죽이지 마. 이런 일을 하는 더 나은 방법이 있어."

그는 불꽃머리 남자처럼 크리오어로 말했다.

두 백인 남자는 땅에 있었고, 블러드 사령관은 트럭 짐칸에 서 있었다. 사령관은 짐칸 끄트머리로 사자처럼 돌진해서는 그 남자들을 굽어봤다. 그는 화난 듯이 무기를 발사했다.

"이 몸이 명령을 내렸잖아! 우리는 이 반역자들을 다 죽일 거고, 그러면 곳곳의 다이아몬드 광산에 소문이 퍼질 거야! 광부들은 우리를 두려워할 거야! 놈들을 줄 세워! 당장!"

검정 셔츠를 입은 남자가 주먹을 날리듯이 팔을 휘둘러서는 그의 뒤에 서 있는 블러드 사령관의 두 다리를 걸었다. 사령관은 등을 땅에 부딪치며 떨어졌다. 남자는 사령관을 트럭에서 땅으로 끌어내 머리를 짓밟았다. 사나운 전사 세 명이 사령관을 도우려고 트럭에서 뛰어내렸다. 아베바는 남자들이 그렇게 격렬하게 싸우는 모습도, 그렇게 이상한 방식으로 싸우는 모습도 생전 처음 봤다. 그 남자와 불꽃머리 친구가 어찌나 빠르게 전사들을 땅바닥에 쓰러뜨리는지 격투는 심장이 한 번 뛰는 사이에 두 남자가 네 명을 꺾는 것으로 끝나버렸다. 전사들 중 한 명은 고통스러워서 비명을 지르고 있었고, 다른 두 명은 의식을 잃거나 목숨을 잃었다.

라말이 그녀에게 슬금슬금 다가와 속삭였다.

"저놈들은 악마야. 봐, 저놈에게 저주받은 자의 표식이 있어!"

검정 셔츠의 남자가 블러드 사령관의 목을 붙잡는 동안, 아베바는 그의 손등에 새겨진 삼각형 문신을 봤다. 아베바는 한층 더 두려워졌다. 영악한 라말은 그런 것들을 잘 알았다.

악마는 블러드 사령관을 일으켜 세웠다. 그러고는 다른 부하들에게 남아프리카인들의 시신을 마을 복판에 있는 우물로 끌고 오라고 명령했다. 멍한 상태인 사령관은 명령을 고분고분 따랐다. 그는 명령에 반대하지 않았다. 불꽃머리 남자가 작은 무전기에 대고 무슨 말을 했다.

아베바는 초조한 심정으로 무슨 일이 벌어질지 기다렸다. 그녀는 줄리어스를 끌어안고는 줄리어스가 울먹이는 게 반군의 주의를 끌지도 모른다고 두려워하면서 그를 진정시키려 애썼다. 그녀는 잠깐 동안 생겨난 탈출 기회를 두 번 포착했지만, 줄리어스를 남겨두고 갈 수는 없었다. 아베바는 사람들이 많은 곳에 있는 게 안전하다고 혼잣말을 했다. 군중 안에 있으면 그녀와 줄리어스는 안전할 것이다.

반군들이 남아프리카인들의 시신을 우물 옆에 쌓는 동안, 두 번째 트럭이 덜커덩거리며 마을로 들어왔다. 이 트럭은 낡은 데다 모양도 이상했고 검정 흙을 뒤집어쓰고 있었다. 굉장히 큰 흙받이들이 마술사가 걸치는 망토처럼 타이어를 덮었고, 망가진 헤드라이트는 뻐드렁니를 드러낸 하이에나의 웃음처럼 생긴 그릴을 삐딱하게 응시했다. 그 이빨에 껴 있는 녹은 말라붙은 피 색깔이었다. 풀린 눈을 전혀 깜빡이지 않는 젊은 남자 십여 명이 트럭에 쪼그리고 있었다. 위팔에 피 묻은 붕대를 꽉 조여 맨 남자들이 많았다. 붕대를 감지 않은 사람들에게서는 같은 위치에 삐죽삐죽한 흥터들이 보였다.

프리타운에 가본 적이 있는데다 그런 것들을 잘 아는 라말이 말했다. "저 팔들 보이지? 저기 피부를 가른 거야. 코카인하고 암페타민을 상처에 채울 수 있도록. 저 사람들, 그렇게 해서 스스로 미쳐버리는 거야."

"왜?"

"그렇게 하면 더 뛰어난 투사가 되니까. 그런 식으로 하면 통증이 느껴지지 않는대."

새로 온 트럭에 타고 있던 키가 큰 전사가 트럭에서 뛰어내려 백인 남자 두 명에게 합류했다. 그는 부대자루를 만드는 데 쓰는 천으로 만든 헐렁한 상의와 바지 차림이었지만, 아베바의 눈길을 잡아 끈 건 그게 아니었다. 그의 얼굴은 세공을 마친 다이아몬드처럼 깎아낸 듯했다. 위팔에는 부하들과 똑같은 흉터들이 있었지만, 그는 남들과는 달리 얼굴에도 표식이 있었다. 두 뺨을 따라 자리한 눈처럼 생긴 둥근 흉터 세 개와 이마에 줄지어 있는 더 작은 흉터들. 그의 눈은 아베바가 이해하지 못하는 열기로 타올랐지만, 그는 놀랄 만큼 미남이었다. 아베바가 생전 보아온 그 어떤 남자보다 잘생기고 왕자다웠다. 그는 왕처럼 위풍당당했다.

검정 셔츠를 입은 남자는 블러드 사령관의 몸을 남아프리카인들의 시체가 쌓인 쪽으로 돌렸다.

그가 말했다. "이게 네가 공포를 빚어내는 방법이야."

그는 트럭에서 부하들에게 몸짓으로 지시를 내리는 키 큰 아프리카인 전사를 힐끔 봤다. 그들은 귀신에 씐 듯 울부짖거나 폭소를 터뜨리며 땅으로 뛰어내렸다. 그들은 처음 등장한 반군 무리처럼 소총과 샷건으로 무장하고 있지 않았다. 그들은 녹슨 마체테(날이 넓고 무거운 칼)와 도끼를 소지하고 있었다.

그들은 남아프리카인 경비원들의 시신으로 모여들었다. 눈에 광기가 번득이는 반군들이 시신들의 목을 난도질하는 동안 마체테들이 허공을 오르내렸다. 머리들이 우물로 떨어졌다.

아베바는 울먹였고 라말은 눈을 가렸다. 주위에 있는 여자들과 아이들과 노인들은 울부짖었다. 갓난아이가 둘 있는 젊고 강인한 여자인, 처녀일 때는 마을의 그 어떤 사내아이만큼이나 몸놀림이 빨랐던 이시나 코타이가 벌떡 일어나 정글로 내달렸다. 그러자 불꽃머리 남자는 그녀의 등에 총을 쐈다.

아베바는 환각제로 쓰는 약초를 피운 것처럼 약한 어지럼증을 느꼈다. 그녀는 지금 벌어지고 있는 일을 제대로 파악하지 못했다. 그녀는 구토를 했다. 너무나도 선명한 순간과 순간 사이의 공허한 공간들로 세상이 점차 모호해지고 왜소해졌다. 그날은 아침의 첫 햇빛이 그녀가 사는 마을 위의 산등성이들에 입을 맞추는 동안 케이크를 아침으로 먹는 걸로 시작되었다. 그녀의 어머니는 공주 얘기를 했었다.

블러드 사령관은 공중으로 소총을 발사하고는 부하들처럼 울부짖으며 펄쩍펄쩍 뛰었다. 나머지 반군들도 광기에 사로잡혀 펄쩍펄쩍 뛰었다.

"이제 너희들은 혁명연합전선의 분노를 알 것이다! 이것이 우리에게 저항한 너희가 치를 대가다! 우리는 너희의 머리로 우물을 채울 것이다!"

하얀 악마와 흉터가 있는 키 큰 전사는 마을 사람들이 모인 쪽으로 몸을 돌렸다. 아베바는 그들의 눈빛에 묵직한 무게가 실린 것처럼 그들의 시선이 그녀를 압도하는 걸 느꼈다.

하얀 악마가 고개를 저었다.

"원숭이처럼 뛰어다니는 짓거리 좀 그만해. 이 사람들을 죽이면 여기서 무슨 일이 일어났는지를 아무도 모를 거잖아. 살아 있는 사람들만이 너를 두려워할 수 있어. 알아들었어?"

블러드 사령관은 펄쩍거리는 걸 그만뒀다.

"그러면 우리는 살아 있는 증거를 남겨야 해."

"맞아. 다른 광부들을 부들부들 떨게 만들 증거를, 네 적들이 부인할 수 없는 증거를 남겨야 하는 거야."

블러드 사령관은 남아프리카인 경비들의 머리 없는 시신들로 걸어갔다.

"우리가 한 짓보다 더 끔찍한 짓이 뭐가 있을까?"

"이거."

하얀 악마가 흉터가 있는 전사에게 아베바가 알아듣지 못하는 언어로 뭐라고 말하자, 악기운에 취한 반군들이 도끼와 마체테를 들고 앞으로 뛰어나와서는 마을에 있는 모든 남자와 여자, 어린아이의 손을 난도질했다.

아베바 단쿠와 다른 사람들은 그들이 겪은 일을 세상에 알리기 위해 목숨을 부지한 채로 남겨졌다. 그리고 그들은 그 일을 세상에 알렸다.

4부
마지막 탐정

21

주차장에서 내가 스타키에게 전화를 거는 동안, 파이크는 샌 가브리엘의 전화번호 안내원과 통화했다. 스타키는 여섯 번째 벨이 울렸을 때 전화를 받았다.

내가 말했다. "수배할 이름이 두 개 있어요. 아직도 강에 있나요?"

"이 난장판 때문에 밤새 여기 있을 거예요. 펜을 찾는 중이니 잠깐 기다려요."

"루나 부인이 팰런과 함께 있는 걸 본 남자의 이름은 마지 이보예요. m-a-z-i, i-b-o. 아프리카에서 팰런 밑에서 일한 놈이에요."

"잠깐만요, 콜. 천천히 말해요. 그걸 어떻게 알아냈어요?"

"파이크가 이 인상착의를 알아본 사람을 찾아냈어요. 놈의 사진을 '국가수사정보체계'에서 찾아내 루나 부인에게 확인받을 수 있을 거예요. 리처드가 몸값 얘기를 인정했나요?"

"아직도 부인하고 있어요. 그 사람들, 한 시간 전에 여기를 떴어요. 하지만 나는 당신 말이 맞다고 생각해요, 콜. 그 가여운 망나니가 사방에 똥을 싸지르고 있다는 말이에요."

파이크가 전화기를 내리고는 고개를 저었다. 실링의 전화번호는 등록

돼 있지 않았다.

"알았어요. 이름이 하나 더 있어요. 이놈이 이 사건과 관련이 있는지는 모르겠지만, 이놈들하고 접촉했을 가능성이 있어요."

그녀에게 실링의 이름을 알려주고 놈이 이보와 팰런과 어떻게 관련이 있는지를 들려줬다.

그녀가 말했다. "잠깐만요. 무전기를 가져와야겠어요. 이 정보도 수배 명단에 올려놓고 싶어요."

"놈은 샌 가브리엘에 개인 우편함을 가지고 있어요. 우리가 방금 전화 번호 안내 서비스로 확인해봤는데, 놈의 이름은 등록돼 있지 않아요. 알아 들었어요?"

"예, 기다려봐요."

파이크는 내가 기다리는 동안 나를 주시하다가 고개를 다시 저었다.

"우리가 아는 이름으로는 등록하지 않았을 거야."

"그것까지는 알 수 없는 노릇이잖아. 어쩌면 운 좋게 알아낼 수 있을지 도 몰라."

파이크는 우편함 주소를 유심히 들여다보며 생각에 잠겨서는 주소가 적힌 종이를 손가락으로 툭툭 쳤다. 그가 고개를 들었을 때 스타키가 전화 기로 돌아왔다.

그녀가 말했다. "에릭 실링이라는 이름으로 등록된 정보는 아무것도 없 어요. 주소가 어떻게 되죠?"

나는 주소를 달라는 몸짓을 보였지만, 파이크는 그걸 주머니에 넣었다. 그는 내 전화기를 빼앗더니 전원을 껐다.

내가 물었다. "뭐 하는 거야?"

"놈은 우편함 임대 계약을 맺었을 거야. 하지만 그녀가 그 계약서를 입수하려면 영장을 받아야만 해. 이런 사업장은 말이야, 우리가 거기에 도착할 때쯤이면 영업이 끝났을 거야. 그러면 경찰은 소유주를 찾아내야 할 거고, 소유주가 거기 올 때까지 마냥 기다려야 할 거야. 일을 마치려면 한도 끝도 없을 거야. 우리는 그보다 빨리 일을 해치울 수 있어."

파이크의 말을 이해한 나는 주저 없이 일에 착수하기로 뜻을 모았다. 우리가 하려는 행동이 논쟁의 여지가 전혀 없는 정당한 일이라는 양. 나는 주저하지도, 심지어 숙고하지도 않았다. 나는 앞으로 나아가는 데만 몰입했다. 벤을 찾아내는 일에만 몰두했다.

파이크는 그의 지프로, 나는 내 차로 갔다. 레스닉이 묘사했던 잔혹 행위들이 내 머리를 가득 채웠다. 밴 내부에서 윙윙거리던 파리 소리가 여전히 들렸고, 피에 모여 있던 파리들이 내 얼굴을 때려대던 감촉이 여전히 느껴졌다. 문득 내게 총이 없다는 걸 깨달았다. 나는 벤과 같이 지내는 동안 총을 금고에 넣어뒀었고, 그래서 총은 여전히 거기에 있었다. 갑자기 무기 생각이 간절해졌다.

내가 말했다. "조, 총을 집에 놔두고 왔어."

파이크는 조수석 문을 열고는 계기판 아래로 손을 뻗었다. 검은색 물체를 찾아낸 그는 행인들이 보지 못하도록 손바닥에 감춰 허벅지에 납작하게 붙이고는 내게로 걸어왔다. 그는 그걸 나에게 넘겨준 후 지프로 돌아갔다. 검은색 권총집에 든 시그 사우어 9밀리미터였다. 나는 권총을 셔츠 아래 오른쪽 엉덩이에 꽂았다. 그렇게 하면 더 안전하다는 느낌을 받을 거라 생각했지만, 꼭 그렇지만은 않았다.

10번 고속도로는 끊어지기 직전까지 당겨진 고무줄처럼 로스앤젤레스를 가로질러 뻗어 있다. 바다에서 시작해서 사막으로, 그리고 그 너머로 이어진다. 차량들이 몰려들면서 체증이 심해지고 있었다. 하지만 우리는 경적을 울려대며 힘껏 차를 몰았다. 갓길을 달린 시간이 그렇지 않은 시간과 엇비슷했다.

에릭 실링의 개인 우편함이 있는 곳은 스타즈 앤드 스트라입스 우편함이라는 민간 우편업체로, 주민의 대다수가 중국계인 샌 가브리엘의 어느 동네에 있는 스트립 몰에 있었다. 몰에는 중국식 레스토랑이 세 곳, 약국 하나, 애완동물 가게 하나, 그리고 그 우편업체가 있었다. 주차장은 레스토랑에 저녁을 먹으러 가거나 애완동물 가게 앞에서 오랜 시간을 보내는 가족들로 북적였다. 파이크와 나는 골목에 차를 세우고는 걸어서 우편업체로 향했다. 영업은 끝나 있었다.

스타즈 앤드 스트라입스는 몰 전체가 훤히 보이는 몰 정면에 위치한 가게로, 한쪽 옆에는 애완동물 가게가, 다른 쪽 옆에는 약국이 있었다. 정면 유리와 문을 따라 경보 장치를 작동시키는 전선이 설치돼 있었다. 내부에는 영업용 카운터에 의해 뒤쪽 사무 공간과 분리된 매장 앞부분 벽에 우편함들이 박혀 있었다. 소유주는 카운터를 가로지르는 육중한 철제 펜스를 설치하는 것으로 매장의 전방과 후방을 분리했다. 손님들은 영업시간이 지난 이후에도 매장 전방에 들어가 자신들의 우편물을 회수할 수 있었지만, 사무 공간에 보관된 우편물과 소포들은 훔칠 수가 없었다. 두 공간 사이에 설치된 펜스는 코뿔소를 가두기에 충분할 정도로 튼튼해 보였다.

실링의 우편함 번호는 205였다. 매장 내부에 들어가기 전까지는 실링이 여전히 그 우편함을 쓰고 있는지를 알 길이 없었다. 205번 우편함은 밖에서도 보였지만, 거기에 우편물이 들어 있는지는 알 수 없었다. 내가 아는 것이라고는 벤에게로 이어지는 보물 지도를 팰런이 그에게 보냈다는 게 전부였다.

파이크가 말했다. "임대 계약서는 사무실에 있을 거야. 저기는 뒤쪽으로 해서 들어가는 편이 쉬울 것 같아."

우리는 몰의 측면을 돌아 몰 뒤쪽에 뻗어 있는 골목으로 걸어갔다. 골목에는 매장 뒤쪽으로 들락거리는 용도로 쓰는 여러 개의 뒷문을 따라 대형 쓰레기통과 차가 늘어서 있었다. 하얀 앞치마를 걸친 남자 두 명이 레스토랑 한 곳의 열린 뒷문 안쪽에 있는 상자에 걸터앉아 있었다. 그들은 감자와 당근을 깎아 커다란 금속 통에 넣었다.

각 업체의 이름이 '출입 금지'와 '배달 차량만 주차 가능'이라는 문구와 함께 매장 뒷문마다 페인트로 적혀 있었다. 우리는 스타즈 앤드 스트라입스 우편업체의 문을 찾아냈다. 철제문에는 엄청나게 튼튼한 잠금장치 두 개가 설치돼 있었다. 경첩 역시 대단히 튼튼해 보였다. 그것들을 벽에서 떼어내려면 트럭과 쇠사슬이 필요할 터였다.

파이크가 말했다. "자물쇠를 딸 수 있겠어?"

"할 수야 있지. 그런데 빠르게는 못할 거야. 꼬챙이를 쉽게 넣을 수 없게 만들어진 자물쇠야. 게다가 저기에 사람들도 있잖아."

파이크와 나는 우리를 무시하기 위해 최선을 다하고 있는 남자들을 쳐다봤다. 매장 정면으로 들어가는 편이 빠를 것 같았다.

우리는 걸어서 주차장으로 돌아왔다. 어린 사내아이 세 명을 데리고 있는 어느 중국인 가족이 애완동물 가게 앞에 서서 강아지와 새끼 고양이들을 지켜보고 있었다. 아버지는 막내아들을 두 팔로 안고 강아지 한 마리를 가리켰다.

그가 말했다. "쟤는 어떠니? 어떻게 노는지 보이지? 코에 반점이 있는 강아지 말이야."

우리가 지나갈 때, 아이들의 어머니는 나를 보고 미소를 지었고 나도 미소로 화답했다. 만사가 예의 바르고 평온했으며, 만사가 무척이나 좋았다.

파이크와 나는 유리문으로 갔다. 우편물을 찾으러 온 사람을 기다리다가 그 사람과 함께 안으로 들어갈 수도 있었지만, 두 시간을 무턱대고 기다리는 건 우리가 선택할 대안이 아니었다. 우리가 한밤중까지 기다릴 생각이었다면, 스타키를 시켜서 어찌어찌 영장을 발부받아 매장을 열라고 소유주를 깨우는 쪽을 택했을 것이다.

내가 말했다. "문을 부수면 매장 안에서 알람이 울릴 거야. 경비업체 상황실에서도 알람이 울릴 거고, 업체는 경찰에 신고할 거야. 우리는 놈의 우편함 문짝을 떼어내고 철제 펜스를 지나쳐서 사무실로 들어가야 해. 여기 주차장에 있는 사람들 모두가 우리를 볼 거고, 누군가는 경찰에 신고할 거야. 우리한테는 시간이 많지 않을 거야. 그러고 난 다음에는 여기를 빠져나가야 해. 그러면 이 사람들은 아마도 우리 차의 번호를 적어둘 거야."

"지금 나보고 이 일에서 빠지라고 말하는 거야?"

저녁 하늘이 풍성한 청색으로 짙어지면서 갈수록 어두워지고 있었지만, 가로등은 아직은 켜지지 않았다. 사람들은 레스토랑을 들락거리거나 자신의 이름이 호출되기를 기다리며 좁은 통로를 서성거렸다. 노인 한 명이 절뚝거리며 약국에서 나왔다. 차들이 주차 공간을 찾아 협소한 주차장 안을 슬금슬금 돌아다녔다. 우리는 그곳에서 어느 정직한 시민의 영업장을 불법 침입하려는 참이었다. 우리는 사유재산을 파괴할 것이고, 그 행위에 대한 대가를 치러야 할 것이다. 우리는 그들의 권리를 침해할 것인데,

그건 돈으로는 보상할 수 없는 거였다. 그리고 우리는 법정에 끌려갈 경우, 우리에게 불리한 증언을 할 증인으로 변신할 이 모든 사람들을 끔찍한 공포로 몰아넣을 것이다.

"그래, 내가 그러고 있는 것 같아. 이 일을 나 혼자 하게 놔둬. 자네는 차에서 기다리는 게 어때?"

파이크가 말했다. "차에서 기다리는 건 아무나 할 수 있는 일이야. 그런데 나는 아무나가 아니야."

"그렇지. 그럴 거라 짐작했어. 우리 차를 골목에 넣도록 하지. 여기 앞쪽으로 들어가서 뒤쪽으로 떠나는 거야."

우리는 차를 매장 뒷문 밖에 세우고는 걸어서 다시 매장 정면으로 돌아왔다. 파이크는 쇠지렛대를 가져왔다. 나는 스크루드라이버와 잭(타이어를 교체할 때 차를 들어 올리는 데 쓰는 기구) 손잡이를 가져왔다.

애완동물 가게에 있던 가족이 스타즈 앤드 스트라이프스 바로 앞에 서 있었다. 부부는 아이들을 데리고 가장 빨리 자리를 잡을 수 있는 레스토랑이 어디인지를 결정하려 애쓰고 있었다.

내가 말했다. "출입문에 너무 가까이 계시네요. 옆으로 자리를 옮겨주세요."

여자가 물었다. "예? 무슨 일인데요?"

나는 잭 손잡이로 문을 가리켰다.

"유리가 튈 거거든요. 자리를 옮기셔야 해요."

파이크는 우뚝 솟은 그림자처럼 그녀의 남편에게 다가갔다.

"비켜주시죠."

부부는 불현듯 무슨 일이 벌어질지를 이해하고는 중국어로 무슨 말을 속사포처럼 쏴대면서 아이들을 멀리 잡아끌었다.

나는 잭 손잡이로 문을 갈겨 유리를 박살 냈다. 알람이 크고 일정하게 울리는 윙윙 소리를 쏟아냈고, 그 소리는 주차장 전체에, 그리고 교차로 건너편에 공습 사이렌처럼 메아리쳤다. 주차장과 인도에 있던 사람들이 소리 나는 쪽을 쳐다봤다. 나는 문틀에 남아 있는 유리를 쳐내고는 안으로 들어갔다. 뭔가 날카로운 것이 내 등을 할퀴었다. 유리가 더 떨어졌고, 파이크가 나를 따라 들어왔다.

파이크는 철제 펜스로, 나는 우편함으로 향했다. 우편함은 견고하게 제작된 것이었다. 구리로 만든 문이 금속 프레임에 제대로 맞물리게 설치돼 있었다. 각각의 문에는 우편물이 들어 있는지 확인할 수 있는 작은 유리 창문과 강화(強化) 자물쇠가 있었다. 실링의 우편함에는 우편물이 그득했다.

스크루드라이버의 날을 문 아래에 넣은 다음, 잭 손잡이로 망치질을 해서 문을 땄다. 에릭 실링이나 진 지니 앞으로 온 우편물은 한 통도 없었다. 모든 우편물은 에릭 시어 앞으로 온 거였다.

"놈이 맞아. 놈은 에릭 시어라는 이름을 쓰고 있어."

알람이 너무 시끄러워서 고함을 질러야 했다.

우편물들을 내 주머니에 쑤셔 넣고는 파이크를 도우러 달려갔다.

금속 펜스는 침입자가 위로 기어오르거나 아래로 기어서 지나갈 수 없도록 바닥과 천장의 트랙을 따라 설치돼 있었고, 양쪽 벽에 고정된 금속파이프 두 개 사이에 펼쳐져 있었다. 우리는 쇠지렛대와 잭 손잡이를 써서 한쪽 파이프의 밑동이 고정된 벽을 부수고는 파이프를 벽에서 떼어냈다. 우리는 괴상한 각도로 비틀어진 파이프를 옆으로 밀어냈다.

밖에서 누군가가 소리를 질렀다. "야, 저기 좀 봐!"

주차장에 사람들이 모여들고 있었다. 그들은 차 뒤에 웅크리거나 작은 무리로 모여 서서 매장을 가리키며 우리가 무슨 짓을 하는지 보려고 머리를 곧추세웠다. 남자 두 명이 형태가 남아 있는 정문을 통해 안을 멍하니 들여다보다가 서둘러 몸을 피했다. 파이크와 내가 매장 안에 얼마나 오래 있었는지는 가늠이 안 됐지만, 그리 오랜 시간이었을 리는 없었다. 40초, 기껏해야 1분. 알람은 작은 영업장을 소음으로 덮었다. 알람은 몰려오는 사이렌 소리를 덮어버릴 만큼 시끄러웠다.

우리는 무너지는 펜스 사이를 헤집고 사무실로 들어갔다. 엄청나게 높이 쌓인 소포들이 바닥을 가득 메웠고, 땅콩이 담긴 초대형 스티로폼 봉지가 천장에 매달려 있었다. 분류되지 않은 우편물과 UPS 영수증처럼 보이는 것들이 어수선하게 놓여 있는 작은 책상 뒤쪽 모퉁이에 서류 캐비닛이 하나 서 있었다. 내가 캐비닛으로 가는 동안 파이크는 뒷문을 확인했다.

파이크가 길에는 이상이 없다고 알람 소리보다 크게 소리쳤다.

"상황은 괜찮아. 지렛대로 자물쇠를 땄어."

나는 서류로 가득 채워진 서류철이 보일 거라 예상하며 맨 위 서랍을 열었지만, 거기에는 사무용품이 들어 있었다. 그 밑의 서랍 두 개를 열었지만, 거기에는 더 많은 사무용품들이 들어 있었다. 파이크가 다가오는 사람이 있는지 확인하려고 뒷문 바깥을 재빨리 훔쳐봤다. 우리의 시간이 줄어들고 있었다.

"더 서둘러."

"찾는 중이야."

나는 서류와 잡지와 봉투를 책상에 흩어놓고는 책상 서랍을 열었다. 그게 사무실에 남은 유일한 서랍이었다. 그 서랍에는 우편함을 임대한 고객들이 서명한 임대 계약서가 들어 있어야 옳았다. 하지만 내가 찾아낸 것이라고는 스타즈 앤드 스트라입스가 업무를 수행하는 데 필요한 물품들과 서비스를 주문한 기록이 전부였다. 우편함이나 그것들을 임대한 고객들을 언급한 기록은 하나도 없었다.

파이크가 내 등을 툭툭 치고는 주차장으로 시선을 돌렸다.

"문제가 생겼어."

노란 니트 셔츠를 입은 과체중 남자 한 명이 주차장에서 사람들에 둘러싸여 있었는데, 사람들 모두가 우리 쪽을 가리키고 있었다. 남자의 셔츠는 지나치게 타이트했다. 그래서 그의 배는 젤리가 잔뜩 든 봉지처럼 벨트 위로 흘러내렸다. 그의 심장이 있는 셔츠 부위에 '경비'라는 단어가 배지처럼 스텐실로 찍혀 있었다. 그는 오른쪽 엉덩이에 꽂힌 검정 나일론 권총집에 권총 한 정을 가지고 있었다. 바지에서 흘러나온 군살이 어쩌나 많은지 권총이 거의 가려질 정도였다. 그는 총에 손을 얹고는 살금살금 앞으로 나왔다. 잔뜩 겁을 먹은 기색이었다.

내가 말했다. "젠장, 저 사람 어디서 나타난 거야?"

"계속 찾아봐."

파이크는 권총을 꺼내고는 내 앞을 지나갔다. 나는 그의 팔을 잡았다.

"조, 그러지 마."

"저 사람을 해치려는 게 아냐. 계속 찾아봐."

경비원은 차 뒤에 무릎을 꿇고는 트렁크 너머로 우리를 응시했다. 파이크는 경비원이 자신을 볼 수 있도록 문으로 나아갔다. 그것만으로도 충분했다. 경비원은 땅으로 몸을 던지고는 타이어 뒤에 웅크렸다. 적어도, 그는 총격을 시작하지는 않았다. 고작 최저임금이나 받는 신세일 경우, 신중함이야말로 가장 용맹스러운 행위다.

파이크와 나는 동시에 사이렌 소리를 들었다. 그는 나를 힐끔 돌아봤고 나는 그에게 손짓을 보냈다. 우리의 시간이 바닥나고 있었다.

"가자."

"찾았어?"

"아니."

파이크는 카운터를 지나쳐 뒷문으로 물러났다.

"계속 찾아봐. 시간이 몇 초 정도는 있어."

"교도소에 갇혀서는 놈을 찾아낼 수 없어."

"계속 찾아보라니까."

바로 그때, 책상 밑에 갈색 판지 박스가 있는 게 보였다. 서류철을 보관하기에 딱 알맞은 크기와 형체였다. 그걸 책상 밑에서 꺼내 뚜껑을 밀어 열었다. 1부터 600까지 번호가 붙은 서류철이 들어 있었다. 각각의 번호가 우편함에 해당한다는 걸 나는 잘 알았다. 205라고 표시된 서류철을 당겼다.

"퇴각. 가자!"

파이크는 문을 활짝 열었다. 밖으로 나오자 공기는 선선했고 알람 소리는 그렇게 크지는 않았다. 감자를 다듬던 남자 둘이 우리를 보고는 주방에다가 소리를 질렀고, 우리가 떠날 때는 다른 사람들이 밖으로 나왔다. 우리는 여덟 블록 떨어진 시네플렉스 극장의 뒷골목으로 차를 몰고 가서 서류철을 펼쳤다. 에릭 시어와 맺은 임대 계약서가 들어 있었고, 임대 계약서에는 그의 전화번호와 주소가 있었다.

에릭 시어는 샌 가브리엘의 서쪽 가장자리인 카시타스 암스(Casitas Arms)에 있는 4층짜리 아파트에 살고 있었다. 개인 우편함에서 10분도 채 안 걸리는 곳이었다. 중앙의 아트리움 주위를 아파트 100호가 가득 채운 스타일의, 스스로 '안전하고 럭셔리한 거주지'라고 홍보하는 커다란 건물이었다. 사람들이 쉽게 출입할 수 있는 곳이었다.

우리는 도로 건너편에 차를 세웠다. 그러고는 파이크가 내 차에 올랐다. 전화기를 켠 나는 스타키에게서 메시지 세 통이 와 있는 걸 발견했지만 무시했다. 그녀에게 뭐라고 말할까? 그녀가 받을 다음 수배 명단은 나와 관련된 것일 거라고? 실링의 번호로 전화를 걸었다. 두 번째 벨이 울렸을 때 남자 목소리가 나오면서 자동응답기가 전화를 받았다.

"삐 소리가 나면 메시지를 남기세요."

전화를 끊고는 응답기가 받았다고 파이크에게 말했다.

그가 말했다. "확인하러 가지."

파이크는 쇠지렛대를 가져갔다. 빌딩의 측면을 따라 걸어간 우리는 거주자들이 로비 엘리베이터 대신 이용할 수 있는 외부 계단을 찾아냈다. 열쇠로 여는 새장 같은 문이 계단을 둘러싸고 있었는데, 파이크는 쇠지렛대를 문에 끼워 넣어 자물쇠를 뽑아냈다. 안으로 들어간 우리는 3층으로 올라갔다. 에릭 시어의 아파트 호수는 313호였다. 건물에는 짧은 복도로 이어지는, T자 형태로 생긴 기다란 복도들이 중앙 아트리움 주위에 배치돼 있었다. 313호는 건물 반대편에 있었다.

어둠이 내린 직후인 초저녁이었다. 아파트 이곳저곳에서 음식 조리하는 냄새와 음악 소리가 이따금 들리는 목소리와 함께 흘러나왔다. 어떤 여자가 크게 웃는 소리가 들렸다. 사람들이 각자의 삶을 살아가는 이곳에서 에릭 시어가 실제로는 에릭 실링이라는 걸 아는 사람은 아무도 없었다. 그들은 아마도 엘리베이터에서 그를 향해 미소를 짓거나 차고에서 그에게 고개를 끄덕여 인사를 했을 것이다. 그러면서도 그가 생계를 위해 무슨 짓을 하는지, 또는 무슨 짓을 했었는지를 눈곱만치도 짐작하지 못했을 것이다. *헤이, 어떻게 지내요? 좋은 하루 보내요.*

우리는 엘리베이터를 지나며 복도를 따라가다 T자 형태의 복도에 도착했다. 우리를 바라보는 벽에 붙은 화살표는 왼쪽과 오른쪽에 있는 아파트 호수들을 보여줬다. 313호는 왼쪽이었다.

내가 말했다. "기다려."

나는 모퉁이로 천천히 접근해서 인접한 복도를 잽싸게 훔쳐봤다. 313호는 우리가 올라왔던 것과 비슷한 계단들로 이어질 법한 비상 출입구 맞은편 복도 끝에 있었다. 실링의 아파트 현관문에는 손잡이에서 5센티미터쯤 높은 곳에 접힌 종이 두 장이 끼워 넣어져 있었다.

파이크와 나는 모퉁이를 천천히 돌아 문의 양쪽으로 갔다. 우리는 귀를 기울였다. 실링의 아파트는 조용했다. 문틈에 끼워진 종이들은 임대료 납부 기한이 매달 1일이며 지난 목요일에 건물 전체가 두 시간 동안 단수가 될 것임을 세입자들에게 상기시키는 안내문이었다.

파이크가 말했다. "놈은 한동안 집에 없었어."

건물 관리인이 안내문에 적힌 날짜에 안내문을 문에 끼웠다면, 실링의 아파트를 들락거린 사람은 엿새 넘는 동안 아무도 없었다는 뜻이 된다.

나는 핍홀을 손가락으로 가리고 노크를 했다. 아무 대답이 없었다. 다시 노크를 하고 총을 꺼내 다리에 붙였다.

내가 말했다. "열어."

파이크는 쇠지렛대를 문과 문설주 사이에 쑤셔 넣고는 힘껏 밀었다. 문틀이 요란한 소리를 내며 쪼개졌고, 문으로 들어간 나는 총을 앞으로 올리고 넓은 거실로 뛰어 들어갔다. 주방과 식당 구역이 거실 건너편에 있었다. 우리 왼쪽으로 출입구 세 개가 있었다. 유일한 빛은 출입구에 달려 있는 천장의 붙박이 조명에서 흘러나온 것이었다. 파이크가 빠르게 주방으로 건너갔다가 나를 따라 복도 아래쪽으로 왔다. 우리는 아파트가 비어 있다는 걸 확인하기 위해 총을 앞세우고는 각각의 문으로 들어갔다.

"조?"

"이상 없어."

문을 닫으려고 출입구로 돌아온 우리는 불을 켰다. 거실에는 가구가 거의 없었다. 가죽 카우치 하나와 카드테이블 하나, 굉장히 큰 소니 텔레비전이 카우치 맞은편 모퉁이에 있었다. 아파트가 이렇게도 휑한 것을 보면 이곳은 임시 거주지인 게 분명했다. 실링은 어느 때건 방을 빼겠다고 통고하고는 아무것도 남기지 않은 채로 아파트를 떠날 준비가 돼 있는 듯했다. 이곳은 집이라기보다는 캠프에 가까웠다. 주방을 거실과 분리하는 카운터에 작은 무선전화기가 놓여 있었지만, 자동응답기는 없었다. 자동응답기는 메시지를 찾아낼 수 있을지도 모른다는 생각에 내가 제일 먼저 찾은 물건이었다.

내가 말했다. "놈의 자동응답기는 뒤쪽에 있는 게 분명해."

파이크가 복도로 돌아왔다.

"침실을 확인할 때 그걸 봤어. 내가 침실을 맡을 테니까 자네는 여기를 확인해."

코로나와 오랑지나 병이 주방 카운터에 엄청나게 많이 어질러져 있었다. 그 많은 걸 한 사람이 마셨을 리는 없었다. 더러운 접시들이 싱크대에 쌓여 있었고, 테이크아웃 음식을 담았던 용기들이 쓰레기통에 흘러넘쳤다. 쓰레기통에 너무 오래 있었던 음식에서 시큼한 냄새가 났다. 쓰레기통을 바닥에 쏟아 테이크아웃 영수증을 찾아봤다. 영수증에 찍힌 최근 날짜는 엿새 전이었다. 주문 내역이 많았다. 한 사람이 혼자 살면서 주문하기에는 한참이나 많은 양이었지만, 세 명이 먹기에는 충분한 정도였다.

내가 말했다. "놈들이 여기에 있었어, 조."

그가 화답했다.

"나도 알아. 와서 이거 봐."

나는 침실로 이동했다.

파이크는 헝클어진 푸톤(접으면 소파로 쓸 수 있는 침대) 옆에 무릎을 꿇고 있었다. 푸톤은 그 방에 있는 유일한 가구였다. 열려 있는 벽장문은 벽장이 사실상 비어 있다는 걸 보여주고 있었다. 셔츠 두어 장과 더러운 속옷 몇 장만이 벽장 바닥에 쌓여 있었다. 아파트의 나머지 부분들처럼, 실링의 침실은 휑한 느낌을 풍겼다. 집이라기보다는 은신처에 더 가까웠다. 라디오 겸 알람 시계가 푸톤 옆 침대에 있었고, 그 옆에는 아래쪽에 응답기가 내장된 제2의 무선전화기가 놓여 있었다.

"놈의 응답기에서 무슨 소리를 들은 거야?"

"메시지는 전혀 없었어. 여기에 놈의 우편물이 몇 통 있었어. 하지만 자네를 부른 건 이것 때문이야."

파이크는 푸톤 위의 벽에 압정으로 꽂힌 한 줄의 스냅사진들 쪽으로 몸을 돌렸다. 죽은 사람을 찍은 사진들이었다. 망자들의 인종은 다양했다. 어떤 사람들은 넝마가 된 군복 일부만 걸치고 있었고, 어떤 사람들은 알몸이었다. 대부분 총에 맞거나 폭발 때문에 몸이 찢긴 사람들이었다. 한 명은 끔찍한 화상을 입었다. 전형적인 미국 청년처럼 환하게 웃는 어떤 빨강 머리 남자가 대여섯 장의 사진에서 시신 옆에 서서 정신 나간 포즈를 취하고 있었다. 그의 옆에는 얼굴에 눈에 띄는 자국들이 있는 키 큰 흑인 남자가 찍힌 사진도 있었다.

파이크는 그 사진을 툭툭 쳤다.

"이보야. 빨강 머리가 실링일 거야. 이 사진들은 시에라리온에서만 찍은 게 아냐. 희생자들을 봐. 이건 중미(中美)일 거야. 이건 보스니아일 거고."

사진 중 한 장은 빨강 머리 남자가 인간의 팔이 전리품이나 되는 양 그 팔의 새끼손가락을 잡고 들고 있는 모습이었다. 속이 울렁거렸다.

"정신 나간 놈들이군."

파이크는 고개를 끄덕였다.

"레스닉이 말한 게 이거야. 놈들은 규칙을 내팽개쳤다는 말. 놈들은 인간이 아닌 다른 존재가 됐어."

"팰런처럼 보이는 놈은 안 보이는데."

"팰런은 델타였어. 아무리 제정신이 아니더라도, 영리한 놈이라서 자기 모습을 촬영하게 놔두지는 않았을 거야."

나는 몸을 돌렸다.

"놈의 우편물이나 보러 가지."

파이크는 고무줄로 묶은 우편물 뭉치를 찾아냈다. 모두 개인 우편함에 에릭 시어의 명의로 날아온 우편물들로, 당좌예금 잔액이 6,123.18달러임을 보여주는 은행 입출금 명세서, 취소된 수표, 지난 2개월간의 통화료 청구서가 들어 있었다. 그가 한 통화의 대부분은 지역번호가 LA 주위 지역이었지만, 여섯 통의 내역은 다른 통화 목록 틈에서 적색 신호등처럼 두드러져 보였다. 3주 전에, 에릭 실링은 엘살바도르 산미겔에 4일 간격으로 국제전화를 여섯 번 걸었다.

나는 파이크를 힐끔 봤다.

"팰런일 거라고 생각해? 레스닉은 남미를 생각했었어."

"전화해서 확인해봐."

나는 실링의 전화기를 꼼꼼히 살핀 다음, 재다이얼 버튼을 눌렀다. 어떤 번호에 신호가 가더니 생기 넘치는 젊은 여성의 목소리가 이 지역에 있는 피자 레스토랑의 상호를 외쳤다. 전화를 끊고는 전화기를 조금 더 꼼꼼히 살폈다. 디지털 전화기는 발신통화와 수신통화를 모두 저장하지만, 실링의 전화기는 그렇지 않았다. 나는 실링의 청구서에 있는 엘살바도르 번호로 전화를 걸었다. 국제전화가 연결되면서 위성에서 튕겨져 나온 아련한 쉬잇 소리가 들렸다. 그러다가 전화 신호음이 들렸다. 엘살바도르 번호는 벨이 두 번 울린 후에 녹음된 목소리가 응답했다.

"절차를 알겠지. 지껄여봐."

나는 비탈길에 있던 첫날에 느꼈던 것과 동일한 오싹함을 느꼈다. 하지만 지금은 그 오싹함 주위에서 분노가 연무처럼 부글부글 끓고 있었다. 전화를 끊었다. 그 목소리는 벤이 납치된 날 밤에 나한테 전화를 건 남자의, 루시의 테이프에 녹음된 남자의 목소리였다.

"놈이 분명해. 놈의 목소리인 걸 알겠어."

파이크의 입술이 씰룩였다.

"스타키가 이걸 무척 좋아하겠군. 그녀는 전쟁범죄자를 체포하게 될 거야."

나는 사진을 다시 살폈다. 나는 실링이나 팰런이나 사진에 등장한 다른 사람을 만난 적이 없었다. 이 사람들은 나하고 엮인 이력이 전혀 없었다. 그들에게는 로스앤젤레스에 있어야 할 이유나 나에 대한 무엇인가를 알고 있어야 할 이유가 전혀 없었다. 리처드의 가정보다 더 부유한 가정에서 태어난 아이들이 수천 명이나 되는데, 놈들은 하필이면 벤을 납치했다. 놈들은 내게 품은 앙심이 납치 동기인 것처럼 보이게 만들려 애썼고, 지금은 리처드에게서 몸값을 뜯어내려고 드는 게 거의 확실했다. 리처드는 그 사실을 부인하고 있지만 말이다. 유괴범들은 하나같이 피해자에게 경찰에 알리지 말라고 말한다. 나는 리처드가 겁을 먹은 걸 이해할 수 있다. 하지만 이 사건에서 조리에 맞는 건 그 부분뿐이었다. 퍼즐 조각들이 깔끔하게 맞아떨어지지 않았다. 각각의 조각들은 상이한 퍼즐에서 가져온 것처럼 보였다. 그것들을 이리저리 맞춰서 온전한 그림으로 만들어내려 아무리 애를 써도 그 조각들은 앞뒤가 제대로 맞아떨어지지를 않았다.

우리는 푸톤을 뒤집어서 시트 안을 살폈지만, 아무것도 찾아내지 못했다. 나는 욕실로 갔다. 변기 옆에 잡지가 쌓여 있었다. 화장지 뭉치와 면봉들, 판지로 된 화장지 심이 쓰레기통에 넘쳐흘렀는데, 그 사이로 하얀 종이 몇 장이 두드러져 보였다. 나는 쓰레기통을 뒤집었다. 내 201 양식을 복사한 종이가 바닥에 떨어졌다.

내가 말했다. "조, 실링이 내 서류를 가지고 있었어."

파이크가 내 뒤에 있는 문으로 들어왔다. 나는 감각이 서서히 사라지는 걸 느끼면서 서류를 훑어보고는 그걸 조에게 건넸다.

"이 서류의 사본을 가진 사람은 스타키와 마이어스 두 명뿐이었어. 마이어스는 리처드를 위해서 뉴올리언스의 판사를 통해 내 서류의 사본을 입수했어. 그 외에는 어느 누구도 이걸 입수할 수 없었어."

낙엽이 풀장 바닥에 자리를 잡는 것처럼 퍼즐 조각이 한데 맞춰지기 시작했다. 그것들이 그려내는 그림은 흐릿했지만, 아무튼 그림은 형체를 갖추기 시작했다.

파이크는 서류를 응시했다.

"마이어스가 이걸 가지고 있었다고?"

"그래. 마이어스하고 스타키."

파이크는 고개를 곧추세웠다. 그의 안색이 어두워졌다.

"마이어스가 놈들을 어떻게 아는 거지?"

"마이어스는 리처드의 회사에서 보안 업무를 담당해. 레스닉은 실링이 보안 일자리를 구하려고 전화를 걸어왔다고 했어. 마이어스가 놈을 고용했을 거야. 놈이 실링을 알았다면, 실링이 다른 놈들을 끌어들였을 수 있어."

파이크는 서류를 다시 힐끔 봤다. 그러고는 서류에서 시선을 떼지 않으려고 애쓰면서 고개를 저었다.

"그런데 마이어스가 놈들에게 자네 파일을 준 이유는 뭘까?"

"벤을 납치한 건 마이어스 아이디어였을지도 몰라."

파이크가 말했다. "젠장."

"마이어스에게는 리처드의 인생으로 뚫린 열린 창문이 있었어. 그는 나와 루시에 대해 알고, 루시와 벤이 여기에 산다는 걸, 그리고 리처드가 루시 모자(母子)를 걱정한다는 걸 알고 있었어. 펠런하고 실링은 그런 사실에 대해서는 하나도 몰랐을 테지만, 마이어스는 그걸 전부 알고 있었을 거야. 리처드는 모자가 나 때문에 얼마나 큰 위험에 빠져 있는지에 대해 욕을 퍼붓는 것 말고는 달리 아무 짓도 할 수가 없었을 거야. 그래서 마이어스는 리처드의 피해망상을 이용하면 리처드에게서 돈을 뜯어낼 수 있을 거라고 생각했을 거야."

"납치를 연출하고는 몸값을 뜯어내기 위해 내부에서 플레이를 조종한다."

"그거야."

파이크는 고개를 저었다.

"얄팍해 보여."

"놈들이 내 서류를 달리 어떻게 구할 수 있었겠어? 벤을 표적으로 삼고는 그런 일이 일어난 이유가 나 때문인 것처럼 보이도록 노력한 이유가 뭐겠어?"

"스타키한테 연락할 거야?"

"뭐라고 말할까? 그리고 그녀가 무슨 일을 할 수 있는데? 마이어스는 우리가 증거를 확보하기 전까지는 절대로 이걸 인정하지 않을 거야."

침실로 돌아간 우리는 실링이 루이지애나에 전화를 건 적이 있는지 확인하려고 실링의 통신요금 청구서들을 다시 살폈지만, 그의 청구서에는 엘살바도르로 건 전화를 제외하면 LA 외부로 전화를 건 기록이 전혀 없었다. 우리는 아파트 전체를 다시 뒤졌다. 실링을 마이어스에게, 또는 마이어스를 실링에게 연결지어줄 무언가를 찾으려고 떠올릴 수 있는 모든 곳을 뒤지다가 결국에는 더 이상 뒤질 곳이 남지 않는 지경이 됐다. 그런데도 우리는 여전히 건진 게 하나도 없었다. 그러다가 나는 우리가 살펴볼 수 있는 또 다른 곳을 떠올렸다.

내가 말했다. "마이어스 사무실에 들어가 봐야겠어. 가지."

나는 문으로 내달렸지만 파이크는 따라오지 않았다. 그는 정신 나간 사람을 보는 듯한 눈빛으로 나를 응시했다.

"머리가 어떻게 된 거 아냐? 마이어스의 사무실은 뉴올리언스에 있어."

"루시라면 할 수 있어. 루시라면 여기서도 그의 사무실을 수색할 수 있어."

우리가 차로 달려가는 동안 나는 그에게 내 아이디어를 설명했다.

22

실종 이후 경과 시간: 51시간 36분

루시는 몸을 숨기는 사람처럼 문 모서리 저편에서 나를 응시했다. 그녀의 얼굴은 빛의 부재를 넘어선 정도의 어둠을 복면처럼 쓰고 있었다. 나는 루시를 보자마자 그녀가 드니스 소식을 들었다는 걸 알았다.

그녀가 말했다. "리처드가 데려온 형사 중에 한 사람이……"

"알아. 조가 아래층에 있어. 들어가게 해줘, 루시. 꼭 할 얘기가 있어."

나는 그녀가 그러라고 대답할 때까지 기다리는 대신 문을 천천히 밀어서 열고 집 안에 발을 들여놓았다. 루시는 전화기를 들고 있었다. 아마도 지난밤 이후로 저걸 내려놓지 않았을지도 모른다는 생각이 들었다.

한없이 무거운 악몽이 루시의 기력을 모조리 빼놓은 것처럼 멍해 보였다. 그녀는 감각을 느끼지 못하는 몽유병 환자처럼 카우치로 걸어갔다.

"놈들이 그 사람 목을 잘랐대. 다운타운에서 온 형사가 놈들이 벤의 신발을 거기에 놔두고 갔다고 했어."

"우리는 벤을 품에 안게 될 거야, 루시. 벤을 찾아낼 거야. 루카스나 스타키하고 얘기한 적 있어?"

"그 사람들은 조금 전까지 여기 있었어. 그 두 사람하고 다운타운에서 온 형사 한 명하고."

"팀스."

"그 사람들이 밴 얘기를 해줬어. 뉴스에 밴 얘기가 나올 건데, 내가 그 뉴스는 보지 않았으면 좋겠다고 했어. 팰런에 대해 다시 묻고는, 어떤 아프리카 사람이랑 실링이라는 다른 남자에 대해서도 물었어. 사진을 가지고 있었어."

"리처드는 어때? 그 사람들이 리처드 얘기도 했어?"

"그 사람들이 리처드 얘기를 왜 해야 하는 건데?"

"오늘 저녁에 리처드와 얘기한 적 있어?"

"전화를 걸었는데, 내 전화에 회신은 하지 않았어."

그녀는 나를 향해 얼굴을 찡그리고는 훨씬 더 걱정스러운 눈빛을 보였다.

"그 사람들이 왜 리처드 얘기를 해야 하는 건데? 리처드한테도 무슨 일이 생긴 거야?"

"우리는 팰런이 몸값을 요구하려고 리처드하고 접촉했을지도 모른다고 생각해. 팰런이 드니스한테 그런 짓을 한 이유가 그걸 거야. 리처드한테 돈을 내놓으라고 겁을 주려고 말이야."

"형사들은 그런 얘기는 하지 않았어."

그녀의 찡그림이 더 심해졌다. 그녀는 고개를 저었다.

"리처드는 그런 얘기는 한마디도 하지 않았어."

"팰런이 리처드에게 아주 심하게 겁을 줬다면, 리처드는 아무 말도 안 할 거야. 나는 팰런이 그에게 심하게 겁을 줬다고 생각해. 팰런은 우리 모두를 겁먹게 했어. 루시, 잘 들어. 나는 이 일에 마이어스가 관련돼 있다고 생각해. 놈들이 밴을 데려간 이유가 그거야. 놈들이 나에 대해 알고 있는 이유도 그거고. 마이어스를 통해서 말이야."

"어째서……"

나는 내 201 서류의 사본을 그녀의 손에 쥐어줬다. 그녀는 이해하지 못하겠다는 얼굴로 그걸 쳐다봤다.

"이건 내 군 기록이야. 사적인 거야. 내가 요청하거나 자기가 법원 명령을 받아내지 않는 한 자기는 육군에게서 이걸 받아낼 수가 없어. 육군은 이 서류의 사본을 두 통만 발송했어, 루시. 하나는 이번 수사 때문에 스타키한테, 다른 하나는 석 달 전에 뉴올리언스의 판사한테. 그 판사는 그걸 릴랜드 마이어스에게 보냈어."

루시는 서류를 쳐다봤다. 그녀의 안색이 어두워지는 것을 보고, 나는 그녀가 리처드가 면회실에서 했던 짓을 떠올리고 있다는 걸 알아챘다.

"리처드가 당신 뒷조사한 거구나."

"마이어스는 리처드의 보안 책임자야. 그래서 마이어스가 그 일을 처리했을 거야. 마이어스는 리처드가 가진 해외 시설들의 보안도 담당하고 있어. 오늘, 실링이 중미에서 보안 일자리를 찾고 있었다고 말한 사람하고 얘기를 나눴어."

"리처드는 엘살바도르에 자산을 갖고 있어."

그녀는 다시 시선을 힐끔 들었다. 이제 그녀는 그렇게 멍해 보이지 않았다. 그녀가 고개를 세운 방식에서 그녀의 분노가 드러났다.

"뉴올리언스의 판사, 그 사람 이름이 뭐야?"

"룰런 레스터. 아는 사람이야?"

그녀는 그 이름을 떠올려보려 애쓰다 고개를 저었다.

"아니. 아는 사람 같지 않아."

"그 판사의 어시스턴트하고 통화해봤어. 그는 내 서류를 마이어스에게 발송했고, 그래서 마이어스는 육군이 공개한 두 부밖에 안 되는 사본 중한 부를 입수했어. 조하고 나는 이 사본을 샌 가브리엘에 있는 에릭 실링의 아파트에서 찾아냈어. 놈은 엘살바도르 산미겔에 있는 마이클 팰런의번호로 전화를 최소 여섯 통 걸었어. 자기 테이프에 녹음된 목소리는 팰런목소리야, 루시. 내가 그 번호로 전화해봤어. 그 번호에서 들린 건 놈의 목소리였어."

나는 실링의 통신요금 명세서를 펼치고 엘살바도르로 건 전화 목록을가리켰다. 그녀는 번호들을 응시한 다음, 그녀의 전화기로 그 번호로 전화를 걸었다. 나는 전화벨이 울리는 동안 그녀를 주시했다. 그녀가 귀를 기울이는 동안 그녀에게서 눈을 떼지 않았다. 놈의 목소리를 듣는 동안 그녀의 안색이 어두워졌다. 그런 후 그녀는 전화를 끊으려고 전화기 버튼을 힘껏 눌렀다. 그러고는 카우치의 팔걸이에 전화기를 힘껏 내동댕이쳤다. 나는 그녀를 막지 않았다. 나는 기다렸다.

"놈들이 내 201 서류를 손에 넣을 수 있는 방법은 마이어스를 통하는길밖에는 없었어. 마이어스가 전체 계획을 구상한 다음에 놈들을 끌어들였을 거야. 놈들이 벤을 납치하면서 나를 끌어들인 건 연막이었어. 그렇게하면 리처드는 납치가 실제 상황이라는 걸 믿을 테니까. 마이어스는 벤을찾으려면 리처드가 직접 사람들을 데리고 여기로 와야 한다고 리처드를구슬리기까지 했을지도 몰라. 그런 식으로, 마이어스는 사건의 내부에 합류해서 리처드가 보여줄 반응을 좌지우지할 수 있었어. 그는 내 뒷조사를담당한 리처드의 척후병이었어. 그는 리처드에게 몸값 요구를 전하면서그 요구를 따르라고 부추길 수 있었어."

루시는 자리에서 벌떡 일어섰다.

"리처드는 베벌리힐스 호텔에 있어. 같이 그 인간을 보러 가자."

나는 움직이지 않았다.

"가서 뭐라고 하게? 우리는 서류를 가지고 있지만, 마이어스가 그 서류에 대해 안다는 걸 입증할 수는 없어. 우리가 뭔가 확정적인 걸 가지고 있지 않으면, 그는 모든 걸 부인할 거고 우리는 옴짝달싹 못 하는 처지가 될 거야. 그는 우리가 안다는 걸 알게 될 거야. 그럴 경우 그에게 남은 유일한 대안은 증거를 파기하는 거야."

벤을 제거하는 것.

루시는 카우치에 몸을 파묻으며 나를 응시했다.

"엘비스, 내 도움이 필요하다고 말했잖아? 자기는 내가 어떻게 도울 수 있는지를 이미 알고 있는데, 그건 자기가 할 수 없는 일이거나 자기라면 그렇게 하고 싶은 일이겠구나."

"마이어스가 이 사건을 구상하기 전부터 이놈들을 고용했다면, 그는 아마도 놈들을 직접 고용했을 거야. 리처드의 회사에 그 기록이 남아 있을 거고, 우리한테는 팰런의 엘살바도르 번호와 실링의 샌 가브리엘 번호가 있어. 마이어스가 어느 시점에건 무슨 이유로건 회사 전화로 둘 중 한 명에게 전화를 걸었다면 그 기록도 존재할 거야."

"하지만 리처드에게 물어볼 수는 없어. 리처드가 그걸 알면 마이어스한테 길길이 뛸지도 몰라."

"마이어스는 그 사실을 몰라야 해."

루시는 생각에 잠기면서 다시 몸을 파묻었다. 그녀는 시계를 힐끔 봤다.

"지금 루이지애나는 10시가 다 됐어. 사람들은 모두 퇴근해서 집에 있을 거야."

침실로 간 그녀는 낡은 가죽 주소록을 들고 돌아와 페이지들을 훑었다.

"리처드하고 이혼하기 전에 사귄 친구들이 리처드의 회사에 있어. 그들 중 일부하고는 가까운 사이였어. 리처드가 밥맛없는 인간이라는 사실은 모르는 사람이 없어. 그 인간을 제일 잘 아는 사람들은 특히 더 잘 알아."

전화기를 들고 자세를 잡은 그녀는 두 다리를 올려 가부좌를 틀고는 어느 번호로 전화를 걸었다.

"여보세요, 손드라? 루시야. 그래, LA에 있어. 어떻게 지내?"

손드라 버크하르트는 회사의 각종 청구서 지불, 대금 수금, 현금 흐름을 추적하는 회계부서를 감독했다. 그녀가 하는 대부분의 작업을 수행하는 건 컴퓨터였는데, 그 컴퓨터에 이래라저래라 명령을 내리는 사람은 그녀였다. 손드라는 루이지애나 주립대학에서 루시와 같이 테니스를 쳤고, 루시는 그녀를 취직시켜줬다. 손드라한테는 애가 셋 있었는데, 여섯 살인 막내의 대모(代母)가 루시였다.

"손드라, 부탁이 있어. 이상하게 들릴 테지만 내가 지금 시간이 없어서······."

루시가 말을 멈추고는 손드라의 말에 귀를 기울이더니 고개를 끄덕였다.

"고마워, 자기. 오케이, 자기한테 이름 세 개를 불러줄게. 그 사람들이 피고용인 명단에 있는지를 알고 싶어. 집에서도 그 일을 할 수 있어?"

내가 끼어들었다.

"중미라고 해. 작년 전체를 대상으로."

루시는 고개를 끄덕였다.

"그 사람들은 해외에서 고용됐을 거야. 아마 작년 어느 때쯤에 중미에서 고용됐을 거야. 그 사람들을 고용한 사람은 마이어스일 거야. 아니, 그 사람들 사회보장번호는 모르고 이름만 알아. 알아, 그러면 작업이 힘들어진다는 거. 나도 알아."

루시는 그녀에게 이름을 불러준 다음, 마이어스가 LA와 엘살바도르로 건 모든 전화의 리스트를 얻을 수 있겠느냐고 물었다. 루시는 대답을 듣는 동안 얼굴을 찡그렸다. 그러더니 손드라에게 기다려달라고 부탁하고는 수화기를 가렸다. 그녀는 나를 쳐다봤다.

"그가 전화한 시기가 언제인지를 구체적으로 알지 못하면, 수천 통의 통화를 일일이 다 확인해야 할지도 모른대. 회사에서는 날마다 국제전화를 수백 통씩 걸어."

"구체적인 번호들을 대상으로 확인할 수 있는지 물어봐."

루시는 그녀에게 묻고는 다시 수화기를 가렸다.

"된대, 그럴 수 있대. 하지만 요금이 청구된 기간을 기준으로 작업해야 할 거래. 데이터베이스가 그런 식으로 설정된 것 같아."

나는 실링이 엘살바도르에 전화를 건 나흘 간격의 날짜들을 찾아 통신요금 청구서들을 확인했다. 마이어스는 이 사건의 기획에 개입했을 것이다.

"이 나흘이 포함된 청구 기간이 있는지 확인해보라고 해. 아무 결과도 나오지 않을 경우, 이전 시기를 대상으로 확인해볼 수 있을 거야."

루시는 그녀에게 실링의 전화번호, 산미겔에 있는 팰런의 전화번호, 그리고 날짜들을 불러줬다. 그런 후, 루시는 전화기를 귀에 대고는 편한 자세를 취하고 기다렸다.

"손드라가 검색 중이야."

"오케이."

우리는 서로를 응시했다. 루시는 아주 희미한 미소를 지었고, 나는 미소로 화답했다. 벤을 찾으려고 함께 뛰어다니는 와중에 우리 사이의 어색함은 어쩐 일인지 자취를 감춰버린 듯 느껴졌다. 우리가 별개로 존재하는 두 사람이 아니라, 다시 한 사람이 된 듯 느껴졌다. 그 순간 내 심장은 고요하기 그지없었다. 하지만 그러다가 그녀의 이마에 주름들이 잡혔다. 잔뜩 긴장한 루시는 몸을 앞으로 기울였다.

그녀가 말했다. "미안, 손드라, 다시 말해줄래?"

내가 물었다. "왜 그래?"

그녀가 나한테 조용히 하라는 뜻으로 손을 들었다. 그녀가 집중하면서 이마에 주름이 패었다. 루시는 자기가 듣는 얘기가 이해되지 않는다는 듯 고개를 저었다. 그녀가 지금 듣는 내용을 이해하기를 거부하고 있음을 나는 깨달았다.

나는 물었다. "뭔데?"

"산미겔 번호로 건 전화는 열한 통 찾았지만, LA로 건 전화는 단 한 통도 없대. 열한 통 전부 다 산미겔로 건 거래. 마이어스가 건 전화는 네 통뿐이고 나머지 일곱 통은 리처드가 건 거래."

"그럴 리가 없어. 마이어스였던 게 분명해. 마이어스는 그의 전화기를 썼을 게 분명해."

루시는 망연자실한 표정으로 고개를 저었다.

"리처드의 사무실에서 건 전화들이 아니래. 리처드가 집에서 건 전화도 회사가 요금을 내는데, 리처드가 산미겔에 건 전화는 집에서 건 거래."

"손드라한테 통화 리스트를 프린트할 수 있는지 물어봐."

루시는 로봇 같은 단조로운 목소리로 물었다.

"된대."

"그럼 프린트해달라고 해."

루시는 프린트를 부탁했다.

"팩스로 보내달라고 해."

루시는 그녀에게 팩스 번호를 알려준 다음, 그걸 보내달라고 부탁했다. 루시의 목소리는 숲에서 길을 잃은 어린 소녀처럼 힘이 없었다.

2분 후에 통화 리스트가 루시의 팩스에서 나왔다. 우리는 팩스가 수정으로 만든 공이나 되는 양, 우리가 미래를 목도하려고 기다리는 중인 양 팩스를 내려다보며 섰다.

루시는 내 손을 잡고 리스트를 읽었는데, 손을 어찌나 세게 잡았는지 손톱들이 내 살갗을 파고들었다. 그녀는 자기 눈으로 직접 리스트를 확인했다. 그녀는 리처드의 집 번호를 큰 소리로 거듭 읽었다.

"이 인간이 무슨 짓을 한 거야? 오, 맙소사, 이 인간이 무슨 짓을 한 거냐고?"

나는 상황 전체를 잘못 판단했었다. 리처드는 나 때문에 벤과 루시에게 뭔가 흉한 일이 일어날까 봐 너무나 겁을 먹은 바람에 그런 흉한 일을 직접 일으키기로 한 거였다. 그는 자기 친아들의 가짜 납치를 기획했다. 그렇게 하면 나를 탓할 수 있을 테니까. 그는 루시가 제정신을 차리기를 원했다. 그녀를 구하기 위해 우리를 갈라서게 만들고 싶었다. 그래서 그는 무슨 짓이건 기꺼이 하려는 자들—팰런과 실링과 이보—을 고용했다. 그는 놈들이 어떤 놈들인지 무슨 짓을 했던 놈들인지를 모르고 있다가 스타키와 내가 인터폴 서류를 꺼낸 다음에야 그걸 깨달았을 것이다. 그런데 일단 벤을 납치한 팰런은 그를 배신했고, 이제 리처드는 그의 손아귀에 든 신세가 됐다.

"오, 맙소사, 이 인간이 무슨 짓을 한 거야?"

리처드는 벤을 잃었다.

나는 팩스와 다른 것들을 챙긴 후, 루시의 손을 잡았다.

"지금은 리처드를 만나봐야 할 때야. 벤을 자기가 있는 집으로 데려올게, 루시. 내가 벤을 데려올게."

우리는 함께 계단을 내려가 리처드가 묵는 호텔로 차를 몰았다.

실종 이후 경과 시간: 52시간 21분

베벌리힐스 호텔은 베네딕트 캐니언이 베벌리힐스로 흘러드는 지점인 선셋 대로를 따라 무질서하게 퍼져 있는 거대한 핑크빛 야수였다. 세상에서 제일 부유한 사람 중 일부의 거주지인 베벌리힐스의 그 지역은 미션 리바이벌 양식(19세기 말에 캘리포니아의 스페인 선교단체들에서 영감을 받은 건축 양식)이 탄생시킨 걸작으로서 작은 오르막에 썩 잘 어울리게 자리 잡고 있었다. 영화배우들과 중동의 오일 갑부들은 깔끔하게 손질된 벽들 뒤에 머물면서 편안함을 느꼈다. 나는 리처드도 그곳에서 편안함을 느낄 거라고 짐작한다. 그는 하룻밤 숙박비가 2,000달러나 되는 방갈로에 있었다.

루시는 그의 방이 어디인지를 알았다. 그리고 루시는 우리 셋 중에서 그 호텔에 어울려 보이는 유일한 사람이었다. 나는 미치광이처럼 보였고, 파이크는 파이크처럼 보였다.

우리는 로비를 가로질러 밤에 꽃을 피운 재스민의 향기가 느껴지는 파릇파릇한 구역을 지나 구불구불한 통로를 따라갔다. 벤은 어디에 있는지 알 길이 없었지만, 리처드에게 건 전화를 마이어스가 받았던 걸 보면 리처드는 집에 있었다. 그건 팰런이 여전히 벤을 데리고 있다는 뜻이자 리처드가 여전히 돈을 주고 벤을 데려오려 애쓰고 있다는 뜻이었다.

파이크가 물었다. "어떻게 플레이하고 싶어?"

"내가 어떻게 플레이할지 잘 알잖아."

"루시 앞에서?"

그녀가 말했다. "당신들한테 다른 선택지는 없어요."

그 통로에 점점이 박혀 있는 방갈로들은 투숙객의 사생활이 보장되는 곳이라서 숙박비가 비쌌다. 각각의 작은 방갈로는 다른 곳들로부터 분리돼 있었고, 사람들의 시야에서 감춰져 있었다. 우리는 고객 맞춤형 정글을 가로질러 걸어가는 것이나 마찬가지였다.

정면에서, 우리는 통로가 갈라지는 지점에 있는 문밖에 폰트노트가 서 있는 걸 봤다. 그는 담배를 피우며 발을 동동 구르고 있었다. 초조함의 표현. 마이어스가 방에서 나와 그에게 무슨 말을 한 다음 통로를 올라갔다. 폰트노트는 마이어스가 떠난 방으로 들어갔다.

"저기가 리처드 방이야?"

"아니, 마이어스가 묵는 방이야. 저건 방갈로 전체가 아니라 방갈로에 속한 방일 뿐이야. 리처드는 건너편 방갈로에 있어."

"여기서 기다려."

"내가 얌전히 기다리고 있을 거라고 생각한다면, 자기는 정신이 나간 거야."

"기다려. 폰트노트부터 먼저 붙잡고 싶어. 그러고 나서 리처드를 만나러 가는 거야. 폰트노트는 우리한테 도움이 될 만한 걸 알고 있을지도 몰

라. 그러니까 자기가 여기서 기다리면 일이 빨라질 거야."

파이크가 말했다. "폰트노트는 도움이 될 거야. 내가 장담할게."

루시가 조를 쳐다보더니 고개를 끄덕였다. 그녀는 그가 진심으로 하는 말이라는 걸 알았다. 그리고 우리 일에는 스피드가 정말로 중요했다.

조와 내가 문으로 가는 동안 루시는 통로의 그늘진 곳에 머물렀다. 우리는 노크를 하거나 룸서비스인 척하거나 하는 식의 앙증맞은 짓을 하는 수고 따위는 하지 않았다. 우리는 손잡이가 벽에 박힐 정도로 거세게 문을 두들겨 열어젖혔다. 그게 우리가 그날 하루 동안 부순 세 번째 문이었다. 그런데 어느 누가 그런 걸 일일이 세고 있겠는가?

폰트노트는 침대에 두 발을 올리고는 텔레비전을 보고 있었다. 권총 한 자루가 그의 옆 마룻바닥에 놓여 있었지만, 안으로 들어간 파이크와 나는 그가 총에 손을 뻗기 전에 그를 제압했다. 그는 우리 총을 보고는 머뭇거리다가 입술을 적셨다.

내가 물었다. "드니스 봤지? 놈들이 그에게 무슨 짓을 했는지 봤지?"

폰트노트는 두 발로 일어서며 휘청거렸다. 그의 눈빛은 온종일 초조하게 보내다가 지금은 한층 더 초조해진 사람의 불안한 눈빛이었다. 방에서는 버번 냄새가 났다.

"뭐 하는 짓거리야? 뭣들 하는 거야?"

나는 그의 총을 차서 침대 밑으로 넣었다.

"리처드는 그의 방에 있나?"

"리처드가 어디 있는지 몰라. 여기서 나가. 여기에는 너희들이 볼일이 없어."

파이크는 앞서 그랬던 것처럼 권총으로 폰트노트의 얼굴을 갈겼다. 폰트노트는 몸을 모로 해서 침대로 쓰러졌다. 파이크는 권총의 공이치기를 당기고는 총구를 폰트노트의 귀에 눌렀다.

내가 말했다. "우리는 알고 있어. 리처드가 놈들을 고용했다는 걸 알아. 이게 모두 나를 엿 먹이려는 수작이었는데 그게 개판이 됐다는 걸 알아. 리처드가 이놈들하고 연락하는 거야? 그가 벤을 놓고 협상을 한 거야?"

폰트노트는 눈을 감았다.

"벤은 아직 살아 있는 거야?"

폰트노트는 무슨 말을 하려고 애썼다. 그의 아랫입술이 심하게 요동쳤다. 그는 눈을 질끈 감았다. 세상을 보지 않으려고 애쓰는 것처럼.

"놈들은 데비의 머리를 잘랐어."

나는 그의 얼굴에 대고 고함을 질렀다.

"벤은 아직 살아 있는 거야?"

"리처드가 가진 돈이 충분치를 않아. 놈들은 현금을 원하는데, 우리는 아직 충분히 마련하지 못했어. 놈들은 겨우 두 시간을 줬어. 일부는 마련했지만 전부는 확보하지 못했다고. 데비가 놈들을 만나러 간 이유가 그거였어. 그런데 데비한테 놈들이 한 짓을 봐. 우리는 온종일 이 문제를 해결하려고 애썼는데, 놈들이 한 짓을 보라고."

뭔가가 내 뒤에서 움직였다. 루시가 문으로 들어온 거였다.

그녀가 물었다. "놈들이 내 아들의 몸값으로 얼마를 원하는 거예요?"

"500만. 놈들은 현금으로 500만 달러를 내놓으라지만, 리처드는 그 액수를 장만할 수가 없었어요. 그는 온종일 이리저리 뛰어다녔지만, 그가 구한 돈은 저게 전부였어요."

폰트노트는 벽장을 향해 손짓을 하고는 더 심하게 울먹였다.

커다란 투미(Tumi) 더플백 하나가 벽장에 있었다. 100달러 지폐 뭉치가 든 가방은 무거웠지만, 아주 무겁지는 않았다.

실종 이후 경과 시간: 52시간 29분

마이어스가 문을 열자, 나는 폰트노트를 방 안으로 힘껏 밀었다. 리처드는 초췌해 보였다. 오후 내내 두 손으로 머리를 쓸어댄 것처럼 머리카락이 삐죽삐죽 서 있었다. 마이어스조차 지쳐 보였다. 리처드는 전화기가 성경책이나 되는 양 양손으로 꼭 붙들고 있었다.

"나가. 이놈들 여기서 내보내, 리."

파이크가 마룻바닥 가운데로 가방을 던졌다.

"많이 보던 거지?"

마이어스의 입꼬리에 웃음기가 잠깐 스쳤다. 그는 안도감을 느낀 것 같았다.

"이 사람들이 돈을 손에 넣었고, 우리가 무슨 일을 하고 있는지를 아는 것 같습니다."

루시가 조의 뒤에서 모습을 나타냈다. 리처드의 두 눈이 휘둥그레지면서 신경질적인 틱(tick) 증세를 얻은 것처럼 손으로 머리를 긁어댔다.

"이 작자들은 아무것도 몰라. 계속 입 다물고 있어."

마이어스는 그를 응시했다.

"사장님, 그만하시죠. 이 난장판이 더 악화되기 전에 그만둘 시간이 됐습니다. 상황이 엉망이 되고 있습니다. 사장님, 정신 차리세요. 젠장."

루시의 자세는 동상처럼 뻣뻣했다. 그녀의 두 다리는 팽팽했고, 얼굴은 딱딱하게 굳어 있었다. 눈썹이 그 아래에 있는 눈이 보이지 않을 정도로 심하게 꿈틀거렸다.

"저밖에 모르는 이 개자식아. 내 아들 어디에 있어?"

리처드는 덫에 걸린 쥐처럼 눈을 떨었다. 그의 입은 어제 이후로 천 살은 더 먹은 듯 축 늘어져 있었다. 나는 더는 그에게 화가 나지 않았다. 되레 공허감이 밀려왔고, 벤이 걱정됐다.

리처드가 심하게 겁에 질린 모습을 본 나는 마이어스에게로 몸을 돌렸다.

"팰런이 무슨 짓을 하고 있는 거요, 마이어스? 놈들이 어떤 식으로 플레이하고 있는 거냐고요?"

리처드가 소리를 질렀다.

"입 닥쳐!"

마이어스는 내가 생각하던 그의 이미지보다 더 빠르게 몸을 움직였다. 그는 리처드의 셔츠를 움켜쥐고는 그를 침대로 밀어 눕혔다.

"이 사람들은 알아요. 머리를 잘 굴려봐요, 사장님. 이 사람들은 안다고요. 이제는 우리 일로 돌아가도록 하시죠. 사장님 아드님이 기다리고 있잖아요."

마이어스는 그를 밀치고는 검정 투미 가방으로 몸을 돌렸다.

"저건 320만 달러인데, 놈들은 500만을 원해요. 우리는 모자란 액수를 구할 방도가 없다는 얘기를 놈들한테 전하려고 애썼지만, 당신들도 알 듯, 이런 일이 벌어질 때는 어느 누구도 우리 말을 믿어주는 사람이 없는 법이지. 드니스는 놈들이 전한 응답이었소."

마이어스는 돈 가방 쪽으로 걸음을 옮기고는 나를 쳐다봤다.

"팰런은 자기가 무슨 짓을 하는지 잘 알고 있소, 콜. 놈은 온종일 우리를 몰아붙였소. 우리가 계속 평정을 잃게 만들려고 거세게 밀어붙인 거요. 우리는 오늘 아침이 되기 전까지는 이런 일이 벌어졌다는 것조차 몰랐었소. 그 정도로 일이 빠르게 진행된 거요. 고작 오늘 하루 만에 말이오. 모든 건 오늘 아침에 시작됐소."

"지금 상황이 어떤 데요?"

"놈은 돈을 내놓으라고 우리에게 오늘 하루를 줬소. 그게 전부요. 은행 영업일 딱 하루. 리처드는 9시에 놈들에게 전화를 걸어야 해요. 8분 남았소. 팰런은 그때를 넘기면 전화할 필요조차 없다고 말했소. 그 이후에 놈이 무슨 짓을 할지는 당신도 잘 알겠지."

파이크가 말했다. "경찰에 신고했어야지."

마이어스는 리처드를 힐끔 보고는 어깨를 으쓱했다.

리처드가 말했다. "놈들은 이틀 정도만 애를 데리고 있기로 돼 있었어. 벤은 우리가 올 때까지 비디오를 보고 피자를 먹으면서 지내기로 돼 있었어. 그렇게 지내기로 한 게 다였어."

루시는 그를 향해 한 걸음을 내디뎠다.

"당신 때문에 애가 납치됐잖아, 이 지긋지긋한 인간아! 당신은 당신 아들을 납치되게 만들었어! 게다가 당신은 그렇다고 인정하거나 도와달라는 부탁을 할 정도로 벤을 충분히 사랑하지도 않아."

"미안해. 이렇게 만들 생각은 아니었어. 미안해."

루시는 손바닥으로 그를 때리더니, 주먹으로 그를 쳤다. 그는 움직이지 않았다. 자신을 보호하려는 시도도 하지 않았다. 그녀는 리처드를 때리고 또 때렸다. 때릴 때마다 그녀가 테니스를 칠 때 그랬던 것처럼 끙끙 앓는 소리를 내면서.

"루시."

나는 그녀의 두 팔을 부드럽게 잡고는 그녀를 그에게서 천천히 떼어냈다.

리처드는 코에서 콧물이 흘러내리는 갓난아기처럼 엉엉 울었다. 루시가 그의 울음을 터뜨린 거였다. 그는 침대 모서리에 몸을 털썩 내려놓고는 거기 앉아서 고개를 저었다.

"돈이 없어. 제시간에 돈을 마련할 수가 없어. 일을 이런 식으로 만들 생각은 아니었어. 이러려던 게 아니었다고."

마이어스가 말했다. "4분 남았습니다."

폰트노트는 고개를 저었다.

"놈은 이 돈을 간절히 원하니까 기다릴 거예요. 놈한테 시간을 딱 한 시간만 더 달라고 말할 수 있어요. 돈이 오는 길이라면서요. 놈은 그러라고 할 거예요."

파이크가 부드러운 목소리로 말했다.

"아니, 놈은 그러지 않을 거요. 놈이 압박을 가하는 건 그게 놈이 이 상황을 통제하는 방식이기 때문이오. 놈은 당신들이 평정심을 잃기를 원하는 거요. 놈은 당신들에게 생각할 시간을 주지 않을 거요. 놈은 돈을 원하지만, 이 임무를 완수하고 살아남는 것도 원해요. 그건 당신들이 시간을 벌려고 드는 걸 허용하지 않을 거라는 뜻이오. 놈은 작전을 계획했고, 이제 놈은 그 계획을 실행하고 있소. 놈은 놈이 하겠다고 말한 그 짓을 할 거요. 그런 다음에 자취를 감출 거요."

폰트노트가 말했다. "젠장, 당신, 놈이 전쟁을 벌이고 있다는 투로군."

리처드는 얼굴을 문질렀다. 손가락으로 머리를 쓸었다. 그는 이제는 차분해진 듯 보였지만, 그래도 여전히 초조한 기색이었다.

"어찌해야 할지 모르겠어. 나한테는 돈이 없어."

나는 마이어스를 다시 쳐다봤다.

"돈을 마련하면 어떻게 하기로 돼 있었나요?"

"놈이 우리한테 놈들을 만날 장소를 알려주고, 그러면 우리는 돈하고 벤을 맞바꾸기로 돼 있었소."

나는 투미 백을 쳐다봤다. 그 가방은 컸다. 320만 달러는 많은 공간을 차지하기 때문이었다. 500만 달러는 그보다 두 배 가까운 공간을 차지할 터였다.

나는 침대로 가서 리처드의 옆에 앉았다. 우리는 서로를 잠시 응시했다. 그런 후 그는 시선을 돌렸다.

내가 물었다. "벤을 사랑해요?"

리처드는 고개를 끄덕였다.

"나도 벤을 사랑해요."

리처드는 잠시 눈을 깜빡였다. 그의 눈에는 슬픔이 그득했다. 그의 목소리는 쉬어 있었다.

"당신은 내가 당신을 얼마나 미워하는지 모를 거요."

"아니, 알아요. 하지만 지금 우리는 함께 벤을 구해야 해요."

"얘기 못 들었소? 나는 이미 놈들에게 300만 달러를 제의했지만, 놈들은 그걸 받아들이지 않았어. 놈들은 500만을 원해. 놈들은 500만이 아니면 아무 소용없다고 했어. 그런데 나한테 그 정도 돈은 없어. 구할 길이 없다고. 놈들에게 무슨 말을 해야 할지 모르겠어."

나는 호텔 전화기를 그의 손에 쥐여주었다.

"최선을 다해봐요, 리처드. 거짓말을 하는 거예요. 놈들한테 500만 달러를 다 마련했다고, 당신 아들하고 교환할 준비가 됐다고 말해요."

리처드는 전화기를 응시하더니 번호를 눌렀다.

23

실종 이후 경과 시간: 52시간 38분

리처드는 오후 9시 정각에 전화를 걸었다. 그가 하는 얘기는 설득력이 있었다. 마이어스와 나는 구내전화로 통화를 들었다. 팰런은 산타모니카 공항의 서쪽 끄트머리로 돈을 가져오라고 리처드에게 말했다. 놈은 리처드에게 혼자 오라고 했다.

마이어스와 나는 동시에 고개를 저었다.

대꾸하는 리처드의 목소리는 떨렸다.

"말도 안 되는 소리 하지 마. 마이어스도 갈 거야. 우리 둘만 갈 테니까 벤을 데리고 나오는 게 좋을 거야. 벤이 거기 없으면, 경찰에 신고하겠어. 어떤 식으로건 경찰에 신고할 거야."

"마이어스도 듣고 있나?"

"나 여기 있다, 이 망할 자식아."

"공항 남부의 서쪽 끝이야. 격납고를 지나친 다음에 차를 세우도록 해. 차에서 내려서는 차를 떠나지 말고 차 옆에서 기다리는 거야."

마이어스가 말했다. "아이가 없으면 돈도 없어. 우리가 아이를 보지 못하면 너는 돈 근처에 얼씬도 못 할 거야."

"내가 원하는 건 돈뿐이야. 차 세우고, 차에서 내리도록 해. 그러면 형씨가 나를 봐도 되겠다 싶을 때 형씨 앞에 내 모습을 보여줄게. 형씨 근처에는 가지 않을 거지만, 어쨌든 형씨는 나를 보게 될 거야. 내가 보이면, 이 번호로 다시 전화해. 알았나?"

"네놈이 보이면 전화하지."

"내 눈에 다른 놈이 보이면 무슨 일이 일어날지 알지?"

"말 안 해도 알아."

"좋았어. 잔머리 굴리지 마. 15분이야."

팰런은 전화를 끊었다.

리처드는 수화기를 내려놓고는 나를 쳐다봤다.

"이제 어떻게 해야 하지?"

"놈이 당신한테 하라고 말한 정확히 그대로 해요. 나머지는 우리가 맡을 테니까."

파이크와 나는 전력 질주해 자리를 떴다. 우리는 팰런이 이미 공항에 있는 게 틀림없다는 걸, 그리고 그가 리처드가 접근하는 모습을 보면서 경찰이 따라붙었는지 감시할 수 있는 위치를 확보했을 거라는 걸 알았다. 만사는 스피드에 달려 있었다. 우리는 리처드보다 먼저 공항에 도착해 있어야 했다. 팰런의 시야에서 벗어난 곳에 머물러야 했고, 팰런이 예상하지 못한 방식으로 놈에게 접근해야 했다.

나는 차를 고속으로 몰았다. 파이크도 그랬다. 우리 두 사람은 시내를 가로지르는 무한 경쟁에 돌입했다.

선셋 대로가 내 콜벳의 후드에 파문을 일으키며 어른거리는 남보랏빛 햇빛으로 물들었다. 우리가 질주해서 지나치는 차는 그 자리에 얼어붙은 것처럼 보였고, 그 차의 미등은 액체로 된 빨간 줄기 같은 빛을 우리 앞에 늘어뜨렸다. 나는 성에 찰 만큼 빠르게 이동하지는 못했다. 성에 찰 정도로 빠르게 차를 몰지는 못했다. 우리는 굉음을 일으키며 웨스트우드를 가로질러 브렌트우드로 들어간 후, 태평양으로 향했다.

산타모니카 공항은 자그마하고 근사한 곳으로, 산타모니카 내륙의 대부분이 벌판과 소 떼로 덮여 있을 시대에 LA 공항의 북쪽과 405번 고속도로 서쪽에 건설된 외로운 간이 활주로였다. 공항 주변의 도시가 성장하면서 주위를 넓혔고, 그 탓에 지금 그 비행장은 소음과 비행기 추락의 두려움 속에 사는 걸 싫어하는 주택 소유주들과 사업체들에 포위돼 있었다. 거기서는 맛있는 햄버거를 사 먹을 수 있었고, 관제탑 건너편에 설치된 벤치에 앉아 비행기들이 이착륙하는 광경을 지켜볼 수 있었다. 벤과 나는 그런 일을 두 번 이상은 했었다.

공항의 북쪽 측면은 대부분 기업용 사무실과 항공박물관이었다. 남쪽에는 낡은 격납고와 주기장(駐機場)들이 줄지어 서 있었다. 남쪽에 있는 격납고 중 상당수는 사무실이나 기업용 건물로 개조됐지만, 비어 있는 곳이 많았다. 수리하기보다는 방치하는 편이 더 싸게 먹히기 때문일 것이다.

목적지에 가까워지는 동안, 나는 마이어스에게 전화를 걸었다.

"거의 다 왔어요, 마이어스. 어디예요?"

"조금 전에 호텔을 떠났어요. 12분에서 15분 정도 걸릴 거요. 시간을 줄이려고 애쓰고 있소."

"당신이 운전하는 거예요?"

"그래요. 사장님은 뒷자리에 있어요."

"공항에 도착하면 속도를 늦춰요. 파이크하고 내가 시간을 충분히 확보할 수 있게 차를 천천히 몰도록 해요."

"우리는 너무 늦어서는 안 돼요, 콜."

"놈들은 당신 리무진이 공항에 들어오는 걸 볼 거예요. 놈들이 당신이 거기에 왔다는 걸 아는 것, 그게 중요해요. 놈들은 당신이 LA 외지인이라는 걸 알아요. 그러니까 길이 헷갈린다는 식으로 운전하도록 해요."

"젠장. 이보쇼, 내가 지금 딱 그러고 있소."

심지어 그 상황에서조차 나는 미소를 지을 수밖에 없었다.

"거기 도착하면 당신한테 전화를 걸겠소."

나는 번디 드라이브를 내려가는 내내 경적을 울렸다. 빨간불이 보이면 속도를 늦췄지만 차를 세운 적은 한 번도 없었다. 조 파이크는 두 번이나 나를 앞질렀다. 나는 느리게 달리는 차들의 범퍼에 바짝 붙었다가 그 차들을 돌아가려고 도로 경계석 위로 차를 올린 다음, 다가오는 차선 위로 거칠게 차를 내려놨다. 올림픽 대로에서는 쓰레기통 하나와 충돌했고, 고속도로 아래를 날아갈 때는 거리 표지판을 훑고 지나쳤다. 그 바람에 오른쪽 헤드라이트가 나갔다.

내가 태평양 쪽으로 방향을 틀었을 때는 타이어 네 개 모두가 연기를 내뿜었다.

나는 전화기를 들었다.

"마이어스?"

"듣고 있소."

"2분 남았어요."

우리는 기다랗게 늘어선 사무실과 전세기 격납고를 지나쳐 서쪽을 향해 공항 북쪽에 있는 두 블록을 날아가듯 지나쳤다. 야간 동안 잠에 빠져든 관제탑이 저 멀리에 조용히 서 있었다. 관제탑이 살아 있음을 보여주는 징표는 고동치는 녹색과 백색 불빛뿐이었다.

파이크는 활주로 끝에 있는 경사면에 차를 세웠지만, 나는 차를 계속 몰았다. 사무용 건물만 계속 보이던 길가에 처음에는 축구장이, 그다음에는 주거지역의 도로들이 모습을 드러냈다. 한 블록 떨어진 곳에 차를 세운 나는 축구장 남쪽 측면에 웃자란 그림자들처럼 줄지어 선 어두컴컴한 격납고를 향해 뛰어갔다.

팰런은 지붕에 한 명을 배치했을 것이다. 그리고 리처드가 이용할 협소한 측면 도로에도 또 다른 인원을 배치했을 것이다. 차 두어 대가 측면 도로에 주차돼 있었지만 그 안에 누가 있는지는 볼 수가 없었고, 이 차 저 차를 일일이 뛰어다닐 시간도 없었다. 지붕의 윤곽은 사람의 흔적이 보이지 않고 깔끔했다.

살금살금 이동해서 마지막 격납고를 지나친 다음, 모퉁이 너머를 재빨리 훔쳐봤다. 소형 비행기 두 대가 옆에 주차된 연료 트럭들과 함께 경사로에 묶여 있었다. 트럭들은 텅 빈 공터의 가장자리에 모여 있었다.

전화기에 대고 속삭였다.

"마이어스?"

"동쪽 측면에 있소."

"당신들이 보이지를 않아요."

"형씨가 나를 볼 수 있건 없건 신경 안 써요. 놈들이 보이쇼?"

"아직은요. 속도 늦춰요. 나는 이동 중이에요."

파이크는 북쪽에서 경사로로 이동하고 있었다. 나는 그를 볼 수가 없었고, 보려고 시도하지도 않았다. 내가 그를 볼 경우에는 놈들도 그를 볼 수 있었다. 어느 쪽이건 좋을 일이 아니었다. 격납고 사이에서 툭 튀어나온 트레일러 한 대가 임시 사무실 역할을 하고 있었다. 나는 더 나은 시야를 확보하려고 그 끄트머리로 슬며시 나아갔다. 지붕 윤곽을 다시 훑었다. 그런 다음 격납고 바닥을 따라 드리워진 그늘을, 그다음에는 트럭들을 훑었다. 움직이는 건 하나도 없었다. 귀를 한껏 기울였다. 무엇인가가 움직이는 소리는 하나도 들리지 않았다. 이곳과 어울리지 않는 그림자나 형체들이 있는지 살폈지만 모든 게 정상으로 보였다. 다른 차량은 한 대도 보이지 않았다. 격납고 출입문들은 닫혀 있었다. 팰런이 어딘가에서 대기 중이라면 놈은 분명 근처에서 대기하고 있을 것이다.

전화기에 대고 다시 속삭였다.

"아무것도 보이지 않아요, 마이어스."

"놈들은 우리가 거기 도착할 때까지는 각자의 위치를 지킬 거요. 하지만 놈들도 결국에는 움직여야만 할 거요. 그러니 놈들 움직임이 보일 거요."

내가 숨은 곳이 어디인지를 그에게 알렸다.

"오케이. 놈이 회전하라고 지시한 진입로에 들어섰소. 지금 차를 돌리는 중이오."

불빛이 격납고 두 채 사이를 훑고 지나간 다음, 리처드의 리무진이 모습을 나타내며 내 쪽으로 방향을 틀었다. 그들은 50미터쯤, 어쩌면 60미터쯤 떨어져 있었다.

리무진이 멈췄다.

내가 말했다. "나는 당신 바로 앞에 있어요."

"카피(copy). 우리는 차에서 내리는 중이오. 이제 놈에게 전화를 걸어야 해요."

"서두르지 마요. 기다려요."

리무진은 시동을 끄지 않고 불을 계속 켜둔 채로 있었다. 나는 트레일러 끝에서 경사로 전체와 유도로, 그리고 공항의 남쪽 측면을 따라 뻗어 있는 측면도로의 대부분을 살폈다. 모든 게 조용했다.

"차에서 내리는 중이오. 당신 목소리를 들을 수 있도록 이어피스를 끼는 중이오. 뭐가 보이면 알려줘요, 젠장."

조수석 문이 열렸고, 마이어스가 걸음을 내디뎠다. 그는 차 옆에 혼자 섰다.

나는 지붕 윤곽과 측면도로를 다시 확인했다. 그러면서 사람의 머리가 튀어나온 흔적이나 어깨가 볼록하게 불거진 형체가 보이는지 찾아봤지만 보이는 건 아무것도 없었다. 경사로 바닥에 드리워진 그림자들을 주시했지만, 여전히 아무것도 없다는 것만 확인했다.

줄의 끝에서 세 번째 연료 트럭의 라이트가 깜빡거렸다.

내가 말했다. "마이어스."

그의 목소리가 낮게 깔려서 돌아왔다.

"나도 봤소. 리처드가 그 번호로 전화를 걸고 있소."

나는 트럭 내부를 보려고 안간힘을 썼지만, 트럭 내부는 그늘 때문에 너무 어두운 데다 거리도 한참 멀었다. 총을 꺼내 트럭의 그릴 쪽을 겨냥했다. 총의 손잡이가 미끄러웠다. 나는 벤을 보자마자 전화기를 내려놓을 것이다. 나는 양손으로 조준하는 쪽이 명중률이 높았다.

내가 말했다. "놈한테 벤하고 같이 나오라고 해요. 놈이 벤을 보여주게 만들어요."

파이크가 먼 쪽 측면에서 이쪽으로 이동하고 있을 것이다. 그는 나보다 현장에 더 가깝게 접근할 것이고 나보다 더 유리한 위치도 점할 것이다. 그는 사격도 나보다 잘했다.

마이어스의 부드러운 목소리가 다시 들려왔다.

"리처드가 놈하고 얘기 중이오. 리처드가 돈을 보여주려고 차에서 내리고 있소. 놈은 가방을 보고 싶어 해요."

"그러지 마요, 마이어스. 놈이 벤을 먼저 보여주게 만들어요."

"리처드는 겁을 먹었소."

"마이어스, 놈이 벤을 먼저 보여주게 만들어요. 내 눈에는 벤이 보이지를 않아요."

"벤은 통화 중이오."

"그것만으로는 충분치 않아요. 벤의 모습을 직접 봐야만 해요."

"그 망할 트럭을 계속 지켜보도록 해요. 리처드가 돈을 보여주고 있소."

리무진 뒷문이 열렸다. 리처드가 가방 두 개를 들고 내리는 걸 마이어스가 거들었다. 그런 후 그들은 트럭을 바라봤다. 320만 달러는 무겁다. 500만 달러는 그보다 더 무거워 보여야 했다.

마이어스의 속삭임이 들렸다. "어서 와라, 이 개자식아."

트럭의 라이트가 다시 깜빡였다. 우리는 기다렸다. 그러고는 모두 트럭을 응시했다.

리처드와 마이어스의 후방 6미터 지점에서, 격납고 입구에 쌓여 있는 기름통들 사이에서 그림자 하나가 움직였다. 나는 마이어스가 몸을 돌렸을 때 그 움직임을 포착했다. 실링과 마지가 각자의 권총을 들고 사격 준비 자세를 취한 채로 그림자 밖으로 돌진해 나왔다. 나는 그 기름통들을 응시하고 또 응시했었지만, 아무것도 발견하지 못했었다.

나는 소리를 질렀다. **"마이어스!"**

놈들의 손이 작은 태양처럼 폭발하면서 플래시전구가 터지듯 그들의 얼굴을 붉은빛으로 물들였다. 마이어스가 쓰러졌다. 그들은 돈 가방에 도착할 때까지 그에게 계속 총격을 가했다. 그런 후 그들은 리처드에게도 총을 쐈다. 리처드는 차 안으로 쓰러졌다.

나는 두 방을 속사로 쐈다. 그런 후 고함을 치면서 연료 트럭 쪽으로 몸을 돌렸다. 나는 트럭이 살아 꿈틀거리면서 부르릉 소리를 내거나 어둠 속에서 총알이 날아올 거라고 예상했지만 그런 일은 하나도 일어나지 않았다. 나는 벤의 이름을 외치면서 죽을힘을 다해 전력 질주했다.

내 뒤에서, 실링과 마지가 돈 가방을 리무진에 던져 넣고는 리무진에 올라탔다.

파이크가 트럭에서 멀리 떨어진 측면에서 경사로로 뛰어오면서 끼익 소리를 내며 떠나는 리무진에 사격했다. 우리는 모두 놈들이 놈들 차를 타고 접근했다가 현장을 떠날 거라 예상했었다. 하지만 놈들은 그러지 않았다. 리무진이 놈들의 도주 차량이었다. 딱 놈들이 계획했던 대로.

나는 몸을 낮추고는 있는 힘을 다해 트럭을 향해 달렸다. 하지만 트럭에 도착하기도 전에 트럭은 비어 있고 늘 그런 상태였다는 걸 알게 됐다. 팰런은 원격으로 트럭의 라이트를 조종했다. 놈은 어딘가 다른 곳에 있었고, 벤은 여전히 놈과 함께 있었다.

나는 몸을 뒤로 돌렸지만, 리무진은 가고 없었다.

파이크

파이크는 생각했다. 놈들이 우리보다 뛰어나다고. 이놈들의 솜씨는 대단히 뛰어나다고. 놈들의 솜씨는 우리를 능가한다고.

실링과 이보는 보이지 않는 문을 통해 나타난 것처럼 여러 개의 기름통 사이에서 순식간에 모습을 드러냈다. 어느 순간에는 그들을 전혀 볼 수 없었는데, 다음 순간에는 그들의 손에서 불꽃이 터지고 있었다. 뱀이 적을 공격할 때 쓰는 절대적인 효율을 보여주며. 파이크는 그 기름통을 유심히 살폈었지만, 아무것도 보지 못했었다. 놈들이 순식간에 기습을 감행한 탓에 파이크는 마이어스에게 경고조차 할 수가 없었다. 일은 너무 빨리 일어났고, 파이크는 너무나 멀리 떨어져 있었다. 그래서 그는 사건의 목격자 이상도 이하도 아니었다.

그들은 조 파이크가 여태껏 본 사람들 중 가장 뛰어난 축에 속했다.

파이크는 놈들을 사정거리 안에 넣으려고 기를 쓰며 내달렸고, 그러는 동안 콜은 소리를 질렀다. 파이크와 콜은 거의 동시에 사격을 했지만, 파이크는 자신들이 너무 늦었다는 걸 알았다. 리무진의 왼쪽 헤드라이트가 박살 났고, 총알 한 방이 후드를 튕기고 날아갔다. 콜이 트럭을 향해 질주할 때 리무진은 현장을 떠났다. 파이크는 콜이 무엇을 발견할지 알고 있었기 때문에 별다른 수고는 하지 않았다.

파이크는 또 다른 움직임이 있나 살피며 몸을 비틀었다. 누군가가 트럭의 라이트를 조종했는데, 그건 현장이 시야에 들어오는 근처 어딘가에 있는 팰런일 것이다. 이제 실링과 이보는 돈을 확보했고, 팰런도 도망칠 것이다. 그러면서 그의 정체를 드러낼 가능성이 높았다.

그때 북쪽에서 큰 총소리가 울려 퍼졌다. 파이크는 소리가 난 쪽을 향해 몸을 틀었다. 권총의 총소리가 아니라, 더 요란하고 큰 소리였다. 주차된 차 중 한 대의 라이트가 번쩍이더니 두 번째 총소리가 빠르게 뒤를 이었다.

파이크는 차 내부에 있는 그림자들을 봤다. 남자 한 명과 소년 한 명.

차가 움직이기 시작할 때 파이크는 콜에게 소리를 질렀다. 그러고는 그의 지프를 향해 비탈 아래로 힘껏 달려갔다. 그가 달릴 때, 그의 어깨는 번개처럼 날카로운 통증을 팔 곳곳으로 퍼뜨리고 있었다.

파이크는 생각했다. 나는 겁을 먹었어.

벤

마이크는 에릭이나 마지와는 달랐다. 마이크는 허튼소리를 하거나, 산 빈센테 대로를 통과할 때 라디오를 틀고는 섹시한 영계들을 보며 음흉하게 웃거나 하지 않았다. 마이크는 명령을 내릴 때만 입을 열었다. 그는 벤이 요점을 잘 알아들었는지 확인할 때에만 벤을 쳐다봤다. 그게 다였다.

그들은 차를 꺾어 공항 주차장으로 들어왔다. 그런 후에는 엔진을 켠 채로 그 자리에 그냥 있었다. 마이크는 엔진을 결코 끄지 않았다. 필요할 때 시동이 걸리지 않을까 봐 두려워하는 사람처럼. 한참 후, 마이크는 벌판 건너편의 뭔가를 관찰하기 위해 쌍안경을 들었다. 너무 멀리 떨어져 있어서 벤은 거기서 무슨 일이 벌어지고 있는지 알 길이 없었다.

샷건이 총구를 바닥에 댄 채로, 개머리판을 마이크의 무릎에 기댄 채로 놓여 있었다. 할아버지가 크리스마스 선물로 벤에게 준 20구경 이타카 비슷한 일반적인 샷건이 아니었다. 개머리판이 검은색인 이 샷건은 총신이 무척 짧았다. 벤은 방아쇠울에 있는 작은 버튼을 봤다. 벤은 그게 안전장치라는 걸 알았다. 그가 가진 샷건에도 동일한 종류의 안전장치가 있었다. 안전장치는 풀려 있었다. 벤은 생각했다. 마이크가 에릭처럼 약실에 한 방을 장전해두고는 언제든 쏠 수 있는 준비를 해뒀다는 데 내기를 걸겠다고.

벤은 마이크를 다시 힐끔 봤지만, 그는 여전히 벌판 건너편에만 몰두해 있었다.

벤은 마이크가 두려웠다. 에릭과 마지도 마이크를 두려워했다. 에릭이 여기 앉아 벌판 건너편에 있는 무언가에 몰두해 있었다면, 벤은 총으로 달려들었을 것이다. 그런 후에 그가 할 일이라고는 방아쇠를 움켜잡고 총을 발사하는 게 전부였다. 하지만 그건 에릭일 때 얘기고, 지금 이 자리에 있는 건 마이크였다. 마이크를 보면 똬리를 틀고 공격할 태세를 마친 채 잠든 코브라가 떠올랐다. 우리는 놈이 자고 있다고 생각할 수도 있지만, 놈의 상태가 실제로 어떤지는 전혀 알 길이 없다.

마이크는 대시보드에서 소형 워키토키 비슷해 보이는 물건을 찾으려고 딱 알맞은 시간 동안만 쌍안경을 내렸다. 그러고는 쌍안경을 다시 올렸다. 그는 워키토키의 버튼을 눌렀다. 그러자 활주로 건너편에서 불빛들이 깜빡거렸다. 마이크는 휴대폰에 대고 뭐라고 말한 다음 전화기를 벤의 귀에 갖다 댔다.

"너희 아빠다. 뭐라고 얘기를 해봐."

벤은 휴대폰을 붙잡았다.

"아빠?"

그의 아버지가 흐느꼈다. 그러자 벤은 갑자기 갓난아기처럼 울먹이며 눈물을 쏟고 딸꾹질을 했다.

"집에 가고 싶어요."

마이크는 전화기를 가져갔다. 벤은 전화기를 잡으려 들었지만, 마이크는 팔 길이만큼 떨어진 곳에 벤을 붙들어뒀다. 벤은 할퀴고 물고 주먹을 날렸지만, 마이크의 팔은 철봉 같았다. 마이크가 벤의 어깨를 세게 비트는 바람에 벤은 어깨가 으스러진 것 같은 느낌을 받았다.

마이크가 말했다. "그만할 거지?"

벤은 마이크에게서 가급적 먼 곳으로 몸을 웅크렸다. 민망하고도 부끄러웠다. 그는 더욱 격하게 울었다.

마이크는 전화기를 떨어뜨리더니 다시 쌍안경을 들여다봤다. 그는 워키토키를 다시 한번 더 눌렀다. 그러자 멀리 있는 불빛들이 깜빡거리고는 그대로 있었다.

공항의 멀리 떨어진 측면에서 일정하지 않게 겹쳐서 울리는 총소리가 들려왔다. 그러자 마이크는 몸을 꼿꼿이 세우고는 무슨 일이 됐건 현재 일어나고 있는 일에 몰두했다. 벤은 그 모습을 보고 생각했다. *지금이야!*

벤은 좌석 건너편으로 달려들었다. 그의 손가락이 방아쇠울을 감쌀 때 마이크가 그의 팔을 붙잡았다. 하지만 그때쯤 벤은 이미 방아쇠울을 잡고 있었다. 폭탄처럼 발사되는 샷건이 운전대를 격하게 발길질했다. 벤은 최선을 다해 빠르게 방아쇠를 당겼다. 그러자 샷건이 다시 천둥소리를 내면서 차 바닥에 두 번째 구멍을 냈다.

마이크는 종이를 찢듯 수월하게 벤의 손을 총에서 떼어내고는 벤을 원래 있던 자리로 떠밀었다. 벤은 두 팔로 머리를 감쌌다. 마이크가 그를 구타하거나 죽일 거라고 확신했다. 하지만 마이크는 샷건을 원래 자리에 돌려놓은 후 차를 몰고 주차장을 빠져나가기 시작했다.

차가 일단 움직이기 시작했을 때, 마이크는 그를 힐끔 쳐다봤다.

"천방지축 날뛰는 망나니 자식."

벤은 생각했다. 마이크를 명중시키지 못한 건 너무나 안된 일이라고.

24

실종 이후 경과 시간: 53시간 32분

팰런의 차는 주차장 북쪽에서 출구를 향해 속도를 높이고 있었다. 그가 모는 차는 축구장과 항공 박물관을 지나쳐야 할 것이다. 그러고는 사무용 빌딩들 사이를 지나 오션 대로에 오를 것이다. 일단 오션에 당도하면, 그는 자취를 감출 것이다.

두 손이 너무 심하게 떨리는 바람에 손이 아니라 몽둥이처럼 느껴졌다. 하지만 나는 단축 다이얼로 저장된 파이크의 번호를 눌렀다.

"어서, 조. 받아, 어서."

팰런의 차가 방향을 돌려 축구장을 지나치더니 속도를 높였다. 투 도어로 보이는 흰색 중형 쿠페. 실링과 이보를 만나러 가는 길일 것이다. 리무진은 차체가 크고 눈에 확 띄는 데다, 현재는 헤드라이트를 잃은 상태다. 놈들은 조만간 리무진을 버릴 것이다.

파이크가 느닷없이 전화를 받았다.

"이동 중이야."

"축구장 끝에서 동쪽으로 향하는 흰색 투 도어 쿠페. 놈은 박물관에 있어. 오션에 오를 거야. 나는 놈을 놓쳤어."

나는 내 차로 달려갔다. 온 힘을 다해 질주했다. 한 손에는 전화기를 다른 손에는 총을 들고, 격납고와 주택을 스쳐 지나갔다. 파이크는 오션 대로를 향해 북쪽으로 차를 몬 다음 동쪽으로 방향을 틀 것이다. 그는 팰런의 차가 공항에서 나오는 모습을 발견하거나 그러지 못하거나 둘 중 하나일 것이다.

어떤 여자가 인도 가운데에서 작은 오렌지색 개와 산책하고 있었다. 그녀는 내가 총을 들고 그녀 쪽으로 달려오는 걸 봤다. 그녀는 몸을 피하거나 집으로 방향을 돌리려고 애쓰지 않았다. 대신 어머, 어머, 어머 하는 비명을 지르며 발을 동동 굴렀고, 개는 제자리에서 맴돌았다. 산책하러 나온 여자였는데, 나는 그녀가 나를 제지하려고 애쓸 경우 그녀를 쏘고 작은 개도 쏴버리겠다고 생각했다. 나답지 않은 생각이었다. 나하고는 어울리지 않는 짓이었다. 광기의 세계에 들어온 걸 환영하는 바입니다.

시동을 걸자마자 차를 도로 경계석에서 잽싸게 떨어뜨렸다. 급가속하는 바람에 차 뒷부분이 좌우로 미끄러졌고 태코미터 바늘은 순식간에 적색 영역으로 넘어갔다.

"조?"

"오션을 타고 동쪽으로 가고 있어."

"놈은 어디 있어?"

"소리 좀 그만 질러. 놈은 오션을 타고 동쪽으로 가고 있어. 지금은 차를 세웠다가 센티넬라를 타고 남쪽으로 가는 중이야. 놈을 따라가고 있어. 놈은 내 앞에 여섯 번째 차야."

센티넬라는 내 뒤쪽에 있었다. 급하게 핸드 브레이크를 걸어 차를 돌렸다. 차가 180도 회전하는 동안 타이어에서 연기가 피어올랐다. 사방에서 나를 향해 경적을 울려댔지만, 그 소리는 아련하게만 들렸다.

나는 여전히 전화기에다 소리를 질러대고 있었다.

"마이어스는 죽었어. 놈들은 리처드도 쐈어. 놈들이 그를 쐈고, 그는 리무진 안으로 쓰러졌어. 놈들이 그를 죽인 건지 아닌지는 나도 몰라."

"진정 좀 하라니까. 우리는 여전히 남쪽으로 향하고 있어. 팰런은 우리가 아직도 게임을 뛰고 있다는 걸 몰라."

팰런은 순찰 경찰 때문에 차를 세워야만 하는 일이 없도록 얌전히 차를 몰았다. 하지만 내 관심은 순전히 놈을 붙잡는 데만 쏠려 있었다. 골목길에서 속도를 128킬로미터로 달렸다. 그러다가 방향을 꺾어 센티넬라와 나란한 도로로 올라간 다음 160킬로미터까지 속도를 높였다.

"놈은 어디 있어? 교차하는 도로 이름을 알려줘!"

내 차가 도로의 움푹 팬 곳에서 크게 튀어 올랐지만, 나는 그런 상황에서조차 속도를 더 높였다. 파이크는 그들이 지나치고 있는 교차도로의 이름을 불러줬다. 나는 나란히 놓인 도로를 달리면서 그와 동일한 교차도로를 지났다. 나는 한 번에 거리 한 개씩 그들을 따라잡았고, 그런 끝에 그들을 앞서게 됐다. 타이어 네 개 전부를 미끄러지게 하면서, 그리고 회전 때문에 밸브까지 날리면서 센티넬라 쪽으로 차를 꺾었다. 연기가 내 뒤에 자욱하게 쏟아졌고, 엔진은 덜커덕거렸다.

파이크가 말했다. "우리는 속도를 높이고 있어."

센티넬라에 근접하던 나는 더욱더 그 도로에 가까워졌다. 그곳과 세 블록 떨어져 있던 거리가 순식간에 두 블록이 됐다. 내가 급하게 라이트를 끄고 도로 경계석으로 차를 붙이는 순간, 팰런의 차가 교차로를 지나 고속도로 쪽으로 방향을 틀었다. 벤이 조수석에 앉아 있었다. 벤은 창밖을 응시하고 있었다.

"놈을 확인했어, 조. 놈을 봤어."

파이크가 말했다. "내가 차를 돌린 다음에 내 뒤에 붙어."

팰런은 멀리 가지 않았다. 아니, 멀리 갈 생각이 아니었더라도, 멀리 가지도 못했을 것이다. 그는 계획을 썩 잘 짰다. 그들은 차량을 교체할 것이다. 그런 후에 벤을 제거할 것이고, 리처드가 여전히 생존해 있다면 그도 제거할 것이다. 세상에 그와 다르게 끝을 맺는 납치 사건은 한 건도 없다.

파이크가 말했다. "놈이 속도를 늦추고 있어."

팰런의 차가 고속도로 아래로 미끄러져 들어가더니 방향을 틀었다.

파이크는 그 뒤를 따라가지 않았다. 그는 라이트를 모두 끄고, 놈을 주시하며 모퉁이에 있는 도로 경계석에 차를 댔다. 나도 똑같이 했다. 잠시 후, 파이크의 지프가 천천히 앞으로 나아가다 방향을 틀었다. 우리는 차를 서행하면서 빌딩 관리용품 전문 매장과 동물병원을 지나 소형 주택들이 줄지어 선 곳으로 향했다. 동물병원에서 개 한 마리가 짖어댔다. 아파서 그러는 것 같았다.

파이크가 천천히 주차장으로 들어가더니 차에서 내렸다. 나는 그를 따라갔다. 우리는 문이 닫히기에 충분할 정도로만 살짝 문을 닫았다. 파이크는 앞뜰에 '매물' 표지판이 설치된 거리 건너편의 작은 주택 쪽으로 고갯짓을 했다.

"저 집이야."

리무진은 집 뒤에 감춰져 있었고, 흰색 차는 진입로 끝부분까지 가 있었다. 짙은 청색 세단 한 대가 앞마당에 주차돼 있었다. 그 세단이 놈들의 도주용 차량일 것이다. 집 안에서 빛이 움직였다. 팰런과 벤이 거기 있는 지는 2분이 채 안 됐고, 리무진에서는 3분을 넘지 않았다. 리처드가 리무진에서 숨을 거둔 건지 궁금했다. 놈들이 오는 길에 리처드를 끝장낸 것인지 궁금했다. 개가 다시 짖었다.

내가 도로를 건너기 시작하자 파이크가 나를 제지했다.

"계획이 있는 거야, 아니면 아무 생각 없이 문을 박차고 들어가려는 거야?"

"무슨 일이 벌어질지 잘 알잖아. 시간이 없어."

파이크는 나를 응시했다. 그는 잠자는 숲속의 작은 빈터처럼 고요했지만, 그런 와중에도 먹구름은 나무들을 타고 오르고 있었다.

나는 그에게서 몸을 뗐지만, 파이크는 나에게 더 가까이 다가왔다. 그는 내 목덜미를 잡고 당겨서는 나와 시선을 맞췄다.

"내 눈앞에서 죽지 마."

"벤이 안에 있어."

파이크는 꿈쩍도 안 했다.

"놈들은 공항에서 우리 면전에 있었어. 그런데도 우리는 놈들을 보지 못했어. 우리보다 뛰어나다고. 놈들이 이번에도 우리보다 뛰어나면 무슨 일이 생길지 잘 알지?"

나는 숨을 깊이 들이쉬었다. 파이크 말이 맞았다. 파이크는 틀리는 법이 거의 없었다. 그림자들이 창문을 가로질러 이동했다. 개가 한층 더 크게 짖어댔다.

내가 말했다. "제일 먼 쪽 창문부터 확인해봐. 나는 진입로 쪽으로 갈게. 집 뒤에서 만나는 거로 해. 놈들은 뒷문으로 들어갔을 거야. 놈들은 서두르고 있으니까 뒷문을 잠그지 않고 놔뒀을 거야."

파이크가 말했다. "설렁설렁 상대할 놈들이 아냐. 우리는 창문을 통해 사격할 수 있을지도 몰라. 하지만 집 안에 들어가야 할 경우, 반드시 같이 들어가야 해."

"알아. 나도 무슨 일을 해야 할지 알아."

"그럼 시작하지."

우리는 도로를 건너면서 갈라졌다. 파이크가 집에서 제일 먼 쪽으로 가는 동안 나는 진입로를 따라 이동했다. 속이 비칠 정도로 얇은 휘장이 창문을 덮고 있었는데, 그 덕에 나는 안을 들여다볼 수 있었다. 처음 두 개의 창문은 어두운 거실을 보여줬지만, 그 너머에 있는 복도는 밝았다. 다음 창문은 빈 식당을 보여줬다. 그런 후 나는 그 집에서 내가 있는 쪽의 마지막 창문 두 개에 당도했다. 그곳은 조명이 밝았다. 나는 그 불빛이 나를 비추는 일이 없도록 집에서 떨어져 이동했다. 그러면서 이웃집 뜰에서 자라는 관목의 짙은 그림자에 숨어 창문 안을 들여다봤다. 마지 이보와 에릭 실링이 주방에 있었다. 이보는 집의 또 다른 부분으로 걸어갔고, 실링은 뒷문으로 나왔다. 그는 커다란 더플백 두 개를 양어깨에 메고 있었다.

적과 첫 접촉을 한 이후에도 변치 않고 적용되는 전투 계획은 하나도 없다는 옛말이 있다.

실링은 눈이 어둠에 적응하도록 리무진 옆에 멈춰 섰다. 그와 나 사이의 거리는 채 6미터도 되지 않았다. 나는 미동도 하지 않았다. 죽은 사람처럼 꿈쩍도 하지 않았다. 심장이 격하게 쿵쾅거렸지만, 숨을 참았다.

실링이 한 걸음을 내디뎠다가 무엇인가를 감지한 듯 다시 걸음을 멈췄다. 놈은 고개를 곧추세웠다. 개가 짖었다.

실링은 더플백을 위로 당기고는 흰색 차를 지나쳐 진입로에 올라 집 앞으로 향했다. 그는 돈을 청색 세단으로 옮기는 중이었다. 나는 처음에는 천천히 몸을 움직이다 속도를 높였다. 놈은 진입로 중간쯤으로 이동했을 내 소리를 들었다. 놈은 웅크린 자세로 몸을 낮추고는 잽싸게 몸을 돌렸다. 하지만 그 즈음에는 지나치게 늦은 상태였다. 나는 권총으로 놈의 미간을 힘껏 갈기고는 놈이 쓰러지지 못하게 붙든 다음 두 번 더 가격했다.

실링을 천천히 높이고는 놈의 총을 찾아 내 바지에 밀어 넣었다. 서둘러 뒷문으로 갔다. 문은 열려 있었고 주방은 비어 있었다. 집 안에 움직이는 건 하나도 없었다. 무시무시한 고요였다. 이보와 팰런이 돈을 담은 별도의 가방들을 들고 언제라도 돌아올 수 있었다. 하지만 집 안의 고요는 그보다도 훨씬 더 나를 두렵게 만들었다. 어쩌면 놈들은 소리를 들었을지도 모른다. 팰런과 이보는 이미 작업에 착수했는지도 모른다. 모든 납치 사건은 희생자 입장에서는 동일한 방식으로 끝을 맺는다.

파이크를 기다렸어야 옳았다. 하지만 나는 주방에 발을 들이고는 복도 쪽으로 이동했다. 머리에서는 윙윙 소리가 났고 심장은 격하게 쿵쾅거렸다. 팰런이 내 뒤에 있다는 걸 지나치게 늦을 때까지 깨닫지 못한 까닭은 그래서였을 것이다.

벤

마이크는 작고 어두운 집을 따라 놓인 좁은 진입로로 차를 꺾었다.

벤이 물었다. "여기가 어디예요?"

"종점."

마이크는 벤을 좌석 저쪽에서 끌어당겨 집으로 데려갔다. 얼룩진 벽이 있고 한때 냉장고가 있었던 곳에 커다란 구멍이 뚫려 있는 우중충한 핑크색 주방에서 에릭이 그들을 기다리고 있었다. 녹색 더플백 두 개가 바닥에 쌓여 있었다. 페키니즈 강아지 크기만 한 먼지 뭉치들이 구석에 굴러다녔다.

"문제가 하나 있어요."

"돈 문제야?"

"아뇨. 대장도 멍청하긴."

그들은 에릭을 따라서 주방을 나가 작은 침실로 갔다. 벤은 마지가 돈을 또 다른 더플백 두 개에 쑤셔 넣는 걸 봤다. 그러던 중에 벤의 눈에 아버지가 보였다. 리처드 셰니에는 벽에 기댄 채로 마룻바닥에 사지를 늘어뜨리고 있었다. 바지와 팔 전체에 피를 묻히고는 배를 붙들고 있었다.

벤은 소리를 질렀다. **"아빠!"**

벤은 아버지에게 달려갔다. 그를 막는 사람은 아무도 없었다. 벤이 아버지를 껴안자 아버지는 신음을 내뱉었다. 벤은 다시 울기 시작했다. 축축한 피를 느낀 벤은 더 격하게 울었다.

"안녕, 아들. 너로구나."

그의 아버지도 아들의 얼굴을 쓰다듬으며 울먹이기 시작했다. 벤은 아버지가 죽을 거라는 생각에 공포심에 사로잡혔다.

"미안하다, 애야. 정말로 미안해. 이건 모두 내 잘못이야."

"괜찮은 거죠? 아빠, 괜찮은 거죠?"

아버지의 눈에 감도는 슬픔이 너무도 커서 벤은 한층 더 크게 흐느꼈다. 숨을 쉬기가 힘들었다.

아버지가 말했다. "아빠는 너를 정말로 사랑해. 너도 알지, 그렇지? 아빠는 너를 사랑해."

벤이 하고 싶은 말들은 가슴 속에 막혔다.

마이크와 에릭이 애기를 나누고 있었지만, 벤은 그 소리를 듣지 못했다. 그러다가 마이크가 그들 옆에 쪼그리고 앉더니 리처드의 상처를 살폈다.

"어디 봅시다. 간에 한 방 맞은 것 같군. 심각하지는 않아. 숨 쉬는 건 괜찮지?"

벤의 아버지가 말했다. "이 개자식. 빌어먹을 자식."

"보아하니 숨은 잘 쉬고 있군."

에릭이 다가와 마이크 뒤에 섰다.

"차 뒤에 쓰러져 있었어요. 내가 뭘 할 수 있었겠어요? 우리는 거기서 벗어나야만 했잖아요. 그런데 이 재수 없는 작자가 뒷자리에 있더라고요."

마이크는 몸을 일으키더니 돈을 힐끔 봤다.

"그 문제는 지금 당장은 걱정 끊어. 공이 계속 굴러가게 놔둬. 돈을 다시 꾸려서 차에 가져다 놔. 저 부자(父子)는 지금 당장은 괜찮아. 그 문제는 떠나기 전에 해결하자고."

"공항에 다른 놈이 있었어요."

"그건 잊어. 콜이었어. 놈은 아직도 거기서 딸이나 잡고 있을 거야."

마이크와 에릭은 돈을 꾸리고 있는 마지를 떠나 집 안의 다른 곳으로 이동했다.

벤은 아버지의 품을 바싹 파고든 후 속삭였다.

"엘비스가 우리를 구해줄 거예요."

아버지는 몸을 약간 더 똑바로 세우려고 아들을 옆으로 밀었다. 그는 통증 때문에 움찔거렸다. 마지는 힐끔 쳐다보더니 다시 돈을 챙겼다.

그의 아버지는 녹색 케첩을 보는 듯이 자기 손에 묻은 피를 응시했다. 그러고는 벤의 눈을 뚫어져라 쳐다봤다.

"이건 내 잘못이야. 지금까지 일어난 모든 일은, 이 짐승 같은 놈들하고 엮인 건, 너한테 생긴 일은, 모두 내 잘못이야. 나는 세상에서 제일 멍청한 인간이야."

벤은 이해하지 못했다. 그는 아버지가 왜 이런 말을 하는지 이유를 몰랐지만, 그 말을 들으면서 겁을 먹었다. 그래서 그는 더 격하게 울먹였다.

"아니에요, 아빠. 그렇지 않아요. 아빠는 멍청하지 않아요."

아버지는 아들의 머리를 다시 만졌다.

"아빠가 원한 건 너를 돌려받는 것뿐이었어."

"죽지 마요."

"너는 절대 이해 못 할 거다. 다른 사람들도 마찬가지고. 하지만 아빠가 너를 사랑했다는 걸 네가 이해해줬으면 싶구나."

"죽지 마요!"

"아빠는 죽지 않아. 너도 그렇게 되지는 않을 거고."

아버지는 마지를 힐끔 보고는 벤에게로 시선을 돌렸다. 그는 벤의 머리를 쓰다듬더니, 벤의 얼굴을 가까이 당겨 뺨에 입을 맞췄다.

아버지는 벤의 귀에 속삭였다.

"너를 사랑한다, 얘야. 이제 달아나라. 뛰어, 그러고는 절대로 멈추지 마."

아버지의 목소리에 깃든 슬픔에 벤은 겁을 먹었다. 벤은 아버지를 힘껏 껴안았다.

아버지의 숨소리는 부드럽게 들렸다.

"미안하다."

아버지가 그에게 다시 입을 맞출 때, 다른 방에서 뭔가 무거운 게 쿵 하고 쓰러졌다. 마지가 두 손에 돈을 가득 든 채로 벌떡 일어섰다. 그러더니 마이크가 엘비스 콜을 문 안으로 밀고 들어왔다. 엘비스는 한쪽 무릎을 꿇으며 쓰러졌다. 그의 눈은 희미하게 흔들렸다. 그의 머리에서는 피가 흐르고 있었다. 마이크는 샷건으로 엘비스의 목을 눌렀다.

마이크는 마지를 쳐다봤다.

"놈을 욕조에 처넣고 칼을 써. 샷건은 너무 시끄러워. 그런 다음에 부자를 처치해."

마지의 손에 물 위에 뜬 기름 빛깔의 길고 얇은 칼이 나타났다.

벤의 아버지는 다시 한번, 마지막으로 그 말을 했다. 이번에 그의 목소리에는 힘이 실려 있었다.

"뛰어."

그런 후 리처드 셰니에는 바닥에서 몸을 밀어 올려, 벤이 아버지에게서 생전 보지 못했던 분노를 발산하며 마지 이보를 향해 돌진했다. 리처드는 이보의 등을 붙잡고는 전력을 다해 이보를 엘비스와 마이크 쪽으로 밀어붙였다. 그러자 마이크 팰런의 샷건이 터지면서 집 안 곳곳에 우렛소리가 메아리쳤다.

벤은 뛰었다.

파이크

파이크는 집 가장자리를 따라 나란히 자라는 관목을 헤치며 바람처럼 조용히 움직였다. 그는 먼저 빈 침실에 당도했다. 침실 안은 열려 있는 문틀에 빛이 비치는 걸 빼면 어두웠다. 그는 집 안 깊은 곳에서 나는 남자들의 저음을 들었지만, 말하는 사람이 누구고 말하는 내용이 무엇인지는 알 길이 없었다.

실링이 침실 너머의 복도에서 더플백 두 개를 뒤쪽으로 운반하는 모습을 발견했다. 그런 후 실링은 모습을 감췄다. 파이크는 357구경의 공이치기를 당겼다.

다음 창문 두 개는 밝았다. 파이크는 더 가까이 접근했지만, 그 불빛 안으로는 들어가지 않았다. 이보가 리처드와 벤과 같이 있었지만, 팰런과 실링은 보이지 않았다. 파이크는 리처드와 벤이 여전히 살아 있는 걸 보고 깜짝 놀랐다. 팰런은 최후의 순간이 왔을 때 인질로 써먹으려고 그들을 데리고 있는 것 같았다. 모든 것이 완벽한 세상이라면, 팰런과 실링, 이보는 같은 방에 함께 있을 것이고, 파이크는 창문을 통해 그들을 쏘는 것으로 이 난장판을 끝장냈을 것이다. 그런데 지금, 파이크가 이보를 쏘면, 그는 팰런과 실링을 기습하는 데 따른 이점을 상실할 것이다.

파이크는 콜이 집 뒤쪽에 있을 가능성이 크다는 걸 알았다. 그는 기다리기로 했다. 실링과 팰런은 언제라도 방에 다시 돌아올 수 있다. 그러면 파이크는 이 사태를 마무리 지을 수 있을 것이다. 파이크는 콜이 이놈들과 대면하는 걸 원치 않았다. 그건 콜이 잘하는 해결 방식이 아니었다. 그리고 콜이 나서지 않는 게 벤과 리처드에게 가장 안전한 길이 될 것이다. 파이크는 조준 자세를 안정적으로 유지하기 위해 총을 아카시아나무에 대고 안정시켰다. 그는 기다림에 적응했다.

그러더니 팰런이 콜을 방으로 밀고 들어왔다. 파이크는 더는 기다릴 수가 없었다. 그는 집으로 들어갈 길을 찾아 집 뒤쪽으로 뛰어갔다.

25

우중충한 주방은 가파르게 기울어져 있었고, 팰런이 나를 가격한 뒤통수 부위는 심하게 욱신거렸다. 나는 서 있는 자세를 유지하려 애썼지만, 방이 반대 방향으로 기울어지는 바람에 내 몸은 바닥을 심하게 때리고 말았다. 나는 일어서려 애썼지만, 내 사지는 미끈미끈한 비닐이 펼쳐진 대양 위에서 까닥거리기만 했다.

벤.

아련한 목소리가 말했다. "어서 와, 재수 없는 새끼."

주방이 흐릿해졌다. 나는 내 손에 총이 있다고 생각하며 다시 쓰러졌다. 하지만 아래를 내려다보니 손에 총은 없었다. 시선을 올렸을 때, 나는 주방에 있지 않았다. 시커먼 탑이 나를 위압적으로 내려다보고 있었고, 옹송그리며 모여 있는 흐릿한 형체 두 개가 멀리 떨어진 벽에 기대고 있었다. 앞으로 몸을 기울였다. 그러다가 세상에 슬슬 초점이 맞춰지면서 손을 써서 자세를 바로잡았다. 나는 미소를 지었던 것 같다. 하지만 어쩌면 그건 순전히 내 머릿속에서만 그랬던 것도 같다.

"너를 찾아냈어."

내 앞에 3미터 떨어진 곳에 벤이 있었다.

내 뒤에서, 팰런이 권총 두 자루를 돈뭉치 위에 툭 던지더니 이보에게 말했다.

"놈이 에릭의 총을 갖고 있었어. 무슨 일이 있었는지 확인해야겠어."

이보는 나를 응시했다.

"노미 에리글 주겼어요?"

"몰라. 놈을 욕조에 처넣고 칼을 써. 샷건은 너무 시끄러워. 그런 다음에 부자를 처치해."

이보가 휘어진 기다란 칼을 뽑는 동안 내 안에서는 여러 목소리가 비명을 질렀다. 로이 애보트는 상황이 어렵더라도 평소처럼 행동하라고 소리를 질렀다. 크롬 존슨은 레인저답게 처신하라고 고함을 쳤다. 어머니는 내 이름을 불렀다. 그렇더라도 벤 말고 중요한 건 세상에 없었다. 목숨을 잃는 한이 있어도 나는 벤을 집에 데려갈 것이다.

이보가 내 쪽으로 한 걸음을 내디뎠다. 바로 그때 리처드 셰니에가 생전 처음 보는 눈빛으로, 이후로도 그런 눈빛으로 나를 바라본 적이 없는 눈빛으로 내 눈을 응시했다. 그러더니 그가 힘겹게 바닥을 박차고 일어섰다. 리처드의 몸놀림이 빠르거나 탁월했던 건 아니었다. 하지만 그는 자식을 살리려는 아버지의 절박하고 헌신적인 몸놀림으로 코딱지만 한 방을 가로질러 돌진했다. 샷건이 내 머리 위에서 폭발했다. 리처드가 뒤에서 이보를 덮칠 때 첫 발이 그의 옆쪽을 강타했다. 그가 이보를 나에게로, 나를 팰런에게로 밀어붙일 때 두 번째 발이 그의 허벅지를 망가뜨렸다. 내가 샷건을 향해 박차고 몸을 일으킬 때, 이보는 칼을 들고 리처드 쪽으로 몸을 돌렸다. 샷건이 천장으로 발사될 때 벤은 문으로 내달렸다.

나는 팔꿈치를 날렸지만, 팰런은 내 팔을 밀어내고는 샷건으로 내 얼굴을 갈겼다. 나는 팔을 총열에 두르고는 샷건을 가까이로 확 당겼다. 하지만 팰런은 총을 힘껏 붙잡았다. 우리 둘은 샷건을 붙잡은 채로 벽에 몸을 부딪쳐가며 악마들처럼 광란의 춤을 췄다. 나는 그에게 박치기를 했고, 그러면서 그의 코가 부러졌다. 그는 콧방귀를 터뜨리며 붉은 피를 뿜어냈다. 팰런은 샷건을 힘껏 당기다가 갑자기 샷건을 났다. 그러면서 나는 균형을 잃었다. 내가 샷건을 잡고 자빠지는 동안, 팰런은 돈더미 위에 있던 실링의 권총을 거머쥐었다. 그 모든 일은 순식간에 벌어졌다. 어쩌면 그보다 더 빨랐을 것이다. 벤은 비명을 질렀다.

파이크

파이크는 두 손으로 총을 쥐는 전투형 그립으로 총을 쥐고는 집 모퉁이를 두리번거렸다. 공이치기를 당긴 총은 언제라도 발사할 준비가 돼 있었다. 뒤뜰은 이상이 없었다. 파이크는 뒷문으로 미끄러지듯 이동해서 주방 안을 힐끔 봤다. 실링을 보게 될 거라 예상했지만, 주방은 비어 있었다. 파이크는 실링의 위치를 모른다는 게 마음에 걸렸지만, 지금 중요한 건 팰런이 콜을 죽일 거라는 거였다.

파이크는 안으로 들어가 복도로 이동했다. 어깨가 화끈거리고 권총을 쥔 그립이 안정되지 않았음에도, 그는 총을 올리고 발사할 준비를 마친 상태였다. 그의 몸무게 때문에 바닥에서 삐걱거리는 소리가 났지만, 파이크는 이동을 멈추지 않았다. 그가 실링이 있나 확인하려고 뒷문을 힐끔 볼 때, 팰런의 샷건이 두 번-**탕, 탕**- 발사됐다. 총소리가 요란하고 묵직한 탓에 집 전체가 들썩거렸다.

파이크는 침실로 들어가려고 복도를 재빨리 가로질렀다. 지금 그가 보여주는 행동은 하나같이 무조건적인 반응이었다. 생각을 했다가는 움직임이 느려질 것이기 때문이다. 팰런과 콜이 포옹한 듯한 자세로 몸을 비틀고 있었다. 그러다가 콜이 샷건을 잡고 나동그라졌다. 바로 그 순간 파이크는 팰런을 겨눴다. 방아쇠를 당기려고 손가락에 바짝 힘을 주고는 팰런의 머리에 제대로 총알을 날리려는 순간, 이보가 소리를 질렀다.

"내가 애를 가꼬 이따."

이보는 벤의 목에 칼을 대고는 벤을 머리 앞으로 들어 올려 방패로 삼았다.

파이크는 357구경을 이보에게로 휙 돌렸지만, 사격을 하기에는 상황이 깔끔하지 않았고 손도 안정돼 있지 않았다. 그 찰나의 순간에 파이크를 본 팰런은 인간이 보여주는 것이라고는 믿어지지 않을 정도로 빠르게, 파이크가 여태껏 보아온 중에 제일 빠르게 권총을 들었고, 그 찰나의 순간에 팰런이 그를 냉혹하게 쏴버릴 수 있었다는 걸 아는 파이크는 357을 팰런에게로 돌렸다. 하지만 팰런은 머뭇거렸다. 콜이 샷건을 들었기 때문이다. 콜은 팰런의 시선을 끌려고 소리를 질러댔다. 그러면서 평온한 사람의 심장이 몇 번 뛰는 정도의 찰나에 그들 모두는 얼어붙었다.

실링

총소리와 비명을 들은 실링은 자신이 황천길에 오르기 직전이라고 확신했다. 그러자 정신이 번쩍 들었다. 그는 아프리카에서 깨어났다. 그는 정부군 병력이 잠들어 있는 그의 부하들에게 사격을 하고 있다고 생각했다. 그는 소총을 움켜쥐고 덤불로 몸을 날리려 시도했지만 그의 곁에 소총은 없었고, 그는 로스앤젤레스의 어느 집 진입로에 있었다. 그는 옆집의 관목숲으로 기어들어갔다.

실링은 생각했다. *제기랄.* 그런 후에 토했다.

머리가 맑아졌다. 하지만 그는 술에 취한 듯 멍한 기분이 들었다. 그는 이보와 팰런과 콜이 소리를 질러대고 있다는 걸 깨달았다. 그는 아프리카에 있는 게 아니었다. LA에 있었다. 그들은 돈이 있는 집에 있었다.

실링은 무기를 찾아 땅바닥을 더듬었지만 무기를 찾을 수가 없었다. 제기랄. 그는 집 쪽으로 기어갔다.

콜

총 세 자루가 공격 태세를 갖춘 뱀들처럼 엮여 있었다. 나는 팰런을 겨냥하다가 이보 쪽으로 총구를 돌렸다. 팰런의 총은 파이크에게서 나에게로 왔다가 다시 파이크에게로 돌아갔고, 파이크의 총은 팰런과 이보 사이를 오갔다. 이보는 벤을 높이 들어서 머리와 가슴을 보호했다. 누군가가 사격을 하면 모두가 사격을 개시할 것이고, 우리는 모두 총소리와 함께 쓰러질 터였다.

이보가 벤의 달랑거리는 몸 뒤에서 자신의 몸을 오므리며 다시 소리를 질렀다.

"애를 가꼬 이따!"

리처드는 신음했다.

벤이 이보의 손에서 벗어나려고 몸부림쳤다. 벤은 칼이 있다는 걸 모르거나, 그런 걸 더는 의식하지 못하는 단계인 것 같았다. 벤의 눈은 리처드에게 꽂혀 있었다.

나는 이보의 다리를 겨냥했다. 팰런의 샷건으로 놈의 다리를 날려버릴 수 있었다. 하지만 그렇게 하더라도 이보의 칼을 저지하지는 못할 것이다. 나는 더 나은 사격 각도를 찾아 옆으로 슬금슬금 이동했다. 이보는 벤을 더 높이 쳐든 채로 뒷걸음질해 구석으로 들어갔다. 키가 210센티미터나 되는 악몽이 벤의 귀 뒤에서 이쪽을 훔쳐보고 있었다.

"애를 주긴다!"

파이크와 팰런은 각자의 권총을 투 핸드 그립으로 쥐고 두 팔을 팽팽히 들고는 서로에게서 눈을 떼지 않고 있었다.

팰런이 말했다. "칼을 봐. 나를 쏘면 쟤가 꼬맹이의 피를 보게 해줄 거야."

파이크가 말했다. "저놈은 그런 일이 벌어지는 걸 보지 못할 거야. 너도 마찬가지고."

내가 불렀다. "조?"

"난 괜찮아."

"주긴다!"

"놈을 잡을 수 있겠어, 조?"

"아직은 아냐."

나는 샷것을 팰런에게 돌렸다가 다시 이보에게로 돌렸다. 작은 방은 사람들이 흘리는 땀 때문에 눅눅했고 지하 납골당처럼 갑갑했다. 나는 이보에게 소리를 질렀다.

"애 내려놔. 애 내려놓고 거기서 걸어 나와."

팰런은 돈 쪽으로 슬금슬금 이동했고, 파이크는 이보에게 가까이 다가갔다. 파이크는 한쪽 벽에 있었고 나는 다른 쪽 벽에 있었다. 이보는 그 벽이 만나는, 우리 사이의 지점에 있었다. 벤은 더 세게 몸부림쳤다. 그러면서 그의 손이 주머니에 닿는 게 보였다.

팰런이 말했다. "우리가 원하는 건 돈이야. 너희가 원하는 건 애고. 우리는 각자 여기를 걸어서 나갈 수 있어."

나는 샷건을 팰런에게로 돌렸다.

"그래, 팰런, 좋아. 그렇게 하자. 너하고 이보, 둘 다 무기를 내려놔. 그러면 우리도 우리 무기를 내려놓을게."

팰런은 빙긋 웃었다. 그러면서 총구를 파이크에게 돌렸다.

"그쪽 무기부터 먼저 내려놓으셔야지."

리처드는 두 다리를 당겨 일어서려 애쓰다가 자신이 흘린 피 위에서 미끄러졌다. 나는 그가 얼마나 오래 버틸지 몰랐다.

그러자 벤이 통곡했다. 벤의 울음소리는 기이하게 들렸다.

"아빠!"

나는 이보에게 슬금슬금 다가갔다.

"뒤로 물러서!"

벤은 더 격하게 몸부림쳤고, 그러면서 그의 손이 주머니에서 빠져나왔다. 나는 벤이 들고 있는 게 무엇인지를 봤다. 그러면서 벤이 계획하는 일이 무엇인지 알게 됐다.

팰런은 총구를 파이크에게서 내게로 옮겼다. 그의 머리에서 떨어진 땀방울이 바닥에 뿌려졌다.

"쟤는 그렇게 할 거야. 우리 모두 그렇게 할 거야. 우리한테 망할 돈을 넘겨줘. 그러면 너희한테 애를 넘겨줄게!"

"너희들, 어떻게 되든 아이를 죽일 거잖아."

그 모든 일이 순식간에 일어났다. 아니, 그보다 더 빨랐을지도 모른다. 그들은 우리를, 우리는 그들을 겨냥하고 있었다. 그리고 벤은 그 가운데 낀 신세였다.

내가 불렀다. "벤?"

벤의 눈이 공포로 하얘졌다.

"내가 너를 집에 데려갈 거야. 내 말 들리니, 친구? 내가 너를 집으로 데려갈 거야. 조, 팰런을 겨누고 있어?"

"그래."

나는 샷건을 낮췄다.

팰런은 총구를 조에게로 옮겼다. 그런 후 총구가 내게로 다시 돌아왔다. 그는 내가 무슨 짓을 하고 있는지 몰랐는데, 그는 그걸 모른다는 사실에 겁이 난 듯했다.

"마지!"

"*이노믈 주긴다!*"

나는 샷건을 총구가 위로 향하게끔 잡아 내가 총을 쏠 의향이 없다는 걸 놈들에게 보여주면서 총을 바닥에 내려놨다. 나는 마지를 주시하며 몸을 세웠다. 그런 후 그에게로 한 발짝 걸음을 옮겼다. 팰런은 총구를 다시 움직였다.

팰런이 소리쳤다. "우리는 애를 죽일 거야, 콜! 너도 죽일 거고!"

나는 벤에게 다가갔다.

이보는 소리를 질렀다. "*주긴다!*"

"알아. 너랑 팰런 모두 그러겠지. 너희는 짐승이니까."

내 목소리는 놈들이 좋아하는 커피 브랜드가 어떤 것인지에 대한 일상적인 대화를 하는 것처럼 차분했다. 나는 벤에게서 팔 길이만큼 떨어진 곳에서 걸음을 멈췄다. 팰런은 총을 들고 내 뒤에 있었다. 그래서 나는 그를 볼 수 없었지만, 파이크도 내 뒤에 있었다. 나는 벤을 향해 조용히 미소를 지었다. 그 미소는 내가 조를 신뢰하는 것만큼 벤도 나를 신뢰할 필요가 있다고 벤에게 말하고 있었다. 내가 그를 집에 데려가려고 여기 온 것이기 때문에, 그리고 그렇게 할 것이기 때문에 벤은 괜찮을 거라고 말하고 있었다.

내가 말했다. "네가 준비되면 언제든 괜찮아, 친구. 우리, 집에 가자."

그에게 허락했다. 네가 생각하고 있는 그 일을 하라고, 내가 네 플레이를 뒷받침해주겠노라고 말했다.

벤 셰니에는 은성훈장을 들어 올렸다가 이보의 눈에 발톱처럼 찔러 넣었다. 이보는 나한테 초점을 맞추고 있었고, 그래서 벤은 무방비 상태인 그를 공략했다. 이보는 머리를 수그리면서 움찔했는데, 바로 그 순간이 내가 움직인 때였다. 나는 칼날 아래로 손가락을 쑤셔 넣고는 칼을 벤의 목에서 비틀었다. 그때 내 뒤에서 총소리가 울렸다. 칼이 내 손가락을 깊이 파고들었지만, 나는 칼을 힘껏 쥐고는 이보의 손을 손목 쪽으로 꺾으면서 칼의 방향을 그쪽으로 돌렸다. 벤은 자유로이 바닥에 떨어졌다. 또다시 총소리가 울렸고, 다시 또 다른 총소리가 울렸다. 나는 방 건너에서 무슨 일이 벌어지고 있는지를 몰랐다. 나는 그쪽을 볼 수가 없었다.

파이크

콜이 샷건을 내려놓고 이보 쪽으로 가기 시작했을 때, 팰런은 우위를 점하고 있었다. 파이크는 벤이 위험에 처해 있는 한 총을 쏘지 못할 것이다. 그가 팰런을 쏠 경우, 이보는 벤을 죽일 것이다. 파이크가 이보를 쏠 경우, 팰런은 바로 그 순간에 그를 죽일 것이고, 그런 후에는 콜에게로 총구를 돌릴 것이다. 파이크는 이보의 머리에 깔끔한 총격을 가할 수만 있다면 팰런이 그를 죽이더라도 그걸 기꺼이 감수하겠다고 결심했다. 팰런은 파이크를 쏜 다음 콜에게로 총구를 돌릴 것이다. 하지만 콜은 팰런이 총구를 돌리기 전에 샷건을 들어 올릴 정도로 빠르게 움직일 것이다. 하지만 이보는 멍청하지 않았고, 파이크가 하는 생각을 감지한 듯 보였다. 이보는 벤의 머리가 그의 머리를 보호하게끔 벤을 높이 들어 올리면서 방패로 삼았다. 파이크는 표적으로 삼을 만한 게 없었다. 그는 총구를 팰런에게로 돌렸다.

파이크는 팰런이 그의 앞에 놓인 대안들의 무게를 비교하는 동안 시선이 앞뒤로 움직이는 걸 자세히 살폈다. 팰런은 콜이 하는 짓을 확인하려고 기다릴 수 있었다. 그렇지 않으면 파이크를 쏜 다음, 콜을 상대로 운을 시험해볼 수 있었다. 첫 대안에서, 팰런은 상황에 수동적으로 대응해야 할 것이다. 그런데 팰런이 먼저 발포할 경우, 그는 상황을 능동적으로 전개해가면서 통제 수단을 거머쥐게 될 것이다. 콜의 얼굴은 피투성이였고 눈빛은 멍했다. 팰런은 그걸 생각하고 있을 터였다. 콜이 부상당한 상황에서 파이크를 쏴서 쓰러뜨린다면, 그는 콜을 그런 후에도 여전히 꺾을 수 있을 거라 생각하고 있을 터였다. 파이크는 자신이 팔을 다쳤다는 걸 팰런이 알고 있을지 궁금했다. 팰런은 델타였다. 그는 그가 찾아낸 상대의 약점은 뭐가 됐건 이용할 것이다.

파이크는 생각했다. 놈이 먼저 총을 쏠 거야.

팰런의 이마가 파이크의 총 끝 위를 떠다녔다. 파이크의 총이 흔들렸다. 심장은 쿵쾅거렸고, 얼굴 양옆에서는 땀이 흘러내렸다. 팰런도 총을 위로 올렸다. 파이크가 그를 겨냥할 때 그도 파이크를 겨냥했다. 하지만 팰런의 총은 안정돼 있었다. 팰런은 파이크의 총이 흔들리는 걸 쉽게 볼 수 있었다. 파이크는 팰런의 머릿속에 떠오른 생각을 감지했다. 팰런은 그의 약점을 파악했다. 그들의 총은 불과 몇 센티미터 떨어져 있었다.

팰런이 총을 1센티미터쯤 높이 들어 올렸다. 팰런은 자신이 이길 수 있을 거라는 결론을 내렸다. 그는 사격을 하겠다고 마음먹었다.

곰이 턱을 딱따거렸다. 놈이 돌진할 자세를 취하고 있다.

파이크는 엘비스를 힐끔 봤다. 벤을 힐끔 봤다. 권총의 나무 손잡이가 미끄럽게 느껴졌고, 호흡이 가빠졌다. 하지만 지금 상대는 곰이 아니었고, 그는 곰을 상대해본 적이 없었다. 어머니는 아버지가 발길질하는 동안 피투성이가 돼 울부짖으며 주방 테이블 아래로 기어갔다. 여덟 살 난 조는 무력해서 아무 행동도 취하지 못했다. 아버지는 무방비 상태인 아들을 쫓아가 코를 부러뜨린 후, 벨트를 휘둘렀다. 매일 밤이 그런 식이었다. 무슨 대가를 치르건 사랑하는 사람을 보호하는 것이 제일 중요했다. 아무 일도 못 하는 것보다 더 나쁜 상황은 없다. 죽음조차 그것보다는 나았다. 곰이 그를 이길지도 모른다. 하지만 그는 여전히 맞서야만 한다. 조 파이크는 맞설 것이다.

그는 팰런의 총알을 맞을 마음의 준비를 했다. 그런 후, 총을 쏠 기회가 포착되기를 바라면서 이보를 다시 힐끔 봤다. 하지만 이보는 여전히 벤 뒤에 숨어 있었다. 그는 다시 팰런을 힐끔 봤다. 팰런이 총을 든 자세는 바위처럼 굳건했다.

파이크는 생각했다. 내가 죽기 전에 너를 먼저 죽이겠어.

이보가 어느 누구도 예상하지 못한 방식으로 신음 소리를 냈다. 파이크는 콜과 이보가 드잡이를 하는 동안 갑작스러운 움직임이 일어나는 걸 언뜻 봤다. 팰런이 그쪽을 보려고 시선을 잠시 돌리는 동안, 파이크는 기회를 포착했다. 그가 방아쇠를 당기려는 찰나, 에릭 실링이 복도에서 돌진해 들어왔다. 실링은 파이크의 등을 들이받아서 파이크를 팰런 쪽으로 몰고 갔다. 파이크의 어깨 곳곳으로 뜨거운 통증이 퍼졌고, 팰런의 귀 옆으로 발사된 357은 팰런에게 아무 피해도 입히지 못했다. 팰런은 사람의 움직임이라고는 믿기 힘들 정도로 빠르게 움직였다. 그는 파이크의 총을 옆으로 밀치면서 파이크의 총을 든 팔에 트랩을 걸었다. 그런 후 파이크의 머리를 권총으로 찍었다. 파이크는 옆으로 빠져나갔지만, 실링은 그의 목에 힘껏 주먹을 날리더니 파이크의 성치 않은 팔을 걸었다. 더 심한 통증이 파이크의 어깨에 퍼졌고, 파이크는 숨을 제대로 쉬지 못했다. 그는 실링이 건 훅(hook)에서 빠져나오려고 무릎을 꿇고는 성치 않은 팔로 실링의 두 다리를 감아 들어 올렸다. 그의 팔이 다시 비명을 질렀지만, 실링의 몸이 뒤집혔다. 동시에 팰런은 파이크의 얼굴에 권총을 힘껏 내리친 다음, 총구로 파이크의 어깨를 찔렀다. 팰런은 빨랐지만, 파이크도 빨랐다. 그는 총이 발사될 때 팰런의 손목에 트랩을 걸었다. 파이크는 버텼다. 그는 팰런의 손목을 확보했지만, 성치 않은 팔은 약했다. 팰런은 그의 트랩에서 빠져나갔다. 팰런은 파이크의 뺨에 힘껏 박치기한 다음, 무릎으로 파이크의 사타구니를 가격했다. 파이크는 통증을 참아냈다. 방 건너편에서, 콜과 이보는 움직임 없는 사투를 벌이고 있었다. 벤은 아버지에게 가 있었다. 실링은 양 무릎을 꿇고 몸을 일으키더니 돈에 파묻혀 있는 총을 향해 재빨리 움직였다. 팰런이 파이크를 다시 무릎으로 가격했지만, 이번에는 파이크가 그의 다리를 붙잡고는 팰런의 남아 있는 다리를 쓸면서 그를 밀어냈다. 그들의 몸이 바닥에 요란하게 떨어졌다. 팰런의 총이 충격을 받아 자유로이 날아갔다. 60센티미터 떨어진 곳에서 실링이 권총을 들고 파이크에게로 몸을 돌렸다. 파이크는 팰런을 밀쳐내고는 총을 집어 바닥에 누운 채로 사격했다. 그는 에릭 실링의 가슴에 두 발을 쐈다. 실링은 비명을 지르면서 벽에 총을 난사했다. 파이크는 다시 발포해서 실링의 옆통수를 날렸다. 파이크는 팰런 쪽으로 몸을 굴렸지만, 팰런은 양손으로 권총을 붙잡았다. 두 사람 다 총을 들고 있었다. 그리고 총 한 자루가 그들 사이에 있었다. 팰런의 성한 팔 두 개 대(對) 파이크의 성한 팔 하나. 두 사람이 총을 겨누려고 애쓰는 동안 그들의 얼굴에는 땀과 피가 흘렀다. 파이크의 팔에서 느껴지는 화끈거림이 심해지면서 그의 어깨는 천천히 그의 통제에서 벗어났다. 팰런은 힘을 모으는 와중에 신음을 내뱉었다. 그는 야생의 돼지가 흙을 파헤칠 때 내는 웅, 웅, 웅 하는 신음을 했다. 파이크는 안간힘을 썼지만, 총구는 천천히 그의 가슴 쪽으로 내려갔다.

파이크는 자신이 죽게 된다면 여기서 죽는 편이 나을 거라고, 이런 일을 하다가 죽는 편이 나을 거라고 생각했다.

하지만 아직은 때가 아니었다.

파이크는 그의 내면 가장 깊은 곳으로 향했다. 푸르른 잎이 무성한, 고요하고 평화로운 세계로. 그곳이야말로 파이크가 진정으로 자유로워질 수 있는, 그가 고독 속에서 안전함을 느낄 수 있는, 자신의 존재에 평온함을 느낄 수 있는 유일한 곳이었다. 파이크는 지금 그곳으로 가고 있었다. 그는 힘을 끌어냈다.

파이크는 팰런의 야수 같은 눈을 응시했다. 팰런은 무엇인가가 바뀌었다는 걸 감지했다. 공포가 그의 얼굴을 장악했다.

파이크는 입술을 씰룩거렸다.

총구는 팰런 쪽으로 움직였다.

콜

이보가 칼을 돌리려고 기를 쓰는 동안, 이보의 얼굴에 있는 흉터들은 보라색으로 반짝거렸다. 놈은 거구에 건장한 남자였다. 그리고 놈은 살고 싶어 했다. 하지만 나는 놈을 힘껏 밀어붙였다. 주위의 방이 어두워지면서 별 모양의 작은 반점 같은 빛들로 채워졌다. 이보의 팔이 축축한 뚝 소리와 함께 부러졌고, 그의 팔목이 접혔다. 그는 신음했다. 더 많은 총소리가 등 뒤에서 울렸지만, 그것들은 내 세상이 아닌 누군가 다른 사람의 세상에서 벌어지는 일로 보였다.

칼이 이보의 목 밑에 있는 쑥 들어간 곳에 닿았다. 이보는 나를 밀쳐내려 애썼지만, 나는 놈의 부러진 팔을 힘껏 붙잡고는 밀어붙였다. 칼이 놈의 몸을 파고들자 놈은 쉭쉭거리는 소리를 냈다. 나는 계속 밀었다. 칼이 깊이 미끄러져 들어갔다. 이보의 눈이 커졌다. 입이 벌어졌다 닫혔다. 나는 칼이 더 들어가지 않을 때까지 밀었다. 그러자 이보는 긴 한숨을 쉬었고 놈의 눈은 초점을 잃었다.

나는 놈을 붙잡았던 손을 놓고 놈이 쓰러지는 걸 지켜봤다. 놈은 거목처럼 쓰러졌다. 놈의 몸이 바닥을 때리기까지는 영겁의 세월이 걸렸다.

나는 몸을 돌렸다. 나는 간신히 서 있을 수 있었다. 에릭 실링은 돈다발 위에 구겨져 있었다. 벤은 리처드와 같이 있었다. 파이크와 팰런은 바닥에 엉킨 채로 힘을 겨루고 있었다. 나는 샷건을 들고 비틀거리며 그들에게 다가가 샷건을 팰런의 머리에 겨눴다.

내가 말했다. "끝났어."

팰런이 올려다봤다.

"끝났다고, 이 개자식아. 다 끝났어."

팰런은 샷건의 총구를 유심히 살폈다. 그런 후 나를 응시했다. 그들 사이에는 권총 한 자루가 있었다. 그들은 그걸 잡으려고 싸우고 있었다.

나는 샷건을 어깨에 붙였다.

"그거 놔, 팰런. 놔."

팰런은 파이크를 힐끔 보더니 고개를 끄덕였다.

그들 사이의 권총이 요란한 소리−탕!−를 한 번 냈다. 나는 조가 총에 맞았다고 생각했지만, 벽으로 쓰러진 건 팰런이었다. 파이크는 빠르게 몸을 굴려 총을 내밀었다. 그러면서 팰런이 몸을 놀릴 경우를 대비했지만, 팰런은 가슴에 난 구멍을 내려다보며 눈을 깜빡거릴 뿐이었다. 그 구멍을 낸 장본인이 자신이었음에도, 그는 그걸 보면서 깜짝 놀란 듯 보였다. 그는 다시 우리를 올려다봤다. 그런 후 숨이 끊어졌다.

내가 불렀다. "벤?"

나는 비틀거리며 옆으로 가다 무릎을 꿇고 쓰러졌다. 아팠다. 손에서 심하게 피가 흐르고 있었다. 그것도 아팠다.

"벤?"

벤은 리처드를 일어서게 하려고 애쓰고 있었다. 리처드는 신음하고 있었다. 그래서 나는 그가 여전히 부상을 버티는 중이라고 짐작했다. 파이크가 앞으로 쓰러지려는 나를 붙잡고는 내 손에 손수건을 쥐어줬다.

"손을 감싸고 벤을 살펴봐. 구급차를 부를게."

나는 다시 일어서려고 애썼지만 그럴 수가 없었다. 그래서 나는 벤 셰니에게 기어갔다. 그러고는 그에게 두 팔을 둘렀다.

"너를 찾아냈어, 벤. 내가 너를 찾아냈어. 집에 데려다줄게."

벤은 추위에 떠는 것처럼 몸을 떨었다. 그러면서 내가 이해하지 못하는 말을 울먹이며 쏟아냈다. 파이크는 구급차를 부르고 우리를 보살폈다. 그는 차고 있던 벨트로 리처드의 다리를 묶어 지혈한 다음, 실링의 셔츠를 리처드의 복부 상처를 감는 압박붕대로 썼다. 나는 그러는 내내 벤을 꼭 껴안고 있었다. 나는 벤을 절대로 놔주지 않을 작정이었다.

"너를 내 품에 안았어." 내가 말했다. "너를 내 품에 안았어."

벤의 눈물이 내 가슴을 적시는 동안 사이렌들이 다가왔다.

5부
되찾다

구급차는 순찰차보다 먼저 도착했다. 벤은 병원으로 이송되는 아버지와 함께 가고 싶어 했지만, 구급요원들은 늘 그렇듯이 허용하지 않았다. 그건 적절한 행동이었다. 더 많은 사이렌들이 몰려오고 있었다. 경찰일 것이다.

파이크가 말했다. "내가 기다릴게. 자네는 벤을 데려가."

벤과 나는 도로를 건너 내 차로 갔다. 개 한 마리가 여전히 짖어댔다. 그 소리를 들으면서 내가 여전히 혼자인 건지 여부가 궁금해졌다. 이웃집에서 나온 사람들이 각자의 집 앞뜰에서 서성거리며 구급차를 주시하고 있었다. 이 지역에서 사는 삶은 더는 예전과 똑같지 않을 것이다.

나는 첫 경찰차가 도착할 때까지 벤을 안고 있었다. 경찰은 사람들이 TV에서 보는 것처럼 날카로운 쇳소리와 함께 차를 멈춰 세우고 고함을 치지는 않는다. 경찰은 그들이 보게 될 상황이 어떤 상황인지를 모르기 때문에 천천히 차를 몰면서 도로를 올라온다. 우리는 내 차에 탔다.

내가 말했다. "엄마한테 전화하자."

전화를 건 사람이 나라는 걸 깨달은 루시가 말했다. "벤은 괜찮아? 제발 괜찮다고 말해줘."

그녀의 목소리는 떨렸다.

"벤은 더할 나위 없이 괜찮아. 좋지 않은 상황이었어, 루시. 끔찍한 상황이었어."

"오, 하나님 감사합니다. 세상에, 감사합니다. 리처드는 어때?"

내가 루시에게 무슨 일이 일어났었는지를 알리는 동안 벤은 얌전히 앉아 있었다. 나는 조심조심 말했다. 벤이 리처드가 관여돼 있다는 사실을 아는지 모르는 데다 벤이 그 얘기를 나에게 듣는 것을 원치 않았기 때문이다. 앞으로 루시와 리처드는 벤에게 그 사실을 말해줄 수 있다. 아니면, 벤에게 그 얘기를 전혀 하지 않을 수도 있다. 내가 이런 일이 일어난 적이 전혀 없는 척해주기를 그녀가 원할 경우, 나는 그렇게 할 것이다. 내가 벤이 이 일을 전혀 알지 못하게 해주기를 그녀가 원한다면, 나는 그렇게 할 것이다. 내가 경찰에게 그리고 법정에서 벤의 아버지를 보호하기 위해 거짓말을 하기를 그녀가 원한다면, 나는 그렇게도 할 것이다.

그녀에게 경찰이 리처드를 데려간 곳이 어디인지 전하고, 벤을 집에 데려가거나 병원에서 그녀를 만나거나 둘 중 하나를 하겠다고 제의했다. 그녀는 병원에서 우리를 만나겠다고 말한 다음, 아들과 통화할 수 있느냐고 물었다.

나는 벤에게 전화기를 건넸다.

"엄마야."

벤은 병원으로 가는 동안 아무 말도 하지 않고 내 팔을 꼭 붙잡기만 했다. 나는 자세를 바꾸거나 운전하고 있을 때가 아닐 때는 그의 팔을 붙잡았다.

우리가 병원에 먼저 도착했다. 의사들이 자기들 일을 하는 동안 우리는 응급실 대기실에 있는 긴 벤치에 앉았다. 우리는 바짝 붙어 앉았다. 나는 벤의 어깨에 내 팔을 둘렀다. 리처드 셰니에는 열여덟 시간 동안 수술을 받을 터였다. 수술대에 누워서 보내기에는 긴 시간이었다.

웨스트 LA 경찰서 소속 형사 두 명이 정복 경사 한 명과 함께 도착했다.

그들은 접수대에 있는 간호사에게 총격 피해자에 대해 물었고, 그런 후 나이 많은 형사가 우리에게 걸어왔다. 짧은 금발에 안경을 끼고 있었다.

그가 물었다. "실례입니다만, 총격을 당한 분의 일행이신가요?"

"아닙니다."

"바지에 묻은 그건 뭡니까?"

"바비큐 소스입니다."

그는 옆 사람에게 물어보려고 자리를 옮겼다.

벤이 물었다. "왜 아니라고 대답한 거예요?"

"너희 엄마가 조금 있으면 올 거야. 저 사람들하고 같은 방에 붙들려 있고 싶지는 않아."

벤은 그걸 이해하는 듯 보였다.

나는 경찰들이 접수대로 돌아갈 때까지 그들에게서 눈을 떼지 않았다. 그런 후 벤에게 몸을 기울였다. 여기에 있는 아이는 열 살짜리 작은 사내아이였다. 벤은 너무 왜소해 보였다. 너무 어려 보였다.

내가 물었다. "어떠니?"

"괜찮아요."

"너는 오늘 끔찍한 일들을 봤어. 정말 험한 일들을 겪었고. 겁을 먹어도 괜찮아. 그 일들을 얘기해도 괜찮아."

"겁나지 않았어요."

"나는 겁났어. 나는 정말로, 정말로 겁이 났어. 지금도 정말로 겁이 나."

벤은 나를 쳐다봤다. 그러고는 얼굴을 찡그렸다.

"약간은 겁이 났던 것 같아요."

"콜라나 그런 거 마실래?"

"예. 마운틴 듀도 있는지 봐요."

우리가 음료수 자판기가 어디 있나 찾아다닐 때 루시가 슬라이딩 도어로 들어왔다. 성큼성큼 내딛는 그녀의 걸음이 어찌나 빠른지 그녀는 달리고 있는 것처럼 보였다. 우리가 먼저 그녀를 발견했다.

내가 그녀를 불렀다.

"루시!"

벤이 뛰어갔다.

"엄마!"

루시는 눈물을 펑펑 쏟아냈다. 그녀가 벤을 어찌나 힘껏 안는지, 그녀는 벤을 자기 몸 안으로 품어 넣으려 애쓰는 것처럼 보였다. 그녀는 벤의 사방에다 입맞춤을 해댔고, 눈물로 벤을 적셨다. 하지만 그건 모두 괜찮았다. 사내아이들이 인정하건 말건, 세상의 모든 사내아이들은 어머니에게서 그런 것을 원한다. 오늘 같은 날에는 특히 더 그렇다. 나는 그렇다고 확신한다. 그게 사실이라는 걸 안다.

나는 그리로 걸어갔다. 그러고는 가까운 곳에 섰다. 형사들이 우리 상황에 대해 뭔가 알고 있었다면, 우리를 방해하지 않은 그 사람들은 충분히 착한 사람들이었다.

루시가 눈을 뜨고 나를 봤다. 그녀는 더 격하게 울었다. 그러고는 두 팔을 벌렸다.

내가 말했다. "내가 벤을 데려왔어."

"맞아. 그래, 당신이 해냈어."

나는 온 힘을 다해 모자를 껴안았다. 하지만 그렇게 했는데도 성에 차지를 않았다.

27

16일 후, 루시가 작별인사를 하러 우리 집에 왔다. 눈부시게 밝고 상쾌한 오후였다. 내가 기억하는 한 머리 위를 떠다니는 매는 없었고, 포효하는 코요테도 없었다. 하지만 올빼미는 소나무로 돌아왔었다. 전날 밤에 놈이 나를 불렀었다.

루시와 벤은 베벌리힐스에 있는 아파트를 처분했다. 루시는 회사를 그만뒀다. 그들은 원래 살던 도시인 루이지애나 주 배턴루지로 돌아가려 이사하는 중이었다. 벤은 이미 거기에 조부모님과 함께 있었다. 나는 이해했다. 진심으로, 이해했다. 이런 일들은 평범한 사람들에게는 일어나지 않는다. 일어나서도 안 된다.

그들이 리처드 때문에 돌아가는 건 아니었다.

루시가 말했다. "벤은 그 일들을 다 겪었잖아. 그러니 그 애는 친숙한 사람들과 친숙한 장소에 같이 있을 필요가 있어. 그 애에게는 안전하다는 느낌과 안정감이 필요해. 우리가 옛날에 살던 동네에 집을 마련했어. 벤은 옛날 친구들도 다시 사귈 거야."

우리는 베란다에, 난간 앞에 나란히 섰다. 우리는 지난 16일 동안 이런 식의 얘기를 자주 나눴다. 우리는 그녀가 무슨 일을 하려는 것이고 왜 그러는 건지에 대한 얘기를 나눴지만, 그녀는 여전히 불안해하고 불편해했다. 우리는 여기서 작별을 고하고 있었다. 그녀는 여기서 나를 떠나고 있었다. 그녀는 머지않아 나를 보게 될 것이다. 리처드는 기소됐다.

그날 오후에 우리 두 사람은 그리 많은 얘기를 나누지 않았고, 나눈 얘기는 대부분 이미 한 번 했던 얘기였다. 그녀와 같이 있으면 여전히 기분이 좋았다. 우리 관계는 불편한 순간에서나 나쁜 감정으로 관계를 끝내기에는 대단히 좋았고 무척 특별했다. 나는 그런 작별을 원하지 않았다.

나는 그녀에게 내가 지을 수 있는 가장 환한 미소를 보여줬다. 사내답고 정의로운 사나이가 눈을 썰룩거리며 짓는 특별한 미소를. 그러고는 그녀의 엉덩이를 툭툭 쳤다. 미스터 장난기. 용맹무쌍함의 화신.

"루시, 자기는 그 얘기를 800번밖에 하지 않았어. 그러니까 다시 얘기하지 않아도 돼. 나는 이해해. 그게 벤에게 옳은 일이라고 생각해."

그녀는 고개를 끄덕였지만, 여전히 편치 않은 기색이었다. 어쩌면 편치 않아야 했을 것이다.

내가 말했다. "자기가 그리울 거야. 벤도 그리울 거고. 두 사람이 벌써 그립네."

루시는 힘들게 눈을 깜빡이다 협곡을 응시했다. 그녀는 난간 밖 멀리까지 몸을 기울였다. 내가 그녀의 눈물을 알아차리지 못하기를 바라는 것처럼, 또는 그녀가 아직까지 보지 못했던 무엇인가를 보려고 애쓰고 있는 것처럼.

그녀가 말했다. "맙소사, 나는 연애의 이런 부분이 싫어."

"자기는 벤을 위해, 그리고 자신을 위해 이런 일을 하고 있는 거야. 자기한테 옳은 일이야. 나는 그 결정을 기분 좋게 받아들이고 있어."

그녀는 난간을 밀어내며 몸을 일으키고는 내게로 가까이 왔다. 내가 할 수 있는 일은 울지 않는 게 고작이었다.

내 목소리는 속삭임이었다.

"말하지 마. 제발 말하지 마."

"당신이 내 심정을 알아주기만 하면 돼."

루시 셰니에는 몸을 돌려 집 안으로 뛰어갔다. 현관문이 닫혔다. 그녀의 차에 시동이 걸렸고, 차가 움직이기 시작했다.

나는 말했다. "굿바이."

28

루시가 떠나고 이틀 후에 우리 집 전화기가 울렸다. 스타키였다.

.그녀가 말했다. "당신은 내가 아는 사람 중에 제일 운 좋은 개망나니일 거예요."

"누구시죠?"

"정말 웃기네요. 하하."

"잘 지내요?"

조 파이크와 나는 우리 집 베란다에 페인트칠을 하고 있었다. 베란다를 끝낸 후에는 집에 페인트를 칠할 예정이었다. 나는 심지어 내 차를 세차할지도 모른다.

내가 말했다. "악의는 없었어요. 변호사 전화를 기다리는 중이었거든요. 우리에게 중(重)절도라는 사소한 문제가 걸려 있어서요."

파이크가 베란다 끝에서 이쪽을 살폈다. 건식(乾式) 충전재와 회반죽을 사포로 닦아내느라 그의 두 손과 팔은 잿빛이 돼 있었다. 우리가 부순 우편업체의 소유주는 파딤 게렐라라는 남자였다. 우리는 미스터 게렐라에게 그의 영업장을 손상한 것에 대해 금전적인 보상을 했다. 사무실 문을 닫은 기간 동안 영업을 하지 못해 생긴 손실도 추가로 보상했다. 미스터 게렐라는 흡족해하면서, 샌 가브리엘 지방검사가 우리한테 강경한 입장을 보였음에도, 우리를 고소하는 걸 거부했다.

스타키가 말했다. "당신 변호사들이 전화할 텐데…… 좋아요, 내가 먼저 알려줄게요."

"무슨 말을 하려고요?"

파이크가 힐끔 쳐다봤다.

"방금 전에 파커 센터에 있는 지인하고 그 문제에 대한 통화를 마쳤어요. 당신은 혐의를 벗었어요, 콜. 당신하고 미스터 선글라스, 둘 다요. 시에라리온과 앙골라, 엘살바도르 정부가 –망할 놈의 정부가 셋이나 돼요– 당신들을 선처해달라고 호소했어요. 당신들 두 멍청이가 집단학살을 저지른 인간 말종 세 놈을 해치웠잖아요. 그 정부들은 아마 당신들한테 망할 훈장도 줄 거예요."

나는 베란다에 앉았다.

"아무 소리도 안 들려요, 콜. 내 얘기 듣고 있어요?"

"잠깐만요."

나는 수화기를 손으로 감싼 후 파이크에게 얘기를 전했다. 그는 사포질에서 절대로 눈을 떼지 않았다.

스타키가 말했다. "당신 입장에서 이건 축하 전화인가요, 아닌가요? 만약에 축하 전화라면 당신에게 초밥하고 술 열 잔 정도를 쏘고 싶은데, 어때요? 당신이 쏘는 쪽이 더 좋겠지만. 나는 싸게 먹히는 데이트 상대예요. 술을 마시지 않으니까."

"우리한테 한턱내겠다는 거예요?"

"파이크는 말고요, 이 멍청한 아저씨야. 당신만요."

"스타키, 지금 나한테 데이트 신청하는 거예요?"

"너무 거만하게 굴지 마요."

나는 눈에서 땀과 먼지를 닦았다. 그러고는 협곡 너머를 응시했다.

"콜? 너무 흥분하다가 기절한 거예요?"

"내 말 오해하지 마요, 스타키. 당신이 데이트 신청을 해서 기뻐요. 하지만 내 입장에서 지금은 좋은 타이밍이 아니에요."

"오케이. 무슨 말인지 알겠어요."

"조금 힘이 들어서요."

"이해해요, 콜. 별일 아니니까 잊어버려요. 있잖아요, 내가 다음에 전화할게요."

스타키는 전화를 끊었다. 나는 수화기를 내려놓고 협곡을 응시했다. 시커먼 반점 하나가 산등성이 위를 떠다녔다. 잠시 후, 다른 반점이 그것에 합류했다. 나는 난간으로 가서 그것들을 주시했다. 나는 미소를 지었다. 매가 돌아왔다.

파이크가 말했다. "그녀에게 전화해."

나는 전화기를 안으로 가져갔다. 그러고는 잠시 후, 전화를 걸었다.

요즘, 꿈을 자주 꾼다. 거의 매일 밤 꾸고, 어떤 날에는 한 번 이상 꾼다. 하늘이 어두워진다. 뒤틀린 참나무가 이끼로 덮인 무거운 몸을 흔든다. 밤의 부드러운 산들바람이 분노와 공포로 흔들린다. 나는 다시 한번 무덤과 기념비가 있는 이름 없는 곳에 있다. 아래에 있는 딱딱하고 까만 네모를 응시한다. 땅속에 누가 누워 있는지 알고 싶은 열망이 불타오르지만, 이 무덤에는 아무 이름도 표시돼 있지 않다. 나는 내가 알지 못하는 비밀들을 찾는 일을 하며 평생을 보내왔다.

땅이 내 이름을 부른다.

나는 몸을 굽힌다. 양 손바닥을 대리석 위에 올리고 추위 때문에 숨을 제대로 못 쉰다. 얼음이 개미 떼처럼 내 살갗 아래를 밀고 올라온다. 두 발을 떨면서 달리려고 기를 쓰지만, 내 다리는 말을 듣지 않는다. 바람이 거세지면서 나무들이 휘어진다. 그림자들이 빛의 가장자리에서 깜박거리고 목소리들이 속삭인다.

어머니가 옅은 안개 속에서 나타난다. 어머니는 젊다. 예전보다 훨씬 젊다. 그리고 갓난아기의 숨결처럼 허약하다.

"엄마! 엄마, 도와주세요!"

어머니가 유령처럼 바람에 떠밀려간다.

"제발요, 엄마는 저를 도와주셔야 해요!"

어머니가 내 손을 잡아줄 것을 기도하며 어머니에게 손을 뻗는다. 하지만 어머니는 앞이 보이지 않는 양 대꾸 없이 허공을 맴돈다. 나는 어머니가 여기 있는 비밀들로부터 나를 구해주기를 원한다. 어머니가 진실로부터 나를 보호해주기를 원한다.

"무서워요. 여기에 있고 싶지 않아요. 하지만 어떻게 떠나야 할지를 모르겠어요. 무슨 일을 해야 할지 모르겠어요."

나는 어머니의 따스함을 갈망한다. 어머니의 두 팔이 주는 안도감이 필요하다. 어머니에게 가려고 기를 쓰지만, 내 두 발은 깊이 뿌리를 내렸다.

"움직일 수가 없어요. 도와주세요, 엄마."

어머니가 나를 본다. 어머니의 눈에 슬픔이 그득하기 때문에 어머니가 나를 본다는 걸 안다. 내 어깨들이 비명을 지를 때까지 어머니에게 팔을 뻗지만, 어머니는 너무 멀리 떨어져 있다. 몹시 화가 난다. 그 끔찍한 순간에 나는 어머니를 증오하는 동시에 사랑한다.

"젠장, 더는 혼자 있고 싶지 않아요. 나는 혼자 있고 싶어 한 적이 단 한 번도 없어요."

바람이 거세지면서 윙윙거린다. 어머니가 연기처럼 바람에 약하게 흔들린다.

"엄마, 제발요! 다시 저를 떠나지 마세요!"

어머니가 퍼즐이나 되는 양 어머니의 몸 위에 금이 그어진다. 어머니의 한 조각이 바람에 날려간다. 그러고는 또 다른 조각이.

"엄마!"

우리 어머니였던 조각들이 날아간다. 그림자조차 남지 않았다. 그림자조차.

어머니는 사라졌다. 어머니는 나를 떠났다.

나는 상심에 젖어 무덤을 응시한다. 꿈의 기이한 전개방식에 따라, 내 두 손에 삽이 나타난다. 땅을 파면 찾게 될 것이다. 찾으면, 알게 될 것이다.

시커먼 땅이 열린다.

관이 드러난다.

내 것이 아닌 목소리가 나에게 그만하라고, 시선을 돌리라고, 여기 누워 있는 것으로부터 나 자신을 구하라고 애원하지만, 나는 더는 신경 쓰지 않는다. 나는 혼자다. 나는 진실을 원한다.

두 손을 차가운 땅속으로 밀어 넣어 손가락으로 뚜껑 밑을 더듬는다. 나뭇조각들이 살을 찌른다. 관이 비명을 지르며 열린다.

나는 작은 몸뚱이리를 응시한다. 나는 나 자신을 바라보고 있다.

그 아이는 나다.

아이가 눈을 뜬다. 내가 지하묘실에서 그를 들어 올리자 아이는 기뻐서 흐느껴 운다. 그러고는 내게 두 팔을 두른다. 우리는 서로를 꼭 껴안는다.

"다 괜찮아." 내가 말한다. "내가 너를 찾았어. 나는 절대로 너를 떠나지 않을 거야."

바람이 격해진다. 나뭇잎들이 굴러서 묘지를 가로지르고 축축한 안개가 내 옷을 날카롭게 뚫고 들어오지만, 내게 중요한 것이라고는 내가 아이를 찾아냈다는 것뿐이다.

아이의 웃음소리는 어둠 속에서 울리는 차임벨 소리다. 내 웃음소리도 그렇다.

"너는 혼자가 아니야." 내가 말한다. "너는 다시는 혼자이지 않을 거야."

감사의 말

알래스카주 피터스버그에서 출항하는 에미돈(Emydon) 호의 소유주 일라이와 타라 루카스 부부는 전문적인 어업과 알래스카의 불곰에 대한 정보를 제공해줬다. 더욱 중요한 건, 그들이 내가 그들의 풍성한 생활을 공유하게끔 허락해줬다는 것이다.

크레그 P. J. 조겐슨과 켄 밀러는 미 육군 레인저와 레인저의 작전, 그리고 베트남전 기간 행해진 장거리 수색정찰(LRRP)에 대한 통찰력과 상세한 정보를 제공해줬다. 게리 린더러는 추가적인 정보를 제공해줬다. 실제로 있었던 ―후(Hoo) 용법 같은― 사실을 취사선택하면서 발휘한 자유는 온전히 내 책임이고, 실제 사실에 대한 오류 역시 내 책임이다.

USC 의과대학의 재건성형학과 교수이자 학과장인 랜디 셔먼 의학박사는 부상과 부상에 따른 트라우마, 재활에 대한 정보와 실제 사례에 대해 이른 아침부터 조언을 아끼지 않았다. 조 파이크는 이보다 더 뛰어난 외과의를 만날 수 없었을 것이다.

엘리스 딘 맥크릴리스는 베트남어를 번역해줬다.

은퇴한 LAPD 3등 형사 존 페티에비치는 로스앤젤레스 경찰국 내부에서 행해지는 실종자 수색 작업을 조사할 수 있게 도움을 줬다.

애런 프리스트에게 별도의 고마움을 전한다. 제이슨 카우프먼, 스티브

루빈, 지나 센트렐로는 이 책을 더 나은 책으로 만들어주면서, 저자가 예상할 수 있는 수준을 훌쩍 뛰어넘는 참을성을 보여줬다. 감사드린다.

옮긴이의 말

　엘비스 콜 시리즈 아홉 번째 작품인『마지막 탐정』의 줄거리는 앞서 발
간된『L.A. 레퀴엠』과 이어지지만, 작품의 분위기 면에서 두 소설은 상당히
대조적이다. 콜과 파이크 콤비가 단순 실종 사건처럼 보였던 연쇄 살인 사
건을 해결하는 내용인『L.A. 레퀴엠』이 살인범의 정체를 알아내는 데 집중
하며 상대적으로 정적(靜的)으로 전개되는 반면, 두 주인공이 원한에 의한
아동 납치 사건인 것 같았지만 뜻밖의 방향으로 펼쳐지는 상황을 헤쳐나
가는 모습을 담아낸『마지막 탐정』은 격렬한 도심 자동차 추격전과 총격
전, 피 튀기는 몸싸움이 등장하는 무척이나 역동적인 작품이다.

　두 작품이 대비되는 점은 또 있다.『L.A. 레퀴엠』이 조 파이크가 어떤 성
장기를 거쳐서 지금처럼 터미네이터 같은 무뚝뚝한 사람이 됐는지를 보
여줬다면,『마지막 탐정』은 어린 나이에 놀림감이 되기에 충분한 이름을
얻게 된 엘비스 콜의 서글픈 가정사와 그가 베트남전에 참전해서 겪은 까
맣게 잊고 싶은 경험을 소개하면서, 경박한 사람으로 인식되기 일쑤인 엘
비스 콜 캐릭터가 남몰래 감추고 있던 과거를 독자들에게 보여준다.

　엘비스의 연인 루시 셰니에의 아들 벤 셰니에가 엘비스의 집 근처에서
놀다가 순식간에 자취를 감춘 사건으로 시작되는『마지막 탐정』의 재미는
납치 사건이 엘비스 콜의 과거와 연결됐다가 예상치 못한 쪽으로 방향을

바꾸며 결말로 이어지는 과정을 따라가는 데 있다. 오랫동안 TV 시리즈를 집필한 드라마작가 출신답게, 로버트 크레이스는 벤이 유괴되기 전후의 상황을 추리하는 과정과 LA 시내를 가로지르는 카 체이스, 여러 명의 캐릭터가 좁은 공간에서 서로에게 총과 칼을 겨누게 되는 숨이 멎을 듯한 최후의 대결 등을 흥미진진한 액션영화의 장면처럼 생생하게 집필해낸다.

그런데 크레이스의 미덕은 그가 쓰는 작품들이 단순히 표면적인 재미만을 추구하는 것에서 그치지는 않는다는 데 있다. 크레이스는 경찰과 탐정처럼 남들이 감추고 있는 어두운 비밀을 캐내면서 법을 어긴 사람들이 응당한 처벌을 받게끔 만드는 일을 하는 사람들의 직업적 애환을 『마지막 탐정』에서 퍽 인상적으로 그려낸다. 벤이 유괴당한 것이 자신이 잡아넣은 자들이 행한 앙갚음일지도 모른다는 생각에 그동안 체포한 범법자들의 명단을 작성하는 콜의 모습이 그렇고, 아동 유괴 사건 담당 형사로 등장하는 캐럴 스타키의 사연이 그렇다.

캐럴 스타키는 특히 눈길이 가는 캐릭터다. 스타키는 크레이스가 『L.A. 레퀴엠』의 다음 작품으로 발표한 『데몰리션 엔젤』에서 연쇄 폭탄 테러범 미스터 레드와 대결했던 주인공 캐릭터다. 앞선 작품에서 폭발물 처리 전문가였던 스타키가 『마지막 탐정』에 벤의 유괴 사건을 수사하는 형사로 등장한 건 의외였다. 그런데 그런 설정이야말로 크레이스의 필력이 제대로 드러나는 지점이라 할 수 있다. 『L.A. 레퀴엠』의 끝부분에 잠깐 등장하는 하트 모양 패물로 독자들의 심금을 울리는 솜씨를 발휘했던 크레이스는 『마지막 탐정』에서는 폭파 사건으로 입은 부상 후유증 탓에 틈틈이 약을 먹어야 일상생활을 해나갈 수 있는 스타키가 폭발물 처리 업무를 떠나 아동 유괴 사건으로 담당 업무를 변경한 이유를 설명하는 무척 짧은 대목

만으로도 읽는 이의 가슴을 찡하게 만드는 한편, 대중을 보호하고 대중에게 봉사하는 사람들이 그 과정에서, 그리고 그 결과로 겪는 고충을 호소력 있게 전달하는 재주를 보여준다.

엘비스 콜이 마지못해 받고서는 하찮게 여기며 처박아뒀던 은성훈장이 작품 전개 과정에서 어떤 식으로 기능하는지를 보는 것도 이 작품의 재미 중 하나인데, 이건 크레이스가 앞서 언급한 하트 모양 패물 같은 소품을 얼마나 잘 활용하는 재주꾼인지를 보여준다.

LA에 남은 마지막 탐정이 될지라도 사랑하는 여인과 그녀의 아들을 위해 사건을 해결하겠노라고 다짐했던 엘비스 콜이 맞는 결말, 그리고 그게 옳은 결정임을 아픈 마음으로 수긍하는 모습은 씁쓸하다. 그래도 콜이 마지막에 하는 통화에서는 그의 앞날에 대해 약간의 희망을 갖게 된다. 『마지막 탐정』은 엘비스 콜이, 그리고 세상에 무서운 건 하나도 없다고 생각했다가 자연의 위력 앞에서 두려움이라는 감정을 새삼 느끼게 된 조 파이크가 시리즈의 다음 편에서는 어떤 위험을 겪으며 사건을 해결해나갈지를 기대하게 만드는 작품이다.

윤철희

마지막 탐정

초판 1쇄 인쇄 2017년 12월 25일
초판 1쇄 발행 2017년 12월 30일

지은이 | 로버트 크레이스
옮긴이 | 윤철희
펴낸이 | 정상우
주간 | 정상준
편집 | 이경준 정지혜
디자인 | 박수연 김인경
관리 | 김정숙

펴낸곳 | 오픈하우스
출판등록 | 2007년 11월 29일 (제13-237호)
주소 | 서울시 마포구 동교로13길 34(04003)
전화 | 02-333-3705   팩스 | 02-333-3745
openhousebooks.com
facebook.com/vertigo.kr

ISBN 979-11-88285-25-9 04800
      979-11-86009-19-2 (세트)

VERTIGO는 (주)오픈하우스의 장르문학 시리즈입니다.

이 도서의 국립중앙도서관 출판예정도서목록(CIP)은 서지정보유통지원시스템 홈페이지(http://seoji.nl.go.kr)와
국가자료공동목록시스템(http://www.nl.go.kr/kolisnet)에서 이용하실 수 있습니다.
(CIP제어번호: CIP2017034614)